ब्योमकेश बक्शी
की
जासूसी कहानियाँ

ब्योमकेश बक्शी
की
जासूसी कहानियाँ

सारदेंदु बंद्योपाध्याय

प्र
प्रभात
प्रकाशन

प्रकाशक
प्रभात प्रकाशन प्रा. लि.
4/19 आसफ अली रोड, नई दिल्ली–110002
फोन : 011–23289777 • हेल्पलाइन नं. : 7827007777
इ–मेल : prabhatbooks@gmail.com ❖ वेब ठिकाना : www.prabhatbooks.com

संस्करण
2026

अनुवाद
रमाशंकर सिंह

पेपरबैक मूल्य
चार सौ रुपए

मुद्रक
आर–टेक ऑफसेट प्रिंटर्स, दिल्ली

BYOMKESH BAKSHI KI JASOOSI KAHANIYAN
stories by Shri Saradindu Bandyopadhyay
(Hindi translation of THE RHYTHM OF RIDDLES:
THREE BYOMKESH BAKSHI MYSTERIES)

Published by **PRABHAT PRAKASHAN PVT. LTD.**
4/19 Asaf Ali Road, New Delhi-110002
by arrangement with Penguin Random House India

ISBN 978-93-5521-104-0

₹ 400.00 (PB)

भूमिका

जासूसी कथाओं के शौकीन पाठकों ने 'ब्योमकेश बक्शी' धारावाहिक अवश्य देखा होगा। ब्योमकेश बक्शी जासूसी कथाओं का एक ऐसा नायक है, जो अपनी पैनी जासूसी नजर और बौद्धिक विश्लेषण द्वारा बड़े-से-बड़े उलझे आपराधिक केसों को सुलझाने का माद्दा रखता है।

ब्योमकेश की कहानियाँ इतनी दिलचस्प होती हैं कि उन्हें बार-बार पढ़ने को मन करता है। इनकी कहानियों में रहस्य, रोमांच, सनसनी, मार-धाड़—जैसे सारे नाटकीय तत्त्वों का समावेश होता है। कहानियों के पात्र इतना सजीव और नाटकीय अभिनय करते हैं कि पाठक अनुमान ही नहीं लगा पाते कि सबसे मासूस सा दिखनेवाला और शक के घेरे से बहुत दूर खड़ा शख्स ही मुख्य आरोपी है। यही ब्योमकेश बक्शी की जासूसी कहानियों की मुख्य विशेषता भी है। जब कहानी का क्लाइमेक्स आता है और राज से परदा उठता है तो पाठक रोमांचित हो उठते हैं।

बँगला लेखक सारदेंदु बंद्योपाध्याय द्वारा गढ़ा गया ब्योमकेश बक्शी जासूसी पात्र आज भारतीय जासूसी साहित्य का शेरलॉक होम्स बन चुका है और क्लासिक साहित्य में अपनी जगह बना चुका है। यह धारावाहिक के रूप में डी.डी. नेशनल पर वर्ष 1993 से 1997 तक 32 एपिसोड्स के रूप में दिखाया गया।

उन्हीं कहानियों में से प्रस्तुत पुस्तक में कुछ बहुत ही रोमांचक कहानियों को क्रमबद्ध ढंग से पिरोया गया है, जिसमें मुख्य किरदार ब्योमकेश बक्शी की जासूसी बुद्धिमत्ता को एक बार फिर शाश्वत जिया जा सकता है।

अनुक्रम

पहेलियों की तान

1

व्योमकेश और मैं किसी सरकारी काम से कटक गए थे। कुछ दिनों बाद हमें महसूस हुआ कि काम जल्दी पूरा नहीं होगा क्योंकि सरकारी दफ्तरों में लगे दस्तावेजों के अंबार के बीच से सत्य को खोज निकालना कोई आसान काम नहीं था। उसी के अनुसार ब्योमकेश कटक में ही रुके रहे, जबकि मैं कलकत्ता वापस चला गया। घर में किसी पुरुष की अनुपस्थिति में किसी बंगाली की गृहस्थी चलने की आशा कैसे की जा सकती थी।

बहरहाल, कलकत्ता वापस आने के बाद मेरे पास कोई काम नहीं था। ब्योमकेश की अनुपस्थिति में मैं स्वयं को थोड़ा असहाय महसूस कर रहा था। सर्दियाँ शुरू हो चुकी थीं और दिन छोटे होने लगे थे, फिर भी मेरा समय नहीं कट रहा था। गाहे-बगाहे मैं दुकान चलानेवाले प्रभात की मदद करने दुकान पर चला जाता और कोई नई पांडुलिपि होती तो उसे पढ़ लेता था। फिर भी मेरे पास सारा दिन करने के लिए कोई खास काम नहीं था। तभी शाम का समय बिताने के लिए अप्रत्याशित रूप से मेरे सामने एक अवसर स्वयं उपस्थित हो गया।

हम एक तीन मंजिला इमारत की ऊपरी मंजिल के पाँच कमरों में रहते थे, जबकि अनेक कार्यालयों में काम करनेवाले एक दर्जन अथवा उससे कुछ अधिक लोग पहली मंजिल पर बने मेस में रहते थे। भू-तल पर प्रबंधक का कमरा, भंडारगृह, रसोई तथा भोजनालय बने हुए थे। इमारत के एक कोने में एकाकी भंडारी का कक्ष बना हुआ था। हम वहाँ रहनेवाले लोगों से परिचित थे, परंतु किसी से विशेष रूप से हमारी घनिष्ठता नहीं थी।

एक शाम को अँधेरा होने के बाद मैं अभी अपने कमरे की बत्तियाँ जलाकर पत्रिका पढ़ने बैठा ही था कि दरवाजे पर किसी ने दस्तक दी। दरवाजा खोलने के

बाद मैंने देखा कि एक अधेड़ आयु के सज्जन मुसकराते हुए खड़े थे। मैंने उन्हें अपनी इमारत की पहली मंजिल पर एक या दो बार देखा था। उन्होंने हाल में ही अपने रहने के लिए उस मंजिल पर एक कमरा किराए पर लिया था। उन्होंने उस मंजिल का सबसे अच्छा कोनेवाला कमरा अपने कब्जे में कर लिया था। उन्होंने गरम नेहरू जाकिट और रेशमी चूड़ीदार पाजामा पहन रखा था, जिसे देखकर लगता था कि वह एक सौम्य स्वभाववाले व्यक्ति थे। उनके बाल सफेद की अपेक्षा काले अधिक थे। वे एक सुशिक्षित एवं सभ्य व्यक्ति दिखाई दे रहे थे।

मेरा स्वागत करते हुए उन्होंने कहा, "क्षमा कीजिएगा, मेरा नाम भूपेश चटर्जी है और मैं इस इमारत की पहली मंजिल पर रहता हूँ।"

"मैंने आपको कभी-कभार देखा था," मैंने उत्तर दिया, "लेकिन मैं आपके नाम से परिचित नहीं था। कृपया अंदर आइए।"

मैंने उन्हें अपने कमरे में बैठने के लिए कुरसी दी। उन्होंने बताया, "मैं डेढ़ महीना पहले कलकत्ता आया था। मैं एक बीमा कंपनी में काम करता हूँ और यह नहीं कह सकता कि कल कहाँ रहूँगा, क्योंकि आप तो जानते ही हैं कि कंपनी कभी भी मेरा तबादला कर सकती है।"

"आप एक बीमा कंपनी के लिए काम करते हैं," मैंने थोड़ा असहज महसूस करते हुए कहा। "लेकिन मैंने आज तक कभी कोई पॉलिसी नहीं ली है और न ही मेरा अभी कोई पॉलिसी लेने का इरादा है।"

"मैं उसके लिए आपके पास नहीं आया हूँ," उन्होंने मुसकराते हुए कहा। "यह बात सही है कि मैं बीमा कार्यालय में काम करता हूँ, लेकिन मैं बीमा एजेंट नहीं हूँ। मैं यहाँ इसलिए आया था कि···" थोड़ी व्यथित खामोशी के बाद उन्होंने कहा, "मुझे ब्रिज खेलने की लत है। जब से मैं यहाँ आया हूँ, मुझे एक दिन भी खेलने का अवसर नहीं मिला है, मैं एक मौका पाने के लिए तड़प रहा हूँ। बहुत कोशिश के बाद मुझे दो खिलाड़ी मिल गए हैं। वे दोनों पहली मंजिल के कमरा संख्या तीन में रहते हैं। दिक्कत यह है कि अभी तक मुझे चौथा खिलाड़ी नहीं मिल पाया है। हमने कुछ दिनों तक ब्रिज खेलने का भरसक प्रयास किया, परंतु असली मजा नहीं आया। मैंने सोचा कि आज मैं अजीत बाबू से पूछूँगा कि क्या उनकी इस खेल में रुचि है।"

यह बात सही है कि मैं कभी ब्रिज खेलने में अत्यंत रुचि लेता था। मैं न केवल रुचि लेता था, बल्कि मैं उसके लिए पागल रहता था। चूँकि मैंने बहुत अधिक समय

से नहीं खेला है, इसलिए मेरी तड़प समाप्त हो गई है। मैं आज भी महसूस करता हूँ कि अकेलेपन में उबाऊ पत्रिका पढ़ने से ज्यादा अच्छा ब्रिज खेलना है।

"बहुत अच्छा, बहुत अच्छा," मैंने कहा। "यह सच है कि बहुत समय से मेरा अभ्यास छूट गया है, लेकिन अभी भी—क्यों नहीं?"

मेरा उत्तर सुनकर भूपेश बाबू खुशी से उछल पड़े और बोले, "चलिए फिर मेरे साथ।" मैंने अपने कमरे में सारा इंतजाम कर रखा है। समय क्यों नष्ट करें?"

"प्लीज आप अभी जाइए, मैं भी आपके पीछे-पीछे एक कप चाय पीकर आता हूँ," मैंने कहा।

"अरे नहीं, चाय तो आप मेरे कमरे में भी पी सकते हैं। आप अभी मेरे साथ चलिए," उन्होंने उत्तर दिया।

उनकी उत्सुकता देखकर मैं मुसकरा पड़ा। किसी समय मैं भी उन्हीं की तरह उत्साही था; ब्रिज खेले बगैर मुझे लगता था जैसे मेरी शामें सूनी थीं।

मैं अपनी कुरसी से खड़ा हो गया। ब्योमकेश की पत्नी सत्यवती को सूचित करके मैं भूपेश बाबू के साथ नीचे चला गया।

जब आप सीढ़ियों से नीचे पहली मंजिल पर जाएँगे तो पाएँगे कि पहला कमरा भूपेश बाबू का था। अपने दरवाजे के पास खड़े होकर उन्होंने ऊँची आवाज में कहा, "जल्दी यहाँ आओ, राम बाबू, वनमाली बाबू। मैंने अजीत बाबू को पकड़ लिया है।"

गलियारे के बीचोबीच तीन नंबर कमरे से दो सिर बाहर निकले और उसके बाद यह कहते हुए अदृश्य हो गए कि "अभी आता हूँ।" भूपेश बाबू मुझे अपने कमरे में ले गए और बत्ती जला दी।

कमरा काफी बड़ा था। उसमें सरिया लगी हुई लकड़ी की दो खिड़कियाँ लगी थीं, जिनसे सामनेवाली सड़क साफ दिखाई देती थी। कमरे के एक किनारे बेड पड़ा था, जिस पर चादर बिछी हुई थी। दूसरे किनारे पर एक अलमारी थी, जिसके ऊपर एक चमचमाता स्टोव और चाय बनाने के लिए अन्य जरूरी सामान रखा था। कमरे के बीचोबीच एक छोटी मेज पर चार कुरसियाँ लगाई गईं, जिसे देखकर लगता था कि वह ताश खेलने के लिए ही बनाई गई थी। इसके अलावा कमरे में एक ओर छोटे-मोटे फर्नीचर समेत एक ड्रेसिंग टेबल और दराजोंवाली अलमारी थी। वे सभी चीजें कमरे को देखने योग्य बनाती थीं। भूपेश बाबू की रुचि इस मामले में पश्चिमी देशों से मेल खाती थी।

मुझे एक कुरसी पर बैठाने के बाद उन्होंने कहा, "अब मैं केतली चालू कर देता हूँ, कुछ मिनट बाद चाय तैयार हो जाएगी।"

उन्होंने स्टोव जलाकर केतली उसके ऊपर रख दी। इस बीच राम बाबू और वनमाली बाबू भी आ गए।

हमारा पूर्व परिचय होने के बावजूद भूपेश बाबू ने एक बार फिर हमारा आपस में परिचय कराया। "ये रामचंद्र रॉय और ये वनमाली चंद्र हैं। ये दोनों एक ही कमरे में रहते हैं और एक ही बैंक में काम करते हैं।"

मैंने इनके अंदर अन्य समानताएँ भी देखी हैं; पहले मैं शायद इसलिए नहीं देख पाया था, क्योंकि दोनों को कभी एक साथ देखने का अवसर नहीं मिला था। दोनों की आयु पैंतालीस और पचास वर्ष के मध्य थी, दोनों ही मोटे और थुलथुले तथा नाटे कद के थे। उनके चेहरों को देखकर ऐसा प्रतीत होता था, मानो वे दोनों जुड़वाँ भाई हों। यह समानता निश्चय ही जन्मजात थी। मैं उन्हें हैरान करना चाहता था। आखिरकार मैं भी तो ब्योमकेश का मित्र था।

"क्या आप दोनों संबंधी हैं?" मैंने पूछा।

उन दोनों ने चकित होकर मेरी ओर देखा। "नहीं," राम बाबू ने थोड़ी बेरुखी से उत्तर दिया। "मैं वैद्य हूँ और वनमाली कायस्थ है।"

उनका उत्तर सुनकर मैं दंग रह गया। अभी मैं कोई स्पष्टीकरण देने के बारे में सोच ही रहा था कि भूपेश बाबू मेरे बचाव के लिए नाश्ते की प्लेट लेकर आ गए। उसके बाद चाय आई। फुर्ती से चाय पीकर हम लोग ताश खेलने बैठ गए। उनके जुड़वाँ भाई होने का विषय भुला दिया गया।

खेल प्रारंभ होने के बाद मैंने महसूस किया कि मैं अभी ताश खेलने की कला भूला नहीं था। मेरे खेलने और दाँव लगाने का कौशल यथावत् था। बाजियाँ बहुत छोटी थीं। खेल खत्म होने के बाद अधिकतम चार आने की हार-जीत होती थी। लेकिन बिना दाँव लगाए ताश (ब्रिज) खेलने में कोई मजा नहीं था।

राम बाबू और मैं पहले बाजी या रबड़ में साथी थे। राम बाबू ने मोटी-सी सिगार जलाई और मैंने और भूपेश बाबू ने अपनी-अपनी सिगरेट जला ली। वनमाली बाबू अपनी लौंग और सुपारी से ही संतुष्ट थे।

इसके बाद हमने खेलना शुरू किया। प्रत्येक बाजी के बाद ताश फेंटे जाते और खिलाड़ियों का जोड़ा भी बदल जाता था। वे तीनों अच्छे खिलाड़ी थे; हम लोगों के बीच अधिक बातचीत नहीं हो रही थी, क्योंकि सबका ध्यान खेल पर था।

केवल सिगार और सिगरेट के सिरे ही हमारे हाथों में लगातार चमक रहे थे। भूपेश बाबू एक बार खिड़की खोलने के लिए उठे थे और वापस आकर दुबारा खेल में व्यस्त हो गए थे।

हमारा खेल समाप्त हुआ तो नौ से अधिक बज चुके थे; नौकर दो बार पहले ही हमें खाना खाने के लिए याद दिला चुका था। जब हमने हिसाब लगाया तो पता चला कि मैं दो आने जीत चुका था। जीत का पैसा अपनी जेब में रखते हुए मैं हर्षित होकर उठ खड़ा हुआ। "हम लोग कल फिर खेलेंगे, क्यों?" भूपेश बाबू ने मुसकराते हुए पूछा।

"हम अवश्य खेलेंगे," मैंने कहा।

जब मैं ऊपर अपने कमरे में गया तो सत्यवती ने रोष जताते हुए कहा कि सर्दी की रात में सवा नौ बजे खाना खाने में बहुत देर हो जाती है। लेकिन ब्रिज के खेल में इतने लंबे समय बाद अपनी जीत से मैं अत्यंत प्रसन्न था, इसलिए मैंने उसकी धमकी को हँसी में उड़ा दिया।

उसके बाद हम लोग लगभग रोजाना ताश खेलने लगे। शाम को लैंप जलते ही हमारा खेल शुरू हो जाता और रात नौ बजे तक चलता था। पाँच या छह दिनों के बाद मैंने उन लोगों पर अपनी धाक जमा ली थी। भूपेश बाबू अत्यंत सुकुमार हृदयवाले मृदुभाषी एवं मिलनसार तथा ब्रिज के खेल में भारी रुचि रखनेवाले व्यक्ति थे। राम बाबू एक गंभीर, चुप्पा और दूसरों की गलती निकालनेवाला आदमी था। वनमाली बाबू राम बाबू की बहुत इज्जत करते थे और अपना महत्त्व जताने का असफल प्रयास करते रहते थे। दोनों ही अस्पष्ट पूर्वी बंगाली बोली में बात करते थे।

हम लोग लगातार छह दिनों तक प्रसन्नतापूर्वक ब्रिज खेलते रहे। हमारा खेल एक प्रकार से नियमित संस्थान का स्वरूप ग्रहण करने लगा था कि इसी बीच हमारी नीचेवाली मंजिल पर एक अप्रत्याशित घटना घट गई, जिसके कारण हमारी नियमित बैठक में बाधा पड़ गई। भू-तल पर रहनेवाले एकमात्र किराएदार नटवर नश्कर की अचानक हत्या हो गई थी। एक ओर जहाँ यह बात सच थी कि हम लोगों का उसके साथ कोई सीधा संबंध नहीं था, फिर भी जब कोई नाव नदी में चलती है तो उसके किनारे उसकी लहरों से अछूते नहीं रह पाते हैं।

उस दिन शाम को साढ़े छह बजे मैं शॉल ओढ़कर अपना खेल खेलने जा रहा था। चूँकि मुझे थोड़ी देर हो गई थी, इसलिए मैं बड़ी फुर्ती से सीढ़ियाँ उतर रहा था और मेरे सैंडल की आवाज सीढ़ियों पर साफ सुनाई दे रही थी। जैसे ही मैं

आखिरी पायदान पर पहुँचा, एक तेज धमाका सुनकर मैं जहाँ का तहाँ ठहर गया। मैं धमाकेवाले स्थान का अनुमान नहीं लगा सका। वह सड़क पर किसी कार की आवाज भी हो सकती थी, लेकिन धमाके की आवाज उससे अधिक तेज थी। गली से कानों को बहरा कर देनेवाली कोई आवाज आना संभव नहीं था।

मामूली ठहराव के बाद मैं भूपेश बाबू के कमरे की ओर चल पड़ा। बत्तियाँ जल रही थीं। भूपेश बाबू खिड़की के सरिये पकड़कर बाहर की ओर देख रहे थे, जबकि राम बाबू और वनमाली बाबू उनके पीछे खड़े होकर बाहर की ओर झाँक रहे थे। कमरे में मेरे प्रवेश करते ही भूपेश बाबू ने उत्तेजित होकर कहा, "उधर··· उधर···और एक मिनट में गली में दौड़ गए, क्या तुमने उसे देखा? उसने एक भूरे रंग की शॉल ओढ़ी हुई थी···"

"आखिर मामला क्या है?" मैंने पीछे से पूछा।

सभी लोग मेरी ओर मुड़ गए। "क्या तुमने धमाके की आवाज सुनी?" भूपेश बाबू ने पूछा। "वह आवाज इसी खिड़की के नीचे गली से आई थी। मैंने अभी खिड़की खोली ही थी कि नीचे से तेज धमाके की आवाज सुनाई पड़ी। मैंने खिड़की खोलकर देखा तो एक आदमी मुझे गली में भागता दिखाई पड़ा था।"

हमारी इमारत मेन रोड पर थी। एक पतली-सी गली उस सड़क से इमारत की बगल से हमारे पिछले दरवाजे तक जाती थी; घर में काम करनेवाले नौकर आने-जाने के लिए उसी गली का प्रयोग करते थे। मुझे कुछ गड़बड़ महसूस हुई। "इस कमरे के नीचेवाले कमरे में कोई रहता था। वह आवाज उस कमरे से नहीं आई थी, क्यों?"

"मुझे कोई अंदाजा नहीं है," भूपेश बाबू ने कहा। "मेरे कमरे के नीचेवाले कमरे में कोई रहता अवश्य है, लेकिन मैं उसका नाम नहीं जानता हूँ।"

राम बाबू और वनमाली बाबू ने आपस में नजरें मिलाईं, जिसके बाद अपना गला साफ करते हुए राम बाबू बोले, "नीचेवाले कमरे में नटवर नश्कर रहता था।"

"आइए, चलकर देखते हैं," मैंने कहा। "यदि वह अंदर होगा तो हमें बता देगा कि किस चीज की आवाज थी?"

तीनों में से कोई भी वहाँ जाने का इच्छुक नहीं था, लेकिन मैं ब्योमकेश जैसे सत्यशोधक व्यक्ति का मित्र था। भला मैं उस आवाज के स्रोत का पता लगाने से कैसे चूक सकता था? "आइए, हम लोग अपना खेल शुरू करने से पहले एक बार उसे देख आते हैं," मैंने कहा। "यदि वह रोजमर्रा की आवाज होती तो मैं उससे परेशान

नहीं होता, लेकिन यदि किसी ने गली से आकर नटवर बाबू के कमरे में कोई पटाखा फेंका था तो हमें उसका पता लगाना ही चाहिए, क्या हमें नहीं लगाना चाहिए?"

वे तीनों उदास होकर मेरे साथ चल पड़े।

प्रबंधक शिवकाली बाबू के कमरे में ताला लगा हुआ था और भंडारगृह का दरवाजा भी बंद था। भोजनालय का कमरा खुला हुआ था, क्योंकि उसमें कुछ छोटे स्टूलों के अलावा कुछ भी नहीं था। केवल नटवर बाबू का कमरा अंदर से बिना ताला बंद किए खुला हुआ था। उसे देखकर यह अनुमान लगाना कठिन नहीं था कि नटवर बाबू कमरे के अंदर ही थे, इसलिए मैंने उन्हें 'नटवर बाबू' कहकर आवाज दी।

अंदर से कोई आवाज नहीं आई। जब थोड़ी अधिक ऊँची आवाज में बोलने के बाद भी कोई जवाब नहीं मिला तो मैंने धीरे से दरवाजे को धक्का दिया। दरवाजा खुल गया।

कमरे में अँधेरा था, कोई भी चीज दिखाई नहीं दे रही थी; लेकिन कमरे में हलकी गंध आ रही थी। वह गंध बारूद की थी। हमने चकित होते हुए एक-दूसरे की ओर देखा।

"दरवाजे के पास अवश्य ही कोई स्विच होगा," भूपेश बाबू ने कहा। "ठहरो, मुझे बत्ती जलाने दो।"

मुझे एक ओर धकेलते हुए उन्होंने कमरे के अंदर झाँका और उसके बाद अंदर जाकर स्विच टटोलने लगे। एक खटका दबाते ही बत्ती जल उठी।

छत पर लगे बल्ब की रोशनी में हमने सबसे पहले जो चीज देखी, वह था नटवर बाबू का शव। एक सफेद स्वेटर और धोती पहने वह कमरे के बीच में फर्श पर पीठ के बल पड़ा हुआ था। उसका शव तिरछा हो गया था और छाती के पास से खून की मोटी धार निकलकर कमरे में फैल गई थी। नटवर नश्कर जब जीवित था तब भी कोई खास सुंदर नहीं था; वह मध्यम कद-काठीवाला आदमी था और उसका पेट थोड़ा बाहर निकला हुआ था। उसके चेहरे पर चेचक जैसे दाग थे, लेकिन मौत ने उसके चेहरे को और भी अधिक भयावह बना दिया था। मैं उसकी भयावहता का वर्णन नहीं करूँगा। आप शव की भंगिमा देखकर स्वयं अनुमान लगा लीजिए कि मृत्यु का भय कितना डरावना होता है।

शव को देखते ही राम बाबू अचानक जड़ हो गए और उनके गले से हिचकी जैसी आवाज निकली। अपनी अविश्वसनीय आँखों से उन्होंने जो दृश्य देखा, उससे वह काँपने लगे। वनमाली बाबू ने उनकी बाँहों में अपने नाखून चुभाते हुए कहा,

"वह मर गया दादा, सचमुच मर गया है!" उसके इस कथन से मैं कोई अनुमान नहीं लगा सका कि गोया उनकी अभिव्यक्ति किसी दु:ख की द्योतक थी अथवा आश्चर्य या खुशी की।

"इसमें कोई संदेह नहीं है कि वह मर चुका है," भूपेश बाबू ने अपने विवर्ण चेहरे के साथ कहा। "वह गोली लगने से मरा था। वहाँ, खिड़की पर देखो, क्या तुम्हें कुछ दिखाई नहीं दे रहा है?"

बिना सरियोंवाली खिड़की के पल्ले खुले हुए थे। उसकी देहली पर एक पिस्तौल पड़ी हुई थी। तसवीर साफ हो चुकी थी; हत्यारे ने खिड़की के बाहर खड़े होकर नटवर नश्कर पर गोली चलाई थी। उसके बाद वह पिस्तौल को खिड़की की देहली पर टिकाकर भाग गया।

अपने पीछे आती कदमों की तेज आवाज सुनकर मैं पीछे मुड़ा। इमारत के मैनेजर शिवकाली चक्रवर्ती हमारे समीप आ रहे थे। वह दुबले-पतले आदमी थे और अनावश्यक फुर्ती दिखा रहे थे। उनकी आँखें बेवजह ही व्याकुल दिखाई दे रही थीं। वे जब तक कोई वाक्य दो बार नहीं बोलते थे, तब तक उन्हें संतोष नहीं होता था। "आप सब लोग यहाँ हो, यहाँ हो? क्या मामला है, क्या मामला है?" हमारे पास आते हुए उन्होंने पूछा।

"आप खुद ही देख लीजिए।" उन्हें अच्छी तरह देखने के लिए हम लोग दरवाजे से एक तरफ हट गए। जब उन्होंने रक्तरंजित शव देखा तो शिवकाली बाबू की रूह काँप उठी, "हे भगवान्! हे भगवान। नटवर नश्कर मर गया। खून, खून। कैसे मरा यह?"

"आप वहाँ जाकर खुद ही क्यों नहीं देख लेते?" मैंने खिड़की की ओर अपनी उँगली दिखाते हुए कहा।

"हे भगवान्, पिस्तौल, पिस्तौल," जैसे ही उन्होंने खिड़की पर बंदूक देखी, शिवकाली बाबू हकलाते हुए बोले। "नटवर बाबू की हत्या पिस्तौल से की गई थी। किसने मारा उसे? उसकी हत्या कब हुई?"

"मुझे कोई अंदाजा नहीं है कि उसे किसने मारा था," मैंने उत्तर दिया, "लेकिन मैं इतना अवश्य जानता हूँ कि वह कब मारा गया था। लगभग पाँच मिनट पहले।"

उन्हें मैंने सारी बात संक्षेप में बताई। वह क्षुब्ध होकर शव को घूरने लगे।

पहले मैंने ध्यान नहीं दिया था, लेकिन अचानक मैंने महसूस किया कि शिवकाली बाबू भूरे रंग की शॉल ओढ़े हुए थे। मेरा कलेजा मेरे मुँह में आ गया।

अपनी घबराहट पर नियंत्रण करते हुए मैंने कहा, "क्या आप अपने घर में नहीं थे? क्या आप कहीं बाहर गए थे?"

"क्या? हाँ मैं···किसी काम से बाहर गया था," उन्होंने रोषपूर्ण स्वर में कहा। "लेकिन···लेकिन···अब क्या उपाय है? अब क्या किया जाना चाहिए? क्या किया जाना चाहिए?"

"सबसे पहले हमारा काम पुलिस को सूचित करने का है," मैंने कहा।

"सही है, सही है," शिवकाली बाबू ने उत्तर दिया। लेकिन मेरे पास तो कोई फोन भी नहीं है। "अजीत बाबू, आपके यहाँ टेलीफोन है, यदि आप कर सकें···"

"मैं तत्काल पुलिस को फोन करूँगा," मैंने कहा। "लेकिन आप लोगों में से कोई भी कमरे में प्रवेश नहीं करेगा, पुलिस के आने तक सब लोग यहीं प्रतीक्षा कीजिए।"

मैं सीढ़ियाँ चढ़कर ऊपर चला गया। कमरे में जाने से पहले मैंने शीशे में अपना प्रतिबिंब देखा, मैंने भी भूरे रंग की शॉल ओढ़ी हुई थी।

हम अपने क्षेत्र के तत्कालीन पुलिस निरीक्षक प्रणव गुहा से परिचित थे। वह एक अधेड़ आयु के सक्षम पुलिस अधिकारी थे परंतु वे ब्योमकेश से अधिक प्रभावित नहीं थे। एक ओर जहाँ उनके व्यवहार और बातचीत की कठोरता में मिलनसारिता का एक भी संकेत नहीं मिलता था, वहीं दूसरी ओर वह अंत में जरूरत पड़ने पर ब्योमकेश की चापलूसी भी करने लगते थे। इसके अतिरिक्त प्रणव बाबू सरकारी मामलों में गैर-सरकारी तौर पर कड़ा रुख अपनाने से भी परहेज नहीं करते थे।

टेलीफोन पर मेरी बात को ध्यानपूर्वक सुनने के बाद उन्होंने व्यंग्यात्मक स्वर में कहा, "सचमुच! एक जासूस के अड्डे पर अपराध! लेकिन जब वहाँ आपके पास ब्योमकेश बाबू हैं तो आपको मेरी क्या जरूरत है? उन्हें खुद ही जाँच करने दीजिए।"

"ब्योमकेश कलकत्ता में नहीं हैं," मैंने झुंझलाते हुए कहा। "यदि वे यहाँ होते तो निश्चय ही अब तक इस मामले को अपने हाथ में ले चुके होते।"

"अरे, ठीक है, फिर मैं अभी आता हूँ," निरीक्षक प्रणव ने कहा। उसने मंद मुसकान के साथ फोन रख दिया और मैं नीचे चला गया।

आधा घंटा बाद प्रणव बाबू अपने लाव-लश्कर के साथ आए। मरे ऊपर नजर पड़ते ही वह मंद-मंद मुसकराए, उसके बाद उन्होंने शव का गंभीरतापूर्वक निरीक्षण किया। उन्होंने खिड़की की दहलीज से पिस्तौल को सावधानी से उठाया और उसे

अपनी रूमाल में लपेटकर अपनी जेब में रख लिया। अंततोगत्वा, शव को वहाँ से भेजने के बाद उन्होंने कमरे में पड़ी एकमात्र कुरसी पर बैठकर वहाँ मौजूद सभी लोगों और इमारत के अन्य निवासियों से पूछताछ शुरू कर दी।

मेरे पास जितनी जानकारी थी, मैंने उन्हें बता दिया। यहाँ अब मैं अन्य लोगों के बयानों को संक्षेप में प्रस्तुत कर रहा हूँ—

प्रबंधक शिवकाली बाबू अपने ब्रह्मचर्य की सौगंध से बँधे थे—दूसरे शब्दों में वे कुँआरे थे। वे इस बोर्डिंग हाउस को विगत पच्चीस वर्षों से चला रहे थे; वह घर ही उनकी पत्नी, बच्चे और परिवार था…नटवर नश्कर ने भूतल स्थित वह कमरा तीन वर्ष पूर्व किराए पर लिया था और तभी से उसमें उसका कब्जा था। उसकी आयु लगभग पचास वर्ष थी और वह अन्य लोगों से अधिक मिलता-जुलता नहीं था। राम बाबू और वनमाली बाबू महीने में एकाध बार उससे मिलने उसके कमरे में जाते थे। शिवकाली बाबू को भी नटवर से कोई परेशानी नहीं थी, क्योंकि वह समय से उन्हें किराए का भुगतान कर देता था। शिवकाली बाबू जानते थे कि दोपहर बाद आलू सस्ते मिलने लगते थे, इसलिए वे आलू खरीदने के लिए उस समय गोदाम में गए थे। लेकिन उनके पहुँचने से पहले ही सारे आलू बिक चुके थे, इसलिए वे खाली हाथ वापस लौट आए थे।

भूपेश बाबू एक बीमा कार्यालय में काम करते थे; डेढ़ साल पहले कलकत्ता में उनका तबादला हुआ था। उनकी आयु लगभग पैंतालीस वर्ष थी, वे विधुर थे और उनकी कोई संतान नहीं थी। उनके पास कहने के लिए अपना कोई घर नहीं था; वे अपने काम के सिलसिले में सारे देश में भ्रमण करते रहते थे। भूपेश बाबू ने इस बात की सटीक जानकारी दी कि उन्होंने किस प्रकार ब्रिज खेलने के लिए अपना एक गुट बनाया था; उन्होंने उस शाम की घटना का विवरण देते हुए यह भी बताया था कि उन्होंने एक आदमी को भूरी शॉल ओढ़े हुए उधर से भागते देखा था, लेकिन वे उसका चेहरा पूरी तरह नहीं देख पाए थे; किसी भागते हुए आदमी का चेहरा कोई भी पीछे से नहीं देख सकता था, इसलिए उन्होंने कहा कि यदि कोई आदमी उनके सामने लाया भी जाएगा तो उसे वह दुबारा पहचान नहीं सकते थे।

रामचंद्र रॉय और वनमाली चंद्र के बयान एक जैसे ही थे। मैंने महसूस किया था कि पूछताछ के दौरान रामचंद्र बाबू जहाँ पूर्णतया धीर-गंभीर बने रहे, वहीं दूसरी ओर वनमाली बाबू कुछ व्यथित दिखाई दिए थे। वे दोनों ही पहले ढाका में रहते थे और एक ही ब्रिटिश कंपनी में काम करते थे। उन दोनों की पत्नियाँ और बच्चे

विभाजन के बाद हुए दंगों में मारे गए थे, परंतु वे दोनों किसी तरह वहाँ से जिंदा बच निकलने में सफल हो गए थे। राम बाबू की आयु अड़तालीस वर्ष एवं वनमाली बाबू की आयु पैंतालीस वर्ष थी। वे कलकत्ता आने के बाद से इसी घर में रहते थे और एक बैंक में काम करते थे। इस तरह उन्हें वहाँ रहते हुए तीन साल बीत गए थे।

उन्हें ब्रिज खेलने का शौक था, परंतु कलकत्ता आने के बाद उन्हें खेलने का कोई मौका नहीं मिला था। कुछ दिनों पूर्व भूपेश बाबू ने अपने कमरे में ब्रिज खेलने का प्रबंध कर लिया था, जिसके बाद से उनकी शामें बड़े खुशनुमा वातावरण में गुजरने लगी थीं। भूपेश बाबू को अपने कमरे में प्रवेश करने के पाँच मिनट के अंदर ही उन्हें गली में एक जोरदार धमाका होने की आवाज सुनाई पड़ी ¨नटवर बाबू को वे ढाका से ही जानते थे, लेकिन उनकी कोई खास निकटता नहीं थी। नटवर बाबू ढाका में अनेक उद्यमों के लिए एजेंट का काम करते थे। एक ही मकान में रहने के कारण उन दोनों की आपस में यदा-कदा मुलाकात होती रहती थी। राम बाबू और वनमाली बाबू कभी-कभार उनसे बातचीत करने के लिए उनके पास चले जाते थे। उन्हें इस बात की कोई जानकारी नहीं थी कि क्या नटवर बाबू का कोई अन्य मित्र भी था अथवा नहीं ¨उन्होंने एक सेकंड के लिए किसी आदमी को सूर्यास्त के समय भूरे रंग की शॉल ओढ़े और भागते हुए देखा था और अब वे उसे दुबारा नहीं पहचान सकते थे।

बाकी बचे किराएदारों में कोई भी कुछ बताने में सक्षम नहीं था। पहली मंजिल के दूसरे कोनेवाले कमरे में चौसर का खेल चल रहा था, जिसमें चार लोग खिलाड़ी थे और चार लोग बैठकर उन्हें खेलते देख रहे थे। वहाँ मौजूद उन आठों लोगों का कहना था कि उन्होंने गोली चलने जैसा कुछ भी नहीं सुना था। उस किराए के मकान में रहनेवाले अन्य लोगों ने केवल इतना बताया कि वे नटवर नश्कर से परिचित थे, लेकिन इसके अतिरिक्त उनके पास अन्य कोई जानकारी नहीं थी।

केवल नौकर हरिपाद ने कुछ कहा अवश्य, परंतु वह या तो अप्रासंगिक था अथवा महत्त्वहीन था। शाम को छह बजे पहली मंजिल पर रहनेवाले सुरेन बाबू ने हरिपाद को मेन रोड के एक रेस्तराँ से नाश्ता लाने के लिए भेजा था। पिछली गली से वापस आते हुए उसने नटवर बाबू के कमरे में किसी को बड़बड़ाते सुना था। चूँकि दरवाजा बंद था, इसलिए वह न तो किसी को देख पाया और न ही साफ-साफ कुछ सुन पाया। हरिपाद ने उस घटना पर विशेष रूप से इसलिए ध्यान दिया था, क्योंकि नटवर बाबू के पास आमतौर पर कोई आता-जाता नहीं था। वह समय के बारे में

तो स्पष्टतया कुछ नहीं बता पाया, लेकिन सुरेन बाबू ने साफ-साफ कहा कि उन्होंने हरिपाद को शाम को छह बजे नाश्ता लेने के लिए भेजा था।

दूसरे शब्दों में, नटवर बाबू की मृत्यु से आधा घंटा पहले उनसे मिलने कोई उनके कमरे में गया था। इमारत में रहनेवाला कोई भी किराएदार नहीं था, क्योंकि किसी ने भी उससे मिलने की बात स्वीकार नहीं की थी। इस आधार पर नटवर से मिलने के लिए आनेवाला व्यक्ति कहीं बाहर से आया था। शायद यह वही आदमी रहा होगा जिसने भूरे रंग की शॉल ओढ़ी हुई थी। हरिपाद के बयान से कुछ भी स्पष्ट नहीं हुआ था।

इमारत में मौजूद सभी लोगों का बयान दर्ज करने के बाद इंस्पेक्टर प्रणव ने कहा, "आप सब लोग अब जा सकते हैं, क्योंकि अब हमें कमरे की तलाशी लेनी है। और हाँ, अजीत बाबू तथा शिवकाली बाबू इस बात को ध्यान में रखें कि जब तक हत्या की यह गुत्थी सुलझ नहीं जाती, तब तक आप दोनों लोग कलकत्ता से बाहर जाने की कोशिश न करें।"

"आपके कहने का क्या अर्थ है?" मैंने आश्चर्यपूर्वक पूछा।

"मेरे कहने का अर्थ यह है कि आप और शिवकाली बाबू दोनों ने भूरे रंग की शॉल ओढ़ी हुई है," इंस्पेक्टर प्रणव ने उत्तर दिया। "हे-हे। अब आप जा सकते हैं।"

उसने हमारे सामने ही दरवाजा बंद कर दिया। हम लोग अपने-अपने घरों में लौट गए। ताश का खेल पूरी तरह भुलाया जा चुका था।

अगला दिन पूरी निष्क्रियता में अलसाते हुआ बीता। पुलिस की ओर से कोई हलचल नहीं हुई। इंस्पेक्टर प्रणव पिछले दिन नटवर के कमरे की तलाशी लेने के बाद वहाँ से कुछ दस्तावेज लेकर दरवाजे में ताला लगा गए थे। वह आदमी हमारे विरुद्ध था, परंतु उसने अपना विरोध इतनी सौम्यता से प्रदर्शित किया था कि आप उसे कुछ नहीं कह सकते थे। वह जानता था कि मेरे पास एक मजबूत तर्क था, फिर भी उसने मुझे कलकत्ता से बाहर न जाने का तुच्छ बहाना बनाया। चूँकि मैं ब्योमकेश का मित्र था, इसलिए मुझे परेशान करना ही उसका एकमात्र उद्देश्य था।

प्रातःकाल वहाँ रहनेवाले सभी सज्जन अपने-अपने काम पर चले गए। कोई भी लेशमात्र भी परेशान नजर नहीं आया। इसके बावजूद कि वह उन्हीं लोगों के साथ किराए के मकान में रहता था, नटवर नश्कर नामक व्यक्ति की गोली मारकर हत्या किए जाने का किसी को कोई गम नहीं था। सब लोग इसी दार्शनिक सिद्धांत का पालन करते थे, "यदि आपका जन्म हुआ है तो आपकी मृत्यु भी अनिवार्य है।"

शाम को मैं भूपेश बाबू के कमरे पर गया। राम बाबू और वनमाली बाबू भी वहाँ आए हुए थे। हम सबका उत्साह क्षीण हो चुका था। किसी ने ब्रिज खेलने की चर्चा नहीं की। एक कप चाय पीते हुए नटवर नश्कर की मृत्यु की व्यथित मन से चर्चा की और पुलिस की अकर्मण्यता की चर्चा के साथ हमारी मुलाकात समाप्त हो गई।

सीढ़ियाँ चढ़ते हुए मेरे मन में एक विचार आया। इंस्पेक्टर प्रणव चाहे कितने भी कार्यकुशल क्यों न हों, नटवर बाबू की हत्या की गुत्थी सुलझाना उनके बस की बात नहीं थी। ब्योमकेश भी वहाँ नहीं थे; शाम का सत्र सूना हो गया था। मैंने सोचा कि खाली बैठने की बजाय क्यों न मैं पूरी घटना का विवरण लिख डालूँ। मेरे पास फिलहाल कुछ करने के लिए यह काम तो है ही। संभव है कि ब्योमकेश जब वापस लौटें तो मेरे विवरण लेखन से उन्हें मामले की तह तक जाने में सुविधा हो।

मैंने उसी रात अपना लेखन प्रारंभ कर दिया। घटना के प्रारंभ से मैंने अपने दृष्टिकोण से प्रत्येक विवरण इस प्रकार लिखा कि ब्योमकेश को उसमें कहीं कोई त्रुटि नजर न आए। अगले दिन दोपहर बाद मेरा लेखन पूरा हो गया।

मेरा लेखन भले ही समाप्त हो गया था, किंतु कहानी अभी समाप्त नहीं हुई थी। कौन जानता था कि नटवर बाबू की मौत की कहानी कहाँ और कब समाप्त होगी? यह भी संभव है कि हत्यारे की पहचान के बारे में कभी पता ही न चले। कुछ हद तक असंतुष्ट महसूस करते हुए मैंने एक सिगरेट जला ली। इसी बीच अपना सूटकेस उठाए हुए ब्योमकेश अंदर आ गए।

"ब्योमकेश! आप वापस आ गए!" मैं उन्हें देखते ही उछल पड़ा। "तो कटक में आपका काम पूरा हो गया?"

"काम तो अभी शुरू भी नहीं हुआ है," ब्योमकेश ने कहा। "सरकार के दो विभाग आपस में भिड़े हुए हैं। इस काम में सबसे पहले अपना जीवन बलिदान करने के इच्छुक दोनों विभाग हैं। जब मैंने वह सब देखा तो मैंने वहाँ से चले आने का निर्णय लिया। जब वे एक-दूसरे से लड़ना बंद कर देंगे तो मैं वापस चला जाऊँगा।"

ब्योमकेश की आवाज सुनकर सत्यवती अपनी साड़ी के पल्लू से अपना हाथ पोंछती हुई भागकर बाहर आई। यद्यपि वे कोई नव-दंपती नहीं थे, फिर भी अप्रत्याशित रूप से ब्योमकेश को आया देखकर सत्यवती की आँखें खुशी से चमक उठीं।

दंपती की मुलाकात समाप्त हो जाने के बाद मैंने नटवर की हत्या का मामला उठाया और मैंने जो कुछ लिखा था, उसे उन्हें पढ़ने के लिए थमा दिया। ब्योमकेश ने चाय पीते हुए मेरा लिखा विवरण पढ़ना शुरू कर दिया।

शाम को छह बजे उन्होंने उसे पढ़कर मुझे वापस लौटाते हुए कहा, "तो इंस्पेक्टर प्रणव ने तुम्हें शहर में कैद कर दिया है। यह आदमी आखिर हमारे बारे में सोचता क्या है! हम कल उससे मिलेंगे। चलो, अभी चलकर भूपेश बाबू से मिलते हैं।"

मैंने महसूस किया मामले ने ब्योमकेश को जिज्ञासु बना दिया था। हर प्रकार से संतुष्ट होकर मैंने कहा, "हमें राम बाबू और वनमाली बाबू से भी मिलना चाहिए।"

ब्योमकेश को साथ लेकर मैं पहली मंजिल पर भूपेश बाबू के कमरे में गया। मेरा अनुमान गलत नहीं था। राम बाबू और वनमाली बाबू भी वस्तुतः वहीं मौजूद थे। किसी से ब्योमकेश का परिचय कराने की जरूरत नहीं थी, क्योंकि हरेक आदमी को पता था कि वह कौन थे। भूपेश बाबू ने गर्मजोशी से उनका स्वागत किया और केतली चालू करके चाय बनाने के लिए रख दी। राम बाबू की गंभीरता यथावत् बनी हुई थी, परंतु वनमाली की आँखों में रह-रहकर घबराहट और चिंता दिखाई देने लगती थी।

ब्योमकेश ने कुरसी लेकर बैठते हुए कहा, "कभी मैं भी ब्रिज खेलने का आदी था। उसके बाद अजीत ने मुझे शतरंज खेलना सिखा दिया। लेकिन अब मुझे किसी खेल में मजा नहीं आता है।"

केतली में उबले हुए पानी में चाय की पत्ती डालते हुए भूपेश बाबू ने उनकी ओर मुड़कर कहा, "अब मेरे जीवन में खेल के सिवाय कुछ नहीं बचा है।"

भूपेश बाबू के मुँह से रवींद्रनाथ टैगोर को उद्धृत करते सुनकर मैं चौंक गया। वे न केवल बीमा कार्यालय में काम करते थे, बल्कि उन्हें कविताएँ पढ़ने का भी शौक था!

"आप ठीक कह रहे हैं," ब्योमकेश ने शांत होकर प्रतिक्रिया दी। "मौत के खिलाफ खेलते हुए मेरे संपूर्ण जीवन ने सुनिश्चित कर दिया है कि अब कोई हलका खेल खेलने में मेरा मन नहीं लगेगा।"

"आपका मामला अलग है," भूपेश बाबू ने उत्तर दिया। "मैं भी मौत के मामले से निपटता हूँ; बीमा के कारोबार का संबंध मौत के अलावा और किस चीज से हो सकता है। लेकिन मैं अभी भी ब्रिज का आनंद लेता हूँ।"

ब्योमकेश जाहिराना तौर पर तो भूपेश बाबू से बात कर रहे थे, लेकिन उनकी आँखें लगातार राम बाबू और वनमाली बाबू की ओर नाच रही थीं। वे इतनी हलकी परंतु परिष्कृत चर्चा से अनभिज्ञ होकर खामोश बैठे हुए थे।

भूपेश बाबू चाय के कप और कुछ क्रीमवाले बिस्कुट लेकर आए। "आपका व्यक्तित्व हमसे बिल्कुल भिन्न है। ब्रिज बुद्धिमान लोगों का खेल है; जो लोग बुद्धिमान हैं, वे स्वाभाविक तौर से इस खेल के प्रति आकर्षित होंगे। कुछ लोग अपने कष्टकर जीवन से राहत पाने के लिए ब्रिज को समय बिताने के एक उपाय के रूप में खेलते हैं। कई वर्षों पूर्व मैं किसी ऐसे आदमी को जानता था, जो अपने पुत्र की मृत्यु की पीड़ा को भुलाने के लिए ब्रिज खेलता था।"

तीन जोड़ी आँखें यकायक ब्योमकेश की ओर मुड़ गईं। कोई कुछ नहीं बोला, लेकिन वे तीनों आश्चर्य से ब्योमकेश को घूरते रहे। कमरे में भारी खामोशी पसर गई।

हमने एक भी शब्द बोले बिना अपनी चाय समाप्त की। उसके बाद ब्योमकेश ने खामोशी तोड़ते हुए कहा, "मैं कटक में था, अभी मुझे वहाँ फिर वापस जाना पड़ेगा। जैसे ही मैं घर पहुँचा, अजीत ने मुझे नटवर नश्कर की मौत के बारे में बताया। नटवर बाबू के साथ मेरी कोई घनिष्ठता नहीं थी, लेकिन उनकी मृत्यु ने मुझे उत्साहित अवश्य कर दिया है। अकसर आप अपने दरवाजे पर किसी हत्या की उम्मीद नहीं करते हैं। इसीलिए मैंने आपके साथ मेलजोल बढ़ाने के बारे में सोचा।"

"हमारे लिए तो वह हत्या सौभाग्यशाली सिद्ध हुई," भूपेश बाबू ने कहा, "यदि वह हत्या नहीं होती तो आप मेरे कमरे में आने का सौभाग्य मुझे कभी प्रदान नहीं करते। लेकिन मैं नटवर नश्कर से परिचित नहीं था। जब वह जीवित था, तब भी मैंने उसके साथ कभी मुलाकात नहीं की थी। राम बाबू और वनमाली बाबू का उसके साथ थोड़ा परिचय था।"

ब्योमकेश ने राम बाबू की ओर देखा। उसकी संपूर्ण गंभीरता पलभर में भय की छाया में बदल गई। उसने आसन बदलकर अपना गला साफ किया और ऐसा लगा कि वह कुछ कहनेवाला था, परंतु उन्होंने अपना मुँह बंद कर लिया। उसके बाद ब्योमकेश ने अपनी दृष्टि वनमाली बाबू पर डालते हुए कहा, "मुझे पूरा विश्वास है कि आप अवश्य जानते हैं कि नटवर नश्कर कैसा आदमी था।"

हैरान परेशान वनमाली बाबू बड़बड़ाए, "उह...अर...वह कोई बुरा आदमी नहीं था...बहुत अच्छा आदमी था, दरअसल...लेकिन..."

राम बाबू ने अंततः अपनी बोलने की शक्ति पुनः संचित की और उन्होंने वनमाली बाबू की बात को बीच में ही काट दिया। "देखिए, हम लोग किसी भी सूरत में नटवर बाबू के दोस्त नहीं थे। लेकिन जब हम ढाका में रहते थे, तब उसका

घर मेरे घर के ठीक बगल में था, इसलिए हम परिचित थे। उसके चरित्र के बारे में हमें कुछ भी जानकारी नहीं है।"

"आप कितना समय पहले ढाका में रहते थे?" ब्योमकेश ने पूछा।

"पाँच या छह साल पहले," राम बाबू ने थूक निगलते हुए उत्तर दिया। "उसके बाद देश के विभाजन के साथ दंगे शुरू हो गए और हम पश्चिम बंगाल आ गए।"

"तो तुम भी ढाका में उसी कंपनी में काम करते थे?" ब्योमकेश ने वनमाली बाबू से पूछा।

"जी हाँ, करते थे," उसने उत्तर दिया। "आपने अवश्य ही गॉडफ्रे ब्राउन का नाम सुना होगा। वह एक बड़ी ब्रितानी कंपनी थी। मैं वहीं…"

इससे पहले कि वह अपनी बात पूरी कर पाता, राम बाबू अपनी कुरसी से खड़े हो गए। उन्होंने वनमाली को संबोधित करते हुए कहा, "क्या तुम भूल गए कि हमें सात बजे नारायण बाबू से मिलना है?…अब हम आपसे जाने की इजाजत चाहेंगे।"

राम बाबू फौरन कमरे से बाहर निकल गए और उनके पीछे-पीछे वनमाली भी चला गया। ब्योमकेश उनकी हरकत देखने के लिए पीछे मुड़े।

भूपेश बाबू मुसकराए। "आपका प्रश्न अत्यंत सरल लगता है, ब्योमकेश बाबू, लेकिन राम बाबू का व्यवहार अनुचित।"

"मैं नहीं समझ सका कि उन्होंने ऐसा व्यवहार क्यों किया," ब्योमकेश ने अनभिज्ञता प्रकट करते हुए उत्तर दिया। "क्या आपको इस विषय में कोई जानकारी है?"

"मुझे कोई जानकारी नहीं है," भूपेश बाबू ने अपना सिर हिलाया। "वास्तव में दंगों के दौरान मैं भी ढाका में ही था, लेकिन उस समय इनमें से किसी को नहीं जानता था। सच कहूँ तो उनके अतीत के बारे में भी मुझे कोई जानकारी नहीं है।"

"आप भी दंगों के दौरान ढाका में ही थे?"

"जी हाँ, दंगों से एक साल पहले मेरा ढाका में तबादला हुआ था। बँटवारे के बाद मैं वापस आ गया।"

कुछ देर तक खामोशी रही। ब्योमकेश ने एक सिगरेट जलाई।

उनकी ओर कुछ मिनट तक देखने के बाद भूपेश बाबू ने पूछा, "ब्योमकेश बाबू, आपने अभी मुझे जो कहानी सुनाई कि एक ब्रिज खिलाड़ी अपने पुत्र की मृत्यु की पीड़ा को भुलाने के लिए ब्रिज खेलने का आदी हो गया था, क्या वह कहानी सही है?"

"जी हाँ, वह एक सच्ची कहानी है," ब्योमकेश ने उन्हें बताया। "यह बहुत पुरानी घटना है, उस समय मैं कॉलेज में था। आप क्यों पूछते हैं?"

भूपेश बाबू ने कोई उत्तर नहीं दिया। इसकी बजाय उन्होंने खड़े होकर अपनी दराज से एक फोटो निकाली और ब्योमकेश को थमा दी। वह किसी नौ या दस साल के लड़के की फोटो थी; उसके चेहरे पर बचपन की चमक थी। "मेरा बेटा," भूपेश बाबू रुआँसे होकर बोले।

"आपका बेटा…" फोटोग्राफ से अपनी नजरें हटाकर भूपेश बाबू की ओर व्यग्रतापूर्वक देखते हुए ब्योमकेश ने पूछा।

"उसकी मृत्यु हो गई है," भूपेश बाबू ने सिर हिलाया। "जिस दिन ढाका में दंगे शुरू हुए थे, वह स्कूल गया हुआ था; उसके बाद वह कभी नहीं लौटा।"

असह्य चुप्पी तोड़ते हुए ब्योमकेश ने अधूरा प्रश्न किया, "आपकी पत्नी…"

"उसकी भी मृत्यु हो चुकी है," भूपेश बाबू ने उत्तर दिया। "उसका दिल कमजोर था, वह अपने पुत्र की मृत्यु सहन नहीं कर पाई। मेरी न तो मृत्यु हुई और न मैं उन्हें भुलाने में सफल हो सका। इसे अब पाँच या छह वर्ष हो चुके हैं। अब तक मुझे भूल जाना चाहिए था। मैं काम पर जाता हूँ, ताश खेलता हूँ, हँसी-मजाक करता हूँ, लेकिन मैं उसे भुला नहीं पाता। क्या दुखद स्मृतियों को भुलाने की कोई दवा है, ब्योमकेश बाबू?"

"इसकी एकमात्र दवा अनंतता है," ब्योमकेश ने गहरी साँस लेते हुए कहा।

2

"चलो स्वामी प्रणवानंद से मिलते हैं," ब्योमकेश ने अगले दिन सुबह चाय पीते हुए कहा।

पिछली रात भूपेश बाबू की त्रासदी सुनने के बाद मैं पहले ही व्यथित था; इंस्पेक्टर प्रणव का सामना करने के विचार मात्र से मैं और भी अधिक अवसादित हो गया। "क्या प्रणवानंद से मिलना पूर्णतया आदेशात्मक है?" मैंने पूछा।

"यदि तुम पुलिस के संदेह से मुक्त नहीं होना चाहते हो तो कतई अनिवार्य नहीं है," ब्योमकेश ने उत्तर दिया।

"ठीक है फिर।"

सीढ़ियों से नीचे जाते हुए सुबह साढ़े नौ बजे हमने भूपेश बाबू के कमरे में ताला लगा देखा। अवश्य ही वह अपने ऑफिस गए होंगे। राम बाबू और वनमाली

बाबू खूब सज-धजकर अपने कमरे से बाहर निकले लेकिन हमें देखते ही वापस लौट गए। मेरी बगल में खड़े होकर ब्योमकेश ने मुझे देखा और मुसकरा पड़े।

शिवकाली बाबू भूतल पर अपने कार्यालय में हिसाब-किताब करने में व्यस्त थे। उन्होंने जब ब्योमकेश को देखा तो दौड़कर दरवाजे पर आए और वेदनापूर्ण आँखों से पूछा, "ब्योमकेश बाबू, आप कटक से कब वापस आए? क्या आपने नटवर नश्कर के बारे में कुछ सुना! और अब देखिए, पुलिस ने इस मामले में मुझे भी घसीट लिया है—उन्होंने मुझे भी घसीट लिया है।"

"केवल आपको ही नहीं, अजीत को भी," ब्योमकेश ने कहा।

"हाँ सचमुच, सचमुच! भूरी शॉल! क्या पहेली है···पहेली है! अब आप ही मुझे बचाइए।"

"मैं कोशिश करूँगा।"

अचानक सड़क पर रुकते हुए ब्योमकेश ने कहा, "आओ, एक नजर गली पर भी डाल लेते हैं।"

वह उस गली का हवाला दे रहे थे, जो हमारे घर बगल से होकर गुजरती थी। इसी गली से भूरी शॉलवाला आदमी नटवर बाबू को गोली मारने के बाद भागा था। गली इतनी तंग थी कि दो आदमी एक साथ उसमें नहीं चल सकते थे। एक ही झटके में हम गली में दाखिल हो गए। ब्योमकेश अपनी आँखें गली की सतह पर टिकाए आगे-आगे चल रहे थे। मुझे कुछ समझ में नहीं आया कि उनके मन में क्या चल रहा था, लेकिन हत्या के तीन दिन बाद किसी सुराग की आशा करना मुझे कुछ अजीब लगा।

नटवर बाबू के कमरे की खिड़की बंद थी, उसके सामने पलभर ठहरने के बाद ब्योमकेश ने अपनी जासूसी आँखें खिड़की के नीचे गली की सतह पर टिकाईं। जमीन से खिड़की की ऊँचाई चार फीट थी। यदि खिड़की खुली हो तो वहाँ से गोली चलाना आसान था।

"यह दाग कैसा है?"

ब्योमकेश की उँगली की दिशा में देखते हुए मैंने पाया कि गली के फर्श पर एक धुँधला सा सफेद निशान था। जमीन पर सितारे के आकारवाला तीन इंच का निशान बना था। गली की समय-समय पर सफाई की जाती थी, लेकिन बार-बार सफाई होने के बावजूद दाग पूरी तरह मिटा नहीं था। वह दो या तीन दिन पुराना दिखाई देता था।

"वह दाग कैसा है?" मैंने पूछा।

कोई उत्तर देने से पहले ब्योमकेश ने कसरत करने की मुद्रा में अपने दोनों हाथ पटरी पर टिकाकर अपनी नाक उस दाग पर टिका दी। "अरे, यह क्या कर रहे हैं?" मैंने चकित होकर पूछा। "आप अपनी नाक जमीन पर क्यों रगड़ रहे हैं?"

ब्योमकेश ने खड़े होते हुए कहा, "मैं अपनी नाक नहीं रगड़ रहा था, बल्कि उस दाग को सूँघ रहा था।"

"सूँघ रहे थे! कैसी गंध थी?"

"यदि तुम जानना चाहते हो तो तुम भी सूँघ सकते हो।"

"कोई जरूरत नहीं।"

"फिर चलो, थाने चलते हैं।"

हम गली से निकलकर थाने की ओर चल पड़े। रास्ते में मैंने एक या दो बार कनखियों से ब्योमकेश को देखा लेकिन यह स्पष्ट नहीं हो पाया कि उन्होंने गली में सूँघने के बाद क्या निष्कर्ष निकाला था।

इंस्पेक्टर प्रणव थाने में बादशाह की तरह बैठे थे। वह अत्यंत प्रसन्नचित्त नजर आ रहे थे। औसत कद-काठी और साँवली त्वचावाले थानेदार के अंदर एकमात्र कमी यह थी कि उनका कद केवल पाँच फीट तीन इंच था।

ब्योमकेश को अपनी ओर आता देखकर वह हैरान रह गए और उसके बाद उन्होंने कपटी विनम्रता दर्शाते हुए कहा, "ब्योमकेश बाबू! सुबह-सुबह आपको अपने थाने में देखकर मेरी तो किस्मत ही खुल गई, हे हे।"

"मैं भी कम खुशकिस्मत नहीं हूँ," ब्योमकेश ने प्रतिवाद किया। "मेरे जैसे बौने को देखकर आप पुनर्जन्म के चक्र से बच गए।"

इंस्पेक्टर प्रणव उनकी बात सुनकर सहम गए। ब्योमकेश वैसे तो हमेशा उसकी खिल्ली उड़ाने से बचते थे, लेकिन आज उनका मूड कुछ और ही था। इंस्पेक्टर ने प्रत्युत्तर की लाचारी में उदास होकर कहा, "मैं स्वीकार करता हूँ कि मैं लैंपपोस्ट जैसा नहीं दिखाई देता हूँ।"

"आपके पास इसे स्वीकार करने के अलावा कोई विकल्प है भी नहीं," ब्योमकेश ने मुसकराते हुए कहा। "आपमें और उनमें यही भिन्नता है कि लैंपपोस्ट के सिर पर प्रकाश होता है।"

प्रणव बाबू का चेहरा लटक गया। जबरन हँसने की कोशिश करते हुए उन्होंने कहा, "इसमें मेरा कोई दोष नहीं है; हर आदमी आखिरकार बहुत तेज दिमागवाला तो नहीं होता है। क्या आपको मुझसे कोई काम है?"

"सचमुच मुझे आपसे काम है," ब्योमकेश ने कहा। "पहला काम तो यह है कि मैं अपने साथ अजीत को थाने में इसलिए लेकर आया हूँ कि वह कहीं भागा नहीं है। अब आप पूरी तरह आश्वस्त हो सकते हैं कि अब वह मेरी निगरानी में है और वह मेरी नाक के नीचे से भागकर कहीं छिप नहीं सकता है।"

प्रणव बाबू ने एक लाचार हँसी हँसने की कोशिश की। "मैं नहीं जानता कि जब कमिश्नर को यह पता चलेगा कि आपने अजीत को कहीं बाहर जाने से रोक दिया है तो वह आपको क्या कहेगा," ब्योमकेश ने कठोरतापूर्वक अपनी बात जारी रखी, "लेकिन मैं निश्चय ही इसका कारण जानना चाहूँगा। हमारे देश में अदालतें हैं; यहाँ तक कि पुलिस अधिकारियों को भी लोगों की व्यक्तिगत स्वतंत्रता से वंचित करने के लिए दंडित किया जा सकता है। लेकिन वह सब तो बाद में देखा जाएगा। मेरा दूसरा प्रश्न यह है कि क्या आप अभी तक नटवर नश्कर की हत्या के मामले में कोई सूचना एकत्र कर पाए हैं?"

प्रणव बाबू ने मन में सोचा कि क्या इस प्रश्न का उत्तर वह कठोरतापूर्वक दें। लेकिन यह महसूस करते हुए कि ब्योमकेश को अधिक नाराज करना ठीक नहीं है, उन्होंने शांतिपूर्वक उत्तर दिया, "क्या आपको कलकत्ता की जनसंख्या के बारे में कोई जानकारी है ब्योमकेश बाबू?"

ब्योमकेश ने तिरस्कारपूर्ण उत्तर दिया, "मैंने कभी गिनती नहीं की है। शायद यहाँ की जनसंख्या पचास लाख या इससे कुछ अधिक है।"

"चलिए, पचास लाख ही मान लेते हैं," प्रणव बाबू ने कहा। "क्या इस लाखों लोगों की भीड़ में से किसी एक भूरी शॉलवाले आदमी को पकड़ पाना इतना आसान काम है? क्या आप यह काम कर सकते हैं?"

"यदि मेरे पास पूरी जानकारी हो तो मैं यह काम कर सकता हूँ।"

"यद्यपि किसी बाहरी आदमी के साथ कोई जानकारी साझा करना हमारे नियमों के विरुद्ध है, फिर भी मुझे जितनी जानकारी है, वह मैं आपको देता हूँ।"

"बड़ी अच्छी बात है, ऐसा ही कीजिए। क्या नटवर नश्कर के परिवार का पता चला?"

"नहीं। हमने अखबारों में विज्ञापन दिया था, लेकिन अभी तक कोई सामने नहीं आया।"

"पोस्टमार्टम से क्या पता चला?"

"गोली पसलियों को तोड़कर दिल में घुसी थी। गोली का पिस्तौल से मिलान किया गया; वह उसी पिस्तौल की थी।"

"और कोई चीज?"

"वह पूरी तरह स्वस्थ था, लेकिन उसकी आँखों में मोतिया बढ़ रहा था।"

"पिस्तौल का मालिक कौन है?"

"वह अमेरिकी सेना की पिस्तौल है और काला बाजार में उपलब्ध है। इसके मालिक का पता लगाने का कोई उपाय नहीं है।"

"जब आपने कमरे की तलाशी ली तो क्या आपको कोई महत्त्वपूर्ण चीज हाथ लगी?"

"कमरे से जुड़ी सारी चीजें वहाँ मेज पर रखी हैं। एक डायरी, लगभग पाँच रुपए नकद, बैंक की एक पासबुक और न्यायालय के निर्णय की एक सत्य प्रतिलिपि। आप चाहें तो उन चीजों को देख सकते हैं।"

कमरे के कोने में एक मेज थी। ब्योमकेश उसके पास गए, लेकिन मैं उनके साथ नहीं गया। इंस्पेक्टर प्रणव अच्छी किस्म का इनसान नहीं था; यदि वह आपत्ति करता तो मेरे जाने से अप्रिय स्थिति उत्पन्न हो सकती थी। मैंने अपनी कुरसी पर बैठे-बैठे देखा ब्योमकेश बैंक की पासबुक, डायरी के पन्नों और न्यायालय के निर्णय की सत्य प्रतिलिपि पर लगी कोर्ट की मुहर की बारीकी से जाँच कर रहे थे। "मैं जो कुछ देख सकता था, वह सब मैंने देख लिया है," ब्योमकेश ने लौटकर कहा।

तब तक इंस्पेक्टर प्रणव के अंदर का शैतान दुबारा जाग चुका था। ब्योमकेश को घूरते हुए उसने कहा, "आपने भी ठीक वही देखा जो मैंने देखा था। क्या आपको उसमें अपराधी का नाम और पता मिला?"

"हाँ, मुझे मिल गया," ब्योमकेश ने उसे बताया।

"सचमुच!" प्रणव बाबू ने त्योरियाँ चढ़ाकर ऊपर की ओर देखते हुए पूछा। "इतनी जल्दी! सचमुच आप बहुत बुद्धिमान् हैं! क्या आप इतनी ही मुस्तैदी से मुझे अपराधी का नाम भी बता सकते हैं, ताकि मैं उसे गिरफ्तार कर सकूँ?"

"अपराधी का नाम मैं आपको नहीं बताऊँगा, प्रणव बाबू," ब्योमकेश ने अपने जबड़े भींचते हुए कहा। "वह मेरी निजी खोज है। आपको अपना काम करने के लिए वेतन मिलता है; उसका पता आपको खुद लगाना होगा। लेकिन मैं आपकी कुछ सहायता अवश्य कर सकता हूँ। इमारत की बगलवाली गली को खोजो।"

"क्या अपराधी वहाँ अपने पैरों के निशान छोड़ गया है! हे-हे।"

"नहीं, उसने उससे भी जरूरी सुराग वहाँ छोड़ा है···एक बात और। मैं कुछ दिनों में अजीत को अपने साथ कटक ले जाऊँगा। तुम्हारे अंदर हिम्मत हो तो उसे रोक लो···आओ अजीत।"

"क्या आपने अपराधी को सचमुच पहचान लिया है?" थाने से निकलने बाद मैंने उत्तेजित होते हुए पूछा।

"मैंने तो उसे थाने आने से पहले ही पहचान लिया था," ब्योमकेश ने गरदन हिलाई, लेकिन इंस्पेक्टर प्रणव बेहद निकम्मा आदमी है। वह कोई मूर्ख नहीं है, परंतु उसकी बुद्धिमत्ता विध्वंसक है। वह नटवर की हत्या के रहस्य की तह तक कभी भी नहीं पहुँच पाएगा।"

"नटवर नश्कर की हत्या किसने की? क्या वह कोई ऐसा आदमी है, जिसे हम जानते हैं?" मैंने पूछा।

"वह मैं तुम्हें बाद में बताऊँगा। फिलहाल मैं तुम्हें केवल इतना ही बता सकता हूँ कि नटवर नश्कर एक पेशेवर ब्लैकमेलर था। अब अच्छा होगा कि तुम घर चले जाओ। मैं शहर जा रहा हूँ। गॉडफ्रे-ब्राउन का कलकत्ता में भी एक विशाल कार्यालय है। संभव है कि मुझे वहाँ से भी कोई जानकारी मिल जाए। मुझे वापस आने में कुछ समय लग सकता है।" वह हाथ हिलाते हुए चले गए।

मैं अकेला घर वापस आ गया। लगभग डेढ़ बजे ब्योमकेश वापस आए।

"तुम्हें मेरा एक काम करना होगा," उन्होंने स्नान और लंच करने के बाद कहा। "तुम्हें राम बाबू, वनमाली बाबू और भूपेश बाबू को चाय पीने के लिए आमंत्रित करना होगा। आज शाम को हम यहाँ इसी कमरे में एकत्र होंगे।"

"बहुत अच्छा। लेकिन आपके मन में चल क्या रहा है? आप गॉडफ्रे-ब्राउन के कार्यालय में किसलिए गए थे?"

थाने में नटवर नश्कर के सामानों में न्यायालय का एक निर्णय भी था। जब मैंने उसे पढ़ा तो मुझे पता चला कि गॉडफ्रे-ब्राउन के ढाका कार्यालय में रासविहारी विश्वास और वनविहारी विश्वास नामक दो भाई वहाँ क्रमश: कोषाध्यक्ष और उप-कोषाध्यक्ष थे। वे दोनों सात साल पहले भी धन की हेराफेरी के मामले में पकड़े गए थे। उन्हें अदालत ले जाया गया। वनविहारी को दो साल कारावास की सजा दी गई थी और रासविहारी को तीन साल की। नटवर नश्कर को उस निर्णय का पता चल गया था। इसके बाद उसकी डायरी से मुझे पता चला कि उसे रासविहारी और वनविहारी विश्वास से हर महीने अस्सी रुपए मिलते थे।

धन की हेराफेरी की पुष्टि करने के लिए मैं गॉडफ्रे-ब्राउन के कार्यालय में गया था। वह सत्य था। उसके बाद मेरा यह संदेह पक्का हो गया कि नटवर उन दोनों को ब्लैकमेल कर रहा था।"

"लेकिन···रासविहारी और वनविहारी कौन थे? आप उन दोनों को कहाँ खोजेंगे?"

"वे दोनों अधिक दूर नहीं हैं; तुम्हें केवल कमरा संख्या तीन तक की दूरी तय करनी है।"

"क्या! राम बाबू और वनमाली बाबू?"

"हाँ, तुम सत्य के निकट पहुँच चुके हो। वे न केवल आपस में रिश्तेदार हैं, बल्कि वे दोनों सगे भाई भी हैं। इस कहावत का सम्मान करते हुए तुम उन्हें 'चोर-चोर मौसेरे भाई' भी कह सकते हो। उनकी खाल चोरों से भी मोटी है।"

"लेकिन···लेकिन वे दोनों नटवर की हत्या नहीं कर सकते थे। जिस समय नटवर मारा गया था वे दोनों···"

"धीरज रखो," ब्योमकेश ने अपना हाथ उठाते हुए कहा। "सारी कहानी तुम चाय पीते हुए सुन लेना।"

अतिथियों के स्वागत हेतु कई किस्म के नाश्ते मारवाड़ी स्टोर से खरीद लिये गए थे और चाय घर पर बना ली गई थी। सबसे पहले भूपेश बाबू आए। उन्होंने धोती-कुरता पहन रख था और कंधे पर दोहरी तहवाली स्लेटी शॉल रखी हुई थी और उनके चेहरे पर मोहक मुसकान थी। क्या आपने ब्रिज खेलने का प्रबंध भी किया है?" उन्होंने पूछा।

"यदि सब लोग खेलने के इच्छुक होंगे तो हम उसका प्रबंध भी कर लेंगे," ब्योमकेश ने उत्तर दिया।

राम बाबू और वनमाली बाबू कुछ देर से आए। उन्होंने अपने कोट की बटन गले तक बंद की हुई थी, उनकी आँखें सतर्क थीं। "स्वागतम, स्वागतम!" ब्योमकेश ने कहा।

ब्योमकेश ने चाय और नाश्ता करते हुए उनके साथ थोड़ा हास-परिहास भी किया। मैंने महसूस किया था कि कुछ देर बाद राम बाबू और वनमाली बाबू ने अपनी कठोरता त्याग दी थी। बड़े आराम से वे लोग परिचर्चा में तल्लीन थे।

लगभग बीस या कुछ अधिक मिनट बाद चाय और नाश्ता समाप्त हो चुका था। राम बाबू ने सिगार जलाई; भूपेश बाबू को सिगरेट की पेशकश करने के बाद

ब्योमकेश ने डिब्बा वनमाली बाबू की ओर बढ़ाया। "एक सिगरेट आप भी लीजिए वनविहारी बाबू?" उन्होंने कहा।

"मैं धूम्रपान नहीं करता..." वनमाली बाबू ने कहा और उनका चेहरा पीला पड़ गया। "अरे...मेरा नाम..."

"आप दोनों सगे भाई हैं और मैं यह भी जानता हूँ कि आपका असली नाम-रासविहारी एवं वनविहारी विश्वास है।" ब्योमकेश ने अपनी कुरसी पर बैठते हुए कहा। "नटवर नश्कर आप दोनों को ब्लैकमेल कर रहा था। आप उसे हर महीने अस्सी रुपए का भुगतान कर रहे थे..."

रासविहारी और वनविहारी निर्जीव काठ के कुंदे बन गए थे। अपनी सिगरेट जलाते हुए ब्योमकेश ने धुएँ का छल्ला बनाते हुए कहा, "नटवर नश्कर एक शैतान था। जब वह ढाका में था तो अपनी वेशभूषा के आधार पर एक एजेंट दिखाई देता था, लेकिन वास्तव में उस परिधान के पीछे एक ब्लैकमेलर था और अवसर मिलने पर वह लोगों से पैसे ऐंठता था। जब आप दोनों जेल गए तो अपनी भावी संभावनाओं को देखते हुए उसने न्यायालय के निर्णय की एक प्रति हासिल कर ली थी। उसकी योजना आप दोनों के जेल से रिहा होने और दुबारा नौकरी मिलने तक इंतजार करने की थी, ताकि वह आप दोनों का खून चूसना शुरू कर दे।

"उसी दौरान देश का विभाजन हो गया। नटवर ढाका में अधिक देर तक अपना काम नहीं कर सका, वह वहाँ से बचकर कलकत्ता आ गया। लेकिन वह यहाँ अधिक लोगों को नहीं जानता था; यहाँ उसके कानूनी अथवा गैर-कानूनी काम को दुबारा शुरू करने का कोई अवसर नहीं था, क्योंकि यहाँ उसके पास ब्लैकमेल करने लायक कोई मुरगा नहीं था। जो भी थोड़ा-बहुत पैसा वह अपने साथ लाया था, उससे उसने इस मकान में एक कमरा किराए पर ले लिया।

"यहाँ पहुँचने के बाद एक दिन अचानक उसकी नजर आप दोनों पर पड़ी और उसने आप दोनों को पहचान लिया। पूछताछ करने पर उसे पता चला कि आप दोनों यहाँ गलत पहचान के आधार पर बैंक में नौकरी कर रहे थे। नटवर नश्कर को कमाई का एक जरिया मिल गया। लगता है, ईश्वर ने आप दोनों को पार्सल बनाकर उसके पास भेज दिया था।

"पैसे दो, वरना मैं तुम्हारी असली पहचान बैंकवालों को बता दूँगा, नटवर ने आपसे कहा। आप दोनों ने विवश होकर उसे हर महीने पैसा देना शुरू कर दिया। आप उसे कोई बड़ी राशि नहीं, केवल अस्सी रुपए देते थे, लेकिन नटवर जैसे

आदमी के लिए वह राशि भी कुछ बुरी नहीं थी—कम-से-कम उससे उसके मकान का किराया और खाने का खर्च तो चल ही जाता था।

"इस तरह उसका काम चलता रहा। आप दोनों को चैन नहीं था, न ही आप दोनों नटवर के चंगुल से बच सकते थे। आपकी एकमात्र आशा केवल उसकी मृत्यु में निहित थी।"

ब्योमकेश शांत हो गए। नि:श्वास चुप्पी को तोड़ते हुए वनविहारी फट पड़ा, "मैं आपसे याचना करता हूँ ब्योमकेश बाबू, हमने नटवर नश्कर को नहीं मारा। जिस समय उसकी हत्या हुई, उस समय हम दोनों भूपेश बाबू के कमरे में थे।"

"यह बात सच है।" अपनी कुरसी पर पीठ टिकाते हुए ब्योमकेश ने लापरवाही से कहा, "मुझे इस बात से कोई लेना-देना नहीं है कि नटवर को किसने मारा। यह तो पूरी तरह पुलिस देखेगी। लेकिन आप दोनों एक बैंक में काम करते हैं। यदि वहाँ हिसाब-किताब में कोई भी गड़बड़ी पाई गई तो मुझे विवश होकर आप दोनों की असलियत बतानी पड़ेगी।"

"बैंक के खातों में कोई गड़बड़ी नहीं होगी," राम बाबू उर्फ रासविहारी बाबू अंतत: बोले। "हम अपनी गलती दुबारा नहीं दोहराएँगे।"

"उत्तम। अजीत और मैं इस मामले में खामोश बने रहेंगे।" ब्योमकेश ने भूपेश बाबू की ओर देखा। "आपका क्या विचार है?"

भूपेश बाबू के चेहरे पर एक विचित्र मुसकान तैर गई। "मैं भी खामोश रहूँगा," उन्होंने सौम्य स्वर में कहा। "मेरे होंठों के बाहर एक भी शब्द नहीं आएगा।"

इसके बाद कुछ देर तक कमरे में खामोशी छाई रही। उसके बाद राम बाबू ने अपने दोनों हाथ जोड़कर बोलना प्रारंभ किया, "हम आपकी उदारता को कभी भी विस्मृत नहीं करेंगे। क्या अब हम जा सकते हैं? मेरी तबीयत ठीक नहीं है।"

"आप जा सकते हैं।" ब्योमकेश ने उन्हें दरवाजे तक विदा किया और उसके बाद दरवाजा बंद करके वापस आ गए।

मैंने देखा कि भूपेश बाबू ब्योमकेश को देखकर मुसकरा रहे थे। "मुझे नहीं मालूम था कि नटवर नश्कर और राम बाबू तथा वनमाली बाबू के बीच कोई अवैध संबंध था। यह महज इत्तिफाक था। आपने संभवत: सब कुछ सुलझा दिया है, क्यों, ऐसा ही है न?"

"सब कुछ नहीं, लेकिन उसमें से कुछ," ब्योमकेश ने गहरी साँस लेते हुए कहा।

"आप पूरी दास्तान क्यों नहीं सुनाते? यदि मुझे उसमें कुछ जोड़ना होगा तो उसे मैं बाद में जोड़ दूँगा।"

ब्योमकेश ने एक सिगरेट भूपेश बाबू को देते हुए और एक अपने लिए जलाते हुए मेरी ओर देखा और धीरे-धीरे बोलना प्रारंभ किया, "तुमने नटवर की मृत्यु का एक ब्योरा लिखा था। जब मैंने उसे पढ़ा तो मेरे मन में एक संदेह पैदा हुआ। पिस्तौल चलने की आवाज कभी इतनी ऊँची नहीं होती है। वह किसी बंदूक अथवा कोई बम फटने की आवाज थी। फिर भी नटवर एक पिस्तौल की गोली से मारा गया था।

"तुमने राम बाबू और वनमाली बाबू की छवि में समानता पर ध्यान दिया होगा। जब मैंने उन दोनों से बात की तो मुझे लगा कि वे कुछ छिपाने की कोशिश कर रहे थे। चूँकि वे दोनों अकसर नटवर के कमरे में जाते रहते थे, इसलिए उनके बारे में मेरे मन में जिज्ञासा उत्पन्न हुई।

"लेकिन जिस समय बंदूक चलने की आवाज सुनाई पड़ी वे दोनों पहली मंजिल पर भूपेश बाबू के कमरे में थे। भूपेश बाबू के कमरे का वातावरण शांत एवं सामान्य था। वह अपने निजी कमरे में थे; शाम को छह बजकर पच्चीस मिनट पर वे दोनों—रासविहारी और वनविहारी-ब्रिज खेलने आए। लेकिन अजीत के आने तक खेल शुरू नहीं हो सकता था। दो मिनट बाद सीढ़ियों पर अजीत की चप्पलों की आवाज सुनाई पड़ी। भूपेश बाबू उठे और खिड़की खोलकर गली में देखने लगे। तभी वहाँ एक धमाका हुआ। रासविहारी और वनविहारी खिड़की तक गए। "वहाँ... वहाँ...वह अभी इसी मिनट गली में भागा था, क्या तुमने उसे देखा? उसने एक भूरे रंग की शॉल..." भूपेश बाबू ने संबोधित करते हुए पूछा।

मुख्य सड़क पर अनेक लोग आ-जा रहे थे। रासविहारी और वनविहारी ने समझा कि उन्हीं राहगीरों में से कोई गली की ओर भागा था। उनके मन में जरा सा भी संदेह नहीं हुआ कि भूपेश बाबू ठीक कह रहे थे। यदि आप चाहें तो ऐसी गलतियों के लिए किसी को भी राजी कर लेना संभव है।

"बाद में नटवर की खिड़की की दहलीज पर पिस्तौल पाई गई थी। यह प्रश्न उठना स्वाभाविक था कि हत्यारा अपने पीछे पिस्तौल क्यों छोड़ गया? इसका कोई औचित्यपूर्ण कारण नहीं था। मुझे संदेह हुआ कि इस मामूली सी दिखाई देनेवाली घटना के पीछे कोई गंभीर धोखा किया गया था।

"नौकर हरिपाद ने शाम को छह बजे नटवर के कमरे में किसी की आवाज सुनी थी। यदि उसी आदमी ने हत्या की हो तो? इसलिए उसने अपने लिए कोई

बहाना बनाने की नीयत से संभावित समय को पीछे कर दिया था? मृत्यु के समय में पंद्रह मिनट का मामूली अंतर पोस्टमार्टम द्वारा कभी भी खोजा नहीं जा सकता है।

"मैं इस बात से सहमत था कि हत्यारा कोई बाहरी आदमी नहीं था, बल्कि इस इमारत में ही रहनेवाला कोई आदमी था। लेकिन वह कौन था? क्या वह शिवकाली बाबू थे? अथवा रासविहारी और वनविहारी थे? या कोई अन्य व्यक्ति था? मैं नहीं जानता था कि उसे मारने का मकसद किसके पास था, लेकिन केवल शिवकाली बाबू के पास अवसर था। प्रत्येक के पास बनाने के लिए एक मजबूत बहाना था।

"मेरा मन धुँधला गया था। मैं कुछ भी साफ नहीं देख सका। मैंने इस बात पर ध्यान दिया था कि नटवर का कमरा भूपेश बाबू के कमरे के ठीक नीचे था और नटवर बाबू के कमरे की खिड़की भूपेश बाबू की खिड़की के ठीक नीचे थी। लेकिन तब मेरे मन में पटाखे का विचार नहीं आया था। हाँ, पटाखा। एक ऐसा पटाखा जो फेंके जाने से फटता था या तब फट सकता था, जब उसे किसी ठोस जमीन पर अधिक ऊँचाई से नीचे गिराया जाए।

"आज सुबह मैं किसी ताजा जानकारी की आशा में इस गली से निकलकर पुलिस स्टेशन जा रहा था। थाने की ओर जाते समय मेरे मन में विचार आया कि क्यों न इस गली की जाँच करता चलूँ, संभव है कि मुझे नटवर की खिड़की के नीचे कोई सुराग मिल जाए।

"मुझे सुराग मिल गया। नटवर की खिड़की के ठीक नीचे पक्की गली में मुझे एक पटाखे का धुँधला दाग मिल गया। जब मैंने उसे सूँघा तो मुझे उसमें से बारूद की हलकी गंध महसूस हुई। अब मेरे सारे संदेह दूर हो गए। बड़ी खूबसूरती से एक ठोस बहाना बनाया गया था। इस बहाने की रचना किसने की थी। वह बहानेबाज भूपेश बाबू के अलावा कोई अन्य नहीं हो सकता था। क्योंकि उन्होंने ही अपने कमरे की खिड़की खोली थी। रास विहारी और वनविहारी धमाके की आवाज सुनने के बाद उनके पास खिड़की पर गए थे।

"उस शाम अँधेरा होने के बाद छह बजे भूपेश बाबू सीढ़ियों से चुपचाप नीचे चले गए। पिस्तौल पहले ही खरीदा जा चुकी थी; उन्होंने उसके कमरे में प्रवेश करने के बाद अपना परिचय दिया और उसे गोली मार दी। उसके बाद उन्होंने खिड़की खोलकर इधर-उधर देखा और खिड़की की दहलीज पर पिस्तौल छोड़कर अपने कमरे में वापस लौट गए। उनकी खुशकिस्मती थी कि भूपेश बाबू को नटवर के कमरे में जाते और वापस आते किसी ने नहीं देखा। लेकिन यदि किसी ने उन्हें देख भी लिया होता

तो उनके पास कोई बहाना होना चाहिए था। अपने कमरे में लौटकर उन्होंने रासविहारी और वनविहारी के ब्रिज खेलने के लिए आने की दस मिनट तक प्रतीक्षा की। लेकिन तब तक अजीत नहीं आया था, इसलिए तीनों ने उसके आने की प्रतीक्षा की।

"इस बीच भूपेश बाबू ने अजीत की चप्पलों की आवाज सीढ़ियों पर सुनी। वे अपनी मुट्ठी में एक मार्बल के आकार पटाखा लिये तैयार खड़े थे। कमरे में गरमी होने के बहाने वे खिड़की पर गए और उसे खोलकर गली में इधर-उधर देखते हुए पटाखा नीचे गिरा दिया। नीचे एक जोरदार धमाका हुआ। रासविहारी और वनविहारी दौड़कर खिड़की पर गए; भूपेश बाबू ने उन्हें भूरी शॉलवाले काल्पनिक हत्यारे को दिखाने के लिए इशारा किया।

"भूपेश बाबू को इसके अलावा और कुछ नहीं करना था; समय आने पर उसका शव बरामद कर लिया गया। पुलिस आई और शव को अपने साथ ले गई। परदा गिर गया।"

ब्योमकेश खामोश हो गए। भूपेश बाबू बिना हिले-डुले खामोशी से उनकी बात सुन रहे थे और उसी तरह बने रहे। "कोई गलती?" ब्योमकेश ने उनकी ओर घूरते हुए पूछा।

भूपेश बाबू अब हिले और मुसकराते हुए अपना सिर हिलाया। "कोई गलती नहीं। गलती तो मैंने की थी। मुझे इस बात का अनुमान नहीं था कि आप इतनी जल्दी वापस लौट आएँगे ब्योमकेश बाबू। मुझे उम्मीद थी कि जब तक आप वापस लौटेंगे तब तक नटवर का मामला दफन हो चुका होगा।"

"दो प्रश्न अभी भी अनुत्तरित हैं," ब्योमकेश ने मुसकराते हुए कहा, "पहला, आपका मकसद क्या था? दूसरा, आपने पिस्तौल चलाते समय उसकी आवाज कैसे दबाई? यदि आप किसी बंद कमरे में भी पिस्तौल दागें तो भी उसकी आवाज बाहर सुनी जा सकती है। क्या आपने आवाज को बाहर आने से रोकने के लिए कोई उपाय नहीं किया?"

"मैं आपके दूसरे प्रश्न का उत्तर पहले दूँगा।" अपने कंधे पर रखी शॉल को खोलते हुए उन्होंने अपने दोनों हाथों पर हमारे सामने रख दिया। हमने नई शॉल में एक छोटा सा छेद देखा। "जिस समय मैं नटवर के कमरे में गया था मैंने यह शॉल अपने कंधे पर रखी हुई थी और पिस्तौल भी इसी में छिपा रखी थी। मैंने पिस्तौल को शॉल से बाहर निकाले बिना ही नटवर को गोली मार दी। उसकी आवाज इसी शॉल में घुटकर रह गई, जिससे किसी को सुनाई नहीं पड़ी।"

ब्योमकेश ने धीरे से गर्दन हिलाई। "और मेरे पहले प्रश्न का उत्तर?" उन्होंने कहा। "आपने कल मुझे अपने पुत्र की जो फोटो दिखाई थी, उसके आधार पर मैं कुछ अनुमान लगा सकता हूँ। फिर भी मैं उसे आपके मुँह से सुनना चाहता हूँ।"

भूपेश बाबू के माथे की नसें धड़कने लगीं, लेकिन वह शांतिपूर्वक बोले, "मैंने आपको अपने बेटे की फोटो इसलिए दिखाई थी, क्योंकि मैंने महसूस किया था कि आप सच्चाई खोज निकालेंगे। इसलिए मैं स्वयं को अग्रिम तौर पर उचित ठहराने की कोशिश कर रहा था। जिस दिन ढाका में दंगे भड़के थे, उस दिन नटवर मेरे बेटे को किसी बहाने से स्कूल के बाहर ले गया था। उसी शाम नटवर मेरे पास आया और बोला कि यदि मैं उसे दस हजार रुपए की फिरौती दूँ तो वह मेरे बेटे को वापस कर देगा। मेरे पास दस हजार रुपए नकद नहीं थे, मेरे पास जो कुछ भी था, वह मैंने उसे तत्काल दे दिया; मेरी पत्नी ने अपने सारे जेवर उतारकर उसके हाथ पर रख दिए। नटवर सब कुछ लेकर चला गया, लेकिन हमारा पुत्र हमें वापस नहीं मिला। यहाँ तक कि मैंने काफी समय तक नटवर को भी नहीं देखा। तब से कई वर्ष बीत गए। जब मैं अपनी पत्नी और पुत्र को खोने के बाद कलकत्ता वापस आया तो वह मुझे अचानक सड़क पर जाता दिखाई पड़ा। और उसके बाद…"

"मैं समझ गया," ब्योमकेश ने कहा। "अब आपको कुछ और कहने की जरूरत नहीं है भूपेश बाबू।"

भूपेश बाबू कुछ पलों तक स्थिर बने रहे, उसके बाद उन्होंने कहा, "अब आप मेरे साथ क्या करना चाहेंगे?"

ब्योमकेश ने पलभर छत की ओर देखा। उसके बाद कहा, "कौवे को मारने के लिए किसी को फाँसी पर नहीं लटकाया जाता," लेखक शरत चंद्र चट्टोपाध्याय ने कहा था। "मेरा मानना है कि किसी गिद्ध को मारने के लिए किसी को फाँसी पर नहीं लटकाया जाना चाहिए। आपको चिंता करने की कोई आवश्यकता नहीं है।"

□

ब्योमकेश और वरद

1

यह अधिक दिनों की बात नहीं है जब प्रेतसेवी वरद बाबू सत्यसेवी ब्योमकेश के पास भागते हुए आए थे। ब्योमकेश अपने स्वभाव के अनुसार बाहर बहुत कम जाते थे; इसकी बजाय वे आना सारा ताना-बाना किसी मकड़ी की तरह अपने कमरे के एक कोने में बैठकर बुनते थे। लेकिन उस बार उन्होंने तीन सौ मील की यात्रा करके सबको चौंका दिया था।

ब्योमकेश के बचपन का एक दोस्त बिहार राज्य में पुलिस उपाधीक्षक के पद पर कार्यरत था। कुछ समय पूर्व उसका तबादला मुंगेर में कर दिया गया था और तभी से वह ब्योमकेश के पास नियमित अंतराल पर पत्र भेजता रहता था। इस हार्दिक आमंत्रण के पीछे अवश्य ही उसका कोई गुप्त उद्‌देश्य रहा होगा; क्योंकि मेरा मन इस बात की कल्पना को भी नहीं स्वीकार कर सकता कि कोई डी.एस. पी. बिना किसी मकसद के अपनी पुरानी दोस्ती को फिर से जीवित करना चाहेगा।

यह मध्य सितंबर की बात है; अधिकतम वर्षा के कारण बादल अपना रंग खो चुके थे। ऐसे ही एक दिन अपने पुलिस मित्र का पत्र मिलने के बाद ब्योमकेश ने थोड़ी व्यग्रता के साथ सुझाव दिया, "चलो मुंगेर चलते हैं।"

मैं तैयार था। दुर्गा पूजा से पहले पतझड़ के मौसम ने अपने घरों से दूर रहनेवाले निवासी बंगालियों को अपने घर जाने और अनिवासी बंगालियों को त्योहार मनाने के लिए उसकी तैयारी करने के लिए प्रेरित कर दिया था। "हाँ, चलते हैं," मैंने प्रसन्नतापूर्वक कहा।

निर्धारित समय पर मुंगेर पहुँचने के बाद हमने डी.एस.पी. को प्रतीक्षा करते पाया। उनका नाम शशांक बाबू था। उसकी आयु भी लगभग हमारी जितनी ही थी, वैसे अभी वह तीस से अधिक आयु का नहीं था। फिर भी उसके पेशे और भागदौड़

ने उसमें अधेड़ों जैसी वयस्कता ला दी थी। ऐसा प्रतीत होता था कि पर्याप्त युवा होने के बावजूद उसकी जिम्मेदारियों और काम के बोझ ने उसे बूढ़ा बना दिया था। वह हमें किले के अंदर स्थित अपने सरकारी निवास पर ले गया और वहीं हमारे रहने का प्रबंध कर दिया।

मुंगेर के उस भाग को 'किला' कहा जाता था, यह बात अलग थी कि अब उसमें किले जैसी कोई बात नहीं थी। कभी वह मीर कासिम का अभेद्य किला हुआ करता था। वह लगभग एक-चौथाई मील के गोल दायरेवाला प्राचीरों और गहरी खाई से घिरा क्षेत्र था। उसके बाईं ओर गंगा नदी बहती थी और उसमें तीन विशाल दरवाजे थे। वर्तमान में उसके अंदर एक कारागार, उच्चस्तरीय राज्य सरकार के अधिकारियों और न्यायिक कर्मचारियों के सरकारी आवास तथा खेल का एक विशाल मैदान था। उसके अंदर कुछ सामान्य नागरिक भी रहते थे। कस्बा, बाजार और वास्तविक मानव बस्तियाँ उसके बाहर थीं। किला एक प्रकार से उच्च श्रेणीवाले राजकीय तथा सम्माननीय लोगों का निवास-स्थल था।

शशांक बाबू के साथ मेरा परिचय उनके घर में चाय और नाश्ते पर हुआ। उन्होंने अभिभूत होकर हमारा स्वागत किया; परंतु उसके साथ परिचर्चा के दौरान मुझे महसूस हुआ कि वह आदमी अत्यंत चालाक था। जब तक आप उसका बारीक अध्ययन नहीं करेंगे, तब तक आपको पता ही नहीं चलेगा कि वह किस प्रकार बातों में उलझाकर बीच-बीच में अपने मतलब की बातें कर लेता था। उसने अपने बचपन और मित्रता की स्मृतियों को ताजा करते हुए मुंगेर के कुछ दर्शनीय स्थलों की सूची हमें थमा दी। इसमें कोई संदेह नहीं था कि वह एक अत्यंत परिश्रमी एवं कार्यकुशल व्यक्ति था और उसने बातों-ही-बातों में अपने काम की बात इस तरह कर डाली कि हमें कोई असंतोष व्यक्त करने अथवा नाराजगी प्रकट करने का कोई अवसर ही नहीं मिला।

सच्चाई यह है कि उसके घर हमारे पहुँचने के आधा घंटे के भीतर ही उसने असली मुद्दा कब उठा दिया था, उसका पता मुझे भी नहीं चल पाया था; परंतु ब्योमकेश की आँखों में तैरती खुशी ने मुझे सावधान कर दिया था। उस समय शशांक बाबू कह रहे थे कि मैं आप लोगों को केवल प्राचीन खँडहरों और गरम जल के कुछ फव्वारों को दिखाकर ही निराश नहीं करूँगा। यदि आपकी रुचि अलौकिक चीजों को देखने की हो तो उसे भी मैं आपको दिखा सकता हूँ। हमारे कस्बे में अभी हाल में ही एक रहस्यमय भूत आया है, जिसने मुझे कुछ परेशान कर दिया है।

"क्या तुम पुलिस में होकर भी अपने काम के सिलसिले में भूतों से दुखी होते हो?" ब्योमकेश ने पूछा।

"कदापि नहीं," शशांक बाबू मुसकराए। परंतु जिस तरह से चीजें सामने आ रही हैं···दरअसल बात यह है कि इसी किले में लगभग छह महीने पहले एक सज्जन की रहस्यमय परिस्थितियों में मृत्यु हो गई थी। यद्यपि उसकी मौत का रहस्य अभी भी सुलझ नहीं पाया है, परंतु उसकी आत्मा उस मकान के इर्द-गिर्द मँडराने लगी है, जिसमें अपनी मौत के समय वह रहता था।

ब्योमकेश ने अपनी उल्लसित आँखों में चमक लाते हुए अपना खाली कप रख दिया। सावधानीपूर्वक रुमाल से अपना मुँह पोंछते हुए उन्होंने कहा, "शशांक, मैं देख रहा हूँ कि तुम्हारे वार्त्तालाप का कौशल लगातार निखरता और मजबूत होता जा रहा है। अभी हमें मुंगेर में कदम रखे आधा घंटा भी नहीं हुआ कि मैं तुम्हारे अभिनय की ओर आकर्षित हो गया हूँ। अब तुम मुझे पूरी घटना का संपूर्ण विवरण दो।"

दो बुद्धिमान् लोगों की बैठक चल रही थी। ब्योमकेश का इशारा समझने के बाद शशांक बाबू थोड़ा व्यथित दिखाई दिए, लेकिन उनके चेहरे पर घबराहट का कोई भाव प्रकट नहीं हुआ। उन्होंने अचानक पूछा, "एक कप चाय और मँगाऊँ?" "नहीं?" "कुछ पान वगैरह? आपके लिए अजीत बाबू? ठीक है, मैं घटना का वृत्तांत सुनाता हूँ। वैसे यह कोई रूह कँपानेवाली घटना नहीं है, जो लगभग छह महीने पहले हुई···"

अपने मुँह में पान दबाते हुए शशांक बाबू ने अपनी कहानी शुरू की।

"किले के दक्षिणी दरवाजे के निकट एक खास मकान है। यद्यपि वह एक छोटा-सा मकान है, परंतु उसके आसपास का स्थान खुला हुआ है। किले के अंदर सभी मकान थोड़ी दूरी पर बने हुए हैं, वे शहरों की तरह एक-दूसरे से सटे हुए नहीं हैं। हरेक मकान का अपना निजी परिसर है। उस मकान का मालिक एक स्थानीय अमीर जमींदार है। वह अपना मकान किराए पर देता है।

"यह आदमी जो उस मकान में विगत पंद्रह वर्षों से रहता था, उसका नाम वैकुंठ दास था। वह आदमी बूढ़ा हो चला था और जाति से सुनार था। बाजार में उसकी सोने-चाँदी की दुकान थी, लेकिन वह केवल दिखाने के लिए थी। उसका असली कारोबार जवाहरातों का था। उसके बहीखाते से पता चला कि जिस समय उसकी मृत्यु हुई थी, उसके पास इक्यावन बेशकीमती जवाहरात थे—हीरे, मोती, माणिक, पन्ने जिनकी कीमत लगभग ढाई लाख रुपए थी।

"वह अपने सारे बेशकीमती जवाहरात अपनी दुकान के बजाय अपने घर में रखता था। इसके बावजूद हैरानीवाली बात यह थी कि उसके पास कोई लोहे की तिजोरी भी नहीं थी। कोई नहीं जानता था कि वह अपने जवाहरात को कहाँ छिपाकर रखता था। जब कोई ग्राहक आता तो वह उसे अपने घर ले जाता और उसे अतिथि कक्ष में बैठाकर ऊपर पहली मंजिलवाले अपने शयनकक्ष में जाकर जवाहरात निकाल लाता था और ग्राहक को दिखा देता था।

उसकी अमीरी को देखकर आप अनुमान लगा सकते हैं कि वह कितना धनी आदमी था। लेकिन उसकी वेशभूषा देखकर उसके ऊपर कोई संदेह नहीं कर सकता था। इसकी बजाय वह अपेक्षाकृत शांत, ईश्वर भक्त बूढ़ा आदमी हमेशा अपने गले में पवित्र तुलसी की माला पहने रहता था। परंतु जब कोई आदमी किसी अच्छे काम के लिए कभी उसके पास चंदा माँगने जाता था तो वह अपनी दीनता का ऐसा प्रदर्शन करता था कि लोगों ने चंदा माँगने के लिए उसके घर जाना ही छोड़ दिया था। इस प्रक्रिया में लोगों ने उसका नाम बदलकर हँसी-मजाक में उसे श्रीमान वैकुंठ की बजाय श्रीमान कंजूस कहना शुरू कर दिया था। कस्बे की संपूर्ण बंगाली बिरादरी उसे 'स्वर्णकारजी' कहकर संबोधित करती थी।

"वह आदमी वास्तव में असाधारण रूप से कंजूस था। उसके पूरे महीने का खर्च मात्र सत्तर रुपए था, जिसमें से चालीस रुपए वह मकान का किराया देता था। वह अपने, अपनी बेटी और मूर्ख नौकर के ऊपर खाने-कपड़े इत्यादि पर केवल तीस रुपए खर्च करता था। मैंने उसका बहीखाता देखा था; उसके खर्चे कभी भी सत्तर रुपए से अधिक नहीं होते थे। कितनी अजीब बात थी न? मुझे अकसर यह देखकर हैरानी होती थी कि कैसे कोई कंजूस आदमी किले के अंदर रहने के लिए इतना ऊँचा किराया अदा करता था। उसके बाहर वह अपने रहने के लिए बहुत कम किराए पर कोई सस्ता मकान ले सकता था।"

ब्योमकेश अपनी मेज के सामनेवाली कुरसी पर पसरे हुए बैठे थे, लेकिन उनकी आँखें पत्थरों से बने किले के दरवाजे पर टिकी हुई थीं। किले का अंदरूनी भाग अवश्य ही सुरक्षित था, क्योंकि उसके अंदर चोर-डाकुओं के आने की संभावना बहुत कम थी। कोई ऐसा आदमी जिसके पास ढाई लाख रुपए मूल्य के रत्नाभूषण हों, वह किसी सुरक्षित क्षेत्र में रहने के लिए विवश होगा ही। मिस्टर वैकुंठ कंजूस भले ही रहे हों, परंतु संभवत: वह लापरवाह कतई नहीं थे।"

"मैंने भी इस बारे में काफी अनुमान लगाया था," शशांक बाबू ने प्रतिक्रिया दी। "लेकिन कहानी से पता चलता है कि किले की मजबूत आंतरिक सुरक्षा के बावजूद वह चोरों की बाज सरीखी आँखों से बच नहीं पाया। चोरी की योजना अवश्य ही कुछ समय पूर्व बनाई गई होगी। मुंगेर भले ही एक छोटा कस्बा हो सकता है, परंतु उसे महत्त्वहीन मानकर खारिज मत कीजिए।"

"सचमुच नहीं, मैं ऐसा क्यों करूँगा," ब्योमकेश ने प्रतिवाद करते हुए कहा। "यहाँ ऐसी अनेक महान् विभूतियाँ हैं, जिनकी चोरी, गोलीबारी और हत्या की प्रवीणता का मुकाबला कलकत्ता जैसा महानगर भी नहीं कर सकता। अब मैं आपको क्या बताऊँ, यहाँ तक कि उन्हें लेकर सरकार भी काफी चिंतित है। आप तो जानते ही हैं कि यहाँ मीर कासिम के जमाने से ही बंदूकों के अनेक कारखाने हैं, क्यों ऐसा ही है न? लेकिन फिलहाल आप उसकी चिंता मत कीजिए; पहले मुझे आप 'वैकुंठ सुनार' की कहानी सुनाने दीजिए।"

कुछ इधर-उधर की अप्रासंगिक घटनाओं और अपनी तथा पुलिस विभाग की जिम्मेदारियों का वर्णन करने के बाद शशांक बाबू ने अपनी बात पुनः शुरू की…

"26 अप्रैल को रात लगभग आठ बजे वैकुंठ बाबू अपनी दुकान से घर वापस आए। वह अत्यंत सीधे और सरल व्यक्ति थे, उन्हें तत्काल किसी अनहोनी की आशंका नहीं थी। खाना खाने के बाद रात लगभग नौ बजे वह अपनी पहली मंजिल के कमरे में सोने चले गए। उनकी बेटी नीचे पूजावाले कमरे में सोती थी। अपने पिता को खाना देने के बाद उसने अपने कमरे में जाकर अंदर से दरवाजा बंद कर लिया। मूर्ख नौकर को रात में दुकान की पहरेदारी करनी होती थी। मालिक जैसे ही दुकान से घर आते वह तत्काल दुकान पर चला जाता था। कोई नहीं जानता था कि उसके बाद घर में क्या हुआ।

"जब वैकुंठ बाबू सुबह कमरे से बाहर नहीं निकले तो दरवाजा तोड़ा गया। पुलिस को उनका शव जमीन पर दीवार के सहारे बैठी हुई स्थिति में मिला। उनके शरीर पर किसी चोट का कोई घाव नहीं था—हत्यारे ने उनका गला घोंटकर उन्हें मार डाला था और उनके सारे जवाहरात लेकर चंपत हो गया था।"

"इसका तात्पर्य है कि हत्यारा खुली हुई खिड़की से अंदर आया?" ब्योमकेश ने पूछा।

"ऐसा ही लगता है," शशांक बाबू ने उत्तर दिया। चूँकि कमरे का एकमात्र दरवाजा अंदर से बंद था, इसलिए कमरे में दाखिल होने के लिए खिड़की के

अतिरिक्त और कोई रास्ता नहीं था! मुझे संदेह है कि वैकुंठ बाबू खिड़की खोलकर सोने गए थे; वह गरमी का मौसम था और उस रात गरमी भी कुछ अधिक थी। खिड़की में सरिए भी नहीं लगे हुए थे, जिससे चोरों के लिए खिड़की पर सीढ़ी के जरिए पहुँचना आसान था।"

"क्या वैकुंठ बाबू के सारे जवाहरात चुरा लिये गए थे?"

"सब के सब। ढाई लाख रुपए के जवाहरात चोरी हो गए थे। उनके कमरे में एक भी नहीं मिला था। चोरों ने लकड़ी के डिब्बे में रखे उनके निजी पैसे भी नहीं छोड़े थे, वे सबकुछ चुरा ले गए थे।"

"क्या वैकुंठ बाबू अपने जवाहरात इसी लकड़ी के डिब्बे में रखते थे?"

"इसके अलावा वे और कहाँ रख सकते थे? सचमुच इस बात का कोई प्रमाण नहीं था कि उन्होंने उन्हें कहाँ रखा था। किसी को उनके कमरे में जाने की इजाजत नहीं थी। यहाँ तक कि उनकी बेटी को भी जेवरात के बारे में कोई जानकारी नहीं थी। लेकिन जैसा कि मैं आपको पहले ही बता चुका हूँ, उनके कमरे में कोई तिजोरी नहीं थी; उसके बावजूद वह अपने सारे हीरे-मोती अपने उसी सोनेवाले कमरे में रखते थे। इस आधार पर केवल यही अनुमान लगाया जा सकता था कि वे अपने जवाहरात लकड़ी के डिब्बे में ही रखते थे।"

"क्या कमरे में कोई अन्य डिब्बा अथवा दराज नहीं थी?"

"कोई भी नहीं। आप यह जानकर हैरान रह जाएँगे कि उस कमरे में एक चटाई, एक तकिया और वह डिब्बा तथा पानदान एवं पानी के एक मटके के अलावा और कुछ भी नहीं था। यहाँ तक कि उनके कमरे की दीवारों पर कोई चित्र भी नहीं था।"

"एक पानदान। क्या आपने उसकी सावधानी से जाँच की?" ब्योमकेश ने पूछा।

शशांक बाबू ने एक व्यथित मुसकान दी। "देखो, हम उतने भी मूर्ख नहीं हैं, जितना तुम हमें समझ रहे हो। हमने कमरे में मौजूद हरेक चीज की बारीकी से जाँच की थी। पानदान में चूने और पान में पड़नेवाली अन्य चीजों के अलावा और कुछ नहीं था। पानदान पीतल का बना था जिसमें पान की प्रत्येक सामग्री रखने के लिए अलग-अलग खाने बने हुए थे। वैकुंठ बाबू पान खाने के आदी थे—चूँकि उन्हें बाजार में मिलनेवाला पान पसंद नहीं था, इसलिए अपना पान वह खुद बनाते थे। क्या तुम्हें इसके अलावा भी कोई अन्य जानकारी चाहिए?"

"अरे, नहीं, इतना ही काफी है," ब्योमकेश ने हँसते हुए प्रतिक्रिया की। "पुलिस के काम करने के तरीके और उसके धैर्य पर संदेह करने जैसी कोई बात नहीं है; इस बात पर हरेक आदमी सहमत है। कुल मिलाकर इस कहानी का मोटा-मोटा अनुमान यह है कि एक या अधिक चोरों ने वैकुंठ बाबू की हत्या की थी और ढाई लाख रुपए के जवाहरात लेकर फरार हो गए थे। क्या तुमने कभी सुना कि किसी ने उन जवाहरात को कहीं बेचने की कोशिश की थी?"

"अभी तक कहीं जवाहरात की सेल नहीं लगी थी। यदि ऐसा होता तो हमें उसकी जानकारी अवश्य मिलती। हमने हर तरफ अपने मुखबिर छोड़ रखे हैं।"

"बहुत अच्छा। और फिर?"

"फिलहाल तो इतना ही है। वैकुंठ बाबू की बेटी अभी शोकाकुल दशा में है। वह अपने पीछे एक भी पैसा नहीं छोड़ गए; उनके घर में कहीं एक भी पैसा नहीं मिला था। उसके पास केवल वही पैसा था, जो उसे अपनी दुकान का सारा सोना-चाँदी बेचने के बाद मिला था। यह देखना अत्यंत दुखद लगता है कि किसी संभ्रांत परिवार की कोई बंगाली लड़की परदेस में अपनी गरीबी के कारण किसी के सहारे रहने पर मजबूर हो।"

"वह किसके सहारे रहने पर मजबूर है?"

"एक वयोवृद्ध स्थानीय वकील, उनका नाम ताराशंकर बाबू है। उन्होंने स्वेच्छा से वैकुंठ बाबू की बेटी को अपने घर में आश्रय दिया है। आप कह सकते हैं कि वकील होने के बावजूद वे अच्छे आदमी हैं। वैकुंठ बाबू के साथ उनके संबंध अत्यंत मधुर थे, वे प्रत्येक रविवार को दोपहरी में उनके साथ शतरंज खेला करते थे..."

"हम्म! क्या वह लड़की विधवा है?"

"नहीं, वह शादीशुदा है। लेकिन उसे विधवा कहना भी गलत नहीं होगा। उसकी शादी छोटी उम्र में हुई थी, उसका पति शादी के बाद से ही आवारा और व्यभिचारी हो गया था, वह अभी कुछ समय पहले तक एक सर्कस में काम करता था और अचानक अपने सर्कसवाले साथियों के साथ बाहर चला गया था। तब से उसका कोई अता-पता नहीं है। यही कारण है कि वैकुंठ बाबू उसे अपने साथ रहने के लिए लिवा लाए थे।"

"उसकी आयु कितनी है?"

"लगभग तेईस या चौबीस वर्ष।"

"चरित्र?"

"जहाँ तक मैं जानता हूँ, उसका चाल-चलन बिल्कुल अच्छा है। उसकी वेशभूषा में भी नैतिकता की झलक दिखाई देती है। आप उसे एक भोलीभाली चुड़ैल भी कह सकते हैं। उसके गरीब पति को सचमुच दोषी नहीं..."

"मैं समझ गया। उसका कहीं कोई परिवार नहीं है?"

"कहने के लिए कोई नहीं है। उसके चाचा के लड़के नवद्वीप में रहते हैं। वैकुंठ बाबू की मौत की खबर सुनकर उनमें से कुछ यहाँ आए भी थे, लेकिन जब उन्होंने देखा कि चोर सबकुछ लूट ले गए थे और यहाँ तो खाने के भी लाले पड़े हैं तो बारी-बारी से सभी किसी-न-किसी बहाने यहाँ से खिसक गए।"

ब्योमकेश काफी देर तक खामोश रहने के बाद साँस बाहर छोड़ते हुए बोले, "बड़ा विचित्र मामला है! लेकिन इसमें कुछ करने के लिए अब तक काफी देर हो चुकी है। इसके अलावा मैं तुम्हारा मेहमान हूँ। आज यहाँ हूँ, कल चला जाऊँगा। मुझे तुम्हारे काम में हस्तक्षेप नहीं करना चाहिए। संभवतः तुम भी इसे स्वीकार नहीं करोगे।"

"अरे, नहीं, मैं तुम्हारे काम में दखल क्यों दूँगा?" शशांक बाबू ने घोषणा की। मैं तुमसे औपचारिक तौर पर कोई अनुरोध नहीं कर रहा हूँ; लेकिन तुम यहाँ सैर करने आए हो, यदि इस मामले में तुम्हें कुछ समझ में आता है तो तुम व्यक्तिगत तौर पर मेरी सहायता कर सकते हो। तुम यहाँ छुट्टियाँ मनाने आए हो, मैं तुम्हारे ऊपर अपनी जिम्मेदारियों का भार नहीं डालूँगा।"

शशांक बाबू के इरादे अब पूरी तरह स्पष्ट हो गए थे। वह सहायता लेने के लिए तो इच्छुक थे, परंतु वह 'औपचारिक तौर पर' किसी अन्य को उसका श्रेय देने के इच्छुक नहीं थे और इस प्रकार वे अपनी प्रशंसा भी किसी से साझा नहीं करना चाहते थे।

"ठीक है, ऐसा ही सही," ब्योमकेश ने मुसकराते हुए कहा। "मैं किसी औपचारिक दायित्व के बिना ही तुम्हारी सहायता करूँगा। वैसे उस दिन तुम उस मकान के भुतहा होने के बारे में क्यों कह रहे थे?"

"वैकुंठ बाबू की मौत के कुछ दिन बाद एक अन्य किराएदार उस मकान में आया था और वह भी बंगाली था," शशांक बाबू ने स्पष्ट किया। "उसके आने के बाद से ही भूत की परेशानी शुरू हो गई थी। प्रत्येक बात पर तो विश्वास नहीं किया जा सकता, किंतु कुछ विचित्र हरकतें अवश्य होने लगी थीं। पंद्रह फीट ऊँची कोई आत्मा रात में खिड़की से झाँकती थी। किराएदारों के अलावा कुछ अन्य लोगों ने भी उसे देखा था।"

"क्या!"

"हाँ। यहाँ वरद बाबू नाम के एक सज्जन···अरे, वह भी भूत की बात कर रहे थे और यहाँ शैलेन बाबू भी हैं। आश्चर्य है। कृपया अंदर आइए! ब्योमकेश, वरद बाबू अलौकिक मामलों के विशेषज्ञ हैं। भूत-प्रेतों की कहानी तुम स्वयं सीधे उन्हीं से सुन सकते हो।"

2

प्रारंभिक परिचय के बाद दोनों ने अपना स्थान ग्रहण कर लिया। वरद बाबू नाटे कद के गोलमटोल और गोरी त्वचावाले इनसान थे, जो हमेशा अपनी दाढ़ी-मूँछ साफ रखते थे। लोग उन्हें ताजा आलू कहते थे। उनके साथी शैलेन बाबू उनके ठीक विपरीत थे—लंबे और पतले; परंतु तुम उन्हें मरियल नहीं कह सकते थे। हमारी बातचीत के दौरान उनके बारे में और कई बातें सामने आईं। वरद बाबू वहाँ के स्थानीय निवासी थे और अपना खर्च विरासत में मिली संपत्ति और कुछ मकानों से किराए के रूप में होनेवाली आमदनी से चलाते थे और खाली समय में चटखारे लेकर भूत-प्रेतों की अलौकिक कहानियाँ सुनाया करते थे। शैलेन बाबू एक अमीर आदमी थे, जो स्वास्थ्य लाभ प्राप्त करने मुंगेर आए थे; परंतु यहाँ का वातावरण उन्हें शारीरिक रूप से इतना लाभप्रद लगा कि अब इन्होंने यहाँ एक मकान खरीदकर स्थायी रूप से बसने का निर्णय किया है। दोनों की आयु चालीस वर्ष से अधिक नहीं थी।

हमने भी उन्हें अपना परिचय दिया; लेकिन पता चला कि उन्होंने तो कभी ब्योमकेश का नाम भी नहीं सुना था। ऐसी थी इनकी प्रसिद्धि।

बात चाहे जो भी हो, परिचय हो जाने के बाद वरद बाबू ने कहा, "आप कंजूस वैकुंठ दास की कहानी सुन रहे थे, क्यों ऐसा ही है न? त्रासद घटना—एक अस्वाभाविक मौत। मुझे पूरा विश्वास है कि जब तक गया में उनका अंतिम संस्कार नहीं किया जाएगा, तब तक उनकी आत्मा को मुक्ति नहीं मिलेगी।"

ब्योमकेश द्रवित हुए। "क्या आपको आत्माओं एवं उनके मृत्योपरांत जीवन में विश्वास नहीं है?" वरद बाबू ने उनकी ओर तीखी निगाहों से देखते हुए पूछा।

"मुझे किसी में भी विश्वास नहीं है," ब्योमकेश ने मुसकराते हुए कहा। "वे मेरी गणना से बाहर हैं।"

"बेशक, आप उन्हें अपनी गणनाओं से बाहर रख सकते हैं, परंतु वे बाहर होने से इनकार कर देती हैं," वरद बाबू ने अनुक्रिया की। "यही तो समस्या की जड़ है।

आप भी भूतों और आत्माओं पर विश्वास नहीं करते थे शैलेन बाबू; आप उन्हें झूठा कहकर उन पर हँसते थे। लेकिन अब ?"

"यदि मैं यह कहूँ कि अब मैं उन पर आँख बंद करके विश्वास करता हूँ तो कोई अतिशयोक्ति नहीं होगी," वरद बाबू के साथी ने कहा। "वास्तव में ब्योमकेश बाबू, किसी समय मैं भी आपकी ही तरह था। मैं भूतों के बारे में कभी चिंतित नहीं होता था। लेकिन यहाँ वरद बाबू से परिचय होने के बाद हम इस बारे में जितनी अधिक चर्चा करते हैं, उतना ही अधिक मेरा विश्वास बढ़ता जाता है। मैं मानने लगा हूँ कि इस दुनिया में आत्माओं पर कोई विचार किए बिना जीवित रहना कमोबेस असंभव है।"

"मैं नहीं जानता," ब्योमकेश ने उत्तर दिया। "हम अपनी बात करें तो कह सकते हैं कि उनकी चर्चा किए बिना भी हम अच्छी तरह से जी रहे हैं। और इसके अलावा लोगों की जिंदगी वैसे भी जटिल होती जा रही है और उसमें एक मुसीबत यह भी जोड़ दें···"

"इन सबके बारे में चिंता करने की कोई जरूरत नहीं है," शशांक बाबू ने हस्तक्षेप किया। "वरद बाबू, आप ब्योमकेश बाबू को वैकुंठ बाबू की भूतवाली कहानी क्यों नहीं सुनाते।?"

"हाँ, वह एक उत्तम विचार है," ब्योमकेश ने कहा। "सिद्धांत की अपेक्षा कहानियाँ अधिक मनोरंजक होती हैं।"

वरद बाबू के चेहरे पर संतोष की चमक आ गई। दुनिया में अनेक ऐसे लोग हैं जो कहानियाँ सुनाना चाहते हैं; लेकिन उनमें से सभी इतने भाग्यशाली नहीं हैं कि उन्हें ऐसे सुधी श्रोता मिलें। अधिकतर लोग अविश्वासी होते हैं, जो खामियाँ निकालने में माहिर होते हैं, उनका ध्यान कहानी सुनने पर कम लेकिन बहस करने में अधिक होता है। इसलिए जब वरद बाबू ने ब्योमकेश को यह कहते सुना कि वे सिद्धांतों की बजाय कहानियों पर अधिक विश्वास करते हैं तो उनका चेहरा खिल उठा। मैंने महसूस किया कि उन्हें कभी ऐसा सौम्य एवं धीर श्रोता उससे पहले शायद कभी नहीं मिला था।

हरेक आदमी एक ही तरह से कहानियाँ नहीं कहता; वरद बाबू की शैली अत्यंत रोचक थी। वह कहानी के अंतिम सिरे की ओर नहीं भागते थे—उनकी कहानी धीरे-धीरे आगे बढ़ती थी। उनके वर्णन में घटनाओं की भरमार नहीं होती थी, लेकिन कहानियों में घटनाओं को इतनी प्रवीणता से पिरोया जाता था कि श्रोता

अकसर उनमें डूब जाते थे। उनके चेहरे और उनकी आँखों का हाव-भाव इतनी पूर्णता से कहानी के साथ चलता था कि श्रोता मंत्रमुग्ध हो जाते थे।

"आपने वैकुंठ बाबू की मृत्यु के बारे में सुना है। उनकी अकाल मौत हुई थी; उन्हें अपने पश्चजीवन की तैयारी करने का कोई अवसर नहीं मिला था। हमारा विश्वास है कि जब कोई आत्मा इस तरह अप्रत्याशित तौर पर शरीर से अलग होती है तो शरीर के साथ उसका लगाव समाप्त नहीं होता है—दूसरे शब्दों में, वह यह विश्वास नहीं कर पाती कि अब वह उस शरीरधारी से अलग हो चुकी है। अन्य मामलों में यदि उसे यह विश्वास हो भी जाए तो भी वह उस शरीर से इस भौतिक जगत् में अपना लगाव समाप्त नहीं कर पाती है। वह लगातार उन स्थानों पर भटकती रहती है, जिनसे वह जीवित अवस्था में परिचित थी।"

"मैं आपको इन सिद्धांतों पर विश्वास करने का आग्रह नहीं कर रहा हूँ। लेकिन जो कहानी मैं आपको अब सुनाने जा रहा हूँ, उसे किसी अन्य तरीके से संतोषजनक रूप से वर्णित नहीं किया जा सकता है। इन घटनाओं की सत्यता किसी प्रश्न से परे है। मुझे कहानियों को रोचक तरीके से कहने में प्रतिष्ठा प्राप्त है; लेकिन इस मामले में अत्यंत अविश्वासी व्यक्ति भी यह मानने पर विवश हो जाएगा कि मेरी कहानी में अतिशयोक्ति का लेशमात्र भी नहीं है। क्या आप सहमत हैं, शैलेन बाबू?"

"जी हाँ," शैलेन बाबू ने पुष्टि की। "यद्यपि अमूल्य बाबू के पास भी उसे स्वीकार करने के अतिरिक्त कोई विकल्प नहीं था कि उनके द्वारा वर्णित घटनाएँ बनावटी नहीं थीं।"

"इसलिए," वरद बाबू ने अपनी बात आगे बढ़ाई, "कारण चाहे जो भी हो, परंतु ये घटनाएँ किसी संदेह से परे हैं। वैकुंठ बाबू की मृत्यु के बाद उनका घर कुछ सप्ताह तक पुलिस के नियंत्रण में रहा था; इस बीच ताराशंकर बाबू ने वैकुंठ बाबू की बेटी को अपने घर में रखा। मैं नहीं कह सकता कि क्या इस अवधि के दौरान कोई घटना हुई अथवा नहीं, क्योंकि उस दौरान दो सिपाहियों को उनके मकान की निगरानी करने के लिए तैनात किया गया था, जो संभवत: शराब के नशे में सारी रात मस्ती की नींद लेते थे और वे इस स्थति में होते ही नहीं थे कि वे किसी भूत अथवा आत्मा के आगमन पर ध्यान दे पाते। बहरहाल, वहाँ से पुलिस के चले जाने के बाद उस मकान में एक नए किराएदार आए। उनका नाम कैलाशचंद्र मल्लिक था—वह अत्यंत बीमार और बूढ़े थे। वह स्वास्थ्य लाभ प्राप्त करने के लिए मुंगेर आए थे और बिना किसी पूछताछ के उन्होंने किले के अंदर पहला उपलब्ध मकान

किराए पर ले लिया। मकान मालिक ने उन्हें यह बात नहीं बताई कि उस मकान में पहले एक हत्या हो चुकी थी।

"कुछ दिन निर्विघ्न रूप से बीत गए। कैलाश बाबू ने पहली मंजिल के उसी एकाकी कमरे में कब्जा जमा लिया, जिसमें वैकुंठ बाबू की हत्या हुई थी। उनके नौकर और रसोइया नीचे भूतल पर रहते थे। एक ग्रामीण जमींदार कैलाश बाबू पर्याप्त रूप से काफी अमीर आदमी थे। उनका अपने एकमात्र पुत्र से विवाद चल रहा था और उनकी पत्नी की मृत्यु हो चुकी थी, इसलिए जलवायु परिवर्तन की इस यात्रा में वह पूरी तरह अपने नौकर और रसोइए पर निर्भर थे।

"एक सप्ताह बीत जाने के बाद भूत प्रकट हुआ। जैसे ही कैलाश बाबू अपनी गोलियाँ खाकर लगभग नौ बजे सोने की तैयारी करने लगे, उनकी नजरें खिड़की की ओर गईं। चूँकि गरमी होने के कारण खिड़की खुली हुई थी—उन्होंने खिड़की पर एक भयानक चेहरे को अपनी ओर घूरते देखा। अचानक उनकी चीख निकल गई जिसे सुनकर उनका नौकर और रसोइया भागकर ऊपर आए, लेकिन तब तक वह चेहरा गायब हो चुका था।

"वही घटना दो अन्य रातों को भी दोहराई गई। पहली घटना को कैलाश बाबू का मतिभ्रम मानकर हरेक ने उसे खारिज करने की कोशिश की थी, लेकिन दूसरी घटना के बाद वे अधिक बहस करने पर उतारू नहीं हुए। खबर फैल गई। यद्यपि हमारा कैलाश बाबू से कोई परिचय नहीं था, फिर भी वह खबर मेरे पास तक पहुँची थी।

"भूतों और आत्माओं को लेकर मेरे मन में वैज्ञानिक रुचि थी। मैं उन्हें न तो अस्तित्वहीन मानकर खारिज कर सकता था और न ही उनके अस्तित्व को बिना कोई प्रश्न किए स्वीकार कर सकता था। इसलिए एक ओर जहाँ लोग उन घटनाओं को चर्चा का चटपटा मसाला मानकर उसकी कहानियाँ बना रहे थे, मैंने उसके बारे में अधिक खोज करने का निर्णय लिया; सिर्फ इसलिए कि वह अप्राकृतिक थी इसलिए जरूरी नहीं था कि वह असत्य भी हो।

"एक दिन मैंने और मेरे कुछ मित्रों ने कैलाश बाबू से मिलने का निर्णय किया। वह अपनी बीमारी—दिल का दौरा—से पीड़ित थे और डॉक्टर ने उन्हें नीचे जाने से मना कर दिया था, इसलिए उन्होंने हमें अपने कमरे में ऊपर बुला लिया। बीमारी से परेशान होने के बावजूद उन्होंने उचित ढंग से हमारा स्वागत किया और भूत से अपने साक्षात्कार की सच्ची कहानी बयान की।

"पिछले एक पखवाड़े में वह आत्मा उन्हें चार बार दिखाई पड़ी थी, उन्होंने बताया। सभी चारों अवसरों पर वह खिड़की से झाँकी और अदृश्य हो गई। उसके आने का कोई निश्चित समय नहीं था—कभी वह आधी रात को दिखाई देती, कभी भोर में और कभी-कभी तो वह धुँधलका होने के बाद ही दिखाई दे जाती थी। उसका चेहरा अत्यंत डरावना था, उसकी लाल आँखें भूख और लालच से चमक रही थीं। ऐसा लगता था, जैसे वह कमरे में प्रवेश करना चाहती थी, लेकिन मनुष्यों की मौजूदगी के कारण वह वापस जाने के लिए मजबूर हो जाती थी।

"कैलाश बाबू की कहानी ने हमें इस बात के लिए सहमत कर लिया कि उसे हमें एक बार स्वयं देखना चाहिए। उन्होंने इसके लिए बड़ी गर्मजोशी से हमारा स्वागत किया। उसके बाद हमने उनके शयनकक्ष की रोजाना निगरानी शुरू कर दी। हम वहाँ सूर्यास्त से लेकर रात दस बजे तक रहते और कई बार तो हम लोग उनके पास रात के ग्यारह बजे तक भी ठहर जाते थे, परंतु हमें वह अदृश्य परछाईं कभी नजर नहीं आई। यदि वह कभी आती भी थी तो हमारे वहाँ से चले जाने के बाद आती थी, इसलिए हम उसे कभी नहीं देख पाए।

"इसके दस दिनों बाद मेरे दोस्तों ने एक-एक करके आना बंद कर दिया; यहाँ तक कि शैलेन बाबू ने भी हाथ खड़े कर दिए। केवल मैं ही उनके पास नियमित आता रहा। मैं सूर्यास्त के बाद कैलाश बाबू के पास आता और रात को लगभग साढ़े दस या ग्यारह बजे वापस चला जाता।

इसी तरीके से एक अन्य सप्ताह भी बीत गया। मैंने भी उसके आने की आशा त्यागनी शुरू कर दी। यह कैसी आत्मा थी जो कैलाश बाबू के अतिरिक्त किसी अन्य को दिखाई नहीं देती थी? मुझे उनके बारे में भी कुछ संदेह होने लगा।

"तभी अचानक मुझे मेरे परिश्रम का पुरस्कार मिला। कैलाश बाबू के बारे में भी मेरा संदेह समाप्त हो गया।"

"क्या आपने खुद आत्मा को देखा?" ब्योमकेश ने पूछा, जो अभी तक ध्यानपूर्वक उसकी बातें सुन रहे थे।

"हाँ, मैंने देखा।" वरद बाबू ने सत्यनिष्ठा से कहा।

"सचमुच!" ब्योमकेश ने अपनी कुरसी पर लुढ़कते हुए कहा। उसके बाद उन्होंने कुछ सोचने के बाद कहा, "क्या आप वैकुंठ बाबू को पहचान पाए?"

"मैं नहीं कह सकता कि मैंने उन्हें पहचाना," वरद बाबू ने अपना सिर हिलाया। "वह कोई चेहरा था परंतु बहुत स्पष्ट नहीं था, लेकिन इसमें कोई संदेह

नहीं कि वह एक इनसानी चेहरा था। वह अदृश्य होने से पूर्व कुछ पल के लिए धुँधला सा दिखाई दिया था।"

"कतई असामान्य," ब्योमकेश ने टिप्पणी की। अपनी आँखों से कोई भूत देखनेवाले खुशकिस्मत लोग बहुत अधिक नहीं हैं; अलौकिक चीजों के दृश्यमान होने के बारे में जितने भी मामलों का विश्लेषण किया गया, उनमें से अधिकतर में यही पता चला कि या तो वे अफवाह थे या भ्रमित पहचान का मामला थे।"

ब्योमकेश के बयान में अविश्वास की बू आ रही थी, इसलिए शैलेन बाबू ने फुर्ती से उनकी बात काटते हुए कहा, "केवल वरद बाबू ने ही नहीं, उनके अलावा अनेक अन्य लोगों ने भी उसके बाद उसे देखा था।"

"यहाँ तक कि आपने भी?" ब्योमकेश ने पूछा।

"जी हाँ, मैंने भी देखा," उन्होंने अनुक्रिया की। "शायद मैं उतना साफ-साफ तो नहीं देख पाया, जितना कि वरद बाबू ने देखा था; लेकिन मैंने देखा अवश्य था। उस चेहरे को वरद बाबू के देखने के बाद हममें से कुछ लोगों ने कैलाश बाबू के पास पुनः आना प्रारंभ कर दिया था। एक दिन मैं उसकी आकस्मिक झलक देख पाने में सफल हो गया।"

"अपनी उत्तेजना में शैलेन बाबू ने एक छोटी सी भूल कर दी थी, जिसके कारण वह उसे पूरी तरह देख नहीं पाए," वरद बाबू ने स्पष्ट किया। "हममें से कुछ लोग—अमूल्य, डॉ. सची रॉय और मैं—कैलाश बाबू से बातें कर रहे थे। हम लोग उन्हें कमरा छोड़ने की सलाह दे रहे थे, इसलिए हमारा ध्यान खिड़की से हट गया था, लेकिन शैलेन बाबू ने किसी शिकारी की तरह अपनी आँखें खिड़की पर ही टिका रखी थीं। वह अचानक चीख पड़े—'वहाँ…वहाँ…' हम सब तुरंत खिड़की की ओर मुड़े, लेकिन कुछ अधिक नहीं देखा जा सका। शैलेन बाबू ने देखा था कि भाप का एक बादल आकार ले रहा था। इससे पहले कि वह अपना पूरा आकार ग्रहण करता, उन्होंने शोर मचा दिया, इसलिए वह गायब हो गया।"

"कैलाश बाबू ने भी अवश्य देखा होगा," शैलेन बाबू ने कहा। "क्या आपको उसका गायब होना याद नहीं है?"

"हाँ, उनका दिल पहले ही कमजोर था," वरद बाबू ने टिप्पणी की। "सौभाग्यवश डॉ. रॉय भी उस समय वहाँ मौजूद थे; उन्होंने तुरंत उन्हें एक सुई लगाई और वापस उन्हें होश में ले आए। अन्यथा उस रात एक अन्य त्रासदी भी हो सकती थी।"

इसके बाद कुछ मिनट तक हम खामोश बैठे रहे। प्रत्यक्षदर्शियों के बयानों को झुठलाना असंभव था। जब तक हम यह न मान लेते कि वे दोनों सज्जन पूरी तरह

झूठ बोल रहे थे, तब तक हम उनकी बात को सच मानने के लिए विवश थे। फिर भी, उनकी कहानी इतनी असामान्य थी कि हम उस पर कोई प्रश्न किए बिना उसे स्वीकार नहीं कर सकते थे।

आखिरकार ब्योमकेश ने कहा, "आपके विचार से उनके शयनकक्ष की खिड़की पर बार-बार दिखाई देनेवाली आत्मा वैकुंठ बाबू की थी।"

"संभवतः इसके अलावा और क्या हो सकता था?" वरद बाबू ने पूछा।

"इस मामले में वैकुंठ बाबू की बेटी का क्या दृष्टिकोण है?"

"उसके दृष्टिकोण को तय कर पाना आसान नहीं है। मैंने उसे गया में अंतिम संस्कार कराने का सुझाव दिया था, लेकिन उसने कुछ भी नहीं किया। ताराशंकर बाबू विशेष तौर से ऐसे सुझावों पर कोई ध्यान नहीं देते हैं—वे उन्हें हँसी में उड़ा देते हैं।" वरद बाबू ने एक व्यथित श्वास छोड़ी।

"यदि उनकी हत्या की गुत्थी सुलझा ली गई होती तो संभवतः वैकुंठ बाबू की आत्मा को मुक्ति मिल जाती। प्रेतात्माओं के विषय में मुझे कोई ज्ञान नहीं है; लेकिन फिर भी यदि पुनर्जन्म जैसी किसी चीज का कोई अस्तित्व है तो आत्माओं के लिए बदला लेना कोई अस्वाभाविक बात नहीं है," ब्योमकेश ने कहा।

"सचमुच यह अस्वाभाविक नहीं है," वरद बाबू ने सहमत होते हुए कहा। "केवल आत्मा ही जीवधारी के शरीर से अलग होती है, परंतु आत्मा यथावत् बनी रहती है। जैसा कि गीता में कहा गया है—नैनंछिन्दन्ति शस्त्राणि...शस्त्र उसे काट नहीं सकते, आग उसे जला नहीं सकती..."

"क्या आप वैकुंठ बाबू की बेटी से हमारा परिचय करा सकते हैं?" ब्योमकेश ने हस्तक्षेप किया। "मैं उससे कुछ प्रश्न करना चाहूँगा।"

थोड़ी देर सोचने के बाद वरद बाबू ने कहा, "मैं कोशिश कर सकता हूँ। यह जानने के बाद कि आप एक जासूस हैं, शायद ताराशंकर बाबू भी कोई आपत्ति नहीं करेंगे। आज मैं उनसे वकीलों के पुस्तकालय में मिलूँगा; यदि वह राजी हो जाते हैं तो मैं आज शाम को आपको उनके घर ले चलूँगा। यह बात पक्की रही।"

जब मैंने महसूस किया कि वह जानेवाले हैं तो मैंने वरद बाबू से पूछा, "क्या हम लोग भी भूत को नहीं देख सकते?"

"तात्कालिक तौर पर तो मैं आपसे काई वादा नहीं कर सकता," उन्होंने उत्तर दिया, "लेकिन यदि आप थोड़ी कर्मठता एवं निश्चय का प्रदर्शन करें तो आप उसे

अवश्य देख सकते हैं। आज शाम को ताराशंकर बाबू से मिलने के बाद हम सीधे कैलाश बाबू के घर क्यों न चलें? ठीक है ब्योमकेश बाबू?"

"आपका प्रस्ताव उत्तम है। मैं तो खासतौर से चलने का इच्छुक हूँ। मैं आपके शहर से कोई नया अनुभव लेकर लौटूँगा तो मुझे अच्छा लगेगा।"

"फिर मैं अब जाना चाहूँगा। अभी दस बजे हैं। मैं आज शाम को लगभग पाँच बजे वापस आऊँगा।"

वरद बाबू और शैलेन बाबू के चले जाने के बाद शशांक बाबू ने पूछा, "तुम क्या सोचते हो? सचमुच असाधारण कहानी है न?"

"मैं नहीं बता सकता कि कौन सी अधिक बेतुकी है—तुम्हारी हत्यावाली कहानी या वरद बाबू की भूतवाली कहानी।"

"हत्यावाली मेरी कहानी में ऐसा बेतुका क्या था?"

"मैं उस हत्या का वर्णन किस प्रकार करूँ, जिसका रहस्य छह महीने बीत जाने के बाद भी हल नहीं किया जा सका? क्या तुम आश्वस्त हो कि वैकुंठ बाबू की हत्या की गई थी? उन्हें दिल का दौरा नहीं पड़ा था?"

"तुम कहना क्या चाहते हो? डॉक्टर ने पोस्टमार्टम रिपोर्ट में स्पष्ट उल्लेख किया है कि उनकी हत्या गला घोंटकर की गई थी। उसके गले की त्वचा पर रस्सी के रगड़ने के निशान थे…"

"और फिर भी तुम कहते हो कि हत्यारे ने कोई संकेत नहीं छोड़ा था, उसकी उँगलियों का कोई निशान अब तक तुम्हें नहीं मिला था। इसे बेतुका कहना भी इसे हलके में लेना होगा। वरद बाबू ने कम-से-कम भूत को अपनी आँखों से तो देखा था, लेकिन तुमने तो वैसा भी कुछ नहीं देखा।" अपनी कुरसी से खड़े होकर अँगड़ाई लेते हुए ब्योमकेश ने कहा, "चलो अजीत, स्नान करने चलते हैं। मैंने गाड़ी में एक भी झपकी नहीं ली; मैं दोपहर को शांतिपूर्वक सोने से पहले अपनी वास्तविक मुद्रा में दुबारा नहीं लौट सकता।"

3

वरद बाबू शाम को वापस आए। ताराशंकर बाबू ने सहमति दे दी थी। यह बात अलग थी कि वे पहले ही व्यथित महिला के जीवन में इस प्रकार के हस्तक्षेप को अनावश्यक मानते थे।

हम वरद बाबू के साथ रवाना हो गए। शशांक बाबू हमारे साथ जाने में असमर्थ थे, क्योंकि उनके वरिष्ठ अधिकारी ने अचानक उन्हें अपने पास बुला लिया था।

वरद बाबू ने रास्ते में हमें बताया कि ताराशंकर बाबू कोई बुरे आदमी नहीं थे, और उन्होंने यह भी बताया कि जिले का कोई भी वकील उनकी तेज बुद्धि के आगे टिक नहीं सकता था। यहाँ तक कि न्यायाधीश भी उनकी प्रभावशाली एवं तेज जबान से डरते थे। हमें उनसे बहुत सत्कारपूर्ण स्वागत की आशा नहीं थी, फिर भी हमने उस पर अधिक ध्यान नहीं दिया।

उनके अभिवादन की अनुक्रिया में ब्योमकेश मुसकराए। वह किसी हाथी की भाँति मोटी त्वचावाले आदमी थे और वह केवल अपने ही उद्देश्य पर बल देते थे—कोई भी उन्हें अपमानित नहीं कर सकता था। उनसे संपर्क करने में मुझे अपनी पहचान छिपाना भी कठिन लग रहा था।

किले के दक्षिणी दरवाजे से निकलकर हम लोग बैलून बाजार नामक एक अन्य इलाके में पहुँच गए। वह बंगालियों की बस्ती थी, जिसके बीच ताराशंकर बाबू का शानदार महलनुमा बँगला स्थित था। हमें अब इस बात का कोई संदेह नहीं था कि ताराशंकर बाबू अत्यंत तेज दिमागवाले वकील थे।

उनके अतिथि कक्ष में प्रवेश करने के बाद हमने उन्हें उसके बीच चादर बिछी चारपाई पर बैठे पाया। तकिए पर पीछे की ओर पीठ टिकाए हुए वह हुक्का पी रहे थे। उनके लंबे पतले शरीर में मांस कम खाल अधिक थी। उनका चेहरा कोणीय एवं आँखें कटीली थीं। उनकी आयु लगभग साठ वर्ष थी; उन्होंने कपड़ों के रूप में एक धोती और बनियान तथा कंधे पर सफेद अँगोछा डाला हुआ था। हमारे पहुँचने पर वह सीधे होकर बैठ गए और अपने एक हाथ में हुक्के का पाइप पकड़कर बोले, "अंदर आओ, वरद! मेरे विचार से ये दोनों सज्जन कलकत्ता से आए हुए जासूस हैं?"

उनकी आवाज और बोलने की गुणवत्ता में श्रोताओं को संभ्रमित करने की क्षमता थी। शायद यह उनका एक सफल वकील होने का संकेत था; यह कल्पना करना कठिन नहीं था कि वह दूसरे पक्ष के गवाहों को परेशान करने में सकारात्मक रूप से अत्यंत कुशल थे।

वरद बाबू ने ब्योमकेश का संकोचपूर्वक परिचय दिया। "मैं एक सत्यशोधक हूँ," ब्योमकेश ने विनम्रतापूर्वक उनका अभिवादन करते हुए कहा।

अपने बाएँ घुटने को थोड़ा ऊपर उठाते हुए ताराशंकर बाबू ने पूछा, "सत्यशोधक? भला इसका क्या अर्थ हो सकता है?"

"सत्य की खोज करना मेरा व्यवसाय है—ठीक वैसे ही जैसे आपका व्यवसाय वकालत करना है," ब्योमकेश ने उत्तर दिया।

तराशंकर बाबू के होंठों पर एक कुटिल मुसकान तैर गई। "मैं समझ गया– अर्थात् जासूस नामक शब्द अब चलन से बाहर हो गया है? वह क्या चीज है, जिसकी आप खोज करते हैं?"

"सत्य।"

"यह तो मैं आपके मुँह से पहले भी सुन चुका हूँ। कैसा सत्य?"

"उदाहरण के लिए, वैकुंठ बाबू आपके पास कितना पैसा छोड़ गए हैं," ब्योमकेश ने अत्यंत सधे हुए स्वर में अनुक्रिया की। "फिलहाल तो यही सत्य जानने से मेरा काम चल जाएगा।"

तराशंकर बाबू के चेहरे से तत्काल सारा व्यंग्य एवं मजाक छू–मंतर हो गया। उन्होंने अपनी बड़ी–बड़ी आँखें बाहर निकालकर ब्योमकेश को घूरते हुए पूछा, "आपको कैसे पता चला कि वैकुंठ बाबू ने मेरे पास कुछ धन रख छोड़ा था?" उन्होंने अत्यंत व्याकुल स्वर में पूछा।

"मैं एक सत्यान्वेषक हूँ," ब्योमकेश ने उत्तर दिया।

ताराशंकर बाबू मिनट भर के लिए अवाक् रह गए। जब वह दुबारा बोले तो उनका सुर बदला हुआ था; 'असाधारण!' उन्होंने सम्मान एवं प्रशंसा के मिश्रित स्वर में घोषणा की। "आज तक मुझे इतनी अधिक विलक्षणता के दर्शन कभी नहीं हुए थे। कृपया स्थान ग्रहण कीजिए, इस तरह खड़े मत रहिए। तुम भी बैठो वरद। क्या ब्योमकेश बाबू के पास भी तुम्हारे जैसा कोई पालतू भूत है?"

हम लोगों के बैठ जाने के बाद ताराशंकर बाबू ने फुर्ती से हुक्के के कश लगाए और अपना सिर ऊपर उठाया। ब्योमकेश की ओर देखते हुए उन्होंने कहा, "मैं महसूस करता हूँ कि आप मात्र अनुमान लगा रहे हैं। लेकिन फिर भी बताइए कि आपने यह अनुमान किस आधार पर लगाया? यहाँ तक कि किसी अनुमान के लिए भी कुछ सामग्री आवश्यक होती है।"

"लेकिन यहाँ तो सामग्रियों की भरमार है," ब्योमकेश ने हँसते हुए कहा। "क्या कोई आदमी यह विश्वास कर सकता है कि वैकुंठ बाबू जैसा कोई अमीर कारोबारी अपने पीछे कोई नकदी नहीं छोड़ेगा? और फिर उनके बैंक खाते में भी कोई पैसा नहीं था। संभवत: उन्हें बैंक जैसे प्रतिष्ठानों पर कोई भरोसा नहीं था। फिर उन्होंने अपना पैसा कहाँ रख छोड़ा था? निश्चय ही किसी विश्वसनीय मित्र के पास। वैकुंठ बाबू प्रत्येक रविवार को दोपहर बाद आपके घर शतरंज खेलने के लिए आते थे। उनकी मृत्यु के बाद आप उनकी बेटी को अपनी सुरक्षा में ले आए।

इन सब कारणों के होते हुए कोई भी आसानी से यह निष्कर्ष निकाल सकता है कि आप उनके अत्यंत विश्वसनीय मित्र थे।"

"आपका अनुमान सही है," ताराशंकर बाबू ने सहमति जताई। "वैकुंठ का बैंकों पर कतई भरोसा नहीं था। उसकी सारी नकदी हमेशा मेरे पास ही रहती थी और आज भी है। वह कोई छोटी-मोटी राशि नहीं है, बल्कि पूरे सत्रह हजार रुपए हैं। मैंने इस धन के अस्तित्व के विषय में किसी को नहीं बताया है; मैं नहीं चाहता था कि उसकी मौत के बाद किसी को इसका पता चले। लेकिन चूँकि ब्योमकेश बाबू ने सत्य का पता लगा लिया है, इसलिए मेरे पास इसे स्वीकार करने के अलावा कोई विकल्प नहीं है। मैं अभी भी नहीं चाहूँगा कि इसके बारे में किसी को जानकारी मिले। आप तीनों तो जान गए हैं, लेकिन ध्यान रहे, इसके बारे में किसी और व्यक्ति को पता नहीं चलना चाहिए। क्या तुम मेरी बात समझ गए वरद?"

वरद बाबू ने सिर हिलाया, उसके मन का संदेह उसके चेहरे पर झलकने लगा।

"इसे गोपनीय बनाए रखने के पीछे क्या कोई खास कारण है?" ब्योमकेश ने पूछा।

हुक्के के कुछ और कश लगाने के बाद ताराशंकर बाबू ने कहा, "कारण है। आप संदेह कर सकते हैं कि मैं अपने मित्र द्वारा मेरी सुरक्षा में छोड़े गए धन को ऐंठने की कोशिश कर रहा हूँ—मुझे इसकी जरा सी भी परवाह नहीं है। इसे गुप्त रखने के पीछे एक भिन्न कारण है।"

"क्या मैं जान सकता हूँ कि वह कारण क्या है?"

अपनी त्योरियाँ चढ़ाते हुए ताराशंकर बाबू इस विषय में कुछ देर तक सोचते रहे। उसके बाद उन्होंने घर के अंदर जानेवाले दरवाजे पर लगे परदे की ओर देखते हुए निम्न स्वर में कहा, "शायद आप इस बात से अनभिज्ञ हैं कि वैकुंठ का एक बदमाश दामाद है। इसकी बजाय कि वह अपनी पत्नी को आश्रय दे, वह एक सर्कस के साथ सारे देश में घूमता रहता है। वर्तमान में मुझे इस बात की कोई जानकारी नहीं है कि वह बदमाश कहाँ है, परंतु यदि उसे किसी भी तरीके से ज्ञात हो जाएगा कि उसकी पत्नी के पास काफी धन है तो वह उसे जबरन अपने साथ ले जाएगा। कुछ दिनों में सारा पैसा उड़ाकर वह दुष्ट फिर भाग जाएगा। आप तो जानते ही हैं कि मैं ऐसा नहीं होने देना चाहता।"

"मैं समझ गया," ब्योमकेश ने धीरे से कहा, उनकी नजरें परदे पर टिकी थीं।

"वैकुंठ के पास जो कुछ भी था, वह पहले ही चोरी चला गया है," ताराशंकर बाबू ने अपनी बात जारी रखी। "कुछ शेष है तो केवल ये कुछ हजार रुपए। यदि दामाद बाबू आकर इन्हें भी ले जाते हैं तो उस गरीब, अभागी लड़की के पास क्या बचेगा? अपनी बाकी जिंदगी वह कैसे गुजारेगी? आखिर मैं सदा के लिए तो जीवित नहीं रहूँगा।"

"आप ठीक कह रहे हैं," ब्योमकेश ने कहा जो अभी तक हथेलियों पर अपना चेहरा टिकाए बड़े ध्यान से उनकी बात सुन रहे थे। "मैं उससे कुछ प्रश्न करना चाहूँगा। वह घर में ही है न? यदि नहीं है तो भी चिंता करने की कोई बात नहीं है।"

"बहुत अच्छा। मैं नहीं समझता कि उससे पूछताछ करने से आपको कोई मदद मिलेगी। लेकिन चूँकि आप चाहते हैं, इसलिए मैं उसे यहाँ बुलाता हूँ।"

जब वह उठकर चले गए तो मैंने ब्योमकेश से आँखों के इशारे से बात की, जिसका उत्तर उन्होंने मंद मुसकान से दिया। चूँकि वह वरद बाबू की मौजूदगी में खुलकर बात नहीं करना चाहते थे, इसलिए मैंने उनसे सीधा प्रश्न नहीं किया। मैं यही अचरज कर रहा था कि ताराशंकर बाबू किस किस्म के इनसान थे...

वह पाँच मिनट बाद वापस आए; उनके पीछे आकर एक युवा महिला दरवाजे पर खामोशी से खड़ी हो गई। उसने अपना आधा सिर अपनी साड़ी के आँचल से ढँक लिया था, जिससे उसका चेहरा देखने में कोई बाधा नहीं उत्पन्न हुई। उसने एक शादीशुदा स्त्री के नियमित कपड़े पहने हुए थे। उसे किसी भी तरह एक सुंदर स्त्री नहीं कहा जा सकता था। फिर भी उसके चेहरे पर किसी भाव का पूर्ण अभाव था। उसे देखकर यह संदेह भी होता था कि उसके जैसा निर्जीव चेहरा क्या चीन और जापान के बाहर भी कहीं देखा जा सकता था। उसकी निर्जीव छवि ने उसे और भी अधिक कुरूप बना दिया था। सारा समय वह अपना चेहरा झुकाए फर्श पर देखती रही और उसने एक बार भी अपनी आँखें ऊपर नहीं उठाईं। बिना किसी शोक का प्रदर्शन किए उसने ब्योमकेश के कुछ प्रश्नों के उत्तर दिए और किसी यंत्र की भाँति परदे के पीछे गायब हो गई।

जैसे ही वह कमरे में आई, ब्योमकेश ने उसे सिर से पाँव तक फुर्ती से देखा और शांत स्वर में कहा, "शायद तुम यह बात जानती हो कि अपने पिता की मृत्यु के बाद तुम पूरी तरह कंगाल नहीं हुई हो!"

"जी हाँ।"

"ताराशंकर बाबू ने तुम्हें यह बात अवश्य बताई होगी कि तुम्हारे सत्रह हजार रुपए उनके पास सुरक्षित रखे हुए हैं।"

"जी हाँ।"

ब्योमकेश थोड़ा निराश नजर आए। कुछ सोचने के बाद उन्होंने अपनी बात पुनः शुरू की, "तुम्हारा पति कितने समय से गुमशुदा है?"

"आठ वर्ष से।"

"इस दौरान तुमने उसे एक भी बार नहीं देखा?"

"जी नहीं।"

"उसका कोई पत्र भी तुम्हें नहीं मिला?"

"जी नहीं।"

"तुम नहीं जानती कि इस समय वह कहाँ है?"

"जी नहीं।"

"यदि उसे यह पता चले कि तुम्हें अपने पिता से विरासत में कुछ धन मिला है तो क्या उसके लौटने और तुम्हें अपने साथ ले जाने की कोई संभावना है?"

कुछ मिनट की खामोशी के बाद उसने कहा, "जी हाँ।"

"तुम उसके साथ रहने की इच्छुक नहीं हो?"

मैंने ध्यान दिया कि ताराशंकर बाबू इस बीच रहस्यमय तरीके से मुसकरा रहे थे।

ब्योमकेश ने अपने प्रश्नों की दिशा बदली।

"तुम्हारा पति कहाँ का रहनेवाला है?"

"जेसोर।"

"क्या उसका परिवार अभी वहाँ है?"

"जी नहीं।"

"तुम्हारे सास और ससुर कहाँ हैं?"

"वे मर चुके हैं।"

"तुम्हारी शादी कहाँ हुई थी?"

"नवद्वीप में।"

"तुम अपने चचेरे भाइयों के साथ नवद्वीप में क्यों नहीं रहती? आखिर वे तुम्हारे पिता के भाई के बच्चे हैं।"

खामोशी।

"क्या तुम्हें उनके ऊपर विश्वास नहीं है?"

"जी नहीं।"

"तुम ताराशंकर बाबू को अपना सबसे बड़ा शुभचिंतक मानती हो?"

"जी हाँ।"

ब्योमकेश ने कुछ देर तक दीवार की ओर चिंतित होकर देखा और अपनी बात एक नई दिशा में पुनः शुरू की—

"वरद बाबू ने तुम्हें अपने पिता का गया में अंतिम संस्कार करने का सुझाव दिया था। तुम राजी क्यों नहीं हुई?"

कोई उत्तर नहीं।

"तुम्हें इन सब चीजों में विश्वास नहीं है?"

इस बार भी कोई उत्तर नहीं।

"चिंता मत करो। अब मुझे यह बताओ कि जिस रात तुम्हारे पिताजी की मृत्यु हुई थी, क्या उस रात तुमने कुछ सुना था?"

"जी हाँ।"

"क्या हीरे और अन्य बहुमूल्य पत्थर उनके शयनकक्ष में ही रखे थे?"

"जी हाँ।"

"शयनकक्ष में किस जगह?"

"मैं नहीं जानती।"

"यहाँ तक कि तुम कोई अनुमान भी नहीं लगा सकती?"

"जी नहीं।"

"क्या उनका कोई दुश्मन था?"

"मुझे नहीं मालूम।"

"क्या तुम्हारे पिताजी तुम्हारे साथ अपने कारोबार के बारे में कभी बात नहीं करते थे?"

"जी नहीं।"

"तुम्हारे सोने का प्रबंध भूतल पर किया गया था। तुम किस कमरे में सोती थी?"

"अपने पिताजी के कमरे के नीचेवाले कमरे में।"

"जिस रात उनकी हत्या की गई थी, तुम्हारी नींद में कोई बाधा नहीं पड़ी?"

"जी नहीं।"

"बहुत अच्छा, अब तुम जा सकती हो," ब्योमकेश ने उससे गहरी साँस लेते हुए कहा।

उसके बाद ताराशंकर बाबू के घर हमारा काम खत्म हो गया। हमारे जाने का समय हो चुका था। जैसे ही हम चलने को हुए, ताराशंकर बाबू ने ब्योमकेश से व्यापक तौर पर कहा, "मुझे खुशी है कि आपने मेरे दावों की पुष्टि कर ली है। आप अत्यंत अनुभवी आदमी हैं; शायद आप वैकुंठ की हत्या की गुत्थी सुलझाने में सफल हो जाएँगे। आपको कभी किसी सहायता की आवश्यकता हो तो मेरे पास कभी भी आ सकते हैं। लेकिन मेहरबानी करके मेरी वह बात याद रखिएगा कि मेरे पास जमा पैसे की खबर अधिक न फैले। यदि वैसा हुआ तो मैं झूठ बोलने पर विवश हो जाऊँगा।"

सड़क पर पहुँचने के बाद हम किले की ओर मुड़ गए। किसी स्त्री के झुके नेत्रों की तरह दिन का प्रकाश धुँधला होने लगा था; पश्चिमी आकाश में सूर्य सिंदूरी हो चुका था। आकाश के मध्य में वृद्धिमान चंद्रमा किसी सुंदर स्त्री के घूँघट की ओट से झाँकते चेहरे की मुसकान की भाँति उदित हो चुका था!

लेकिन ब्योमकेश ने एक बार भी वह दृश्य नहीं देखा; वह अपना सिर झुकाए आगे बढ़ते जा रहे थे। कुछ मिनट तक खामोशी में चलने के बाद, मैंने उनसे अचानक पूछा, "ताराशंकर बाबू के बारे में तुम्हारी क्या राय है व्योमकेश?"

आसमान की ओर देखते हुए वह अचानक मंद मुसकान के साथ बोले, "वह एक बुद्धिमान व्यक्ति हैं।"

4

जब आप किले में प्रवेश करेंगे तो गंगा की ओर जानेवाले बाएँ तरफ के मार्ग के अंत में कैलाश बाबू का घर मिलेगा। एक तरीके से वह सुनसान जगह है। एक छोटी चारदीवारीवाले उद्यान के बीच में दुमंजिला भवन है, जिसके आसपास चारदीवारी के किनारे-किनारे देवदार के वृक्ष लगे हुए थे। उसकी अवस्थिति को देखकर समझा जा सकता था कि हत्यारे को अपने पकड़े जाने का कोई भय नहीं था।

वरद बाबू हमें सीधे कैलाश बाबू के पहली मंजिल पर स्थित शयनकक्ष में ले गए। उनके कमरे में किसी तरह की कोई सजावट नहीं थी; कमरे के बीचोबीच केवल लोहे की एक चारपाई पड़ी हुई थी, जिसके ऊपर कैलाश बाबू एक तकिए के सहारे लेटे हुए थे।

एक नौकर दौड़कर कुछ कुरसियाँ ले आया और कमरे में लैंप जलाकर चला गया। मिट्टी के तेलवाली लालटेनों से काफी धुआँ निकलता था, जिससे छत खराब हो जाने डर उसे नीचे ही रख दिया गया था। मुंगेर में उन दिनों बिजली का प्रकाश नहीं था।

कैलाश बाबू की हालत देखने के बाद उनके खराब स्वास्थ्य के बारे में संदेह की कोई गुंजाइश नहीं थी। उनकी चमड़ी का रंग गोरा था, परंतु बीमारी ने उसे विवर्ण कर दिया था और वह निर्जीव दिखाई देने लगे थे। चेहरे पर उगी खूँटीदार दाढ़ी ने उनके चेहरे को अपेक्षाकृत अधिक कमजोर बना दिया था। वर्षों की बीमारी से पीड़ित कैलाश बाबू की आँखें अस्थिर हो गई थीं और उनकी आवाज में असंतोष की तीव्रता थी।

अपना परिचय देने के बाद हम लोग बैठ गए। ब्योमकेश खिड़की के पास गए। उस कमरे में पश्चिम की ओर केवल एक खिड़की थी, जहाँ से नीचे वाला उद्यान साफ दिखाई देता था। थोड़ी दूरी पर बहनेवाली गंगा को देवदार के झुरमुटों के बीच से देखा जा सकता था। वहाँ कोई अन्य मकान नहीं था और चारदीवारी के अंत में गंगा का रेतीला किनारा शुरू हो जाता था।

ब्योमकेश ने बाहर की ओर देखते हुए कहा, "खिड़की की ऊँचाई जमीन से पंद्रह फीट है। अविश्वसनीय! कमरे पर उत्सुक निगाहें डालते हुए वह भी बैठ गए।

हमने थोड़ी देर तक कैलाश बाबू के साथ अलौकिक घटनाओं के बारे में चर्चा की; लेकिन मामले पर कोई ताजा रोशनी नहीं पड़ी। हमने महसूस किया कि कैलाश बाबू असाधारण रूप से एक अड़ियल आदमी थे। उन्होंने भूत देखने की बात पर कोई अविश्वास नहीं जताया, उनकी बातचीत से ऐसा लगा मानो वह अत्यंत भयभीत थे। परंतु इसके बावजूद वे उस भुतहे मकान को छोड़कर कहीं अन्य जाने के लिए तैयार नहीं थे। उनके दिल की हालत को देखते हुए डॉक्टर ने उन्हें अपना निवास बदलने का सुझाव दिया था। उनके चिंतित साथी भी उन्हें मनाने की कोशिश कर रहे थे, लेकिन वे किसी बीमार बच्चे की तरह उसी घर में टिके रहने पर अड़े हुए थे। उन्होंने वहाँ से हिलने से इनकार कर दिया।

अचानक कैलाश बाबू ने ऐसी बात कही जिसने हमें चौंका दिया। "हरेक आदमी मुझे यह घर छोड़ने के लिए कहता है," उन्होंने अपनी पारंपरिक चिड़चिड़ी आवाज में कहा। "लेकिन मेरे दोस्तो, यदि मैं यहाँ से चला भी जाऊँ तो उससे मुझे क्या मदद मिलेगी, क्योंकि मैं जहाँ भी जाऊँगा यह घटना वहाँ भी होगी। इन भुतही

कहानियों के पीछे का असली कारण कोई भी नहीं जानता, इसे तो केवल मैं ही जानता हूँ। आप लोगों के मन में शायद यह विचार है कि वैकुंठ बाबू की आत्मा यहाँ बार-बार चक्कर लगाती रहती है। उसमें कतई कोई सच्चाई नहीं है—असली कहानी इससे बिल्कुल भिन्न है।"

"आपके कहने का क्या अर्थ है?" हमने उत्सुकतापूर्वक पूछा।

"वैकुंठ क्या खाक यहाँ आएगा—यह एक राक्षस का कृत्य है। मेरा अपना पुत्र मुझे परेशान कर रहा है।"

"क्या!"

कैलाश बाबू का विवर्ण चेहरा थोड़ा चमक उठा; सीधे बैठते हुए उन्होंने आवेशित स्वर में कहा, "हाँ, मेरा निकम्मा लड़का कुत्तों की सोहबत में पड़ गया है। एक भले आदमी का अकेला लड़का और एक जमींदार का एकमात्र उत्तराधिकारी होने के बावजूद वह दुष्टों का साथ दे रहा है। क्या आपने कभी ऐसी बात सुनी है? क्योंकि मैंने उस बदमाश को अस्वीकार कर दिया है, इसलिए वह मेरे पीछे पड़ गया है। उससे भी बड़ी बात यह है कि उसे एक पाखंडी गुरु मिल गया है। मुझे बताया गया है कि वे दोनों श्मशान में इनसानी खोपड़यों में शराब पीते हैं। उन्होंने एक दिन मेरे दरवाजे की घेराबंदी कर दी थी। मैंने चौकीदार से कहकर उन्हें वहाँ से भगा दिया था। इसलिए अब उन्होंने हमारे पीछे एक राक्षस छोड़ दिया है।"

"लेकिन…"

"वह कितना बुरा बेटा है—क्या आप लोग उसके इरादों के बारे में कोई अनुमान लगा सकते हैं? मेरा दिल कमजोर है। अतः वह चाहता है कि भूत देखकर मैं डर जाऊँ और मुझे दिल का दौरा पड़ जाए, उसकी संपूर्ण इच्छा यही है! मेरी मौत के बाद मेरा प्रिय पुत्र अपने दुष्ट गुरु के साथ बिना किसी रोक-टोक के विरासत में मिली संपत्ति को लुटाते हुए गुलछर्रे उड़ाना चाहता है!" कैलाश बाबू अचानक बुरी तरह हँसने लगे; तभी अचानक खिड़की की ओर देखकर उन्होंने भयभीत स्वर में कहा, "वहा…वहाँ…"

हम लोग खिड़की की तरफ पीठ करके उनकी बातें सुन रहे थे—हम बिजली की गति से पीछे मुड़े। जो दृश्य हमने देखा उससे हमारा खून ठंडा पड़ गया। बाहर अँधेरा छाया हुआ था; मिट्टी के तेलवाले लैंप की मद्धिम रोशनी में हमने खिड़की की काली चौखट पर एक भयानक आकृति देखी। उसमें केवल हड्डियाँ और चमड़ी झूल रही थी, उसका रंग पीला और सफेद था; उसके खुले हुए होठों से कुछ पीले-पीले दाँत दिखाई

दे रहे थे। उसके राक्षसी चेहरे पर एक जोड़ा खूँखार आँखें कमरे की ओर इस तरह देख रही थीं, मानो वे कमरे में बैठे लोगों समेत सभी चीजों को कच्चा चबा जाएँगी।

पलभर के लिए हमें लकवा मार गया। उसके बाद ब्योमकेश उछलकर खिड़की पर गए, लेकिन तब तक वह भयानक चेहरा वहाँ से गायब हो चुका था।

मैं भी भागकर ब्योमकेश के पीछे गया। घने अँधेरे में देखते हुए हमने सोचा कि काश, हम देवदार के पेड़ों की छाया में लुप्त होती उस ऊँची आकृति को एक बार देख पाते!

ब्योमकेश ने खिड़की के बाहर माचिस जलाकर देखा, हमें वहाँ कोई सीढ़ी अथवा दीवार पर चढ़ने का कोई अन्य सामान दिखाई नहीं पड़ा। दरअसल दीवार पर कोई मुँडेर भी नहीं थी, जिस पर कोई आदमी खड़ा हो सके।

ब्योमकेश की दियासलाई बुझ गई। वह धीर-धीरे अपनी कुरसी पर आकर बैठ गए।

वरद बाबू तब तक वहीं बैठे रहे थे। "क्या तुमने उसे देखा?" उन्होंने ब्योमकेश की ओर मुड़ते हुए कहा।

"मैंने देखा।"

वरद बाबू गौरवान्वित होते हुए मुसकराए। उनकी आँखें विजय के गर्व से चमक रही थीं। "वह किस तरह दिखाई देता था?" उन्होंने पूछा।

कैलाश बाबू ने उत्तर दिया। अब तक तकिए के सहारे बिस्तर पर पड़े हुए उन्होंने निराशापूर्ण दावा किया, "अरे, वह और किस तरह दिख सकता था! वह एक राक्षस था। वह मुझे बिना लिए यहाँ से नहीं जाएगा। मेरा समय निकट है ब्योमकेश बाबू! क्या आपने किसी को यह कहते चुना है कि वह राक्षस से बच निकला?" उनकी भयानक मुखाकृति से भी यही आभास हुआ कि उनका समय निकट था, क्योंकि उनका कमजोर दिल अपनी नाड़ियों पर ऐसा घातक प्रहार नहीं झेल सकता था।

"भय हमारा सबसे बड़ा शत्रु है—कोई भूत अथवा राक्षस नहीं," ब्योमकेश ने अत्यंत सौम्य स्वर में कहा। "मेरा सुझाव है कि आप इस घर को छोड़ क्यों नहीं देते हैं?"

"मैं भी आपकी बात से सहमत हूँ," वरद बाबू ने अपनी बात जोड़ते हुए कहा। "मैं इस बात से सहमत हूँ कि इस घर पर कोई बुरी छाया है—यह किसी राक्षस का अथवा अन्य किसी चीज का मामला नहीं है। वैकुंठ बाबू की अकाल मृत्यु के बाद से…"

"राक्षस हो या वैकुंठ बाबू, कुल मिलाकर लब्बोलुआब यह है कि कैलाश बाबू का स्वास्थ्य इस दशा में नहीं है कि वह ऐसे झटके झेल सके। इसलिए सबसे अच्छा उपाय यही है कि वे इस घर से बाहर चले जाएँ।"

" 'मैं नहीं जाऊँगा।' कैलाश बाबू के चेहरे पर एक अस्वीकार्य जिद दिखाई पड़ी। 'मैं क्यों जाऊँ?' क्या मैंने कोई गलत काम किया है कि किसी अपराधी या चोर की तरह यहाँ से भाग जाऊँ? यदि मेरा पुत्र चाहता है कि मैं मर जाऊँ तो अच्छी बात है, मैं मर जाऊँगा। मैं ऐसे बुरे पुत्र के पिता के रूप में जीना भी नहीं चाहता, जिसे अपने पिता को मारने का जरा सा भी भय नहीं हो।"

ऐसे घृणात्मक और अड़ियल चेहरे के सामने कोई भी तर्क व्यर्थ था। काफी देर हो चुकी थी। हम वहाँ से जाने के लिए खड़े हो गए; अगली सुबह वापस आने का आश्वासन देकर हम लोग सीढ़ियों से नीचे उतर गए।

वापस आते समय रास्ते में हमारे बीच कोई बातचीत नहीं हुई। वरद बाबू ने बीच में एक-दो बार कुछ कहने का प्रयास किया, लेकिन ब्योमकेश ने उनकी बात पर कोई ध्यान नहीं दिया। वरद बाबू चुपचाप हमारे साथ हमारे घर तक आ गए।

इस बीच शशांक बाबू वापस लौट आए थे। "अच्छा, क्या हुआ?" हमारे प्रवेश करते ही उन्होंने पूछा।

एक आरामकुरसी पर पीठ टिकाकर बैठते हुए ब्योमकेश ने जवाब दिया, "भूत ने अपनी एक झलक दिखाई थी।" लंबी साँस छोड़ते हुए उन्होंने अपनी बात इस तरह आगे बढ़ाई, मानो वह खुद से ही कुछ कह रहे हों, "लेकिन लगता है कि मामले को और अधिक पेचीदा बनाने के लिए वरद बाबू के भूत और कैलाश बाबू के राक्षस ने आपस में हाथ मिला लिया है।

अगले दिन रविवार था। अगले दिन वह जैसे ही सोकर उठे, ब्योमकेश ने शशांक बाबू से कहा, "चलो, कैलाश बाबू को देखकर आते हैं।"

"क्या तुम भूत को दुबारा देखने के इच्छुक हो?" शशांक बाबू ने पूछा। लेकिन दिन के उजाले में उनके यहाँ जाने का क्या लाभ है? निराकार आत्माएँ केवल रात में ही देखी जा सकती हैं।"

"लेकिन हम उसका आकार देख सकते हैं—वह किस चीज से बना है।"

"अच्छी बात है, आओ चलें।"

हम अपनी मंजिल पर सात बजे से पहले ही पहुँच गए। कैलाश बाबू के घर के लोग अभी पूरी तरह जागे नहीं थे। एक अलसाया हुआ नौकर सीढ़ियों के नीचेवाले

बरामदे में पोंछा लगा रहा था; मकान मालिक का ऊपरी शयनकक्ष अभी बंद था। "अभी भी कोई हानि नहीं है," ब्योमकेश ने कहा, "चलो, इस बीच बगीचे का एक चक्कर लगाकर आते हैं।"

बगीचे की घास ओस से गीली हो गई थी। देवदार की प्रकुंचित पत्तियों की सतह सूर्य की रोशनी से चमक रही थी। पतझड़ की सुबह पूरी तरह बेदाग थी। हम पूरे बगीचे में घूमते रहे।

बगीचे का क्षेत्रफल डेढ़ एकड़ से कम नहीं था, परंतु उसमें कहीं भी फूलों की क्यारियाँ नहीं थीं। गुलमेहँदी और कनेर की इक्का-दुक्का डालियों पर कहीं-कहीं कुछ फूल दिखाई दे रहे थे। वहाँ कोई माली नहीं था—संभवतः वैकुंठ बाबू ने किसी को नौकरी पर नहीं रखा था। जब घुंचियाँ काली और मोटी हो जाती थीं तो घर के नौकर उन्हें स्वयं काटकर अलग कर देते थे।

हमने उद्यान के पश्चिमी किनारे से कूड़े के ढेर से इसका साक्ष्य एकत्र किया। बगीचे की दीवार के पास कूड़े का ढेर लगा हुआ था। भट्ठी की राख, जलावन का सामान, कागज के टुकड़े, कचरा…सब कुछ वहाँ एक ढेर के रूप में इकट्ठा था। कई वर्षों से धूप और बारिश की मार सहते-सहते वहाँ उन सब चीजों का टीला बन गया था।

टीले पर चढ़ते हुए ब्योमकेश ने आसपास नजर दौड़ाई। मिट्टी और राख को एक तरफ हटाते हुए उन्होंने कूड़े के ढेर के अंदर झाँका। एक पुराना टीन मिलने के बाद उन्होंने उसे बारीकी से देखा और एक ओर फेंक दिया। "अरे, तुम इस कूड़े के ढेर में यहाँ क्या खोज रहे हो?" उनके कृत्यों को देखते हुए शशांक बाबू ने ब्योमकेश से प्रश्न किया।

राख के ढेर से अपनी नजर हटाए बिना ब्योमकेश ने टैगोर का संदर्भ देते हुए कहा, "जैसा कि किसी प्राचीन कवि ने कहा था—तुम्हें जहाँ कहीं भी राख दिखाई पड़े, तुम उसके नीचे की सतह को देखो, क्योंकि तुम्हें वहाँ कुछ मिल सकता है… अरे, वह क्या चीज है?"

वहाँ गैस का एक टूटा-फूटा चूल्हा पड़ा हुआ था; उसे ऊपर उठाकर ब्योमकेश ने उसके खोल की जाँच की। तभी उन्होंने अपनी उँगलियाँ डालकर एक मुड़ा-तुड़ा कागज का टुकड़ा बाहर निकाला। शायद वह तेज हवा के कारण उड़कर चूल्हे में गिर गया था और उसके बाद उसने काफी दिनों से वहाँ अपना ठिकाना बना लिया था। चूल्हे को दूर फेंकते हुए ब्योमकेश ने कागज को नजदीक से देखा। जिज्ञासावश मैं भी उनके पास चला गया।

वह किसी छपे हुए इश्तिहार का एक भाग था; उसके ऊपर जानवरों की कुछ धुँधली तसवीरें छपी थीं। उन तत्त्वों ने कागज को बदरंग कर दिया था; यहाँ तक कि उसकी स्याही भी इतनी फीकी पड़ चुकी थी कि उसमें कुछ लिखा हुआ पढ़ पाना लगभग असंभव था।

"तुम उसमें क्या देख रहे हो?" शशांक बाबू ने पूछा। "वहाँ तुम्हें क्या मिला?"

"कुछ भी नहीं।" कागज को पलटते हुए ब्योमकेश उसे अपनी आँखों के निकट ले गए। "इसमें हाथ से कुछ लिखा हुआ है। देखो, यदि तुम इसे पढ़ सको," इतना कहकर उन्होंने कागज मुझे थमा दिया।

मैंने उसका संपूर्ण निरीक्षण किया। पहली नजर में उससे कुछ अनुमान लगाना कठिन प्रतीत हुआ। उसमें स्याही नाम की कोई चीज शेष नहीं थी, केवल कुछ शब्दों का अनुमान निब के दबाव के कारण लगाया जा सका—

कठिनाई...कोई चिंता...

जो भी हो...पिताजी...उतावले

...तुम्हारा...बैड...

मैंने अपना अध्ययन ब्योमकेश के पास पहुँचा दिया। "हाँ, मैंने भी यही सोचा था। लाओ इसे मैं अपने पास रख लेता हूँ।" कागज के टुकड़े को मोड़कर उन्होंने अपनी जेब में रख लिया।

"इसका लेखक शायद कोई खास पढ़ा-लिखा नहीं था," मैंने कहा। "उसने 'बैड' लिखा था।"

"यह शब्द शायद 'बैड' नहीं था, ब्योमकेश ने अनुक्रिया की।"

"आओ चलें," शशांक बाबू ने थोड़ा अधीर होते हुए कहा। "इस राख के ढेर को टटोलने का क्या लाभ है। कैलाश बाबू अब तक अवश्य जाग गए होंगे।"

"हाँ, मैं देख रहा हूँ कि उनकी भुतही खिड़की खुल गई है," ब्योमकेश ने कहा। "आओ चलें।"

5

घर के निकट जाते हुए हमने कैलाश बाबू को खिड़की पर खड़े देखा। एक मुरझाया हुआ पीला चेहरा—यदि किसी ने उन्हें दिन की बजाय रात में अचानक खिड़की पर खड़ा देखा होता तो उसे उनके भूत होने का संदेह होता।

उन्होंने हमें ऊपर आमंत्रित किया। ब्योमकेश ने खिड़की के नीचे अपनी तेज निगाहें दौड़ाईं। हरी घास का एक मोटा कालीन घर की ओर जानेवाले रास्ते पर बिछा पड़ा था।

कैलाश बाबू के कमरे में प्रवेश करते हुए हमने देखा कि वहाँ चाय पहले से रखी हुई थी। हालाँकि हम लोग पहले ही अपने घर में एक बार चाय पी चुके थे, फिर भी हमें दूसरी चाय पीने में कोई आपत्ति नहीं थी।

चाय के बाद वार्त्तालाप शुरू हुआ। स्थानीय मौसम की निरंतर गिरावट, चिकित्सा, उपचार के अनवरत परिष्कृत होते स्वरूप, प्रयोगसिद्ध दवाओं की गुणवत्ता, काला जादू, झाड़-फूँक तक का कोई भी विषय चर्चा में शामिल हुए बिना नहीं रह सका। इसी बहस के दौरान ब्योमकेश ने पूछा, "आप खिड़की बंद करके सोते हैं न?"

"हाँ," कैलाश बाबू ने जवाब दिया। "उसे देखने के बाद से मैं खिड़की बंद करके सोने के लिए विवश हो गया था—यद्यपि डॉक्टर ने मुझे वैसा करने से रोका था। वह चाहते हैं कि मैं यथासंभव ताजा हवा में साँस लूँ, लेकिन मैं यहाँ एक पिंजरे में कैद होकर रह गया हूँ। आपके विचार से मुझे क्या करना चाहिए?"

"क्या खिड़की बंद करके सोने से आपको कुछ मदद मिली?"

"कोई खास नहीं। लेकिन खिड़की बंद रहने से कोई भूत-प्रेत दिखाई नहीं देता है। चूँकि वह रात के अँधेरे में खिड़की पर दिखाई देता है। मैं कमरे में अकेले नहीं सो पाता हूँ; मेरा कोई न कोई नौकर कमरे की फर्श पर सोता है।"

चाय पीने के बाद खड़े होते हुए ब्योमकेश ने कहा, "अब मैं आपके कमरे का सूक्ष्मता से निरीक्षण करूँगा। प्लीज, इसे गलत न समझना शशांक, मैं तुम्हारी योग्यताओं पर कोई संदेह नहीं कर रहा हूँ। मेरे कहने का आशय पुलिस की योग्यताओं से है, परंतु कई बार मुनिनांच मतिभ्रमः—मुनियों को भी भ्रम हो जाता है। मैं यह परीक्षण इसलिए करने जा रहा हूँ कि कहीं तुमसे कुछ छूट तो नहीं गया है।"

"अच्छी बात है—आगे बढ़ो," शशांक ने अनुक्रिया की। "लेकिन इतने दिनों के बाद यदि तुम वैकुंठ बाबू के कमरे से कोई सुराग खोज सके तो मैं तुम्हें जादूगर समझूँगा।"

उनकी बात सुनकर ब्योमकेश मुसकराए। "लेकिन तुम उसकी चिंता मत करो। क्या इस कमरे में वैकुंठ बाबू की हत्यावाले दिन कोई फर्नीचर नहीं था?"

"मैं तुम्हें पहले ही बता चुका हूँ कि वह फर्श पर सोते थे, उसके पास पानी का बरतन और पानदान रखा था। और हाँ, उसके साथ-साथ तांबे की कान खोदनी भी तो मिली थी।"

"बड़ी अच्छी बात है। कैलाश बाबू आप अपनी चर्चा जारी रखिए, मैं आपको डिस्टर्ब नहीं करूँगा। मैं तो इस कमरे में केवल चक्कर काटता रहूँगा।"

उसके बाद ब्योमकेश ने शिकारियों की तरह कमरे में दबे पाँव घूमना शुरू कर दिया। कभी वह छत की ओर देखते और कभी फर्श को घूरते हुए चलते, वह सावधान मुद्रा में काफी देर तक चक्कर काटते रहे। खिड़की के पास ठहरकर उन्होंने उसके लकड़ी के दरवाजों को बारीकी से देखा, उन्होंने उसे कई बार खोल और बंद करके भी उसकी जाँच की। इसके बाद उन्होंने कमरे की यात्रा फिर शुरू कर दी।

कैलाश बाबू और शशांक बाबू उनकी प्रत्येक गतिविधि को बड़ी उत्सुकता से देखते रहे। मैंने उन्हें दुबारा वार्त्तालाप में घसीटने की कोशिश की। इसके बावजूद कि तीन जोड़ी आँखें ब्योमकेश को देख रही थीं, उन्होंने अपना निरीक्षण अनवरत जारी रखा।

इस प्रकार लगभग पंद्रह मिनट बीत गए। इसके बाद शशांक बाबू की पुलिसिया कहानी सुनकर मेरा ध्यान भंग हुआ, मेरी आँखों ने ब्योमकेश का पीछा करना छोड़ दिया; अचानक उनके चौंककर खड़े हो जाने के बाद मैं उनकी ओर मुड़ा। ब्योमकेश कमरे की दक्षिणी दीवार के पास खड़े होकर उसे मुसकराते हुए देख रहे थे।

"अब क्या है?" शशांक बाबू ने पूछा। "तुम किस बात पर मुसकरा रहे हो?"

"जादू," ब्योमकेश ने उत्तर दिया। "आओ और एक नजर डालो। मैं पक्के तौर पर कह सकता हूँ कि तुमने इसे पहले नहीं देखा होगा।" उन्होंने दीवार की ओर इशारा किया।

हम भी उत्सुकतापूर्वक खड़े हो गए। पहले तो हम पुती हुई दीवार पर कुछ नहीं देख सके। लेकिन तभी नजदीक से देखने के बाद मैंने फर्श से पाँच फीट की ऊँचाई पर एक स्पष्ट अंगुल छाप (फिंगरप्रिंट) देखी। ऐसा लगा मानो किसी ने चूने को सूखने से पहले दीवार पर अपनी उँगलियों से दबाव डाला था, जिसका निशान बन गया था।

"वह किसी के अँगूठे का निशान है," शशांक बाबू ने बारीकी से निशान का निरीक्षण करते हुए घोषणा की। "इसका महत्त्व क्या है?"

"महत्त्व? मुनिनांच मतिभ्रम:। तुमने हत्यारे द्वारा छोड़े गए इस निशान को पहले नहीं देखा था।"

"हत्यारा!" शशांक बाबू की भौंहें आश्चर्य से तनी-की-तनी रह गईं। "तुम्हें कैसे पता है कि यह निशान हत्यारे की उँगलियों के हैं। यह बात सही है कि हमने इस पर पहले ध्यान नहीं दिया था, लेकिन मैं यह नहीं समझ पा रहा हूँ कि इससे यह कैसे सिद्ध होता है कि यह निशान हत्यारे की उँगलियों के हैं। वे निशान कमरे की पुताई करनेवाले कारीगर अथवा किसी अन्य की उँगलियों के भी तो हो सकते हैं!"

"यह असंभव नहीं है। लेकिन प्रश्न यह है कि पुताई करनेवाला राजगीर अपनी उँगलियों के निशान दीवार पर क्यों छोड़ेगा?"

"इस आधार पर तो हत्यारा भी अपनी उँगलियों के निशान क्यों छोड़ेगा?"

ब्योमकेश ने शशांक बाबू पर एक तीव्र दृष्टि डाली और उसके बाद कहा, "यह तो सत्य है। तो क्या तुम इसे महत्त्वपूर्ण नहीं मानते हो?"

"मैं तो केवल यह कहना चाहता हूँ कि इसके महत्त्वपूर्ण होने का कोई साक्ष्य नहीं है।"

ब्योमकेश ने लंबी साँस छोड़ते हुए कहा, "तुम्हारा तर्क अकाट्य है। साक्ष्य के अभाव में किसी भी चीज को महत्त्वपूर्ण स्वीकार नहीं किया जा सकता है। क्या तुम्हारी जेब में कोई पेनवाला चाकू या कान-खोदनी है?"

"मेरे पास पेनवाला चाकू है। लेकिन क्यों?"

शशांक बाबू ने मुरझाए चेहरे के साथ उन्हें पेनवाला चाकू पकड़ा दिया। ब्योमकेश की खोज से असंतुष्ट होते हुए वह वहाँ से लगभग जाने को तैयार हो गए। फिर भी उनका तर्क पूरी तरह अतार्किक नहीं था। दीवार पर एक उँगली का निशान—कोई जहीं जानता था कि वह निशान किसने और कब छोड़ा था, किसी हत्या के रहस्य को उजागर करने में उसका क्या संभावित महत्त्व हो सकता था? और यदि वह हत्यारे की उँगलियों का निशान हुआ भी तो उससे क्या सहायता मिलेगी? जब हम जानते ही नहीं कि हत्यारा कौन था, तो मेरी समझ में यह नहीं आ रहा कि उस निशान की क्या उपयोगिता हो सकती है।

लेकिन ब्योमकेश ने पेनवाले चाकू के साथ दीवार पर निशान के आसपास अपना काम शुरू कर दिया। चूने की परत को सावधानीपूर्वक ढीली करने के बाद जैसे ही चाकू के कोने को प्लास्टर के नीचे घुसाकर ऊपर की ओर उठाया, दीवार से प्लास्टर का एक टुकड़ा ढीला होकर उखड़ गया। ब्योमकेश ने उसे अपने रूमाल

में लपेटकर अपनी जेब में रख लिया। ब्योमकेश ने कैलाश बाबू से कहा, "क्षमा कीजिएगा, मैंने आपकी दीवार बदसूरत बना दी। कृपया इस खाली जगह को भरवा लीजिएगा।" उसके बाद उन्होंने शशांक बाबू की ओर मुड़ते हुए कहा, "चलो शशांक, अब यहाँ हमारा काम पूरा हो चुका है। पहले ही नौ बज चुके हैं, अब हमें कैलाश बाबू को और अधिक परेशान नहीं करना चाहिए। वैसे कैलाश बाबू, क्या आपकी अपने परिवारवालों से नियमित बातचीत होती है?"

"मुझे कौन पत्र लिखने जा रहा है?" कैलाश बाबू ने प्रतिवाद किया। "आप मेरे पुत्र के शोषण से पहले ही परिचित हैं। उसके अतिरिक्त मुझे पत्र लिखनेवाला कोई अन्य व्यक्ति मेरे परिवार में नहीं है।"

"कितना दुर्भाग्यपूर्ण है!" ब्योमकेश ने कहा। "अच्छी बात है, अब हम आपसे इजाजत लेना चाहेंगे। वैसे, हम आपको परेशान करने के लिए समय-समय पर आते रहेंगे। मेरा सुझाव है कि आप इस विषय में किसी को कुछ नहीं बताएँ।" ब्योमकेश ने दीवार पर हुए गड्ढे की ओर संकेत किया।

कैलाश बाबू ने सिर हिलाकर अपनी सहमति दी।

हम वहाँ से निकलकर सड़क पर आ गए। अब तक धूप काफी तेज हो चुकी थी। हम अपने घर की ओर तेजी से पैदल चल पड़े।

"उँगलियों के निशान के बारे में तुम्हारी वास्तविक राय क्या है, ब्योमकेश?" शशांक बाबू ने अचानक पूछा।

"मैं तुम्हें अपनी राय पहले ही बता चुका हूँ; वह हत्यारे की उँगलियों के निशान हैं।"

"लेकिन यह तो तुम्हारी जिद्दी राय है," शशांक बाबू ने चिड़चिड़ाते हुए कहा। हमें हत्यारे की पहचान के बारे में लेशमात्र भी जानकारी नहीं है, और फिर भी तुम इसी जिद पर अड़े हुए हो कि वे हत्यारे की उँगलियों के निशान हैं। आखिरकार इसका कोई उचित कारण भी तो होना चाहिए।"

"किस प्रकार का उचित कारण जानने के इच्छुक हो तुम?"

शशांक बाबू अधिक देर तक अपनी नाराजगी नहीं छिपा सके। "मुझे किसी चीज की दरकार नहीं है," उन्होंने बलपूर्वक कहा। "मेरे विचार से अब तुम बचपना दिखा रहे हो। इसमें तुम्हारा कोई दोष नहीं है, बहरहाल, संभवतः तुम यही सोचते हो कि बंगाल में आजमाए जानेवाले जाँच के तरीकों को यहाँ भी लागू किया जा सकता है। इसी बिंदु पर तुम गलत हो। उस प्रकार की जासूसी यहाँ कारगर नहीं होगी।"

"मैं यहाँ अपनी जासूसी का कौशल दिखाने नहीं आया हूँ," ब्योमकेश ने कहा। इसके विपरीत मैं यहाँ उसे कुछ समय के लिए आराम देने आया हूँ। यदि तुम्हारी यही इच्छा है कि मैं इसमें दखल न दूँ तो मैं यहाँ से जाना चाहूँगा।"

"नहीं, मेरे कहने का यह आशय नहीं है," शशांक बाबू ने अपने ऊपर काबू पाते हुए कहा। "मेरे कहने का आशय केवल इतना है कि जिस मार्ग पर तुम चल रहे हो, वह तुम्हें कहीं भी नहीं ले जाएगा, यह कोई आसान मामला नहीं है।"

"मैं पूरी तरह समझ सकता हूँ।"

"यदि तुम यह सोचते हो कि जिस मामले की तह तक मैं छह महीने में भी नहीं पहुँच सका हूँ, उसे तुम केवल उँगलियों के निशान से हल कर लोगे तो इससे केवल यही अनुमान लगाया जा सकता है कि तुम अभी तक इस मामले के महत्त्व को समझ पाने में असफल रहे हो। उँगलियों का निशान अथवा कचरे के ढेर में पाए गए दो कागजों से किसी जासूसी उपन्यास में तो काम चल सकता है, लेकिन पुलिस जाँच के लिए यह पर्याप्त नहीं है। यही कारण है कि मैं तुम्हें उँगलियों के निशानवाले मामले को छोड़ देने की सलाह दे रहा हूँ और…"

"ठहरो!"

उधर से एक फिटन कार हमारी बगल से गुजर रही थी; हमें देखने के बाद कार के मालिक ने अपने ड्राइवर को रुकने का आदेश दिया। उसने अपना सिर बाहर निकालकर पूछा, "कोई प्रगति ब्योमकेश बाबू?"

ताराशंकर बाबू गंगा में डुबकी लगाकर अपने घर वापस जा रहे थे। उन्होंने अपने माथे पर मिट्टी का तिलक लगा रखा था, शरीर पर रामनामी चादर ओढ़ी हुई थी और उनके चेहरे पर व्यंग्यात्मक मुसकान थी।

"किस मामले में?" ब्योमकेश ने अनजान बनते हुए पूछा।

"तुम क्या मानते हो? निश्चय ही वैकुंठ बाबू की हत्यावाले मामले में। कुछ मिला क्या?"

"इस विषय में आप मुझसे क्यों पूछ रहे हैं?" ब्योमकेश ने कहा। "मुझे कुछ खोजने की जरूरत नहीं है। बेहतर यही होगा कि आप इस मामले में शशांक बाबू से पूछें।"

अपनी बाईं भौंह थोड़ी तिरछी करते हुए ताराशंकर बाबू ने कहा, "लेकिन क्या मैंने यह नहीं सुना कि इस मामले की जिम्मेदारी अब आपको सौंपी गई है? खैर, बात चाहे जो भी हो, क्या समाचार है शशांक बाबू? कोई नई खोज?"

"यद्यपि कुछ है, परंतु केवल पुलिस को ज्ञात तथ्यों को मैं सार्वजनिक रूप से प्रकट करने के लिए अधिकृत नहीं हूँ," शशांक बाबू ने खीझते हुए उत्तर दिया। "और आपको गलत जानकारी मिली है, ब्योमकेश मेरे मित्र हैं। वे मुंगेर में छुट्टियाँ मनाने आए हैं और उनका इस जाँच से कोई लेना-देना नहीं है।"

किसी पुलिसवाले और वकील के बीच सौहार्द होना अत्यंत दुर्लभ है। मैंने देखा था कि ताराशंकर बाबू और शशांक के बीच प्यार का एक कतरा भी नहीं था। अपनी ध्वनि में शहद घोलते हुए या मिठास लाते हुए ताराशंकर बाबू ने कहा, "मैं समझ गया, अभी तक आपको कुछ भी नहीं मिला है। मैंने तो यह निष्कर्ष पहले ही निकाल लिया था कि पुलिस को इस मामले में कुछ हाथ लगने की उम्मीद नहीं है…चलो ड्राइवर!"

ताराशंकर बाबू की फिटन चली गई।

पीछे जाती फिटन की दिशा में क्रोधपूर्वक देखते हुए शशांक बाबू ने दबी जबान में जो कुछ कहा, क्या वह उनकी प्रगाढ़ता का द्योतक नहीं था। हम सब क्षुब्ध थे। पूरे रास्ते में कोई अन्य वार्त्तालाप नहीं हुआ और हम खामोशी से घर पहुँच गए।

6

ब्योमकेश ने दोपहरी आलस्य में बिताई। उन्होंने एक बार अनमने होकर कागज के टुकड़े और उँगलियों के निशान पर नजर डाली और वापस अपनी जेब में रख लिया। मैं उनकी दिमागी कसरत को समझ पाने में विफल रहा; लेकिन इतना अवश्य महसूस हुआ कि हत्या के इस मामले में उन्होंने अब तक जितनी भी रुचि दिखाई थी, उसमें कुछ कमी अवश्य हो गई थी।

वरद बाबू दोपहर बाद कुछ देर से आए। "हमारे यहाँ एक बंगाली क्लब है," उन्होंने कहा। "क्या हम लोग उसे एक बार देख आएँ?"

"अवश्य।"

हम उस कस्बे में दो दिन गुजार चुके थे, परंतु हमने कोई दर्शनीय स्थल नहीं देखा था, इसलिए वरद बाबू हमें कष्टहारिणी घाट, पीर सांफा की मजार और अन्य महत्त्वपूर्ण स्थानों पर ले गए। सूर्यास्त के बाद वह हमें लेकर क्लब में चले गए।

वह क्लब किले के बाहर स्थित था। रास्ते में हमें एक बड़े से मैदान में कई बड़े-बड़े तंबू लगे हुए दिखाई पड़े; उनके पास काफी भीड़ जमा थी—उसके अंदर तेज चमकीली बत्तियाँ लगी हुई थीं और तंबू के अंदर से पश्चिमी संगीत का स्वर सुनाई पड़ रहा था।

"वह क्या है?" मैंने पूछा।

"हमारे शहर में सर्कस आया है।"

"क्या आपके यहाँ सर्कस भी हैं? ब्योमकेश ने पूछा।

"अवश्य, हमारे यहाँ सर्कस आते रहते हैं," वरद बाबू ने उत्तर दिया। "उसे देखने के लिए वे मामूली फीस भी लेते हैं। पिछले साल भी एक सर्कस आया था—नहीं, पिछले साल नहीं, बल्कि उससे भी एक साल पहले।"

"सर्कसवाले कितने समय से यहाँ हैं?"

"उन्होंने अपना प्रदर्शन कल से प्रारंभ किया था।"

इसी संदर्भ में वरद बाबू ने शहर में मनोरंजन केंद्रों की कमी की भी चर्चा की। शहर में कुछ बंगाली रहते थे, लेकिन वे हमेशा गुटबाजी में ही व्यस्त रहते थे; इसलिए यहाँ एक अव्यवसायी थिएटर होने के बावजूद उसमें अधिक कार्यक्रम नहीं होते थे। कभी-कभी लगनेवाले मेलों में ही मनोरंजन की आशा होती थी। अपने जीवन में धूमधाम और मनोरंजन की कमी को पूरा करने के लिए बंगाली लोग राजाओं और सेनापतियों के नाटक खेला करते थे। इसलिए जहाँ दो भी बंगाली रहते थे, वहाँ शौकिया थिएटर ग्रुप बन जाता था। और जहाँ भी थिएटर ग्रुप होता था, वहाँ गुटबाजी अवश्यंभावी थी। कुल मिलाकर मनोरंजन का मुख्य स्रोत बाहर से आए सर्कसों, थिएटरों आदि पर केंद्रित था।

हम किले के बाहर स्थित क्लब में पहुँच गए। वहाँ भी हमारे कानों में शिकायती स्वर गूँजने लगे।

क्लब का प्रवेश द्वार तंग, परंतु सुगम्य था। एक खुले प्रांगण में अनेक कमरे बने हुए थे। अंदर जाने के बाद हमने देखा कि एक कमरे की फर्श पर कालीन जैसी शीट बिछी हुई थी। क्लब के कुछ सदस्य उस पर बैठकर ब्रिज खेल रहे थे। बाजी खत्म होने के बाद आलोचनाओं का दौर शुरू हो जाता था। लेकिन जैसे ही दूसरी बाजी शुरू होती थी, सब लोग शांत हो जाते थे। किसी भी सूरत में बाजी के दौरान उनका ध्यान अन्यत्र कहीं नहीं जाता था। क्लब के दो सदस्य कमरे के एक कोने में अपनी शतरंज की बिसात बिछाए बैठे थे। वे अपने खेल में इतने तल्लीन हो जाते थे कि खेल खत्म होने से पहले नर्तकियाँ भी उनका ध्यान भंग नहीं कर पाती थीं।

एक अन्य कमरे में कुछ उत्तेजित सदस्यों की आवाजें सुनाई दे रही थीं। वरद बाबू हमें उस कमरे में ले गए। अनेक युवक एक गोलाकार मेज के इर्द-गिर्द बैठे

हुए थे—उनके बीच में शैलेन बाबू भी थे, जिनसे एक दिन पहले हम मिल चुके थे। उन्हें घेरकर बैठे हुए लोगों के बीच भूतों और आत्माओं की कहानियाँ चल रही थीं।

वरद बाबू को देखते ही शैलेन बाबू को अपने बचाव की कुछ उम्मीद की किरण नजर आई; उन्होंने अपना हाथ बढ़ाते हुए कहा, "आपका स्वागत है वरद बाबू, इन लोगों ने मुझे यहाँ परेशान कर दिया है···अरे, आप भी यहाँ हैं ब्योमकेश बाबू, कृपया अंदर आइए।"

दो नए लोगों के आगमन के पश्चात् बहस रुक गई थी। वरद बाबू द्वारा हमारा परिचय कराए जाने के बाद जब हम लोग बैठ गए तो उन्होंने पूछा, "किस बात पर आप सभी लोग इतना उत्तेजित हैं? मामला क्या है?"

"ये लोग मेरी यह बात मानने से इनकार कर रहे हैं कि मैंने भूत देखा था, "शैलेन बाबू ने उत्तर दिया। ये लोग कहतें हैं कि यह मेरा वहम है।"

"हम यह कहना चाहते हैं कि वरद बाबू की पूर्व पत्नी की कहानियों की बाढ़ ने उन्हें इस हद तक प्रभावित कर दिया है कि उन्हें हर जगह भूत ही दिखाई देता है," पृथ्वीश बाबू नाम के एक सज्जन ने घोषणा की। "उन्हें किसी भूत के अस्तित्व पर शायद कोई गलतफहमी हो गई है।"

"मैं यह बात मानता हूँ कि मैंने कोई चीज साफ-साफ नहीं देखी," शैलेन बाबू ने कहा। "लेकिन मैं शपथपूर्वक कह सकता हूँ कि मैंने कोई चमगादड़ नहीं देखा था और यदि आप लोग मुझ पर यह आरोप लगा रहे हैं कि वरद बाबू की कहानियाँ सुनकर मेरी दृष्टि चली गई है तो···"

"ये दो सज्जन हमारे शहर में कल आए हैं," वरद बाबू ने हमारी ओर इशारा करते हुए कहा। "क्या तुम सोचते हो कि मैंने उन्हें भी अपनी कहानियों से भ्रमित कर दिया है?"

"नहीं, हम ऐसा नहीं सोचते," एक सज्जन ने कहा।

"लेकिन यदि आपके पास पर्याप्त समय···"

"इन्होंने कल रात को ही भूत देखा था," वरद बाबू ने घोषणा की।

सब लोग खामोश हो गए। उसके बाद पृथ्वीश बाबू ने पूछा, "क्या आपने सचमुच भूत देखा था?"

"जी हाँ, ब्योमकेश ने स्वीकार किया।"

"आपने क्या देखा?"

"एक चेहरा।"

प्रतिद्वंद्वियों ने आपस में नजरें मिलाईं। ब्योमकेश ने उन परिस्थितियों की चर्चा की, जिनमें उन्हें वह चेहरा दिखाई दिया था। कमरे में दुबारा खामोशी व्याप्त हो गई। वरद बाबू और शैलेन बाबू के चेहरों पर विजय की चमक दिखाई पड़ी।

अमूल्य बाबू इस दौरान चर्चा में शामिल हुए बिना खामोश बैठे रहे। दमित संशय एवं अस्वीकार के मध्य उनके चेहरे पर एक विरोधाभास दिखाई पड़ा। उनके मन की ऐसी दशा हो रही थी, मानो उन्हें उस बात पर विश्वास करने के लिए कहा जा रहा था, जिसे मानने के लिए वे तैयार नहीं थे—यदि वह इस निरर्थक बहस के मूल पर प्रहार कर पाते तो शायद उन्हें कुछ संतोष मिल जाता। अपने संपूर्ण अवमाननात्मक स्वर में वह बोले, "हो सकता है कि ऐसा हुआ हो! चूँकि अनेक लोग कह रहे हैं कि उन्होंने भूत देखा था तो मैं इसे सच मान लेता हूँ। लेकिन क्यों? अगर यह मान भी लिया जाए कि वैकुंठ सुनार सचमुच भूत बन गया था तो उसे कैलाश बाबू का पीछा करने से क्या लाभ होनेवाला था? क्या कोई मुझे यह बात साफ-साफ बता सकता है?"

"आप हमेशा भूतों और आत्माओं के इरादों की तह तक नहीं पहुँच सकते हैं," वरद बाबू ने अपनी प्रतिक्रिया दी। "लेकिन मुझे विश्वास है कि वैकुंठ बाबू कुछ कहना अवश्य चाहते हैं।"

"यदि वह कुछ कहना चाहते हैं तो कहते क्यों नहीं?" अमूल्य बाबू ने बीच में उनकी बात काटते हुए कहा।

"उन्हें अवसर नहीं मिल रहा है। उनकी छवि देखकर हम लोग इतना डर जाते हैं कि वह चले जाने के लिए विवश हो जाते हैं। इसके अलावा किसी आत्मा को देखने की या अनुमान लगाने की शक्ति होने का यह अर्थ कतई नहीं है कि दर्शक उसका वर्णन भी कर सके।"

"पांडित्य प्रदर्शन की चिंता मत करो वरद। हम जानते हैं कि तुमने आध्यात्मिकता की अनेक पुस्तकों को कंठस्थ कर लिया है। लेकिन यदि तुम्हारे वैकुंठ बाबू में बोलने की शक्ति का अभाव है तो वह बिलावजह किसी बेकसूर आदमी को परेशान क्यों कर रहा है?"

"यदि वह वास्तव में नहीं बोल सकता तो भी उसके साथ संवाद करने के उपाय हैं।"

"कौन से उपाय?"

"भविष्य सूचक (प्लैंशेट) मेज।"

"उसी तीन पैरोंवाली तिपाई मेज की बात कर रहे हो न? वह झूठ के अलावा और कुछ नहीं है।"

"आपको क्या मालूम है? क्या आपने कभी उसका परीक्षण किया है?"

अमूल्य बाबू खामोश रहने के लिए विवश कर दिए गए थे। हमारी ओर मुड़ते हुए वरद बाबू ने कहा, "मैं इस बात से सहमत हूँ कि वैकुंठ बाबू कुछ कहना चाहते हैं; हो सकता है कि वह हत्यारे की पहचान बताना चाहते हों। हमें उनकी सहायता करनी चाहिए। हो सकता है कि यदि हम भविष्य फलक पर उनका आह्वान करें तो वे हमें कुछ सूचित कर सकें। क्या आप कोशिश करना चाहेंगे?"

चूँकि मैंने कभी किसी आत्मा को बुलाए जाते हुए नहीं देखा था, इसलिए मैं अत्यंत इच्छुक था। "क्यों नहीं?" मैंने उत्तर दिया। क्या हम उसे बुलाने का तत्काल प्रयास करें?"

"कोई हानि नहीं है," वरद बाबू ने अनुक्रिया की। "हम अभी यहीं प्रयास करेंगे, क्या आप सहमत हैं? यदि हम आत्मा को बुला सके तो आपका सारा अविश्वास समाप्त हो जाएगा।"

सबने उत्साहित होते हुए अपनी सहमति दी।

एक छोटी-सी मेज तत्काल खींच ली गई। वरद बाबू ने कहा कि अगर कई रसोइए हों तो कढ़ी के खराब होने कर डर रहता है, इसलिए पाँच लोगों का चयन किया गया। वरद बाबू, व्योमकेश, शैलेन बाबू, अमूल्य बाबू और मैं कमरे में बने रहे। शेष लोग बगलवाले कमरे में चले गए।

कमरे में अँधेरा करके हम लोग मेज के इर्द-गिर्द बैठ गए। वरद बाबू ने हमें संक्षेप में प्रक्रिया समझाई। हम सबने अपने हाथ मेज पर रखकर एक-दूसरे की उँगलियों का कोमल स्पर्श करते हुए अपनी आँखें बंद कर लीं और वैकुंठ बाबू का ध्यान करने लगे। कमरे में लगभग अंधकार और संपूर्ण शांति छा गई।

इस तरह पाँच मिनट बीत गए। प्रेत का कोई संकेत नहीं था। मेरे मन में अन्य विचार घूमने लगे; मैंने बलपूर्वक अपना ध्यान केवल वैकुंठ बाबू पर केंद्रित करने का प्रयास किया। अभी मैं इस निरर्थक युद्ध के प्रति अधीर होने ही वाला था कि सहसा मेज थोड़ी हिली। मेरी त्वचा अचानक सिहर गई। मैं स्थिर बैठा रहा, मेरी उँगलियों के पोर असामान्य रूप से संवेदनशील हो गए।

मेज दुबारा हिली, ऐसा प्रतीत हुआ, मानो वह मेरी उँगलियों के नीचे से सरक रही हो।

वरद बाबू का मंद स्वर सुनाई पड़ा, "क्या आप यहाँ हैं, वैकुंठ बाबू? यदि हैं तो एक बार दस्तक कीजिए।"

पहली बार कोई प्रतिक्रिया नहीं हुई। उसके बाद मेज का एक पैर ऊपर की ओर उठा और थोड़ी आवाज के साथ नीचे गिर गया।

"वह यहीं हैं," वरद बाबू ने पूरी निष्ठा के साथ सौम्य स्वर में कहा।

मेरी नाड़ियों में पहले से अधिक कंपन हुआ, मेरे कान गूँजने लगे। परंतु जब मैंने अपनी आँखें खोलीं तो चकित रह गया। मैं नहीं जानता कि मुझे किस चीज की आशा थी, लेकिन जो कुछ मैंने देखा वह समग्रतः यही था कि हम पाँचों पूर्ववत् अँधेरे में बैठे थे। मामूली से परिवर्तन से यह अनुमान लगाना कठिन था कि अनंत से कोई आत्मा हमारे पास आती दिखाई पड़ी थी।

"क्या मैं प्रश्न करना प्रारंभ करूँ?" वरद बाबू ने मंद स्वर में पूछा।

हमने अपनी रजामंदी जताई। वह नपे-तुले शब्दों में आत्मा से प्रश्न करने के लिए आगे बढ़े।

"आप क्या चाहते हैं?"

कोई उत्तर नहीं मिला। मेज अपने स्थान पर स्थिर थी।

"आप बार-बार क्यों दिखाई देते हैं?"

मेज इस बार थोड़ी हिली। परंतु लंबी प्रतीक्षा के बाद भी कोई स्पष्ट उत्तर नहीं मिला।

"क्या आप कुछ कहना चाहते हैं?"

इस बार मेज का पाया साफ-साफ हवा में ऊपर उठा। उसने फर्श पर कई बार दस्तक दी, लेकिन कोई अर्थ नहीं समझ आया।

"यदि उत्तर हाँ है तो एक बार दस्तक दो और नहीं के लिए दो बार दस्तक दो," वरद बाबू ने आदेश दिया।

एकल दस्तक सुनाई पड़ी।

मैंने महसूस किया कि मौत के बाद आत्मा से संवाद की प्रक्रिया सरल नहीं थी। 'हाँ' और 'नहीं' में संकेत देना तो संभव था; परंतु किसी आत्मा से विस्तारपूर्वक संवाद करना विचारणीय तौर पर कठिन था। फिर भी मानव बुद्धि ने इस बाधा को पार करने में किसी हद तक सफलता प्राप्त कर ली थी—अंकों के माध्यम से पत्र-तार-टेलीग्राम) भेजना प्रारंभ हो चुका था। वरद बाबू ने इसी रीति को लागू किया था; उन्होंने आत्मा को संबोधित करते हुए कहा, "अक्षरशः

स्पष्ट करो कि तुम क्या कहना चाहते हो? प्रत्येक अक्षर का संकेत दस्तकों की संख्या से दो।"

तारीय (टेलीग्राफिक) संचार शुरू हुआ। मेज का पाँव दस्तक देकर शांत हो गया। उसने दुबारा दस्तक दी और पुनः शांत हो गया। काफी देर तक प्रयास करने के बाद जो विवरण सामने आया वह इस प्रकार था—

घर...खाली...वरना...हानि...

मेज की आखिरी दस्तक के बाद वह मंद पड़ गई। हम कुछ देर तक भयभीत होकर बुत बने बैठे रहे। उसके बाद वरद बाबू ने अपना गला साफ करते हुए कहा, "हम कोशिश करेंगे कि आपका मकान खाली हो जाए या इसके अतिरिक्त भी कोई बात है जो तुम हमसे कहना चाहते हो!"

मेज स्थिर रही।

अचानक मेरे मन में विचार आया। मैंने चुपके से वरद बाबू के कानों में कहा, "उससे पूछो कि हत्यारा कौन है?"

वरद बाबू ने प्रश्न किया। कुछ देर तक कोई उत्तर नहीं मिला; उसके बाद मेज का पाँव उठा।

ता...रा...ता...रा...ता...रा...

अचानक मेज उग्र रूप से कई बार हिली और उसके बाद स्थिर हो गई। वरद बाबू ने कंपित स्वर में कहा, "हम कुछ नहीं समझ पाए।" तारा...और उसके बाद? क्या यह किसी का नाम है?"

मेज अब भी स्थिर रही।

"क्या तुम अभी यहीं हो?" वरद बाबू ने दुबारा पूछा।

कोई उत्तर नहीं आया। मेज निर्जीव वस्तु बनकर रह गई थी।

"वह चली गई है," वरद बाबू ने लंबी साँस छोड़ते हुए कहा।

ब्योमकेश ने जाकर बत्तियाँ जला दीं; उसके बाद हरेक के हाथों पर पैनी निगाह डालते हुए कहा, "आप लोग मुझे क्षमा करें, लेकिन कोई भी अपने हाथ मेज से नहीं हटाएगा। मैं आपके हाथों का परीक्षण करना चाहूँगा।"

"क्या आप यह देखना चाहते हैं कि हमारे हाथों में कोई गोंद तो नहीं लगी है," वरद बाबू ने फीकी मुसकान के साथ पूछा। "अच्छी बात है, आगे बढ़ो।"

ब्योमकेश के व्यवहार से मैं अत्यंत क्षुब्ध हो उठा। उन सभी सज्जनों को खुलेआम धोखेबाज कहना उचित नहीं था। निस्संदेह वह अत्यधिक आशंकित थे;

लेकिन फिर भी उन्हें सत्य का पता लगाने के लिए ऐसी कठोर जाँच का कोई अधिकार नहीं था। प्रत्येक आदमी उनकी बात से निराश था। परंतु ब्योमकेश ने बिना किसी रियायत के हमारे हाथों की जाँच की, यहाँ तक कि उन्होंने मुझे भी नहीं बख्शा।

लेकिन किसी के हाथ में उन्हें कुछ महत्त्वपूर्ण नजर नहीं आया। अपने गालों को हथेलियों पर रखकर उन्होंने मेज पर अपनी कोहनी टिकाई और रोशनी की ओर शून्य में घूरते रहे।

"तो आपको कुछ नहीं मिला?" वरद बाबू ने उन्हें चुनौती देते हुए पूछा।

"असाधारण," ब्योमकेश ने उत्तर दिया। "आप लोग ऐसी किसी चीज की कल्पना भी नहीं कर सकते हैं।"

"अनेक ऐसी चीजें हैं···" वरद बाबू ने प्रसन्नतापूर्वक शेक्सपियर को उद्धृत करते हुए अंग्रेजी में अपनी बात कही।

अमूल्य बाबू के संदेह भाप बनकर उड़ गए थे। उन्होंने सपाट शब्दों में पूछा, "लेकिन···क्या आप लोगों में से किसी को तारा···का अर्थ समझ में आया?"

प्रत्येक ने आपस में आँखें मिलाईं। मेरे मन में अचानक उसका उत्तर कौंधा—ताराशंकर। मैं वह नाम बताने ही वाला था कि ब्योमकेश ने अपना हाथ मेरे मुँह पर रखते हुए कहा, "अच्छा यही होगा कि अभी हम इसकी चर्चा न करें।"

"हाँ, बेहतर यही है कि जो कुछ हमें ज्ञात हुआ है, वह अभी हमारे पास तक ही सीमित रहे," वरद बाबू ने टिप्पणी की। हरेक ने व्यथित भाव से सहमति जताई।

"यह एक असाधारण अनुभव था; परंतु मैं अब भी इस पर विश्वास नहीं कर सकता हूँ," ब्योमकेश ने कहा। "फिर भी मेरे पास इसे स्वीकार करने के अलावा कोई अन्य विकल्प नहीं है। इसके लिए आपको धन्यवाद वरद बाबू।" वह वहाँ से जाने के लिए खड़े हो गए।

शैलेन बाबू और अमूल्य बाबू भी वरद बाबू के साथ हमारे साथ वापस आए। उनके घर भी किले के अंदर ही थे।

जब हम अपने घर के नजदीक पहुँच गए तो शैलेन बाबू ने कहा, "मैं अकेला रहता हूँ, मेरे मन में जो संदेह है उसके कारण मैं आज रात को सो भी पाऊँगा या नहीं।"

"तुम किस बात से भयभीत हो रहे हो?" वरद बाबू ने पूछा। "यदि किसी को डरना चाहिए तो वह कैलाश बाबू हैं, हम उन्हें वहाँ से जाने के लिए कैसे राजी करेंगे?"

"हमें उन्हें घर छोड़ने के लिए बड़े आराम से राजी करना होगा," ब्योमकेश ने कहा, "आप सब लोग तो पहले ही कोशिश कर रहे हैं, उसी तरह मैं भी कोशिश करूँगा। कैलाश बाबू बहुत जिद्दी आदमी हैं, लेकिन उनकी खातिर हमें यह काम करना ही होगा। बहरहाल, अब हम घर पहुँच गए हैं, आप लोग अब और अधिक कष्ट न करें, शुभ रात्रि!"

वे दोनों हमें अलविदा कहकर अपनी राह निकल गए। मैंने अमूल्य बाबू को कहते सुना था, "बेहतर यही होगा शैलेन बाबू कि आज की रात आप मेरे घर पर गुजारें। आप अकेले रहते हैं और मेरे घर में भी इस समय मेरे अलावा कोई अन्य नहीं है···"

साफ दिखाई दे रहा था कि क्लब में हुए प्रेतात्मा सत्र ने सभी को भयभीत कर दिया था।

7

शशांक बाबू का विश्वास शायद ब्योमकेश के ऊपर से उठ गया था, इसलिए उन्होंने कैलाश बाबू के घर से लौटने के बाद उस दिन हत्या का मामला नहीं उठाया था। इसके अलावा उनके काम का बोझ भी अत्यधिक बढ़ गया था और पूजा का त्योहार नजदीक होने के कारण उनके पास वैसे भी कुछ खास अवसर नहीं था।

उसके पश्चात् हमने अगले दो-तीन दिन कस्बे और उसके बाहरी इलाकों में भटकते हुए बिताए। वह एक प्राचीन स्थान था और उससे अनेक किंवदंतियाँ और ऐतिहासिक कथाएँ जुड़ी हुई थीं, जो जरासंध के युग से लेकर राबर्ट क्लाइव के जमाने तक आती थीं। इतिहास में रुचि रखनेवालों के लिए वह कस्बा अत्यंत श्रेयस्कर था।

कस्बे की सैर करते हुए हमें महसूस हुआ कि ब्योमकेश शायद हत्या के बारे में भूल गए थे। इस संबंध में उनकी एकमात्र गतिविधि यह थी कि वे प्रत्येक शाम कैलाश बाबू के घर जाते और उन्हें अनेक प्रकार से घर से बाहर जाने के लिए राजी करने की कोशिश करते थे। उनके अत्यंत निपुणतापूर्वक बुने गए कथानक का कुछ प्रभाव होता दिखाई देने लगा था, कैलाश बाबू ने एक प्रकार से उदासीन सहमति जतानी प्रारंभ कर दी थी।

अंततोगत्वा उन्होंने एक सप्ताह अथवा उसके आसपास वहाँ से जाने के लिए अपनी सहमति दे दी। किले के बाहर एक उपयुक्त घर खोज लिया गया—निर्णय हुआ कि अगले रविवार को वह अपना मकान बदल देंगे।

रविवार की सुबह चाय पीते हुए ब्योमकेश ने कहा, "शशांक, अब हमें अपना लंगर उठा लेना चाहिए। हमें यहाँ रहते काफी समय हो गया है।"

"इतनी जल्दी!" शशांक बाबू ने कहा, "तुम दोनों यहाँ कुछ दिन और क्यों नहीं ठहर जाते? तुम्हारे पास कलकत्ता में तत्काल कोई काम नहीं है, क्यों?" उन्होंने जो कुछ कहा, वह मात्र सदाशयता का परिचायक था; परंतु उनके स्वर में उत्साह का अभाव था।

"शायद नहीं," ब्योमकेश ने उत्तर दिया। "लेकिन आदमी को अपनी दुकान खुली रखनी चाहिए, क्या पता कब कौन सा ग्राहक आ जाए!"

"यह बात सच है। तुम कब जाने के बारे में सोच रहे हो?"

"आज। हमने बड़े आराम से अपनी छुट्टियाँ बिताईं। मैं इसे बहुत दिनों तक याद रखूँगा।"

"आज? अच्छी बात है…अपनी तैयारी करो…" शशांक बाबू ने कुछ देर खिड़की के बाहर देखने के बाद मंद स्वर में कुछ कहा, "परंतु यह सारा मामला अभी तक सुलझा नहीं है। मैं इस बात से इनकार नहीं करता कि यह एक पेचीदा मामला है, परंतु तुम्हारी प्रतिष्ठा पर विचार करते हुए मैंने उम्मीद की थी कि तुम इस मामले को हल कर दोगे।"

"तुम किस संदर्भ में बात कर रहे हो?"

"वैकुंठ बाबू की हत्या के बारे में। क्या तुम उसे भूल गए हो?"

"अरे नहीं, मैं कतई नहीं भूला हूँ। लेकिन अब इसमें कुछ और सीखने के लिए नहीं है।"

"सीखने के लिए नहीं है! तुम्हारे कहने का तात्पर्य क्या है? क्या तुमने इस मामले में सबकुछ सीख लिया है?"

"अच्छी बात है, तुम निश्चय ही ऐसा कह सकते हो।"

"क्या! मैं कुछ समझा नहीं," शशांक बाबू ने ब्योमकेश के चेहरे की ओर अपनी कुरसी घुमाते हुए कहा।

"क्यों, मैं तो वैकुंठ बाबू की हत्या के मामले को कई दिनों पहले ही जान गया था," ब्योमकेश ने आश्चर्य मिश्रित स्वर में घोषणा की। "क्या अभी भी हमें उस मामले में माथापच्ची करनी जरूरी है?"

शशांक बाबू ने उनकी ओर हतप्रभ होकर देखा। "लेकिन…तुम कई दिनों पहले ही जान गए थे…तुम्हारे कहने का क्या अर्थ है? क्या तुम्हें पता चल गया है कि वैकुंठ बाबू की हत्या किसने की थी?"

"लेकिन इसका पता मुझे पिछले रविवार को ही चल गया था।"

"तब...फिर तुमने इतने दिनों तक यह बात मुझे क्यों नहीं बताई?"

"साफ कहूँ तो तुम्हारे व्यवहार से मुझे यही आभास हुआ कि पुलिस को मेरी सहायता की कोई आवश्यकता नहीं है," ब्योमकेश ने फीकी मुसकान के साथ उत्तर दिया। "जो तरीके हम बंगाल में अपनाते हैं, वे यहाँ हास्यास्पद लगते हैं, तुमने उँगलियों के निशान और कागज की रद्दी के बारे में अवमाननात्मक तरीके से जो कुछ कहा, वह असीम है। इसीलिए मैंने अपनी ओर से बताने की पहल नहीं की। जरा कल्पना करो कि यदि तुम्हारा पूरा पुलिस समुदाय तुम्हारी ही तरह मेरी बातों की हँसी उड़ाता और मेरे तथ्यों को कोई लोमहर्षक कहानी बताकर खारिज कर देता तो मेरे ऊपर क्या बीतती!"

"लेकिन तुम मुझे व्यक्तिगत तौर पर बता सकते थे," शशांक बाबू ने थूक निगलते हुए कहा। "आखिरकार मैं तुम्हारा मित्र हूँ! उन सब बातों पर ध्यान मत दो, अब मुझे यह बताओ कि तुम्हें क्या जानकारी हाथ लगी है?" उन्होंने अपनी कुरसी ब्योमकेश के और अधिक करीब खींचते हुए कहा।

ब्योमकेश शांत थे।

"कौन है हत्यारा? क्या हम उसे जानते हैं?"

ब्योमकेश मुसकराए।

ब्योमकेश के घुटनों पर अपना हाथ रखते हुए शशांक बाबू ने याचना के स्वर में कहा, "मुझे बताओ ब्योमकेश, किसने किया वह?"

"भूत ने।"

हतप्रभ शशांक बाबू ने कुछ देर तक खामोशी से ब्योमकेश की ओर देखा। तत्पश्चात् उन्होंने कहा, "क्या तुम मजाक कर रहे हो? भूत ने उनकी हत्या की थी?"

"मेरे कहने का अर्थ कुछ वैसा ही है।"

"धूल में लट्ठ मत मारो ब्योमकेश," शशांक बाबू ने अधीर होते हुए कहा। "यदि तुम्हें सचमुच यकीन है कि उनकी हत्या भूत ने की...तब..." उन्होंने निराश होकर अपना माथा पीटा।

ब्योमकेश मन ही मन मुसकराए। बरामदे में एक चक्कर काटने के बाद उन्होंने कहा, "यदि मुझे आज तुम्हें सारा विवरण देना पड़ेगा तो मैं आज यहाँ से जा नहीं सकूँगा—मुझे आज रात फिर यहाँ ठहरना होगा। तुम इसे तब तक नहीं समझ

सकोगे, जब तक कि मैं अपराधी को पुलिस के हाथों में नहीं सौंप देता। कैलाश बाबू आज अपना घर बदल रहे हैं; इसलिए मुझे आज रात को हत्यारे को पकड़ने की उम्मीद है।" इतना कहकर वह शांत हो गए। कुछ पल बाद उन्होंने अपनी बात आगे बढ़ाई। "ऐसा लगता है कि कोई वैकुंठ बाबू की बेटी को लेकर अत्यंत नाराज है। उन सब चीजों पर ध्यान मत दो, अब मुझे यह स्पष्ट करने दो कि हमें अनिवार्यतः करना क्या है।"

पतझड़ का मौसम था, दिन छोटे होने लगे थे। शाम का छह बजे ही अँधेरा हो जाता था और किले के निवासी रात नौ बजे तक बिस्तर में जाकर सो जाते थे। विगत कुछ दिनों में मैंने वहाँ ऐसा ही कुछ देखा था।

हम तीनों उस रात नौ बजे से थोड़ा पहले ही घर से रवाना हो गए। ब्योमकेश ने एक टॉर्च ले ली और शशांक बाबू ने अपनी जेब में एक जोड़ी हथकड़ियाँ डाल लीं।

सड़क लोगों से खाली एवं सुनसान थी; अर्द्ध चंद्र को छिपाए हुए आसमान में बादल छा गए थे। सड़क के किनारे थोड़ी-थोड़ी दूरी पर लगे मिट्टी के तेलवाले लैंपपोस्टों से मद्धिम रोशनी आ रही थी, जो घने अँधेरे को चीर पाने में असफल थी। हमें रास्ते में एक भी प्राणी के दर्शन नहीं हुए।

जब हम कैलाश बाबू के खाली मकान पर पहुँचे तो उस समय सरकारी खजाने की घड़ी से नौ बजने की आवाज सुनाई पड़ी। सड़क के आसपास देखते हुए शशांक बाबू ने धीरे से सीटी बजाई; अँधेरे से एक आदमी उभरा—हम लोग उसे नहीं देख पाए, हमारे कानों में केवल उसके चलने की आवाज पड़ी। ब्योमकेश ने उसके कान में कुछ कहा और उसके बाद वह फिर गायब हो गया।

हम चौकन्ने होकर घर के अंदर दाखिल हुए। वह खाली था और उसके सभी दरवाजे व खिड़कियाँ खुली थीं। मकान में कहीं से भी कोई रोशनी नहीं आ रही थी। मकान किसी निर्जीव शव की भाँति वीरान पड़ा था।

हम दबे पाँव ऊपर गए। ब्योमकेश कैलाश बाबू के कमरे के बाहर पलभर के लिए रुके; कमरे में प्रवेश करते हुए उन्होंने अपनी टॉर्च जलाई और उसकी रोशनी पूरे कमरे में फैल गई। कमरा पूरी तरह खाली था। कैलाश बाबू के साथ-साथ बिस्तर समेत उनका सारा सामान भी वहाँ से ले जाया जा चुका था। खाली कमरे की खुली खिड़की से गंगा की शीतल हवा वातावरण को सुखद बना रही थी।

कमरा बंद करने के बाद ब्योमकेश ने अपनी टॉर्च बुझा दी। फर्श पर पसरते हुए उन्होंने सौम्य स्वर में हमसे बैठने के लिए कहा, "अभी कोई पता नहीं है कि हमें

कितनी देर तक यहाँ इंतजार करना पड़े। हमें यहाँ सुबह तीन बजे तक रहना होगा। अजीत, जैसे ही मैं टॉर्च जलाऊँ, तुम फौरन खिड़की पर जाकर उसकी निगरानी करना; और शशांक तुम अपनी पुलिसवाली ड्यूटी निभाओगे—कहने का अर्थ यह कि अपनी पूरी शक्ति से भूत को पकड़ोगे।"

उसके बाद हमने अँधेरे में अपनी निगरानी शुरू कर दी। हम शांत और स्थिर होकर बैठ गए; जरा-सी भी हलचल और आवाज भूत को नाराज कर देती थी। समय काटने के लिए कोई सिगरेट जलाना तो बहुत दूर की बात थी; धुएँ की गंध हमारे मेहमानों को भयभीत कर सकती थी।

खजाने की घड़ी ने घंटा बीतने की ध्वनि की। रात के ग्यारह बज गए थे। हमें इस बात का कोई पता नहीं था कि वे कब आएँगे। इस बीच मेरी पलकें भारी होने लगीं।

मैंने आत्मालाप करते हुए कहा, अभी तो रात शुरू ही हुई है, मैंने जँभाई लेने के लिए अभी अपना मुँह खोला ही था कि ब्योमकेश ने अपने पंजे से मेरा घुटना पकड़ लिया। जँभाई अधबीच खत्म हो गई।

खिड़की के पास कोई आवाज हुई। मैं कुछ भी नहीं देख सका; मेरे कानों में अस्पष्ट सी आवाज पड़ी। वह दुबारा नहीं दोहराई गई। मैंने कुछ सुनने के प्रयास में अपनी साँसें रोकीं, लेकिन कुछ सुन नहीं सका। मुझे केवल अपने दिल की तेज होती घड़कनें सुनाई दे रही थीं।

अचानक दरवाजे के पास किसी के पैर घसीटकर चलने की आवाज सुनकर मैं चौंक गया। एक आदमी ने कमरे में प्रवेश किया। वह हमसे दो फीट से अधिक दूर नहीं था, लेकिन मैं किसी भी सूरत में उसे देख नहीं सका। क्या उसे हमारे कमरे में छिपे होने की जानकारी थी? कौन था वह? अब वह वहाँ क्या करेगा? मेरी रीढ़ में सुरसुरी सी दौड़ गई।

जिस तरह सुबह कमरे में बंद दरवाजों के सूराखों से धूप छनकर आती है, उसी प्रकार एक पतली-सी रुपहली रोशनी कमरे के अंदर चमकी और हमारे सामनेवाली दीवार पर मुड़ गई। वह अत्यंत पतली किरण थी, लेकिन कमरे में प्रकाश लाने के लिए पर्याप्त थी। हमने देखा कि एक लंबा पतला आदमी हमारी ओर अपनी पीठ किए खड़ा था और अपने हाथ की टॉर्च की पतली रोशनी में कुछ खोजने की कोशिश कर रहा था।

ब्योमकेश ने अपनी टॉर्च जला दी, पलभर के लिए मेरी आँखें उसकी रोशनी में चौंधियाँ गईं। उसके बाद मैंने खिड़की पर जाकर अपनी पोजीशन ले ली।

अजनबी एक झटके में अपनी आँखें बंद किए हुए हमारी ओर मुड़ा। मैं उसका चेहरा नहीं देख सका। उसके बाद एक साथ कई घटनाएँ हुईं। घुसपैठिया चीते की तरह मेरे ऊपर टूट पड़ा। शशांक बाबू ने उसे पहलवान की तरह कसकर पकड़ लिया और हम तीनों फर्श पर गुत्थमगुत्था हो गए। शशांक बाबू उसे आसानी से छोड़नेवाले नहीं थे। उन्होंने अजनबी के पैर पकड़ लिये और वह उससे आजाद नहीं हो सका। वह शशांक बाबू को घसीटते हुए खिड़की की ओर बढ़ा। अब मैंने टॉर्च की रोशनी में उसके ऐंठे और गाढ़े रंग से रँगे हुए चेहरे की एक झलक देखी। वह सचमुच एक भूत की तरह दिखाई दे रहा था।

ब्योमकेश ने शांत स्वर में कहा, "शैलेन बाबू, अगर आप खिड़की के रास्ते से भागने की कोशिश करेंगे तो आपके हाथ केवल तकलीफ ही आएगी। आपकी बैसाखियाँ अब वहाँ नहीं हैं, सिपाही भानुप्रताप सिंह और उनके साथियों ने उन्हें वहाँ से हटा दिया है। वे लोग आपकी प्रतीक्षा कर रहे हैं।" अपनी आवाज ऊँची करते हुए उन्होंने अपनी बात जारी रखी, "कांस्टेबल सिंह, आप ऊपर आ जाइए।"

वह खूँखार चेहरा मेरी ओर मुड़ा। "शैलेन बाबू! हमारे शुभचिंतक शैलेन बाबू इस रूप में!…" मैं उन्हें देखकर हैरान और सुन्न हो गया।

कुछ पल के लिए शैलेन बाबू के नकली चेहरे की खूँखार और राक्षसी आँखें ब्योमकेश की ओर ऐसे मुड़ीं मानो फट पड़ेंगी। जंगली भालू की तरह दाँत दिखाते हुए उन्होंने कुछ कहने की कोशिश की, लेकिन वह कुछ कह नहीं पाए, उनके गले से एक भर्राई सी आवाज निकली। अचानक वह शिथिल होकर जमीन पर गिर पड़े।

शशांक बाबू जब शैलेन बाबू के पैरों को छोड़कर अपने पैरों पर खड़े हुए तो ब्योमकेश ने कहा, "शशांक बाबू, आप शैलेन बाबू को जानते हैं, परंतु शायद आप इनके असली नाम से परिचित नहीं हैं। मैं देख रहा हूँ कि आपके कंधे से खून बह रहा है; परंतु यह घाव गंभीर नहीं है, टिंचर आयोडीन का एक फाहा ही इसे ठीक करने के लिए काफी है। इसके अलावा चूँकि आप पुलिस की नौकरी में हैं, इसलिए आपको अपनी नौकरी के आनुषंगिक प्रभावों को झेलना ही पड़ेगा। आप इसकी बिल्कुल चिंता मत कीजिए, आइए अब मैं आपको शैलेन बाबू की असली पहचान बताता हूँ। वह सर्कस के जाने-माने खिलाड़ी और वैकुंठ बाबू के गुमशुदा दामाद हैं। यदि इन्होंने आपके कंधे पर सचमुच काटा होता तो आप इसे कहावती मुहावरे की तरह किसी दामाद की ओर से किया मजाक मान सकते थे।"

लेकिन शशांक बाबू उसे किसी भी तरह से मजाक मानने को तैयार नहीं थे; उन्होंने खामोशी से अपनी हथकड़ियाँ दामादजी की कलाई में जकड़ दीं। उसी क्षण कांस्टेबल भानुप्रताप सिंह ने अपनी बढ़ी हुई दाढ़ी और ऐंठी हुई मूँछों के साथ आकर सैल्यूट किया।

8

अपनी घड़ी पर निगाह डालते हुए ब्योमकेश ने कहा, "केवल सत्रह मिनट बचे हैं, इसलिए स्टेशन की ओर रवाना होने से पूर्व मैं आपको जल्दी से अपना स्पष्टीकरण दे देता हूँ।"

यह कहना व्यर्थ है कि वैकुंठ बाबू के हत्यारे की गिरफ्तारी से शहर में कितनी सनसनी फैली। बहरहाल लोगों को यह जानकारी अवश्य मिल गई कि असंभव को संभव बनानेवाले व्यक्ति केवल ब्योमकेश ही थे। स्नेह और संतोष को बनाए रखने की भरसक कोशिश के बावजूद शशांक बाबू इस लक्ष्य को प्राप्त करने में विफल रहे थे। इसलिए हमने अनावश्यक विलंब किए बिना कलकत्ता वापस लौटने का निर्णय किया।

कैलाश बाबू अपने पुराने निवास पर लौट चुके थे। अपने प्रस्थान से पूर्व हम लोग उनके शयनकक्ष में एकत्र हुए। शशांक बाबू, वरद बाबू और अमूल्य बाबू भी वहाँ मौजूद थे; अपने बिस्तर पर आधे बैठे और आधे लेटे हुए कैलाश बाबू अपने चेहरे पर एक अपरिचित अपनत्व का भाव लाने का प्रयास कर रहे थे। अपने पुत्र पर मिथ्या संदेह करने का पश्चात्ताप उनके चेहरे पर साफ दिखाई दे रहा था।

उन्होंने अचानक कहा, "अब मैं महसूस करता हूँ कि वह न तो कोई भूत था और न ही कोई राक्षस, बल्कि शैलेन बाबू थे। अरे, कितना दुष्ट और मक्कार आदमी है वह! क्या आपको याद है कि उसने इसी कमरे में बैठकर उस दिन "वहाँ...वहाँ!" कहकर चिल्लाया था। सब झूठ था। उसने कुछ भी नहीं देखा था—वह केवल हमें धोखा देने की कोशिश कर रहा था, ताकि हम यह कल्पना भी न कर सकें कि वह भूत कोई और नहीं, बल्कि स्वयं था। ब्योमकेश बाबू, अब आप कृपा करके यह बताइए कि आपने इस रहस्य को कैसे सुलझाया।"

सब लोग उत्सुकतापूर्वक ब्योमकेश की ओर देखने लगे।

ब्योमकेश ने मुसकराते हुए अपनी बात शुरू की। "आप इसे गलत न समझें वरद बाबू, लेकिन मुझे भूतों और आत्माओं की बात पर कभी विश्वास नहीं था। मैं

उनके अस्तित्व के प्रश्न में उलझना नहीं चाहता; लेकिन मुझे प्रारंभ से इस बात का संदेह था कि कैलाश बाबू के कमरे में दिखाई देनेवाली कोई आत्मा नहीं थी, बल्कि वह हाड़-मांसवाला एक जीता-जागता इनसान था। मैं एक यथार्थवादी व्यक्ति हूँ, मैं यथार्थ तत्त्वों से व्यवहार करता हूँ, इसलिए मैं सनसनी फैलानेवाले मामलों को अपनी गणना से हमेशा बाहर रखता हूँ।

"अब हम थोड़ी देर के लिए मान लेते हैं कि वह भूत कोई इनसान था। अब यहाँ एक स्वाभाविक प्रश्न यह खड़ा होता है कि वह कौन है और इस प्रकार का व्यवहार क्यों कर रहा है? यहाँ रहनेवाले हरेक आदमी को वह भूत के बहाने डराने की कोशिश क्यों कर रहा है? इसका एकमात्र उत्तर यह है कि वह यहाँ से सबको भगाना चाहता था। इसके बारे में विचार कीजिए, इसके अलावा अन्य कोई उचित स्पष्टीकरण नहीं हो सकता है।

"बहुत अच्छा। अब प्रश्न यह है—वह सबको यहाँ से क्यों भगाना चाहता था? निश्चय ही यह सब करने के पीछे उसका कोई मकसद था। वह मकसद क्या हो सकता था?

"जैसा कि आप सबको ज्ञात है, वैकुंठ बाबू की मृत्यु के बाद उनके कीमती जवाहरात का कहीं नाम-निशान नहीं मिला था। पुलिस को संदेह था कि वह उन्हें लकड़ी के एक डिब्बे में रखते थे, जिसे हत्यारा उनकी हत्या करने के बाद अपने साथ ले गया था। परंतु मैं इस मान्यता को बिना कोई प्रश्न किए स्वीकार करने को तैयार नहीं था। मैंने कंजूस वैकुंठ के व्यक्तित्व के बारे में जितना भी थोड़ा-बहुत जाना था, उसके आधार पर मैं यह स्वीकार करने को तैयार नहीं था कि उसके जैसा आदमी इतनी मूल्यवान वस्तुओं को मामूली से लकड़ी के डिब्बे में रखेगा। कोई भी नहीं जानता था कि वास्तव में वह उसे कहाँ रखते थे। फिर भी वे निश्चय ही इसी कमरे में कहीं रखे थे। इसके बाद प्रश्न यह उठता है कि वे कमरे में कहाँ रखे थे?

"लेकिन थोड़ी देर के लिए चलिए हम इस प्रश्न को छोड़ देते हैं। भूतों की झूठी कहानी का एकमात्र तार्किक स्पष्टीकरण यह है कि वैकुंठ बाबू का हत्यारा जानता था कि जवाहरात कहाँ छिपाकर रखे हुए थे; लेकिन उसे अभी तक उन्हें यहाँ से ले जाने का अवसर नहीं मिला था। इसलिए वह इस घर में आए नए निवासियों को यहाँ से भगाने की कोशिश कर रहा था, ताकि वह बिना किसी बाधा के कीमती जवाहरात को यहाँ से ले जा सके।

"इससे यह बात पूरी तरह स्पष्ट हो गई कि वास्तव में भूत ही वैकुंठ बाबू का हत्यारा था।

"जब मैंने वैकुंठ बाबू की बेटी से पूछताछ की तो मुझे उसके उत्तर में दो विसंगतियाँ दिखाई पड़ीं। पहली, यह कि उसने उस रात कुछ भी नहीं सुना था। मुझे उसकी वह बात असंभव लगी। इसके बावजूद कि वह इस कमरे के ठीक नीचे थी और उसने अपने पिता का गला घोंटकर मारे जाने की कोई आवाज नहीं सुनी थी। हत्यारे ने मृतक का गला घोंटते समय उससे जवाहरात के बारे में जानने की काशिश की थी—दूसरे शब्दों में, इसे लेकर दोनों में बातचीत भी हुई थी। वैकुंठ बाबू चीखे भी थे—फिर भी उनकी बेटी ने कुछ नहीं सुना। क्या यह संभव है ?

"दूसरी बात यह कि वह अपने दिवंगत पिता की आत्मा की मुक्ति के लिए गया में अंतिम संस्कार करने की इच्छुक नहीं थी। सच्चाई यह है कि वह जानती थी कि उसके पिता वास्तव में भूत नहीं बने थे, इसलिए वह आश्वस्त थी। वास्तव में संभवत: वह इस तथाकथित आत्मा की सच्चाई जानती थी। किसी अनपढ़ महिला के अपने पिता के अंतिम संस्कार के प्रति अनिच्छुक होने का अन्य कोई स्पष्टीकरण नहीं है।

"वैकुंठ बाबू की बेटी के बारे में अटकलें लगाने की काफी गुंजाइश है, लेकिन हम उसमें जाना नहीं चाहते हैं। लेकिन उसमें जो बुनियादी बात है, वह यह है कि वह जानती थी कि हत्या किसने की थी और इसीलिए वह हमलावर को बचाने की कोशिश कर रही थी। पिता के अतिरिक्त किसी महिला का सबसे नजदीकी व्यक्ति कौन हो सकता है ? इसका उत्तर अनावश्यक है। मुझे पहले दिन ही पता चल गया था कि वैकुंठ बाबू की बेटी एक पतिव्रता थी। इसलिए इस हत्या के पीछे उसके पति के अतिरिक्त कोई अन्य नहीं हो सकता था।

"मुझे पहले ही एक अन्य संकेत मिल गया था कि वैकुंठ बाबू का दामाद ही असली हत्यारा था। भूत पंद्रह फीट ऊँचा था और वह पहली मंजिल की खिड़की में बड़ी आसानी से झाँक सकता था। किसी साधारण मनुष्य के लिए यह कैसे संभव हो सकता था ? उसने उस काम के लिए सीढ़ी का उपयोग भी नहीं किया था। यदि कोई आदमी सीढ़ी लेकर आता तो उसके लिए इतनी जल्दी गायब हो पाना संभव नहीं था। तब ? उत्तर है—लाठियाँ। मुझे विश्वास है कि आप लोग उनके बारे में जानते होंगे। वह एक जोड़ी लंबी लाठियाँ हैं। उन लाठियों की सहायता से चोर-डाकू रातभर में तीस से चालीस किलोमीटर दू जाकर घटना को अंजाम देकर रातोरात लौट आते

थे। आजकल कई सर्कसों में भी लाठियों पर करतब दिखानेवाले अनेक कलाकार होते हैं। बिना नियमित अभ्यास के कोई लाठियों का कुशलतापूर्वक प्रयोग नहीं कर सकता है। इसलिए यह अनुमान लगाना कठिन नहीं था कि हत्यारा कोई सर्कस से जुडा व्यक्ति हो सकता है। वैकुंठ बाबू का खर्चीला दामाद एक सर्कस समूह का अंग था। उसे अनिवार्यतः एक कुशल अभिनेता भी होना चाहिए था—इसलिए मेरा यह अनुमान और भी अधिक पुख्ता हो गया।

"लेकिन सब लोग तो यही जानते हैं कि वह यहाँ नहीं है—वह आठ सालों से लापता था।

"एक दिन बगीचे की तलाश करते हुए मुझे कूड़े के ढेर से एक कागज का टुकड़ा मिला था। वह सर्कस का एक फटा-पुराना इश्तिहार था जिस पर एक शेर की तसवीर छपी थी। उसके पीछे हाथ से कुछ लिखा हुआ था। ऐसा प्रतीत होता था कि लिखनेवाले के पास कोई अन्य कागज उपलब्ध नहीं था। उस पर लिखे शब्द असंगत थे फिर भी उसका अर्थ लगाया जा सकता था—एक कंगाल पति अपनी पत्नी से पैसे की माँग कर रहा था। अजीत, तुमने जिस शब्द की 'बैड' के रूप में व्याख्या की थी वह वास्तव में 'बैंड' था, 'हसबैंड' का खंडित प्रारूप।

"उसे देखने के बाद स्पष्ट हो गया कि एक निर्धन पति ने दूर देश से वह पत्र अपनी पत्नी के पास भेजा था। यह कहने की कोई तुक नहीं है कि उसे कोई आर्थिक सहायता नहीं मिली थी। इस बात पर बहुत कम विश्वास किया जा सकता था कि वैकुंठ बाबू किसी ऐसे बदमाश को आर्थिक सहायता दे सकते थे, जिसने अपनी पत्नी को छोड़ दिया हो।

"यह सब कुछ कोई एक साल पहले हुआ था। दो साल पहले शहर में कोई सर्कस आया था; इसलिए इससे अनिवार्यतः यही निष्कर्ष निकाला जा सकता था कि उसके पति ने वह पत्र किसी दूरस्थ क्षेत्र से भेजा था, क्योंकि वह उस समय अपने सर्कस के साथ था—उसने कागज के अभाव में इश्तिहार के पीछे पत्र लिख दिया था।

"कुछ महीनों बाद पति मुंगेर आ गया। मैं नहीं जानता कि वह यहाँ पैसे पाने में कैसे सफल हुआ, क्योंकि वह अपने स्वास्थ्य लाभ के बहाने एक किराए के मकान में रह रहा था। उसे मुंगेर में कोई नहीं जानता था—वह जेसोर का रहनेवाला था और उसकी शादी नवद्वीप में हुई थी—इसलिए उसे वैकुंठ बाबू के दामाद के रूप में जाननेवाला यहाँ कोई नहीं था।

"वैकुंठ बाबू को भी शायद अपने दामाद के आने की जानकारी नहीं थी—वह पूरी तरह आश्वस्त बने रहे। लेकिन दामाद ने गोपनीय जानकारियाँ जुटाईं और एक योजना बनाई; चूँकि ससुरजी स्वयं अपने दामाद को कोई धन नहीं दे सकते थे, इसलिए उसने अपनी विरासत प्राप्त करने के लिए बल प्रयोग किया।

"इसके बाद वह लाठियों के सहारे उस रात खिड़की के रास्ते अपने ससुर के शयनकक्ष में दाखिल हुआ। अप्रत्याशित रूप से उसे अपने कमरे में देखकर वह थोड़ा व्यथित हुए, लेकिन उनका दामाद अपनी जिद पर अड़ा हुआ था। पहले उसने अपने ससुर की हत्या करने के बाद जवाहरात की खोज की। वैकुंठ बाबू का जीवित रहना उसके लिए परेशानी का कारण बन सकता था, इसलिए वह उनकी हत्या करने के लिए तैयार होकर आया था।

"लेकिन उसे खजाने को ले जाने का अवसर नहीं मिला। उसकी पत्नी नीचे जाग गई थी। और वह ऊपर आकर दरवाजे पर दस्तक दे रही थी।

"उस रात दामाद केवल एक मोती लेकर भाग गया। शेष खजाना जहाँ का तहाँ बना रहा।

"वैकुंठ बाबू ने अपना खजाना एक विचित्र स्थान अपने कमरे की दीवार में छिपा रखा था। दीवार की सतह को कुरेदकर उन्होंने उसमें एक छोटा-सा सूराख बना रखा था। वह उसमें से कोई रत्न निकालते और बाद में दीवार की सतह को चूने से भर देते थे। इस काम के लिए उनके पानदान में पर्याप्त चूना रहता था, जिससे उनका काम आसान हो जाता था।

"दीवार से कोई मोती निकालने से पूर्व ही दरवाजे पर दस्तक सुनकर उसने जल्दबाजी में वहाँ चूना लगाकर उस सूराख को भर दिया, लेकिन उसके अँगूठे का निशान चूने पर बना रह गया।

"पहले पहल मुझे भी इस बात पर आश्चर्य हुआ कि वैकुंठ बाबू ने अपने रत्नों को कहाँ छिपाया था। उस दिन कमरे का निरीक्षण करते समय जब मैंने उँगलियों का निशान देखा तो मैं तत्काल सब कुछ साफ तौर पर समझ गया। ढाई लाख रुपए मूल्य के जवाहरात पूरे कमरे में चूने की परतों के नीचे छिपाकर रखे गए थे। उन्होंने उन्हें इतनी सफाई से छिपाया था कि सूक्ष्मतम जाँच से भी किसी को कुछ पता नहीं चल सकता था। तुम्हें उन शेष बचे पचास रत्नों को खोजने के लिए काफी कठिन परिश्रम करना पड़गा, शशांक। मेरे पास अधिक

समय नहीं है, वरना मैं स्वयं यह काम कर देता। फिर भी मैंने पेंसिल से उन स्थानों पर निशान लगा दिए हैं, जिससे तुम्हें उन्हें खोजने में अधिक कठिनाई नहीं होगी।

"अतः अब हम इस तथ्य से अवगत हैं कि अपने ससुर की हत्या करने के बाद दामाद केवल एक मोती अपने साथ ले जाने में सफल हुआ था और अब वह शेष रत्नों को खोजने का प्रयास कर रहा था। लेकिन यह दामाद कौन है? निश्चय ही वह इसी कस्बे का निवासी है और संभवतः हमसे परिचित भी है। हमारे पास उसकी उँगलियों के निशान हैं, परंतु केवल वही इतने बड़े शहर में उसे खोजने में सहायक नहीं हो सकते थे। फिर विकल्प क्या है?

"मुझे उस शाम भूतावाहन मेज पर एक अवसर मिल गया। मेज पर एक भूत दिखाई पड़ा। मैंने महसूस किया कि हममें से कोई एक उस मेज को हिला रहा था, और उसे ही हत्यारा होना चाहिए था। भूत की गवाही अपने आपमें एक पूर्ण साक्ष्य थी। मैंने किसी बहाने से हरेक की उँगलियों का निरीक्षण किया। उँगलियों का निशान शैलेन बाबू की उँगलियों से मेल खा गया।

"इसलिए उसके बाद मेरे मन में कोई संदेह नहीं रहा कि शैलेन बाबू ही हत्यारा था। शायद आप लोगों में से भी किसी को किसी अन्य पर कोई संदेह नहीं होता। अतः शैलेन बाबू को अपना लक्ष्य प्राप्त करने के लिए वरद बाबू का शिष्य बनना आसान था। वह आदमी बाहर-बाहर से अत्यंत मृदुभाषी एवं अबोध नजर आता है, परंतु अंदर से वह एक अत्यंत निर्दयी एवं खूँखार भेड़िया है। उसके हृदय में करुणा के लिए कोई स्थान नहीं है।"

ब्योमकेश ठहर गए। प्रत्येक व्यक्ति निःशब्द था। अंततोगत्वा अमूल्य बाबू ने गहरी साँस छोड़ते हुए कहा, "अरे, मुझे तो काफी राहत मिल गई है। इन सब चीजों के अतिरिक्त ब्योमकेश बाबू आपने हमें वरद बाबू के भूतों से बचा लिया है। जिस तरीके से उनकी गतिविधियाँ चल रही थीं, उन्हें देखते हुए एक दिन मैं भी उनका भक्त बन सकता था। आपने वरद बाबू के भूत को भगा दिया है, आपको उसके लिए लाखो-लाख धन्यवाद।"

सब लोग हँस पड़े। वरद बाबू ने धीरे से कुछ कहा। अमूल्य बाबू ने पूछा, "तुम क्या बुदबुदा रहे हो? वह संस्कृत जैसा ध्वनित हो रहा है।"

"मुक्तिकांगनागजेगजे," वरद बाबू ने उत्तर दिया। "किसी एक हाथी के सिर में मोती न मिलने का यह अर्थ नहीं है कि उसका अस्तित्व ही नहीं है।"

"मैंने कभी किसी हाथी के सिर की खोज नहीं की है," अमूल्य बाबू ने प्रतिक्रिया दी, "लेकिन हममें से हरेक अब यह जान गया है कि तुम्हारे सिर में क्या छिपा है!"

"मेरे सत्रह मिनट बीत चुके हैं," ब्योमकेश ने खड़े होते हुए कहा। "अब मैं आपकी अनुमति चाहूँगा। मैं ताराशंकर बाबू—जो निस्संदेह एक उदार व्यक्ति हैं—को पहले ही अलविदा कह चुका हूँ। मेरा सम्मानजनक अभिवादन आप लोग उनके पास एक बार फिर भिजवा दीजिएगा। चलो अजीत, अब हम चलते हैं।"

□

अमृत की मौत

1

उस गाँव का नाम बाघमारी था। वह रेलवे लाइन के करीब था, परंतु गाँव में पहुँचने के लिए स्टेशन से एक मील पैदल चलना पड़ता था। दोनों के बीच एक घना जंगल था। ग्रामीण आमतौर पर स्टेशन तक आने-जाने के लिए जंगल में प्रवेश नहीं करते थे। वे रेल पटरी की सुरक्षा के लिए लगी कँटीली तारों के बीच से निकलकर पटरी के साथ-साथ पैदल चलते थे।

स्टेशन का नाम संतालगोला था। वह काफी बड़ा स्टेशन था और उसके आसपास एक कस्बा बन गया था। वह क्षेत्र धान के मामले में बहुत धनी था। उस क्षेत्र से धान और चावल दोनों का निर्यात होता था। वहाँ चावल की दो मिलें भी थीं।

युद्ध के दौरान अमेरिकी सैनिकों की एक टुकड़ी ने कुछ समय तक संतालगोला और बाघमारी के जंगलों में अपना पड़ाव डाला था। वे अकसर नंगे बदन केवल एक पाजामा पहने घूमते थे और किसानों के साथ बैठकर धूम्रपान करते थे। युद्ध समाप्त होने के बाद वे अपनी कुछ अवैध संतानों और छोटे हथियारों को छोड़कर अपने घर वापस लौट गए।

जिस काम के सिलसिले में मैं और ब्योमकेश काफी समय से संतालगोला में थे, उसका संबंध भी उपर्युक्त हथियारों से ही था, जिसका विवरण मैं उचित समय पर दूँगा। वर्तमान में जिस कथा से मैं आपको इस समय जोड़ रहा हूँ, प्राथमिक तौर पर उसका संबंध बाघमारी गाँव और उसके कुछ व्यक्तियों से है, जिसके प्रारंभिक भाग में उस गाँव के कुछ युवक हैं। शब्दातिरेक से बचते हुए मैं उनके साक्ष्यों को संक्षेप में प्रस्तुत कर रहा हूँ।

बाघमारी गाँव के कुछ परिपूर्ण मकानों में सदानंद सूर का घर सबसे पुराना था। उसमें तीन कमरे, सामने एक पक्का आँगन और एक अन्य अहाता घर के

पिछवाड़े था, जिसके चारों ओर दीवार बनी हुई थी। उनके घर के ठीक पीछे जंगल शुरू हो जाता था।

सदानंद सूर काफी बूढ़े हो चले थे, लेकिन चूँकि उनका कोई परिवार, पत्नी अथवा बच्चे नहीं थे, इसलिए वह अपने पैतृक मकान में अकेले रहते थे। उनकी एकमात्र बहन रेलवे के किसी कर्मचारी से ब्याही थी, लेकिन चूँकि वे लोग शहर में रहते थे, इसलिए सदानंद बाबू के साथ उनकी घनिष्ठता नहीं थी। गाँव के अन्य लोगों के साथ उनका संबंध कहुत करीबी नहीं था। एक ओर जहाँ उनकी किसी से शत्रुता नहीं थी वहीं दूसरी ओर किसी के साथ अंतरंगता भी नहीं थी। अधिकतर दिनों में वे रोज सुबह बहुत तड़के जाग जाते थे और स्टेशन के समीपवाले कस्बे में चले जाते थे, जहाँ से वे शाम को घर लौटते थे। कोई नहीं जानता था कि वे अपने गुजर-बसर के लिए क्या काम करते थे। कोई कहता था कि वे धान और चावल की दलाली करते थे; कुछ अन्य लोग कहते थे कि उनका गिरवीघर है। कुल मिलाकर वह अपेक्षाकृत एक किफायती इनसान थे। सामान्यतः लोगों को उनके बारे में मात्र इतनी ही जानकारी थी।

अप्रैल की एक सुबह सदानंद अपने घर से मझोले आकार का एक संदूक और किरमिच का एक बैग लेकर निकले थे। वह घर में ताला बंद करके एक हाथ में संदूक और एक हाथ में बैग लिये हुए अपनी यात्रा पर निकल गए थे।

उनके घर के सामने मैदान और कुछ खेत थे। सदानंद खेत को पार करके जब रेलवे लाइन के साथ-साथ अपने गंतव्य की ओर जा रहे थे तो उन्हें गाँव का बूढ़ा मुखिया हीरू मिला। उसने पूछा, "सुबह-सुबह इतना सारा सामान लेकर कहाँ चल पड़े ?"

"मैं कुछ दिनों के लिए बाहर जा रहा हूँ," सदानंद ने उत्तर दिया।

"अच्छा, क्या तीर्थयात्रा पर जा रहे हो ?" हीरू ने पूछा।

सदानंद उसके इस प्रश्न पर मुसकराकर आगे बढ़ गए।

"अपने पापों का प्रायश्चित करने पहले ही निकल पड़े ?" हीरू ने टिप्पणी की, "आपकी आयु कितनी है ?"

"पैंतालीस वर्ष।" सदानंद ने चलते-चलते जवाब दिया।

"वापस कब आओगे ?" हीरू ने पीछे से आवाज देकर पूछा।

"एक सप्ताह या इसके आसपास।"

सदानंद चले गए।

उनका अचानक तीर्थयात्रा पर जाना गाँव में चर्चा का विषय बन गया। किसी को उनके बुढ़ापे में इस धार्मिक कृत्य से कोई संदेह नहीं हुआ। इससे पहले विगत दस वर्षों में उन्होंने एक भी रात गाँव के बाहर नहीं बिताई थी। सब लोगों ने यही माना कि सदानंद सूर आमतौर पर अपने कारोबार के सिलसिले में बाहर जाते रहते थे, इसलिए किसी को यह संदेह नहीं हुआ कि वह किसी गुप्त उद्देश्य से बाहर जा रहे थे।

तीन या चार दिनों बाद गाँव के कुछ नौजवान लड़के सदानंद सूर के मकान के सामनेवाले मैदान में इकट्ठा हुए। उस गाँव में कोई पच्चीस सम्माननीय परिवार रहते थे; सूर्यास्त के बाद स्थानीय युवक उस मैदान में बातचीत करने लिए एकत्र हो जाते थे। उनमें से कुछ लड़के गाना गाते थे और कुछ वहाँ बैठकर धूम्रपान करते थे। सर्दियों और बरसात के मौसम को छोड़कर वे लोग हमेशा वहीं एकत्र होते थे।

आज सारे लड़के अमृत नामक एक युवक को छेड़ रहे थे। कुछ चंचल स्वभाव का अमृत गाँव के किसी निवासी का अनाथ भानजा था। वह बेतरतीब ढंग से लंबा, दुबला-पतला और अपेक्षाकृत कुछ अधिक ही बातूनी था और हमेशा अपनी हिम्मत और बुद्धिमत्ता दिखाने की कोशिश करता रहता था। इसीलिए जब अवसर मिलता तो गाँव के अन्य लड़के उसका मजाक उड़ाते थे।

ऐसा ही कुछ उस दिन सुबह हुआ। नादू नामक एक नौजवान की नई-नई शादी हुई थी; उसकी पत्नी का नाम पापिया था। वह एक मटका लेकर तालाब से पानी लेने जा रही थी; वहाँ कुछ अन्य जवान औरतें भी थीं। अमृत पानी पर पत्थर फेंक रहा था; जब उसने नादू की पत्नी को जल्दी-जल्दी पानी लेने जाते देखा तो उसने अपने मुँह से पापिया-भारतीय कोयल, “पिउ-पिउ, पिया-पिया की आवाज निकाली...”

अन्य जवान औरतें उसे सुनकर मंद-मंद मुसकराने लगीं। व्यथित दुलहन तुरंत अपने घर वापस लौट गई और अपने पति से घटना की शिकायत की। क्रोधातुर नादू हाथ में लाठी लेकर घटनास्थल की ओर भागता हुआ आया, जिसे देखकर अमृत तालाब के किनारे नारियल के पेड़ पर चढ़ गया। गाँव के बड़े बुजुर्ग मामला शांत कराने पहुँचे। प्रत्येक यहाँ तक कि जिद्दी नादू स्वयं जानता था कि अमृत की नीयत बुरी नहीं थी। चीजें हाथ से बाहर नहीं निकलीं।

लेकिन अमृत अपने दोस्तों की फब्तियों से नहीं बच पाया। जैसे ही वह शाम को मैदान में पहुँचा सब लोगों ने उसे घेर लिया।

"वैसे तो तुम बड़े बहादुर बनते हो," पातल ने ताना मारा, "लेकिन तुम नादू से नहीं लड़ सके। उलटे अपने बचाव के लिए नारियल के पेड़ पर चढ़ गए!"

"हम्म्फ!" अमृत ने प्रतिवाद किया। "मैं तो एक नारियल तोड़ने के लिए पेड़ पर चढ़ा था। मैं नेडू से कतई नहीं डरता; यदि उसके हाथ में लाठी नहीं होती तो मैं उसकी ऐसी पिटाई करता कि वह इस समय बिस्तर पर पड़ा कराह रहा होता।"

"अद्भुत!" गोपाल ने कहा। "जब तुम घर गए तो तुम्हारे मामा ने तुम्हारी पिटाई की थी न?"

"मामा ने मेरी पिटाई नहीं की, वह मुझसे प्यार करते हैं।" अमृत ने अपना सिर हिलाया। "लेकिन मेरी मामी ने मेरे कान खींचते हुए कहा था—तू गधा है।"

सारे लड़के खुशी से हँस पड़े। "तुम्हारे जैसे कायर को शर्म आनी चाहिए," पातल ने घोषणा की। "जरा सोचो, एक औरत ने तुम्हारे कान ऐंठ दिए!"

"वह परिवार में सबसे बड़ी हैं, इसलिए मैंने उन्हें छोड़ दिया," अमृत ने उत्तर दिया। "तुम इस तरह मेरे साथ मजाक नहीं कर सकते हो!"

दाशू बोला, "अमरा, तुझे लोगों से डर नहीं लगता? मुझे सारी बात सच-सच बता, जब तू कोई भूत देखेगा तो क्या करेगा?"

...सभी लड़कों ने उसके कपड़े खींचते हुए चुटकी ली।

"मैने एक भूत देखा था, लेकिन मैं उससे डरा नहीं," अमृत ने उनसे आँखें निकालकर कहा।

"तूने भूत देखा था? कब? कहाँ?" सारे लड़के एक साथ बोल पड़े।

"वहाँ, उस जगह," अमृत ने गर्व से जंगल की ओर अपनी पतली बाँहों से इशारा किया।

"तूने उसे कब देखा? सच बता, तूने क्या देखा?"

"एक भूत घोड़ा," अमृत ने सत्यनिष्ठा से कहा।

एक या दो लड़के उसकी बात सुनकर हँस पड़े। "तू तो सचमुच गधा ही है," गोपाल ने कहा, "तो क्या तूने सचमुच एक भूत घोड़ा देखा था? तूने उसे कब और कहाँ देखा था?"

"परसों रात को।" अमृत ने उस रात की घटना को याद करते हुए कहा। "मेरी बछिया कैली गोशाला में अपने खूँटे से खुलकर भाग गई थी। मेरे मामा ने कहा—अमरा, जंगल में जाकर उसे देख। उस समय रात के दस बजे थे; लेकिन मैं किसी चीज से नहीं डरता, इसलिए फौरन जंगल में चला गया। मैंने चारों ओर देखा

लेकिन मुझे कहीं भी बछिया नहीं दिखाई पड़ी। चंद्रमा के प्रकाश ने उस स्थान को विचित्र बना दिया था—अचानक मैंने एक घोड़ा देखा। उसके खुरों की खड़खड़ाहट सुनकर मुझे लगा मेरी बछिया मुझे मिल गई; लेकिन जब मैं उसकी ओर मुड़ा तो वह अचानक जंगल में गायब हो गया। वह एक काला घोड़ा था और उसके नथुनों से चिनगारी निकल रही थी। मैं हनुमान चालीसा का पाठ करता हुआ वापस लौट आया। जब तुम हनुमान चालीसा का पाठ करोगे तो भूत तुम्हारा कुछ नहीं बिगाड़ पाएगा।"

"भूत घोड़ा किस रास्ते से आया था और वह किस रास्ते से गया था?" दाशू ने पूछा।

"वह गाँव की ओर से आया और स्टेशन की ओर गया था।"

"क्या उस घोड़े पर कोई सवारी भी कर रहा था?"

"वह सब मैंने नहीं देखा।"

कुछ देर वहाँ खामोशी रही। अमृत के अंदर भूत की कहानी सुनाने की कल्पना नहीं थी। उसने घोड़ा अवश्य देखा होगा। लेकिन कोई घोड़ा किसी सवार के बिना जंगल में कैसे दिखाई दे सकता था? गाँव में किसी आदमी के पास घोड़ा नहीं था। यहाँ तक कि युद्ध के दौरान जंगल में छावनी बनानेवाले अमेरिकी सैनिकों के पास भी घोड़े नहीं थे। स्टेशन के पासवाले कस्बे में एकाध घोड़ा-ताँगा जरूर था, लेकिन वह घोड़ा जंगल में रात में क्या कर रहा था? क्या अमृत को घोड़ा देखने के बाद उसे अपनी बछिया होने का भ्रम हुआ था?

"मैं समझ गया, तूने अपनी बछिया को भूत घोड़ा समझ लिया होगा," पातल ने अंत में कहा।

अमृत ने जोर से अपना सिर हिलाया। "अरे नहीं, वह घोड़ा ही था। मैंने एक हाड़-मांसवाला भूत घोड़ा देखा था।"

"क्या तू हमसे यह कहना चाहता है कि भुतहा घोड़ा देखने के बाद भी तू बेहोश नहीं हुआ?"

"मैं क्यों बेहोश होता? मैं तो हनुमान चालीसा का पाठ कर रहा था।"

"बड़ी अच्छी बात है। लेकिन तू तो हनुमान चालीसा का पाठ इसीलिए कर रहा था न कि तू उसे देखकर बुरी तरह डर गया था?"

"किसी भी सूरत में नहीं," अमृत ने शेखी बघारी। "कौन कहता है कि मैं डर गया था!"

"देख अमरा, तू ज्यादा डींगें मत मार," दाशू बोला। "क्या तू अभी इसी समय जंगल में जाने की हिम्मत कर सकता है?"

"क्यों नहीं जा सकता मैं?" अमृत ने जंगल की ओर घबराते हुए देखा। उस समय तक रात हो चुकी थी और चंद्रमा निकल आया था; जंगल के पेड़ों से काली परछाइयाँ निकल रही थीं। अमृत ने जरा सोचकर कहा, "यदि मैं जाना चाहूँ तो जा सकता हूँ, लेकिन अभी मैं वहाँ क्यों जाऊँ? आज तो मेरी बछिया नहीं खोई है।"

"ठीक है कि तेरी बछिया नहीं खोई है," गोपाल ने कहा। "लेकिन हमें कैसे यकीन होगा कि तू झूठ नहीं बोल रहा था?"

"झूठ!" अमृत अपने पाँवों पर उछल पड़ा। "मैं और झूठ! देख गोपला, तू मुझे जानता नहीं है…"

"ठीक है, अब तू मेरी इतनी सहायता और कर। हम देखना चाहते हैं कि क्या तू जंगल में अकेले जा सकता है या नहीं। तभी हम मानेंगे कि तू कितना बहादुर है।"

अमृत अधिक व्यंग्य सहन नहीं कर सका। "मैं अभी अंदर जा रहा हूँ—ठीक इसी पल," उसने आत्मविश्वासपूर्वक घोषणा की। "क्या तुम लोग सोचते हो कि मैं डर गया हूँ?"

"यह खड़िया मिट्टी का टुकड़ा अपने साथ ले जा," पातल ने उसे पीछे से आवाज दी। तुझे ज्यादा अंदर जाने की जरूरत नहीं है—तू तो बस सदानंद सूर दादा के मकान के पीछे उस लंबे से कपास के पेड़ तक चला जा। वहाँ जाकर खड़िया से निशान लगा देना, जिससे हमें पता चल जाएगा कि तू सचमुच वहाँ तक गया था।"

अमृत ने उससे खड़िया लेते हुए थोड़ा आशंकित स्वर में पूछा, "तुम सब लोग मेरे लौटने तक यहीं रहोगे न?"

"हाँ, हम यहीं रहेंगे।"

अमृत जंगल की ओर चल पड़ा। वह ज्यों-ज्यों आगे जाता, त्यों-त्यों अपने पैर घसीटता जाता था। आखिरकार वह सदानंद सूर के घर के पीछे जाकर गायब हो गया।

मैदान में बैठे सभी लड़के हलकी चाँदनी रात में उसकी ओर खामोशी से घूरते रहे। उनमें से एक बोल पड़ा, "हो सकता है कि वह सदानंद सूर के घर के पास जाकर छिप गया हो," दूसरा लड़का मंद-मंद मुसकराया।

थोड़ा समय गुजर गया। सभी की आँखें जंगल पर लगी थीं।

अचानक जंगल से धमाके की आवाज आई। वह किसी पेड़ की डाली टूटने की आवाज नहीं थी। लड़कों ने हैरानी से एक-दूसरे की ओर देखा।

थोड़ा समय और बीत गया, लेकिन अमृत वापस नहीं लौटा। जिस कपास के पेड़ तक उसे जाना था, वह उस स्थान से पचास या साठ गज से अधिक दूर नहीं था, जहाँ सारे लड़के बैठे हुए थे। उसे लौटने में इतनी देर क्यों हो रही थी?

तीन या चार मिनट बाद पातल खड़ा हो गया। "चलो, हम लोग चलकर देखते हैं। अमरा को इतनी देर क्यों हो रही है?"

जिस रास्ते से अमृत गया था, उसी पर लड़के समूह में आगे बढ़े। एक लड़के ने कहा, "कहीं वह भूत घोड़े पर सवारी तो नहीं कर रहा है?"

लेकिन अमृत भागा नहीं था। कपास का पेड़ सदानंद सूर के घर के पिछले दरवाज से लगभग पच्चीस गज दूर था। चंद्रमा की रोशनी में उन्हें कोई सफेद चीज दिखाई पड़ी। उसे देखने के लिए वे लोग उसके नजदीक गए ̈वह अमृत था।

उनमें से एक लड़के ने माचिस जलाई। अमृत पीठ के बल जमीन पर पड़ा हुआ था और उसकी छाती से निकले खून से उसकी कमीज तर हो गई थी।

2

ब्योमकेश और मैं सरकारी जाँच के सिलसिले में संतालगोला में थे। वेतनभोगी पुलिसकर्मी जहाँ एक ओर ब्योमकेश के अधिक हिमायती नहीं थे, वहीं दूसरी ओर उन्हें उच्चाधिकारियों की ओर से अत्यंत सम्मान प्राप्त था। जिन मामलों में पुलिस अपने हाथ खड़े कर देती थी, उन्हें कुछ समय बाद ब्योमकेश को सौंप दिया जाता था।

पिछले विश्वयुद्ध के दौरान अनेक विदेशी सैनिकों ने देश के विभिन्न भागों में अपने शिविर स्थापित किए थे; युद्ध की समाप्ति के बाद विदेशी सैनिक चले गए थे और भारतीयों को वहाँ शासन करने का अधिकार मिल गया था। रक्तरंजित स्वतंत्रता प्राप्ति के पश्चात् जब राष्ट्र ने अपना सिर उठाया तो पता चला कि झील की ऊपरी सतह तो साफ हो चुकी थी, लेकिन उसकी तलहटी में कुछ दुष्ट मगरमच्छ अभी भी अपना डेरा जमाए हुए थे। विदेशी सैनिकों द्वारा अपने पीछे छोड़े गए शस्त्रास्त्र उन मगरमच्छों के दाँत और पंजे बन गए थे। रेल दुर्घटनाएँ, बम विस्फोट, सशस्त्र डकैतियाँ जैसे कृत्य नए प्रशासन को लगातार परेशान कर रहे थे।

यद्यपि पुलिस को कुछ बदमाशों को गिरफ्तार करने में सफलता मिली थी, परंतु वह बमों, पिस्तौलों और अन्य हथियारों के स्रोत का पता लगा पाने में सफल नहीं हुई थी। यह अनुमान लगाना कठिन नहीं था कि वे शस्त्रास्त्र वहीं आसपास ही

कहीं छिपाकर रखे गए थे, जहाँ विदेशी सैनिकों के शिविर थे। परंतु उन हथियारों के आपूर्तिकर्ताओं को पकड़ना बड़ा कठिन कार्य था। जब तक अवैध हथियारों का काला कारोबार करनेवाले सरगनाओं को पकड़ नहीं लिया जाता, तब तक उस मुसीबत की जड़ तक पहुच पाना संभव नहीं था।

स्थानीय अधिकारियों के साथ विचार-विमर्श करने के बाद ब्योमकेश ने संतालगोला को अपनी जाँच का पहला ठिकाना बनाने का निर्णय लिया। वह एक छोटी जगह थी और उसे किसी स्थिति में शहर नहीं कहा जा सकता था। स्टेशन के पास रेलवे कर्मचारियों के रहने के लिए क्वार्टरों की एक कतार बनी थी। स्टेशन से एक पक्का रास्ता उसके दोनों ओर जाता था और लगभग नौ एकड़ का वृत्त बनाकर समाप्त हो जाता था। उस क्षेत्र में कुछ बड़े-बड़े गोदाम, थाना, डाकघर, सहकारी बैंक, सरकारी विश्रामगृह इत्यादि थे। सड़क के बाहरी किनारे पर चावल की दो मिलें स्थित थीं। यद्यपि वहाँ के निवासियों में बड़ी संख्या बंगालियों की थी, परंतु हिंदुस्तानियों और मारवाड़ियों की संख्या भी कुछ कम नहीं थी।

हमने अपना ठिकाना सरकारी विश्रामगृह में बनाया था। ब्योमकेश नहीं चाहते थे कि लोगों को उनके बारे में कुछ पता चले। इस प्रकार की जाँचों में आप जितना अधिक अपरिचित बने रहेंगे, उतना ही आपके लिए अच्छा होगा। लेकिन जब हम वहाँ पहुँचे तो पता चला कि ब्योमकेश की पहचान और उनके वहाँ आगमन का कारण एक खुला रहस्य था। स्थानीय थानेदार सुखमय सामंत को उनके उच्चाधिकारियों ने पहले ही इसकी जानकारी दे दी थी और ब्योमकेश की ख्याति सभी दिशाओं में फैल चुकी थी।

इंस्पेक्टर सुखमय सामंत का चेहरा वैसे तो बड़ा हँसमुख था, परंतु वह वास्तव में बुराइयों का पुतला था। सार्वजनिक तौर पर तो वह ब्योमकेश को सहयोग करता दिखाई देता था, लेकिन निजी तौर पर ब्योमकेश के मार्ग में कठिनाइयाँ पैदा करने में कोई कसर नहीं छोड़ता था। शायद वह किसी बाहरी आदमी को उस मामले में सफल नहीं होने देना चाहता था, जिसमें पुलिस असफल हो गई थी।

मामला चाहे जैसा भी हो, ब्योमकेश ने बाधाओं के बावजूद अपना कार्य प्रारंभ कर दिया। यह महसूस करते हुए कि अनभिज्ञता असंभव थी, उन्होंने सबकी आँखों के सामने अपना कार्य प्रारंभ कर दिया। सरेआम पुलिस स्टेशन जाकर वहाँ के प्रमुख निवासियों की एक सूची प्राप्त की। स्टेशन पर उन्होंने स्टेशन मास्टर, माल निरीक्षक,

टिकट जाँचकर्ता और अन्य लोगों से दोस्ती कर ली; उन्होंने सहकारी बैंक में जाकर वहाँ के धनी व्यक्तियों के बारे में जानकारी प्राप्त की। परंतु चूँकि सभी को उनके वहाँ आने के उद्‌देश्य की जानकारी मिल चुकी थी, इसलिए लोगों के सहयोग के बावजूद उनके काम में कोई विशेष प्रगति नहीं हो रही थी।

चार या पाँच दिनों की निरर्थक भागदौड़ के बाद ब्योमकेश ने एक रणनीति तैयार की। उन्होंने इलाके के प्रत्येक संदिग्ध समृद्ध परिवार को एक गुमनाम पत्र लिखा। पत्र का प्रमुख सार था—मुझे आपकी गुप्त गतिविधियों के बारे में जानकारी मिली है; हमारी मुलाकात जल्द ही होगी। उस पत्र को डाक से भेजने के लिए मैं ट्रेन से चार-पाँच स्टेशन दूर एक कस्बे में गया।

हमने चारा बेशक डाल दिया था, लेकिन मछली का कहीं कोई संकेत नहीं था। इस प्रकार दो-तीन दिन और बीत गए। सारा दिन सोने और सुबह-शाम इलाके का चक्कर लगाने के कारण हमारे स्वास्थ्य में काफी सुधार हो गया था, परंतु काम के मोरचे पर कोई खास प्रगति नहीं हो रही थी।

तभी एक सुबह बाघमारी गाँव के तीन युवक हमारे पास आए।

गरम जलेबी और गरम दूध खाने-पीने के बाद हम अत्यंत प्रसन्न थे। तभी कमरे के बाहर तीन चेहरों को अंदर झाँकते देखकर ब्योमकेश उनके पास गए और पूछा, "क्या चाहिए तुम्हें ?"

विश्रामगृह में अगल-बगल दो कमरे और उनके सामने एक छतवाला बरामदा बना हुआ था। बरामदे में ऊपर आते हुए वे थोड़ा झिझके, लेकिन जैसे ही उन्होंने वहाँ ब्योमकेश को देखा, उनके चेहरे खिल गए। उनमें से एक ने पूछा, "क्या आप ब्योमकेश बाबू हैं ?"

"हाँ," ब्योमकेश ने कहा।

उनकी मुसकान और अधिक चौड़ी होकर उनके कानों तक फैल गई। उनमें से एक लड़के ने घोषणा की, "हम लोग बाघमारी गाँव से आए हैं।"

"बाघमारी ! वह कहाँ है ?"

"अधिक नहीं, केवल एक मील दूर है।"

"अंदर आ जाओ," ब्योमकेश उन्हें लेकर कमरे में आ गए। विश्रामगृह के फर्नीचर का विषय अत्यंत महत्त्वपूर्ण था। उसमें एक कुरसी, एक मेज, एक आरामकुरसी और दो पलंग बिछे थे और फर्श पर जूट का एक कालीन बिछा था। आगंतुकों में से दो लड़के फर्श पर बैठ गए और तीसरा मेज के सामने कुरसी पर

बैठा। आरामकुरसी पर अँगड़ाई लेते हुए ब्योमकेश ने कहा, "अब मुझे बताओ कि तुम लोग यहाँ क्यों आए हो?"

जिस नौजवान ने सबसे पहले बोलने की शुरुआत की उसका नाम पातल था। दो अन्य लड़कों के नाम क्रमश: दाशू और गोपाल थे। "क्या आपने नहीं सुना?" गोपाल ने पूछा। "हमारे गाँव में किसी की नृशंस हत्या कर दी गई है।"

"क्या? कब?" ब्योमकेश अपनी आरामकुरसी पर उठ बैठे।

"परसों रात को," दाशू और गोपाल ने एक स्वर में कहा।

"पुलिस को तत्काल सूचित कर दिया गया था," पातल ने बात पूरी की। "इंस्पेक्टर सुखमय सामंत ने कल सुबह लगभग नौ बजे घटनास्थल का दौरा किया था। वह शव को अपने साथ ले गए थे, लेकिन उसके बाद से हमें कोई समाचार नहीं मिला। आपके पास आने से पहले हम लोग उनके पास थाने में गए थे, लेकिन उन्होंने हमें बाहर निकाल दिया। शव को पोस्टमार्टम के लिए पुलिस मुख्यालय भेज दिया गया था। क्या आपको इसकी कोई जानकारी नहीं है? लेकिन हमें तो बताया गया था कि आप यहाँ पुलिस की सहायता हेतु पधारे हैं।"

"इंस्पेक्टर ने शायद मुझे सूचित करना जरूरी न समझा हो," ब्योमकेश ने रूखे स्वर में उत्तर दिया। "चिंता मत करो। कौन मारा गया था और किसके द्वारा मारा गया था? हत्या का हथियार कौन सा था?"

"उसे बंदूक से मारा गया था। जो शख्स मारा गया, वह हमारा दोस्त अमृत था। कोई नहीं जानता कि हत्यारा कौन है। कुछ हद तक अमृत की हत्या के लिए हम लोग भी जिम्मेदार हैं, ब्योमकेश बाबू; वह नृशंस हत्या हमारी मूर्खता का परिणाम थी। इसीलिए हम लोग आपके पास आए हैं। इंस्पेक्टर सुखमय एक मूर्ख आदमी है; इसलिए हम लोग हत्यारे को खोजने का दायित्व आपको सौंप रहे हैं। हम लोग हमेशा आपके ऋणी रहेंगे।"

"गोली मारकर हत्या!" ब्योमकेश ने चकित होते हुए कहा। "अविश्वसनीय! मुझे पूरी कहानी बताओ।"

पातल, दाशू और गोपाल ने जो कहानी व्यक्तिगत और सामूहिक रूप से सुनाई, वह पाठकों को पहले ही बताई जा चुकी है। वे लोग अमृत की हत्या से अधिक परेशान नहीं नजर आए, परंतु उसकी रहस्यमय हत्या ने उनकी रुचि बढ़ा दी थी। अपने पास ब्योमकेश को पाकर उनकी रुचि स्वाभाविक तौर पर नाटकीय अनुपात में बढ़ गई थी।

उन लोगों को ब्योमकेश को अमृत की हत्या की कहानी सुनाने में लगभग दो घंटे लग गए; ब्योमकेश ने भी अधिक स्पष्टता के लिए उनसे बीच-बीच में प्रश्न किया। "निश्चय ही यह एक रहस्यमय मामला है और सबसे बड़ी बात यह है कि उसमें पिस्तौल का प्रयोग किया गया था। लेकिन केवल तुम्हारी कहानी सुनने से काम नहीं चलेगा। मैं हत्यावाले स्थान का निरीक्षण अवश्य करूँगा।"

वे सभी हतप्रभ थे। "हम वहाँ अभी क्यों नहीं चलते, ब्योमकेश बाबू?" पातल ने पूछा। "आपको अपने गाँव ले जाकर हम लोग खुद को गौरवान्वित महसूस करेंगे।"

"अभी नहीं," ब्योमकेश ने अपनी घड़ी देखते हुए कहा। "चूँकि दो दिन पहले ही बीत चुके हैं, इसलिए आधा दिन और निकल जाएगा तो उससे कोई खास अंतर नहीं पड़ेगा। हम तुम्हारे गाँव का दौरा आज शाम को लगभग पाँच बजे करेंगे।"

"अच्छी बात है, हम लोग दुबारा आकर आपको अपने साथ ले जाएँगे।"

इतना कहकर वे लोग चले गए।

उनके जाने के थोड़ी देर बाद इंस्पेक्टर सुखमय पधारे। कुरसी पर अपना भार डालते हुए उन्होंने कहा, "बाघमारी के वे बदमाश छोकरे आपके पास भी आए थे न? वे मेरे पास भी आए थे। नौजवान बंगाली छोकरे बहुत उत्तेजित थे—वे जल्दी हार माननेवाले नहीं हैं। मैं आपको बता रहा हूँ कि उनकी बात पर आप ध्यान मत दीजिए, वरना वे लोग आपका जीना दूभर कर देंगे।"

"अरे, नहीं, मैं ऐसा क्यों करूँगा?" ब्योमकेश ने उत्तर दिया। "आप तो उन्हें अच्छी तरह जानते हैं कि नहीं? क्या वे अच्छे लड़के हैं?"

"गाँव के लड़के दिन भर आवारा से घूमते रहते हैं, क्योंकि उनके पास करने के लिए कोई काम नहीं होता है," सुखमय बाबू ने कहा। "उनके पिता के पास जो कुछ थोड़ा-बहुत होता है, वे उसी से अपना निर्वाह करते हैं—चावल पैदा करने के लिए आधा एकड़ जमीन या नारियल के दो पेड़।"

"क्या मृतक भी इसी गुट का सदस्य था?" ब्योमकेश ने पूछा।

"हाँ, वह इनसे भी एक कदम आगे था। वह अपने मामा के घर बड़े अपमानजनक तरीके से रह रहा था।"

"मुझे बताया गया कि उसे गोली मारी गई थी।"

"ऐसा ही लगता है, लेकिन जब तक जाँच पूरी नहीं हो जाती, तब तक निश्चयपूर्वक कुछ नहीं कहा जा सकता है।"

"हम्म! क्या आपको किसी पर संदेह है?"

"मैं कैसे संदेह कर सकता हूँ? किसी ने कुछ नहीं देखा; वे सारे मैदान में एक जगह इकट्ठा थे। लेकिन एक आदमी है जिसके बारे में मुझे कुछ संदेह है। अमृत ने उसी सुबह नादू की पत्नी का अपमान किया था। नादू एक गरममिजाज आदमी है; उसने लाठी लेकर अमृत का पीछा किया था। वैसे वह शाम को उनके साथ नहीं था। मुझे उसे थाने लाकर सीधा करना चाहिए था। लेकिन फिलहाल आप इन सब फिजूल की बातों की चिंता मत कीजिए। मैं आपके लिए एक खास समाचार लेकर आया हूँ। आपने इस क्षेत्र के सबसे बड़े व्यापारी जमनादास गंगाराम का नाम तो अवश्य सुना होगा। उसे एक गुमनाम पत्र मिला है।"

"एक गुमनाम पत्र!" ब्योमकेश ने अतिशय उत्सुकता दर्शाते हुए पूछा। "क्या लिखा है उसमें?"

"जमनादास ने मुझे गोपनीय तौर वह पत्र दिखाया था," सुखमय बाबू ने कहा। "वह पत्र एक लिफाफे में आया था और उसमें लिखा था—मुझे तुम्हारी गुप्त गतिविधियों की जानकारी है; हम जल्द ही मिलेंगे।"

"सचमुच! फिर तो जमनादास पर निगाह अवश्य रखी जा रही होगी।"

"हाँ, ऐसा ही है। मैंने उनके पीछे एक आदमी लगा दिया है। वह चौबीसों घंटे जमनादास की निगरानी कर रहा है।"

"अमि उत्तम! आप एक अनुभवी व्यक्ति हैं, यह काम आपने बिल्कुल सही किया है। अब शायद मामला हल हो जाएगा।"

सुखमय बाबू के चेहरे पर आत्म-संतोष की मामूली सी रेखा दौड़ गई। "हे··· हे···मैं इन मामलों का पुराना खिलाड़ी हूँ, ब्योमकेश बाबू! आप इसकी बिल्कुल भी चिंता मत कीजिए। आपने कुछ प्रगति की?"

"अभी तक तो नहीं," ब्योमकेश ने निराश होकर उत्तर दिया। "मैंने खोजा जरूर, लेकिन मुझे कुछ नहीं मिला।"

हालाँकि उसे मेरी ओर से कोई संकेत नहीं मिला था। सदानंद बाबू ने एक पारंपरिक बहाना बनाते हुए यहाँ से प्रस्थान किया था। बड़ी मुश्किल से कुरसी से उठते हुए उन्होंने कहा, "अब मैं जाना चाहूँगा, मुझे थाने में बहुत काम है।"

ब्योमकेश भी उठकर खड़े हो गए। "वैसे, क्या आपको अमृत की पोस्टमार्टम रिपोर्ट मिल गई है?"

"अभी नहीं," सुखमय बाबू ने त्योरियाँ चढ़ाते हुए उत्तर दिया। "शायद एक या दो दिनों में मिल जाए। लेकिन आप क्यों पूछ रहे हैं?"

"जब वह आपको मिल जाए तो मुझे भी दिखाइएगा।"

"यदि आप मुझसे कह रहे हैं तो मैं आपको अवश्य दिखाऊँगा," सुखमय बाबू ने निराश स्वर में कहा। "लेकिन आप तो यहाँ बड़ी मछली पकड़ने आए हैं, ब्योमकेश बाबू, अब यदि आप छोटी-मोटी मछलियों पर ध्यान देंगे तो हमारा गुजारा कैसे होगा?"

"अरे नहीं, मैं ऐसा कुछ नहीं करने जा रहा हूँ। यह तो पूरी तरह जिज्ञासा की बात है। वह कहावत तो आपने सुनी ही होगी—खाली दिमाग शैतान का घर होता है।"

सुखमय बाबू के चेहरे पर एक बार फिर मुसकान लौट आई। उन्होंने मुझे पहली बार इस तरह देखा था। "अहो अजीत बाबू, कैसे हैं आप?" उन्होंने पूछा। "अभी भी लिख रहे हैं? आपकी मुरगे और बैल की कहानियाँ पढ़ने में बुरी नहीं हैं—हें···हें, लेकिन रॉबर्ट ब्लैक का कोई जवाब नहीं है। नमस्कार।"

जब वह ताना मारकर चला गया तो ब्योमकेश ने मेरी ओर देखा। हें···हें उन्होंने कहा।

3

गाँव के नौजवान लड़के उस दिन देर शाम हमें लेकर अपने गाँव गए। हम रेलवे लाइन के किनारे-किनारे पैदल गए। जब हम उस गाँव के मुहाने पर पहुँचे तो जवान, बूढ़े, बच्चे सभी हमारा स्वागत करने के लिए वहाँ इकट्ठा हो गए। सबकी आँखें उत्सुकता से बाहर निकल आई थीं। वे लोग अपनी आँखों से देखना चाहते थे कि ब्योमकेश किस प्रकार का प्राणी था।

हम एक जुलूस की शक्ल में गाँव में दाखिल हुए। पातल स्वयं आगे आकर हमें एक इमारत की ओर ले गया। उसका आधा भाग ईंटों से बना हुआ था और आधे में कच्ची मिट्टी की झोंपड़ियाँ थीं। यही मृतक अमृत के मामा का घर था।

अमृत के मामा बलराम बाबू ने हमारे लिए अपने घर के आगे चबूतरे पर चाय का प्रबंध किया था। उन्होंने औपचारिक अभिवादन के साथ हमारा स्वागत किया। वह सीधे-सादे आदमी थे। उनकी बोलचाल में कोई संशय एवं कठोरता नहीं थी। यद्यपि अभी वह अपने भानजे की मृत्यु के शोक से बाहर नहीं आ पाए थे, फिर भी वह थोड़ा भयभीत नजर आ रहे थे।

अपनी टूटी-फूटी आवाज में बलराम बाबू ने कहा, "सिर्फ...थोड़ी सी चाय..."

"हमारे लिए यह बड़े सौभाग्य की बात है कि आप हमारे गाँव में पधारे," पातल ने विनम्रतापूर्वक कहा। "आपको एक कप चाय तो पीनी ही पड़ेगी।"

"समय आने पर वह भी हो जाएगा," ब्योमकेश ने प्रतिक्रिया की। "पहले मुझे जंगल का मुआयना करने दो।"

"मेरे साथ आइए प्लीज!"

पातल ने पुनः हमारा मार्गदर्शन किया। गाँव के कुछ अन्य युवक भी हमारे साथ हो गए। बलराम बाबू के घर जानेवाला कच्चा रास्ता उस गाँव का मुख्य मार्ग था। वह आगे जाकर एक ऊबड़-खाबड़ चट्टानोंवाले असमतल मैदान में खत्म होता था। उसके दूसरी ओर एक ईंटवाला मकान था—सदानंद सूर का घर। उसके पीछे जंगल शुरू हो जाता था। हम उस मैदान तक गए। "क्या यह वही स्थान है जहाँ तुम लोग उस शाम एकत्र हुए थे?"

"जी हाँ सर!"

"तुम लोग ठीक किस जगह बैठे हुए थे?"

"यहाँ..." पातल ने मैदान में थोड़ा आगे जाकर बताया, "इस जगह।"

वह जगह अपेक्षाकृत साफ-सुथरी थी और उसमें कोई कूड़ा-करकट नहीं था। "तुम मुझे वह रास्ता दिखाओ जिधर से अमृत जंगल में गया था," ब्योमकेश ने निर्देश दिया।

"मेरे साथ आइए प्लीज!"

सदानंद सूर के दरवाजे पर ताला लटका हुआ था, खिड़कियाँ बंद थीं। हम घर के चारों ओर गए। घर के पीछे एक चारदीवारीवाला अहाता था, उसकी दीवार की ऊँचाई आदमी की लंबाई के समान थी और उसमें एक छोटा दरवाजा लगा हुआ था। जंगल के पेड़ों की घनी छाया उस दरवाजे तक पहुँचती थी।

हम घर के पिछवाड़े से जंगल में प्रवेश कर गए। पेड़ों ने अपनी पत्तियाँ गिरानी शुरू कर दी थीं। जमीन पीली पत्तियों से पटी पड़ी थी। घर के पिछले दरवाजे से लगभग पच्चीस-तीस गज की दूरी पर एक ऊँचा कपास का पेड़ खड़ा था। उसका खंभे जैसा मुख्य भाग जमीन से ग्यारह या बारह फीट की ऊँचाई पर था। हमें पेड़ के नीचे ले जाकर उसने एक स्थान की ओर इशारा किया, "यही वह स्थान है जहाँ अमृत मरा हुआ पाया गया था।"

सारा क्षेत्र पेड़ों से गिरी हुई पत्तियों और कपास के फूलों से पटा पड़ा था। वहाँ किसी की अस्वाभाविक मृत्यु का कोई नाम-निशान तक नहीं था। इसके बावजूद ब्योमकेश ने जमीन की सावधानीपूर्वक जाँच की। कठोर सतह पर कोई निशान नहीं था। उन्हें वहाँ पत्तियों के नीचे केवल खड़िया मिट्टी का टुकड़ा मिला था। उसे ऊपर उठाते हुए ब्योमकेश ने कहा, "अमृत खड़िया मिट्टी का यह टुकड़ा पेड़ पर निशान लगाने के लिए लाया था। लेकिन इस पेड़ पर तो कोई निशान नहीं है। इसलिए…"

"हाँ सर, वह निशान लगाने से पहले ही…"

वहाँ अब कोई देखने लायक चीज नहीं थी। हम वापस आ गए। वापस आते हुए रास्ते में ब्योमकेश ने कहा, "चलो, देखता हूँ कि क्या सदानंद सूर का पिछला दरवाजा बंद है।"

दरवाजे पर धक्का देने के बाद हमने पाया कि उसमें अंदर से साँकल लगी थी। दरवाजे के पुराने पल्लों में अनेक छेद थे। एक सूराख से देखने पर हमें अंदर की ओर एक तरफ छोटा-सा मंदिर दिखाई पड़ा। शेष अहाते में कूड़ा-कचरा भरा पड़ा था। अहाते के एक कोने में अमरूद का एक पेड़ था। उसके अलावा किसी अन्य चीज पर हमारी नजर नहीं पड़ी।

ब्योमकेश वापस आने के लिए दीवार पर हाथ टिकाते हुए चल पड़े, लेकिन उनकी आँखें जमीन पर लगी हुई थीं। "वह क्या है?" उन्होंने दीवार के कोने में किसी चीज की ओर सकेत करते हुए अचानक पूछा।

नंगी, सूखी जमीन पर एक अर्द्ध चंद्राकार निशान साफ दिखाई दे रहा था। उसके आसपास कुछ प्रच्छन्न खरोंचों के निशान थे। ब्योमकेश उन निशानों की जाँच करने के लिए जमीन पर झुके, उनके साथ हमने भी उसे देखने की कोशिश की। ऊपर की ओर देखते हुए उन्होंने देखा कि अमरूद के पेड़ की कुछ शाखाएँ दीवार के बाहर दिखाई दे रही थीं।

"आप क्या देख रहे हैं?" मैंने पूछा। "वे कैसे निशान हैं?"

"तुम क्या सोचते हो?" ब्योमकेश ने पातल से पूछा।

पातल उनका प्रश्न सुनकर पीला पड़ गया; अपने होंठों को चाटते हुए उसने कहा, "यह तो कोई घोड़े की नाल का निशान है।"

"हाँ, एक भूत घोड़े की नाल का निशान," ब्योमकेश ने टिप्पणी की। "अर्थात् अमृत झूठ नहीं बोल रहा था।"

हम वहाँ से वापस चल पड़े। ब्योमकेश की भौहें संदेह से तनी रहीं। उनका एक रहस्य से सामना हुआ था, क्योंकि वह अभी तक वहाँ नाल के निशान का महत्त्व नहीं समझ सके थे। "सदानंद सूर कितने दिनों से घर से बाहर हैं?" ब्योमकेश ने पूछा।

"लगभग सात या आठ दिनों से," पातल ने उत्तर दिया।

"क्या उन्होंने किसी को बताया था कि वह कब वापस आएँगे?"

"जी नहीं।"

"और कोई यह भी नहीं जानता कि वे गए कहाँ हैं?"

बलराम बाबू के घर वापस जाकर हम लोग बैठ गए। प्रत्यक्षदर्शियों की संख्या भी कुछ कम हो गई थी, लेकिन ब्योमकेश की एक झलक पाने के लिए तीन-चार लोग अभी भी वहाँ जमे हुए थे। बलराम बाबू हमारे लिए चाय और नाश्ता ले आए। पातल, दाशू और गोपाल तथा कुछ अन्य लोग हमें घेरकर खड़े हो गए—

ब्योमकेश ने चाय पीते हुए बलराम बाबू से पूछताछ शुरू की।

"क्या अमृत आपकी बहन का बेटा था? किसी रिश्ते के भाई का नहीं?"

"वह मेरी बहन का बेटा था, हाँ।"

"क्या उसके माता-पिता की मृत्यु हो चुकी है?"

"हाँ, मेरी बहन अमृत के बचपन में ही विधवा हो गई थी। वह मेरे ही घर में रहती थी। बाद में वह भी मर गई। अमृत उस समय पाँच बरस का था।"

"आपके अपने बच्चे नहीं हैं?"

"मेरी एक बेटी है। उसकी शादी हो चुकी है।"

"अमृत की आयु कितनी थी?"

"इक्कीस वर्ष।"

"आपने उसकी शादी नहीं करवाई?"

"वह दिमागी तौर पर थोड़ा कमजोर था, इसलिए मैंने उसकी शादी नहीं करवाई।"

"क्या उसके पास कोई नौकरी थी?"

"यदा-कदा, लेकिन वह कभी किसी जगह टिककर काम नहीं करता था। मैंने उसे संतानगोला के सबसे बड़े आढ़ती भगवती बाबू के यहाँ काम पर रखवाया था। उसने वहाँ कुछ समय काम भी किया था। उसके बाद उसने मारवाड़ी बद्रीदास की चावल मिल में भी काम किया था, लेकिन बद्रीदास ने भी उसे काम से हटा दिया

था। पिछले कुछ दिनों से वह विशू मलिक की चावल मिल के चक्कर काट रहा था, लेकिन उसे नौकरी नहीं मिल सकी।"

ब्योमकेश ने कुछ देर नमकीन चबाया और फिर चाय की एक-एक चुस्की लेने के बाद अचानक पूछा, "क्या आपके गाँव में किसी के पास घोड़ा है?"

बलराम बाबू की आँखें अचरज से बाहर निकल आईं, जबकि लड़कों ने आपस में इशारे किए। "गाँव में किसी के पास घोड़ा नहीं है।" आखिरकार बलराम बाबू ने जवाब दिया।

"क्या किसी के पास बंदूक का लाइसेंस है?"

"जी नहीं सर!"

"मुझे किसी नादू नामक नौजवान के बारे में बताया गया था। मैं नहीं जानता कि उसका पूरा नाम क्या है। मैं उससे एक या दो प्रश्न पूछना चाहूँगा।"

बलराम बाबू ने वहाँ बैठे लड़कों की ओर देखा, जिन्होंने आपस में पुनः नजरें मिलाईं। उसके बाद पातल ने बताया, "वह अपनी पत्नी के साथ कल अपनी ससुराल चला गया था।"

"वे लोग कहाँ रहते हैं?"

"कैलाशपुर में। वहाँ जाने के लिए आपको गाड़ी पकड़नी पड़ेगी। वह संतालगोला से तीन या चार स्टेशन आगे पड़ता है।"

ब्योमकेश अपनी चाय खत्म करने के बाद विचारों में खो गए। नादू संभवतः निर्दोष रहा होगा, लेकिन वह भाग क्यों गया? क्या वह डर गया था? आश्चर्य की बात नहीं है—अगर किसी का नाम हत्या के मामले में घसीटा जाएगा तो भला कौन नहीं डरेगा?

तभी अचानक एक युवक ने कहा, "वह देखिए, सदानंद सूर दा वापस आ रहे हैं।"

हम फौरन उनकी ओर मुड़ गए। सड़क के किनारे से एक सज्जन गाँव की ओर आते दिखाई दे रहे थे। हालाँकि वह एक ग्रामीण थे, लेकिन उनके कपड़े ग्रामीणोंवाले नहीं दिखाई दे रहे थे। उन्होंने रेशमी कुरते के ऊपर शॉल ओढ़ रखी थी और पैरों में चमकदार जूते पहने हुए थे। उनके हाथ में कैनवस का एक बैग था।

"क्या तूने इससे पहले कभी सदानंद दा को इतना सजा-सँवरा देखा था?" एक युवक दूसरे युवक के कान में बुदबुदाया। "वह अवश्य ही कलकत्ता गए होंगे।"

जैसे ही वह हमारे पास से गुजरे, पातल ने उन्हें आवाज दी, "सदानंद दा, क्या आपने सुना कि यहाँ क्या हो गया है?"

सदानंद बाबू ठहर गए। उन्होंने ब्योमकेश और मेरी ओर देखा और पूछा, "क्या हो गया है?"

"अमरा मर गया, "पातल ने जवाब दिया।"

"मर गया!" सदानंद बाबू की आँखों में गैर-बनावटी आश्चर्य का भाव उतर आया। "कैसे मरा वह?"

"वह बीमार नहीं था," पातल ने उन्हें बताया। "उसे गोली से मारा गया था। कोई नहीं जानता कि उसे किसने मारा था।"

सदानंद बाबू का चेहरा जड़ हो गया, उन्होंने सूनी आँखों से देखा। "अच्छा होगा कि आप अपने घर जाएँ, क्योंकि आप अभी-अभी वापस लौटे हैं, आपको सारी कहानी हम बाद में सुना देंगे," पातल ने कहा।

सदानंद बाबू अपने घर की ओर धीरे-धीरे आगे बढ़ने से पहले पलभर के लिए झिझके।

जब वह आँखों से ओझल हो गए तो ब्योमकेश ने पातल से पूछा, "क्या सदानंद बाबू के हाथ में जाते समय लोहे का एक संदूक और किरमिच का बैग नहीं था?"

"आप ठीक कह रहे हैं," पातल ने उत्तर दिया, "यही बात तो मुखिया हीरू ने भी कही थी। वह अपना संदूक कहाँ छोड़ आए?"

किसी के पास इस प्रश्न का उचित उत्तर नहीं था। उसकी ओर देखते हुए ब्योमकेश उठकर खड़े हो गए। "अब रात हो चली है, अब हम लोग अपनी मंजिल की ओर जाएँगे। सदानंद बाबू के साथ हमारी दो बातें हो जातीं तो अच्छा होता, लेकिन वह अभी-अभी बाहर से लौटे हैं…"

इससे पहले कि ब्योमकेश की बात पूरी हो पाती, एक जोरदार धमाके ने हमें पलभर के लिए हिलाकर रख दिया। उसे सुनते ही ब्योमकेश सदानंद सूर के घर की ओर दौड़ पड़े। हम लोग भी उनके पीछे-पीछे गए। धमाके की आवाज सदानंद बाबू के घर से आई थी।

सदानंद सूर के घर पहुँचकर हमने देखा कि उनके घर का मुख्य द्वार टूटकर पर गिर पड़ा था जिस पर सदानंद सूर का खून से लथपथ शरीर पड़ा था। शाम की हवा में बारूद की दुर्गंध फैल गई थी।

4

ब्योमकेश और मैं छत पर चढ़ गए, जबकि अन्य लोग एक कोने में खड़े होकर भावशून्य होकर घटनास्थल की ओर देखते रहे।

उन्हें देखने के बाद स्पष्ट हो गया कि सदानंद सूर जीवित नहीं थे। यह बात सच थी कि उनके शरीर में अपेक्षाकृत अधिक चोट नहीं लगी थी; उन्होंने अपने बाएँ हाथ में चाबियाँ और दाहिने हाथ में ताले को मजबूती से पकड़ रखा था। लेकिन उनका पूरा सिर उनके घड़ से अलग हो चुका था। वहाँ खून और मांस की दुर्गंध फैल चुकी थी। उनकी टूटी हुई खोपड़ी से मवाद निकल रहा था और उनके चेहरे का एक हिस्सा पूरी तरह नष्ट हो चुका था। वहाँ का दृश्य बहुत बीभत्स था। जो आदमी मात्र तीन मिनट पूर्व जीवित था, वह अब इस दशा में पड़ा हुआ है, जिसे देखकर किसी की भी रूह काँप सकती थी और नाड़ियों का खून जम सकता था।

इस दौरान सभी ग्रामीण अवाक् थे। सबसे पहले पातल की आवाज लौटी। "हमारे गाँव में यह क्या चल रहा है, ब्योमकेश बाबू?" अपनी काँपती आवाज में उसने पूछा।

ब्योमकेश उस समय दरवाजे में जुड़े हुए लोहे के सरिए को देख रहे थे—उन्होंने शायद पातल की आवाज नहीं सुनी थी। सरिए के टुकड़े को एक ओर उछालते हुए उन्होंने कहा, "हथगोला! किरमिचवाला बैग कहाँ चला गया?"

चीथड़ों में बदल चुका हैंड बैग एक तरफ पड़ा था। उसकी ओर जाते हुए ब्योमकेश ने उसके अंदर रखे सामान के आर-पार अपनी नजरें दौड़ाईं। उसमें कुछ नए-पुराने कपड़े थे। एक नई मेज घड़ी धमाके से चूर-चूर हो गई थी, जबकि तेल की शीशी टूट गई थी, जिससे बैग में रखे कपड़े तर हो गए थे। इसके अलावा उसमें और कुछ भी नहीं था।

"यहीं ठहरो अजीत," ब्योमकेश ने मुझसे कहा। "मैं फुरती से घर के अंदर एक चक्कर लगाकर आता हूँ।"

न केवल दरवाजे के पल्ले टूट गए थे, बल्कि चौखट के ऊपर रखी शहतीर भी जल गई थी जिससे अनेक ईंटें निकलकर जमीन पर गिर पड़ी थीं। ब्योमकेश जब खुले हुए दरवाजे से धीरे-धीरे अंदर की ओर बढ़े तो मैं खुद को शांत नहीं रख पाया। कौन जानता था कि उस मनहूस मकान के भीतर मौत कहाँ और किस रूप में छिपी हुई इंतजार कर रही थी? यदि ब्योमकेश को कुछ हो गया तो मैं सत्यवती का सामना कैसे कर पाऊँगा?

"मैं भी आ रहा हूँ," अपनी जिंदगी हाथों में लेकर उनके पीछे जाते हुए मैंने कहा।

मेरी ओर मुड़ते हुए ब्योमकेश मुसकराए। "यहाँ डरनेवाली कोई बात नहीं है," उन्होंने कहा। सदानंद सूर की तरह खतरा भी खत्म हो गया है।

इस बीच रात होने लगी थी और घर के अंदर रोशनी भी बहुत कम थी। "तुम्हें जो कुछ देखना है उसे जल्दी से देख लो, क्योंकि अँधेरा हो रहा है," मैंने कहा।

मकान के सामनेवाले आधे हिस्से में दो कमरे बने थे, जबकि रसोई पीछे की ओर थी। किसी भी कमरे में कोई रोचक वस्तु नहीं थी। जिस कमरे का दरवाजा टूटकर गिरा था, उसमें केवल एक टूटी हुई चारपाई थी। दूसरे कमरे में एक खाट पर तकिए और चादर बिछे थे, जिसे देखकर लगता था कि वह मकान मालिक का शयनकक्ष था। उसमें कुछ गंदे कपड़ों और दीवार में बनी एक अलमारी के अतिरिक्त और कुछ नहीं था, अलमारी का किवाड़ खुला हुआ था।

रसोई की भी वही दशा थी। उसमें कुछ प्लेटें और गिलास, बरतन एवं एक मटका तथा खाना बनाने के बरतन थे। मिट्टी का चूल्हा भी सूख चुका था। उसके अंदर राख भरी थी। "सदानंद सूर जाहिराना तौर पर कोई संभ्रांत आदमी नहीं थे," मैंने कहा।

"हम्म," ब्योमकेश ने कहा। "क्या तुमने उस दरवाजे पर ध्यान दिया?" उन्होंने दरवाजे की ओर इशारा करते हुए पूछा।

मैं उसे नजदीक से देखने के लिए उसके पास गया। रसोई का दरवाजा पिछले अहाते में खुलता था। वैसे तो वह बंद था, लेकिन हाथ लगाते ही खुल गया। "क्या!" मैंने उसकी जाँच की। "दरवाजा खुला हुआ था।"

"सदानंद सूर इसे खुला छोड़कर नहीं गए थे," ब्योमकेश ने कहा। "उन्होंने सावधानी से इसकी साँकल लगाई थी। ध्यान से देखो।"

जब मैंने उसके नजदीक जाकर देखा तो पाया कि उसकी साँकल एक ओर लटक रही थी, वह मात्र कुछ ही इंच लंबी थी। "यह इतनी छोटी कैसे हो सकती थी?" मैंने पूछा।

"क्या तुम्हें दिखाई नहीं दे रहा?" ब्योमकेश ने उत्तर दिया। "साँकल की लंबाई सामान्य आकार की थी और अपनी जगह ठीक से लगी हुई थी। उसके बाद किसी ने बाहर से दरवाजे को खोला और अंदर आ गया। साँकल का बाकी टुकड़ा उधर पड़ा है।" ब्योमकेश ने साँकल के बचे हुए टुकड़े की ओर इशारा किया जो चूल्हे के पास राख में पड़ा हुआ था।

हालाँकि मैं उसे थोड़ा-बहुत समझ पाया, लेकिन पूरा मामला अब भी धुँधला था। सदानंद सूर का कोई शत्रु उनकी अनुपस्थिति में पिछले दरवाजे से साँकल खोलकर अंदर आया था। और तब? वह बम आज क्यों फटा? उसे किसने फोड़ा था?

खुले हुए दरवाजे से हम पिछले अहाते में प्रविष्ट हो गए। चारदीवारीवाले अहाते में एक किनारे पर सूखा गड्ढा और दूसरे किनारे पर कोने में अमरूद का पेड़ था। ब्योमकेश ने सीधे अमरूद के पेड़ के पास जाकर उसके नीचे की मिट्टी की बारीकी से जाँच की। हालाँकि मैं जमीन पर धुँधले खरोंच के निशानों को देखकर कोई निष्कर्ष नहीं निकाल सका, लेकिन ब्योमकेश ने गरदन हिलाई। "हम्म, ठीक वैसा ही है जैसा मुझे संदेह था। घुसपैठिया इसी स्थान पर दीवार से कूदा था।"

"सचमुच?" मैंने पूछा। "लेकिन उसे दीवार से कूदने की जरूरत क्यों पड़ी? वह सीधे पिछले दरवाजे से भी तो आ सकता था?"

यदि वह ऐसा करता तो पिछला दरवाजा खुला रह जाता, और कोई उसे देख सकता था," ब्योमकेश ने कहा। "यदि वह वैसा करता तो घुसपैठिए की मुश्किल बढ़ सकती थी। मैंने प्रारंभ में इन सारी चीजों की गलत व्याख्या की थी, वरना सदानंद सूर को इस तरह अपनी जान नहीं गँवानी पड़ती।"

"आपने किस चीज की गलत व्याख्या की थी?"

"मैंने संदेह किया था कि जिस व्यक्ति को मैं यहाँ पकड़ने आया हूँ, वह सदानंद सूर थे। लेकिन मेरा अनुमान गलत था। आओ चलते हैं। अब बाघमारी में हमारे देखने के लिए कुछ नहीं है।"

हम लोग रसोई से होते हुए सामनेवाले दरवाजे पर पहुँच गए। इस बीच सारा गाँव जमा हो चुका था, वे सब एक साथ झुककर छत के नीचे पड़े शव को देख रहे थे। मौत के बारे में लोगों की उत्सुकता असीम है।

भीड़ के बीच से पातल बोला, "आपने घर के अंदर क्या देखा, ब्योमकेश बाबू? क्या आपको वहाँ कुछ मिला?"

"नहीं," ब्योमकेश ने उत्तर दिया। "क्या तुमने पुलिस को इसकी सूचना दी?"

"नहीं, पातल ने उत्तर दिया। "चूँकि आप यहाँ..."

"मैं कोई नहीं हूँ, तुम्हें पुलिस को सूचना देनी होगी," ब्योमकेश ने घोषणा की। "लेकिन तुम चिंता मत करो, तुम्हें जाने की कोई जरूरत नहीं है; हम अब यहाँ से जा ही रहे हैं, रास्ते में हम सुखमय बाबू को इसकी सूचना दे देंगे।"

"आप जा रहे हैं?"

"हाँ। जब तक पुलिस यहाँ नहीं आती, तुममें से कुछ लोग यहाँ प्रतीक्षा करो।"

"क्या पुलिस आज रात को यहाँ आएगी?"

"जरूर आएगी।"

एक बार फिर हम लोग रेलवे लाइन के किनारे-किनारे पैदल चल पड़े। चंद्रमा अँधेरे को चीरकर बाहर निकलनेवाला था। एक लंबी सी अनेक डिब्बोंवाली मालगाड़ी धड़धड़ाती हुई हमारे पास से होकर गुजर गई।

"लगता है, तुमने इस रहस्य का कुछ भाग उघाड़कर रख दिया है व्योमकेश!" मैंने टिप्पणी की। लेकिन मैं अभी तक पूर्णतया अँधेरे में हूँ।"

ब्योमकेश ने कुछ देर तक कोई उत्तर नहीं दिया। इसके बाद उन्होंने कहा, "मैं इस बात से आश्वस्त हूँ कि तुमने यह अनुमान अवश्य लगा लिया होगा कि अमृत और सदानंद सूर की मृत्यु के बीच कोई निकट संबंध है।"

"क्या कोई संबंध है? कैसा संबंध?"

"बेचारा अमृत अनजाने में मारा गया," ब्योमकेश ने लंबी साँस छोड़ते हुए कहा। "यदि वह उस रात जंगल में न भटकता तो उसकी मौत नहीं हुई होती। जिस आदमी ने उसकी हत्या की थी, उसका इरादा उसे मारने का नहीं था।"

"फिर उसका इरादा किसे मारने का था?"

"सदानंद सूर को।"

"लेकिन...सदानंद सूर उस समय घर में नहीं थे।"

"शायद इसीलिए हत्यारा उसे मारने नहीं आया था।"

"यह सारा मामला बहुत रहस्यमय है। तुमने वह कहावत तो सुनी ही होगी कि शरीर की अनुपस्थिति की बजाय मन की उपस्थिति अच्छी होती है। खैर, वह बम आज कैसे फटा?"

एक सिगरेट जलाकर उससे धुएँ का छल्ला बनाते हुए ब्योमकेश ने पूछा, "क्या तुम जानते हो कि यह कितना मूर्खतापूर्ण जाल है?"

"मैंने इस मुहावरे के बारे में सुना है?" मैंने उत्तर दिया।

"कोई आदमी सदानंद सूर की हत्या करना चाहता था। जब उसे पता चला कि सदानंद सूर बाहर गए हैं तो एक रात वह दीवार पर चढ़ा, उसने दरवाजे की कुंडी सरकाई और घर में दाखिल हो गया। उसके बाद उसने बड़े आराम से बम को बंद दरवाजे के पीछे इस तरह संतुलित करके रख दिया कि जैसे ही दरवाजा बाहर से अंदर

की ओर खुले, उसके दबाव से बम फट जाए। सदानंद सूर ने वापस आकर आज जैसे ही दरवाजा खोला, बम तत्काल फट गया। अब तुम्हारी समझ में कुछ आया?"

"यह तो मैं समझ गया लेकिन वह आदमी कौन था?"

"उसका नाम फिलहाल मैं नहीं जानता हूँ। लेकिन इतना अवश्य है कि वह काले बाजार में हथियारों का कारोबार करता है और रात को काले घोड़े की सवारी करता है। उसका नाम और पता जानने का इच्छुक तो मैं खुद भी हूँ।"

हम लोग जब संतालगोला पहुँचे, उस समय बाजार की गतिविधियाँ कम हो गई थीं। अधिकतर दुकानें बंद हो चुकी थीं। थाना खुला था—सुखमय बाबू अपनी मेज पर झुके हुए कागजात की जाँच कर रहे थे। हमारे कदमों की आवाज सुनकर उन्होंने अपनी नजरें उठाईं और पूछा, "कोई समाचार?"

"गंभीर समाचार," ब्योमकेश ने उत्तर दिया। "बाघमारी में एक अन्य आदमी की हत्या हुई है।"

"हत्या!" सुखमय बाबू अपने पैरों पर उछल पड़े।

"हाँ। क्या आप सदानंद सूर को जानते हैं?"

"संभव है कि मैंने उन्हें देखा हो, लेकिन इस समय मुझे कुछ याद नहीं आ रहा। क्या सदानंद सूर की हत्या कर दी गई थी? लेकिन किसी अन्य से पहले आपको इसकी जानकारी कैसे मिली?"

"मैं बाघमारी में ही था।"

सुखमय बाबू के चेहरे से सज्जनता का मुखौटा पलभर में उतर गया; आक्रामक रूप से देखते हुए उन्होंने कहा, "आप बाघमारी गए थे। इसके बावजूद कि मैंने आपको वहाँ जाने से रोका था।"

ब्योमकेश ने उन्हें तीव्रता से घूरते हुए कहा, "आप मुझे रोकनेवाले कौन होते हैं?"

"मैं इस क्षेत्र का वरिष्ठ निरीक्षक और पुलिस का मुखिया हूँ," सुखमय बाबू ने धौंस जमाते हुए प्रतिवाद किया।

"जहाँ तक मैं जानता हूँ, आप अन्य लोगों के लिए पुलिस बल के खुदा हो सकते हैं, लेकिन आपको मुझे आदेश देने का कोई अधिकार नहीं है," ब्योमकेश ने सख्त प्रतिक्रिया की। "मैं यहाँ सरकार की ओर से भेजा गया हूँ, इंस्पेक्टर सामंत! आपको मेरी हर संभव सहायता करने का निर्देश दिया गया है। लेकिन सहायता करना तो दूर, आप हर कदम पर मेरे लिए बाधाएँ खड़ी कर रहे हैं। लेकिन अब मैं

आपको स्पष्ट चेतावनी दे रहा हूँ, यदि आपने अब एक भी गलत कदम उठाया तो आपको यह इलाका छोड़ने के लिए विवश होना पड़ेगा। हो सकता है कि आपकी नौकरी भी चली जाए।"

सुखमय बाबू ने पहले शायद यह सोचकर धौंस जमाई थी कि ब्योमकेश एक सीधे-सादे आदमी थे। लेकिन इस बार जब उन्होंने ब्योमकेश का असली रूप देखा तो उनकी सिट्टी-पिट्टी गुम हो गई। उनका धौंस-डपटवाला नकाब पूरी तरह तत्काल उतर गया। अपनी अंतर्निहित चापलूसी के स्वर में उन्होंने कहा, "मेरा दिमाग खराब हो गया था। मुझे क्षमा कर दीजिए ब्योमकेश बाबू! आज शाम से ही मेरे पेट में दर्द हो रहा है, मुझे कुछ पता नहीं कि मैं क्या कह रहा हूँ। मैं आपको आदेश दूँगा! आप ऐसा कैसे कह सकते हैं। मैं तो आपका सेवक हूँ, आपके इशारों और आवाज पर नाचनेवाला नौकर। हे···हे। तो जिस आदमी की हत्या हुई है, उसका नाम सदानंद सूर है?"

ब्योमकेश अभी भी पूरी तरह शांत नहीं हुए थे। "आपने उस रात सूचना मिलने के बावजूद अभी तक अमृत की हत्या की जाँच नहीं की," उन्होंने कहा। "आप अगले दिन सुबह तक घटनास्थल पर नहीं गए। मैं जानता हूँ कि आप इस बात से भलीभाँति परिचित हैं कि यदि आपके वरिष्ठ अधिकारियों को इन सब बातों का पता चलेगा तो आपका क्या हाल होगा।"

"अब मैं आपको कैसे विश्वास दिलाऊँ ब्योमकेश बाबू," सुखमय बाबू ने गिड़गिड़ाते हुए दलील दी, "उस शाम को भी मेरे पेट में तेज दर्द था, हेहे, उसके कारण मेरे आँसू निकल रहे थे। यदि मेरी वैसी हालत न होती तो घटनास्थल पर न जाने का कोई सवाल ही पैदा नहीं होता। अब सदानंद सूर की हत्या हो गई···मैं तुरंत वहाँ जा रहा हूँ। यहाँ आओ सिपाही, उनसे मेरा घोड़ा तैयार करने के लिए कहो और खुद भी तैयार हो जाओ। वहाँ एक बड़ी हत्या हुई है। हमें वहाँ तत्काल जाना होगा।"

चूँकि सुखमय बाबू घोड़े पर सवार होकर युद्ध के मैदान में जाने के लिए तैयार हो गए थे, इसलिए हम चले गए। पुलिस को अपनी जाँच के सिलसिले में लंबी दूरी तय करनी पड़ती थी, शायद इसीलिए उसे घोड़े उपलब्ध कराए गए थे।

5

अगली सुबह नाश्ता करने के बाद ब्योमकेश ने कहा, "चलो, स्टेशन तक घूमकर आते हैं।" पिछली गाड़ी वहाँ से सुबह सात बजे छूटी थी और अगली गाड़ी

दो घंटे बाद जानेवाली थी। न तो स्टेशन पर कोई भीड़ थी और न ही वहाँ प्रवेश द्वार पर कोई टिकट निरीक्षक था। स्टेशन मास्टर हरिविलास बाबू को छोड़कर शेष कर्मचारी मौका पाकर अपने क्वार्टरों में एक कप चाय पीने के बहाने विश्राम करने चले गए थे।

हम हरिविलास बाबू से पहले भी मिल चुके थे। उनका स्वभाव गंभीर था और उन्हें देखने पर लगता था मानो उनका पेट हमेशा खराब रहता था। वे अत्यंत नपे-तुले स्वर में बात करते थे और बोलने से पहले दो बार सोचते थे। हमारा उनसे परिचय होने के बावजूद हमने उनसे कभी लंबी वार्त्ता नहीं की थी। जब हमने सुनसान प्लेटफॉर्म पर बेमतलब टहलना शुरू किया तो वे अपने कार्यालय से बाहर आए और शांत होकर हमें अपने चश्मे के कोने से देखने लगे।

ब्योमकेश निश्चय ही प्लेटफॉर्म पर केवल मटरगश्ती करने नहीं गए थे; वह वहाँ सूचना एकत्र करने गए थे। बहरहाल उन्होंने हरिविलास बाबू से संपर्क नहीं किया। उनसे कोई सूचना प्राप्त करना और खदान से कोई कीमती पत्थर निकालना दोनों बड़ा कठिन काम था। परंतु यदि कोई उनके पास पहुँच ही जाता तो…

हमें अधिक प्रतीक्षा नहीं करनी पड़ी। टिकट निरीक्षक मंतोष ने शायद अपने क्वार्टर से अपना मुँह पोंछते हुए हमें प्लेटफॉर्म पर पहुँचते देख लिया था। वह एक तीव्र बुद्धिवाला नौजवान था। बुद्धिमानी उसे ईश्वरीय उपहार के रूप में मिली थी। वह आपकी आँखों के सामने ही अपने कर्तव्य का निर्णय करने में सक्षम था।

"मैं जानता हूँ कि तुमने हमें बाते करते सुन लिया था," ब्योमकेश ने अनुक्रिया की।

"सचमुच हमने सुन लिया था। हमने तो आपको पिछली रात को 10:17 वाली गाड़ी के प्लेटफॉर्म पर आने के पहले भी सुना था। आपने वहाँ क्या देखा था? क्या बम आपकी नाक के नीचे ही फटा था?"

"ठीक मेरी नाक के नीचे तो नहीं, किंतु मेरे कानों के नीचे अवश्य फटा था," ब्योमकेश ने कहा। "क्या आप सदानंद सूर को जानते थे?"

"सचमुच मैं जानता था! वह 4:53 वाली गाड़ी से नीचे उतरे और मुझे अपनी टिकट दी और अपना बैग लेकर जाने ही वाले थे कि मैंने कहा—मेरे विचार से आप कलकत्ता में थे दादा; क्या आपने वहाँ के दर्शनीय स्थल भी देखे? उन्होंने हँसते हुए कहा, क्या आपके विचार से कलकत्ता पर्यटन के लिए है? मैंने वहाँ रातें देखीं। इतना कहकर वे हँसते हुए चले गए। कौन जानता था कि वह आधा घंटा बाद जीवित ही नहीं रहेंगे!"

एक मिनट सोचने के बाद ब्योमकेश ने पूछा, "क्या तुमने सदानंद सूर को यहाँ से जाते देखा था?"

"निश्चय ही मैंने उन्हें यहाँ से जाते देखा था," मंतोष ने उत्तर दिया। "क्या आपके विचार से कोई आदमी मेरी जानकारी के बिना यह स्टेशन छोड़ सकता है? वे आठ दिन पहले गए थे; उन्होंने मुझे अपना टिकट दिखाया और सुबह स्टेशन में दाखिल हुए और 7:03 डाउन से चले गए।"

"क्या उनकी टिकट कलकत्ता की थी?"

"अरे, यह तो मुझे पूरी तरह याद नहीं है। लेकिन उसके अलावा वह और कहाँ जा सकते थे?"

"वह कोई भिन्न स्टेशन भी तो हो सकता था! खैर, कोई बात नहीं। क्या आप मुझे बता सकते हैं कि उनके पास कौन सा सामान था?"

"सामान?" अपना सिर खुजलाते हुए मंतोष ने बताया, "जहाँ तक मुझे याद है, उन्होंने अपने एक हाथ में किरमिच का बैग और एक हाथ में लोहे का संदूक ले रखा था। लेकिन आप क्यों पूछ रहे हैं?"

"सदानंद बाबू अपना संदूक लेकर वापस नहीं लौटे। जिसका सीधा अर्थ है कि उन्होंने अपना संदूक कहीं रख छोड़ा था। मैं समझता हूँ कि आप उन्हें अच्छी तरह जानते थे। वह किस किस्म के व्यक्ति थे?"

"मैं नहीं कह सकता। इस मामले में मुझे कोई ज्ञान नहीं है, परंतु वह एक विनम्र एवं सज्जन व्यक्ति थे। वे किसी अन्य के मामले में हस्तक्षेप नहीं करते थे, वह अपने काम-से-काम रखते थे। एक महीना या उससे कुछ पहले तक वह स्टेशन मास्टर के कार्यालय में नियमित आते थे।"

"वास्तव में! क्यों?"

"इसकी जानकारी मुझे नहीं है। किसी अन्य के बजाय केवल वही बता सकते हैं कि सदानंद बाबू के साथ उनकी क्या बातें होती थीं! आप स्टेशन मास्टर से ही क्यों नहीं पूछ लेते हैं?"

"हाँ, मैं उनसे अवश्य बात करूँगा।"

हम सीधे हरिविलास बाबू के केबिन में चले गए। "क्या हम अंदर आ सकते हैं?" ब्योमकेश ने पूछा।

हरिविलास बाबू ने त्योरियाँ चढ़ाकर हमारी ओर देखा, उनके देखने के तरीके से हमें महसूस हुआ कि वे हमारे बारे में कुछ नहीं जानते थे। इसके बाद उन्होंने

अपनी कलम नीचे रखी और हस्तक्षेप के कारण नाराजगी जताते हुए उन्होंने कहा, "अच्छी बात है, अंदर आइए।"

उनके केबिन में दाखिल होकर हम बैठ गए। स्टेशन मास्टर और हम उनकी बड़ी सी मेज के आमने-सामने बैठ गए। उनकी मेज अनेक कॉपियों और मोटे-मोटे रजिस्टरों तथा अन्य सामानों से बोझिल हो रही थी। "शायद आपने सुना होगा कि सदानंद सूर की मृत्यु हो गई है," ब्योमकेश ने पूछा।

मेरे प्रश्न को सघन संदेह के भार से तोलते हुए हरिविलास बाबू न उत्तर दिया, "हाँ, मुझे जानकारी है।"

"क्या आप उन्हें जानते थे?" ब्योमकेश ने पूछा।

थोड़े सोच-विचार के बाद उन्होंने प्रतिक्रिया दी, "मामूली तौर पर।" हमें ऐसा प्रतीत हुआ मानो मेरा प्रश्न उनके लिए जीवन एवं मृत्यु का विषय बन गया था।

"देखिए, आप यह मत सोचिए कि मैं आपसे यह प्रश्न केवल औपचारिकता के लिए पूछ रहा हूँ," ब्योमकेश ने थोड़ी बेरुखी से कहा। सदानंद बाबू की मौत बड़े भयानक तरीके से हुई है और पुलिस की ओर से इस मामले की जाँच मैं कर रहा हूँ। अब आप मुझे पहले केवल यह बताइए कि आपका सदानंद बाबू से परिचय कैसे हुआ?"

हरिविलास बाबू के गाल तो पहले ही धँसे हुए थे, ब्योमकेश का प्रश्न सुनकर उनका चेहरा और उतर गया। कई बार खँखारकर अपना गला साफ करने के बाद उन्होंने थोड़ा झिझकते हुए बताना शुरू किया, "सदानंद सूर का बहनोई प्रणकेष्ट पाल रेलवे में पथ निरीक्षक है। मैं उसे पहले से ही जानता था। उसे यहाँ नियुक्त हुए कुछ ही समय हुआ है; उसका मुख्यालय रामिधी जंक्शन पर है। इस लाइन के निरीक्षण का दायित्व उसी पर है, इसलिए वह रोजाना अपनी ट्रॉली पर आता-जाता रहता है। अपने काम के सिलसिले में वह अकसर संतालगोला से होकर गुजरता है इसीलिए एक दिन उससे हमारी मुलाकात हो गई थी। एक दिन जब मैं और प्रणकेष्ट प्लेटफॉर्म पर बातें कर रहे थे, उसी दौरान सदानंद बाबू भी आ गए। प्रणकेष्ट ने मुझसे उनका परिचय कराते हुए उनके साथ अपने संबंध की जानकारी दी। उसी घटना के बाद सदानंद बाबू के साथ मेरा परिचय हुआ था।"

उनका वृत्तांत सुनते हुए ब्योमकेश की आँखें। छोटी हो गईं; उन्होंने पूछा, "यह मुलाकात कितने समय पूर्व हुई थी?"

"लगभग दो या तीन महीने पहले।"

"प्रणकेष्ट बाबू इस लाइन पर नियमित आते थे। पिछली बार वह यहाँ कब आए थे?"

"चार या पाँच दिन पहले। वह स्टेशन पर नहीं रुके; वह अपनी ट्रॉली पर निरीक्षण करते हुए सीधे चले गए थे।"

"क्या साले-बहनोई के संबंध एक-दूसरे के साथ मधुर थे?"

"उनके अंदर की बात तो मैं नहीं कह सकता, लेकिन ऊपरी तौर पर दोनों का व्यवहार अच्छा था।"

"खैर, कोई बात नहीं। उसके बाद सदानंद सूर आपके पास अकसर आते रहते थे। वह किस उद्देश्य से आपके पास आते थे?"

एक बार फिर खामोशी से सतर्कतापूर्वक विचार करने के बाद उन्होंने बताया, "सदानंद बाबू एक एजेंट के रूप में काम करते थे। वह कभी कुछ तो कभी कुछ वस्तुओं का कारोबार करते थे। मेरे निरंतर उदरशूल को देखते हुए वह मुझे आयुर्वेदिक उपचार कराने की बात कर रहे थे। उन्होंने मुझे कुछ आयुर्वेदिक दवाइयाँ—अदरक और शोरा भी बेची थीं, किंतु मुझे उनसे कोई लाभ नहीं हुआ।"

"अरे, प्यारे अदरक और शोरा!" लेकिन ब्योमकेश ने बल देते हुए कहा, "इसमें ऐसी तो कोई चीज नहीं है जिसके बारे में आप इतनी सारी चर्चाएँ करते थे। क्या आपकी उसके अलावा किसी अन्य विषय पर कोई बात नहीं होती थी?"

"जी नहीं।"

ब्योमकेश ने खड़े होते हुए कहा, "मैंने आपको बेवजह ही परेशान किया। क्या प्रणकेष्ट बाबू अभी रामिधी जंक्शन में ही नियुक्त हैं?"

"जी हाँ।"

"नमस्कार। चलो अजीत।"

"अब कहाँ चलें?" स्टेशन से बाहर निकलते हुए मैंने पूछा।

"हम आज शाम को एक बार रामिधी में प्रणकेष्ट बाबू से अवश्य मिलेंगे। यदि उन्होंने अपने साले के बारे में कुछ नहीं सुना होगा तो हम उन्हें उनकी दुखद मृत्यु की सूचना भी दे देंगे और उनसे अपनी पूछताछ भी कर लेंगे। आपने हरिविलास बाबू से बात करके उनके बारे में क्या अनुमान लगाया?"

"तुम निश्चय ही उस पुस्तक का निर्णय उसके आवरण को देखकर ही कर सकते हो," मैंने कहा। "जैसे उनकी छवि में दीमक लगी हुई है वैसे ही उनकी बुद्धि में भी जंग लग चुका है। इसे तुम किसी खाली तिजोरी पर दोहरा ताला कह सकते

हो। यदि तुम यह सोचते हो कि वह काले बाजार में हथियारों का कारोबार करते हैं तो तुम्हारी धारणा गलत है। हरिविलास बाबू की सारी गोलियाँ उनका अदरक है और उनका बारूद शोरा है।"

ब्योमकेश मुसकराए। "चलो बाजार का एक चक्कर लगाकर आते हैं," उन्होंने कहा।

"क्या आप कुछ खरीदने की योजना बना रहे हैं?"

"चलो और खुद देख लो।"

कस्बे का कोलाहल शुरू हो गया। एक-दूसरे के आगे-पीछे सामान ढोती हुई बैलगाड़ियाँ दोनों ओर आ-जा रही थीं। गोदामों के बाहर एकाध घोड़ा-ताँगा भी खड़ा था। गोदामों से एक का एक और दो का दो की आवाजें आ रही थीं। धर्मकाँटों पर चावल के ढेर और बोरे तोले जा रहे थे।

एक गोदाम में एक बंगाली युवक उन गतिविधियों का संचालन, निरीक्षण कर रहा था। "क्या यह नफर कुंडू का गोदाम है?" ब्योमकेश ने उस युवक के पास जाकर पूछा।

उस युवक ने शायद ब्योमकेश को पहचान लिया था। "जी हाँ।" उसने विनम्रतापूर्वक उत्तर दिया। "मैं उनका भानजा हूँ।"

"अति उत्तम," ब्योमकेश ने कहा। "और कुंडू बाबू कहाँ हैं?"

"मामा यहाँ नहीं हैं सर, वह बाहर गए हैं," उसने उत्तर दिया।

"क्या आपको किसी चीज की जरूरत थी?"

"कुछ खास नहीं। वैसे कहाँ गए हैं वे?"

"उन्होंने मुझे कुछ बताया नहीं सर!"

"वास्तव में। वे यहाँ से कब गए?"

"पिछले मंगलवार की शाम को।"

ब्योमकेश ने कनखियों से मेरी ओर देखा। मुझे याद आया कि जिस दिन मैंने रामिधी स्टेशन पर जाकर वे गुमनाम पत्र भेजे थे उस दिन सोमवार था। अपनी सामान्य गति से पत्र मंगलवार को वितरित हो गए थे। उनमें से एक गुमनाम पत्र नफर कुंडू के पास भी भेजा गया था। क्या खत मिलने के बाद चिड़िया उड़ गई थी, तब? क्या हमारी गुमनाम चिड़िया नफर कुंडू था? बात चाहे जो भी हो, उसके युवा भानजे को उसके बारे में कोई जानकारी नहीं थी; वह सभी प्रश्नों के उत्तर निर्दोषपूर्ण तरीके से दे रहा था।

"शायद तुम नहीं जानते कि वह कब वापस आएँगे, क्यों?"

"नहीं सर, उन्होंने कुछ भी नहीं कहा था।"

थोड़ी देर सोचने के बाद ब्योमकेश ने पूछा, "क्या नफर बाबू को उस दिन सुबह कोई पत्र मिला था, जिस दिन वह यहाँ से गए थे।"

"रोजाना की तरह उस दिन भी उनके पास तीन या चार पत्र आए थे।"

"हम्म!"

अभी हम वहाँ से रवाना होने ही वाले थे कि ब्योमकेश अचानक लौट पड़े। "तुम्हारे पास यहाँ कितने घोड़े हैं?"

"घोड़े!" नौजवान ने चौंकते हुए कहा।

"हाँ घोड़े, ताँगा खींचने के लिए।" ब्योमकेश ने पासवाले गोदाम की ओर इशारा किया।

नौजवान ने उस तरफ नजर दौड़ाते हुए कहा, "अच्छा वह! अब मैं समझ गया। नहीं, हमारे पास न तो घोड़ा है और न कोई घोड़ा-ताँगा। हम अपना माल बैलगाड़ी से भेजते हैं।"

उसी समय वहाँ एक वरदीधारी सिपाही आया। उसने अपनी एड़ियाँ चटखाते हुए सैल्यूट किया और बोला, "थानेदार साहब आपसे मिलना चाहते हैं।"

"आ रहा हूँ," ब्योमकेश ने उसे क्षुब्ध होकर कहा।

6

थाना वहाँ से अधिक दूर नहीं था। थाने की ओर जाते समय ब्योमकेश ने कहा, "क्या तुमने इस बात पर ध्यान दिया कि इंस्पेक्टर सुखमय कितना दुष्ट आदमी है? उसने सब लोगों के सामने अपने वरदीधारी सिपाही को भेजा है, ताकि ऐसा कोई भी नहीं बचे जिसे इस बात का पता न चल जाए कि हमारा पुलिसवालों के साथ संबंध है।"

"हम्म! लेकिन वह आपको क्यों बुला रहा है?"

"शायद अमृत की पोस्टमार्टम रिपोर्ट आ गई है।"

हम दोनों ने जैसे ही थाने में कदम रखा, थानेदार सुखमय के मुँह से शहद टपकने लगी। "स्वागतम, ब्योमकेश बाबू, स्वागतम अजीत बाबू। कृपया स्थान ग्रहण कीजिए। आप यहाँ इस कुरसी पर बैठिए, ब्योमकेश बाबू! मैं आपके पास आने ही वाला था, लेकिन आप स्वयं आ गए। हे··हे। यह अमृत की पोस्टमार्टम

रिपोर्ट है। मैं आपके दिमाग की दाद देता हूँ। आपने बिल्कुल सही कहा था, उसकी हत्या सचमुच गोली मारकर की गई थी।" थानेदार ने रिपोर्ट ब्योमकेश को थमा दी।

यह सुखमय बाबू भी बड़े विचित्र प्राणी हैं। हमें ऐसे अनेक आदमियों से अपने काम के सिलसिले में मिलना पड़ा है और हमने उनकी कई बार प्रशंसा भी की है, लेकिन उनसे प्यार कभी नहीं किया। ऐसे लोग केवल पुलिस विभाग में ही नहीं, बल्कि जीवन के प्रत्येक क्षेत्र में मिल जाते हैं।

"मैं समझता हूँ कि गोली उसके शरीर में ही पाई गई थी। कहाँ है वह?"

"यहाँ मेरे पास है!" एक नंबरयुक्त डिब्बे से शीशे (लेड) का एक टुकड़ा निकालकर सुखमय बाबू ने ब्योमकेश को थमा दिया।

ब्योमकेश बाबू ने उसे अपनी हथेली पर रखकर कुछ देर तक देखा और उसके बाद सुखमय से पूछा, "आपने इससे क्या अनुमान लगाया?"

"यह किसी पिस्तौल अथवा रिवॉल्वर की गोली है," सुखमय बाबू ने उत्तर दिया। "क्या इसमें भी अनुमान लगानेवाली कोई चीज है?"

"सचमुच अनुमान लगाने की बात है," ब्योमकेश ने दावा किया। यह गोली दर्शाती है कि यह 38 ऑटोमैटिक से निकली है, जिसे युद्ध के दौरान अमेरिकी सैनिक प्रयोग करते थे। इसलिए...ब्योमकेश रुक गए।"

"इसलिए जिस आदमी ने अमृत की हत्या की उसके और जिस आदमी को आप खोजते हुए यहाँ आए हैं, उसके बीच कोई संबंध है?" सुखमय बाबू ने कहा। "दरअसल, दोनों एक ही आदमी हो सकता है। क्या मैं ठीक कह रहा हूँ?"

"मैं अभी इस बारे में कुछ नहीं कहूँगा," ब्योमकेश ने गोली वापस करते हुए प्रतिक्रिया दी। "आपका काम अमृत के हत्यारे को पकड़ना है, जिसे आप आगे बढ़ाएँगे। मेरा लक्ष्य भिन्न है।"

"सचमुच, सचमुच! वैसे मैंने सदानंद सूर के शव को पोस्टमार्टम के लिए अस्पताल भेज दिया है। जितनी जल्दी रिपोर्ट आएगी मैं आपको उसे दिखा दूँगा।"

"मुझे रिपोर्ट दिखाने की कोई जरूरत नहीं है। यह आपका भी केस है, मैं उसमें हस्तक्षेप नहीं करना चाहता। मैं किसी बड़ी मछली की तलाश में हूँ, छोटी-मोटी सहरियों के पीछे अपना समय बरबाद नहीं करना चाहता।"

"लेकिन आप ठीक कह रहे हैं," सुखमय बाबू ने दावा किया, उनकी आँखों में मामूली चमक आ गई थी। "लेकिन ब्योमकेश बाबू, जब आप बड़ी मछली को पकड़ने के लिए अपना जाल डालेंगे तो उसमें मेरी छोटी मछली भी तो फँस जाएगी।

मुझे अपना जाल अलग से डालने की जरूरत नहीं पड़ेगी। हे``हे``हे``। आप जा रहे हैं, अच्छा तो नमस्कार।"

हम वहाँ से चले आए। ब्योमकेश मेरी ओर देखकर मंद-मंद मुसकराए। इस थानेदार की मक्कारी की कोई इंतिहा नहीं थी, फिर भी मजाकिया लहजे में कही गई बातों पर आप मुसकराए बिना नहीं रह सकते हैं। "अभी ज्यादा धूप नहीं हुई है, चलो चावल मिलों की ओर एक चक्कर लगाकर आते हैं," ब्योमकेश ने मुझे सुझाव दिया।

सड़क के रास्ते पैदल विश्वनाथ चावल मिल तक जाने में हमें केवल पाँच मिनट लगे। वह दो एकड़ क्षेत्र में फैली काफी बड़ी मिल थी। मिल के परिसर में कँटीली तारों की चारदीवारी बनाई गई थी। मुख्य द्वार से मिल के अंदर प्रवेश करने पर मुझे एक गोरखा चौकीदार मिला। मिल के विशाल प्रांगण में चारों ओर पक्के रास्ते बने हुए थे। प्रांगण के आगे बाईं ओर एक विशाल भंडार था और उसके पास के शेड (बरामदे) में इंजन कक्ष था। उससे थोड़ी दूरी पर धान साफ करने के लिए नालीदार टीन का एक बरामदा बना हुआ था। उसके दाहिनी ओर गोदाम था। उसी पंक्ति में कार्यालय और कर्मचारियों के कमरे बने हुए थे, जिसमें एक कमरा मिल के मालिक का था। प्रातःकालीन गतिविधियाँ शुरू हो चुकी थीं, क्योंकि धान फटकने की आवाजें आने लगी थीं। मजदूर अपने काम में लगे हुए थे। बैलगाड़ियों और घोड़ा ताँगों पर धान-चावल के बोरों की तहें लादी और उतारी जा रही थीं। उस मिल के मालिक का नाम विश्वनाथ मलिक था। थाने से उसका नाम लेने और उसे एक गुमनाम पत्र भेजने के बावजूद अभी तक हम उसे अपनी आँखों से देख नहीं सके थे। उनके पास गोरखा से संदेश भिजवाने के बाद हमने मिल में प्रवेश किया। ऑफिस में पहुँचने पर हमें पता चला कि विश्वनाथ बाबू वहाँ नहीं थे; वहाँ पारंपरिक गद्दियों पर एक युवक बैठा काम कर रहा था। उसकी नजरें बहीखातों पर टिकी थीं।

"क्या चाहिए आपको?"

"क्या विश्वनाथ बाबू अंदर हैं? हम लोग यहाँ पुलिस की ओर से आए हैं।"

उसने चौकन्ना होते हुए फुरती से उत्तर दिया, "कृपया अंदर आइए, कृपया आप लोग स्थान ग्रहण कीजिए। मालिक मिल के काम का निरीक्षण कर रहे हैं, वह किसी क्षण यहाँ आ सकते हैं। क्या मैं उन्हें बुलाने के लिए संदेश भेजूँ?"

कमरे के आधे फर्श पर बिछे गद्दे पर हम बैठ गए। सच कहूँ तो पुराने जमाने के गद्दे आजकल के सोफों और कुरसियों से अधिक आरामदेह थे। एक मोटा-सा

मसनद अपनी ओर खींचते हुए ब्योमकेश ने कहा, "अरे नहीं, उसकी कोई जरूरत नहीं है। मुझे दो-चार प्रश्न करने हैं जिनके उत्तर तुम भी दे सकते हो। शायद तुम यहाँ हिसाब-किताब देखनेवाले मुनीम हो, क्यों?"

उस आदमी ने संदिग्ध रूप से अपने हाथ मलते हुए कहा, "हाँ, मैं मुख्य लेखापाल (चीफ एकाउंटेंट) हूँ। आपके इस सेवक का नाम नीलकंठ अधिकारी है। और आप ब्योमकेश बख्शी हैं?"

ब्योमकेश ने मुसकराते हुए सिर हिलाया। नीलकंठ ने अपनी आँखें चमकाते हुए उन्हें आदर से देखा। ऐसे अनेक लोग हैं जिनका दिल पुलिस का नाम सुनते ही द्रवित हो जाता है। सबसे बड़ी बात यह कि जब ऐसे लोग ब्योमकेश बख्शी का नाम सुनते हैं तो उनकी भावनाएँ बाढ़ के पानी की तरह हिलोरें लेने लगती हैं; सामान्यतया वे शांत नहीं रह पाते हैं। नीलकंठ अधिकारी भी उन्हीं लोगों में से एक था। उसके हाव-भाव से प्रतीत होता था कि ऐसा कोई काम नहीं था, जो वह ब्योमकेश के लिए न कर सकता हो। वह प्रश्नों के उत्तर देने के लिए तैयार था, यहाँ तक कि वह बिना पूछे भी कई प्रश्नों के उत्तर दे सकता था।

"आप काफी अनुभवी आदमी दिखाई देते हैं," ब्योमकेश ने कहा। "क्या आप यहाँ मिल का सारा काम स्वयं देखते हैं?"

संकोचपूर्वक अपना हाथ मलते हुए नीलकंठ ने कहा, "मालिक भी काफी काम देखते हैं। उनकी अनुपस्थिति में सारी जिम्मेदारी मेरे ऊपर आ जाती है।"

"क्या विश्वनाथ बाबू यहाँ नहीं रहते हैं?"

"वे यहाँ रहते हैं। लेकिन जब अधिक काम नहीं होता तो वे कुछ दिनों के लिए कलकत्ता चले जाते हैं। मालिक का परिवार कलकत्ता में रहता है।"

"मैं समझ गया। वे कितने दिनों से कलकत्ता नहीं गए?"

"लगभग एक महीने से। आजकल यहाँ बहुत काम है…"

"अति उत्तम, तुम इन सब बातों की चिंता मत करो। क्या तुम बाघमारी गाँव के युवक अमृत को जानते थे जिसकी अभी हाल ही में हत्या हुई थी?"

"जी हाँ, मैं उसे जानता था," नीलकंठ ने उत्सुकतापूर्वक उत्तर दिया। "अमृत कई बार काम पाने के लिए मालिक के पास आता रहता था। लेकिन…"

"क्या तुम सदानंद सूर को भी जानते थे?"

"आज सुबह मैंने सुना कि सदानंद बाबू पिछली रात एक बम विस्फोट में मारे गए थे। मैं उन्हें अच्छी तरह जानता था। वह यहाँ नियमित तौर पर आते रहते थे।"

"वह यहाँ किस उद्देश्य से आते थे?"

"उद्देश्य? वह मालिक के बहुत करीबी व्यक्ति थे। वह यहाँ कभी भी आकर बैठ जाते थे और कुछ धूम्रपान करने के बाद मालिक से बातें करते थे। उनका कोई अन्य उद्देश्य नहीं था। लेकिन···" नीलकंठ खामोश हो गया।

"इसका मतलब वह एक प्रकार से संदेशवाहक थे। लेकिन किसके?"

"उन्होंने मालिक से लगभग दस दिन पहले कुछ पैसा उधार लिया था।"

"सचमुच! कितना पैसा लिया था?"

"पाँच सौ रुपए।"

क्या उन्होंने पैसा उधार लेने के बाद कोई रसीद लिखी थी?"

"नहीं। मालिक सदानंद बाबू पर बहुत विश्वास करते थे; बहीखाते में वह रकम उनके नाम ऋण के रूप में लिखी गई थी। वह पैसा शायद डूब गया।" नीलकंठ ने व्यथित मन से सिर हिलाया।

ब्योमकेश अपनी हथेली पर चेहरा टिकाए कुछ देर तक विचारमग्न रहे। मुझे कोई जानकारी नहीं थी कि वे क्या सोच रहे थे, लेकिन थोड़ी देर बाद एक घोड़े के हिनहिनाने की आवाज युनकर उनकी तंद्रा टूटी। "मैंने यहाँ ढेर सारे घोड़े देखे हैं," उन्होंने अपनी आँखें उठाते हुए कहा। "क्या वे सभी घोड़े आपके हैं?"

"जी हाँ, वे सारे घोड़े हमारे ही हैं," नीलकंठ ने बड़े उत्साहपूर्वक उत्तर दिया। "मालिक को घोड़ों से बहुत प्यार है। हमारे पास कुल नौ घोड़े हैं।"

"सचमुच! इतने सारे घोड़ों का यहाँ क्या काम है? क्या वे ताँगे खींचते हैं?"

"जी हाँ, वे ताँगे भी खींचते हैं। इसके अलावा मालिक खुद भी इन पर सवारी करते हैं। अपनी जवानी के दिनों में वह एक जॉकी (घुड़दौड़ में घोड़ों पर सवारी करनेवाला व्यक्ति) थे···"

"नीलकंठ!"

हमारे पीछे कहीं से नीलकंठ के मुँह पर घोड़े की चाबुक जैसी आवाज पड़ी। वह भयभीत होकर खामोश हो गया, जबकि हम दोनों ने उसकी ओर अपने सिर घुमाए।

दरवाजे पर एक आदमी खड़ा था। उसकी आयु लगभग चालीस वर्ष थी, वह नाटा और पतला था, उसके सूखे हुए चेहरे पर बड़ी-बड़ी आँखें थीं। हालाँकि उसने अपने शरीर पर बिना बाजू की कमीज और छोटी पैंट पहनी हुई थी, लेकिन उसके शरीर में कोई विकलांगता नहीं थी, उसके पैर धनुष के समान टेढ़े थे। इसमें कोई

संदेह नहीं था कि वह आदमी उस मिल का मालिक और भूतपूर्व जॉकी विश्वनाथ मलिक था।

विश्वनाथ मलिक ने एक बार भी हमारी ओर नहीं देखा। वह लगातार नीलकंठ को एकटक घूरे जा रहा था। उसने कमरे के अंदर कदम रखते हुए नीलकंठ से कहा, "जल्दी करो, स्टेशन पहुँचानेवाला सामान तैयार है, उसे जाकर देखो।"

नीलकंठ किसी चाबुक लगे घोड़े की तरह घूँट निगलता हुआ कमरे से बाहर निकल गया।

अंततोगत्वा विश्वनाथ मलिक हमारी ओर मुखातिब हुए। उनके चेहरे पर मिल मालिक होने की गंभीरता साफ दिखाई दे रही थी। उन्होंने मुसकराते हुए कहा, "नीलकंठ बड़ा बातूनी है," उन्होंने शांत स्वर में कहा। "क्या वह आप लोगों को मेरे भूतपूर्व जॉकी होने की कहानियाँ सुना रहा था?"

"आपके जॉकी होने का विषय घोड़ों के बारे में हुई चर्चा के दौरान उठा था," ब्योमकेश ने रक्षात्मक स्वर में कहा।

"हरेक आदमी अपने दुखद अतीत को भुलाने की कोशिश करता है," विश्वनाथ ने मुसकराते हुए कहा। "लेकिन मैं व्यथित नहीं हूँ। इसके विपरीत मुझे अपना जॉकीवाला व्यवसाय छोड़ने का दुःख है। यदि मैं घुड़सवारी नहीं छोड़ता तो अब तक शायद खेम सिंह या खाड़े बन चुका होता। खैर, आप लोग इसके बारे में चिंता मत कीजिए। आप ब्योमकेश बाबू हैं न? क्या आप यहाँ सदानंद सूर की हत्या के मामले में कुछ पूछताछ करने आए हैं? चलिए, आपके साथ अपने चैंबर में बैठकर बात करता हूँ।"

7

विशू मलिक का कक्ष बड़ी सफाई से आधुनिक शैली में सजाया गया था। उसमें एक मेज और अनेक कुरसियाँ लगी थीं। हम लोगों के बैठ जाने के बाद उन्होंने अपनी मेज की दराज से सिगरेट का एक डिब्बा निकाला।

विशू मलिक देखने में बेशक दुबले-पतले थे, लेकिन उनके व्यवहार से प्रतीत होता था कि वह अत्यंत आत्मविश्वासी व्यक्ति थे। यह समझना भी कठिन नहीं था कि उनकी शक्तिशाली बुद्धिमत्ता उनकी आँखों में चमक रही थी। हमारी सिगरेट जलाने के बाद उन्होंने अपनी सिगरेट सुलगाई और मेज के पीछे जाकर अपनी कुरसी पर बैठ गए। "मैं आपके संतालगोला आने का कारण जानता हूँ, ब्योमकेश बाबू,"

उसने कहा। "शायद यहाँ का हरेक आदमी यह बात जानता है। अब आप मुझे यह बताइए कि मैं आपकी क्या सेवा कर सकता हूँ। इसमें कोई संदेह नहीं कि नीलकंठ मेरे बारे में आपको सब कुछ बता चुका है। यदि आप मुझे हथियारों के मामले में संदिग्ध मानते हैं, तो आप मेरी मिल की तलाशी लेने के लिए स्वतंत्र हैं, मुझे कोई आपत्ति नहीं है।"

"तलाशी लेने के बारे में हम बाद में बात करेंगे," ब्योमकेश ने मुसकराते हुए कहा। "फिलहाल तो आप एक बिंदु पर मेरी व्यक्तिगत जिज्ञासा शांत कीजिए। आपने अपना जॉकी का पेशा छोड़कर यह मिल क्यों शुरू की? जहाँ तक मैं जानता हूँ, आपके लिए जॉकी का पेशा बड़ा लाभप्रद था।"

"इसमें कोई संदेह नहीं कि वह लाभप्रद है, लेकिन जॉकी के जीवन में अनेक नियम होते हैं, ब्योमकेश बाबू," विशू मलिक ने उत्तर दिया। "आपका वजन न बढ़े, इसके लिए आपको आधे पेट भोजन करना पड़ता है। उसके अतिरिक्त भी कई मजबूरियाँ हैं। वह मेरी चाय की तरह सरल नहीं है। युद्ध शुरू होने से पहले मैंने यह मिल अपनी बचत के धन से खोली थी। अब मेरा काम आसानी से चल रहा है और आमदनी भी बुरी नहीं है।"

"लेकिन आपको घोड़ों के प्रति अपना प्यार नहीं त्यागना चाहिए था," ब्योमकेश ने अनुक्रिया की। "मैं समझता हूँ कि आपके पास अब भी यहाँ अनेक घोड़े हैं।"

"जी हाँ," विशू बाबू ने उत्साहपूर्वक उत्तर दिया। "मैं घोड़ों से प्यार करता हूँ। उनके समान कोई अन्य जानवर इतना समझदार और स्वामिभक्त नहीं है। यदि किसी व्यक्ति को सचमुच कोई सच्चा साथी चाहिए हो तो उसे कुत्तों की बजाय घोड़ों से दोस्ती करनी चाहिए।"

"आपकी बात सही है," ब्योमकेश मुसकराए। "मैं भी कुत्तों की बजाय घोड़ों को अधिक तरजीह देता हूँ। घोड़े विभिन्न रंगों में मिलते हैं—लाल, सफेद, काले। यद्यपि हमारे देश में सफेद अथवा काले घोड़ों की अपेक्षा लाल घोड़े अधिक पाए जाते हैं। संतालगोला को ही ले लीजिए—यहाँ अनेक घोड़े हैं, लेकिन मैंने अभी तक एक भी सफेद या काला घोड़ा नहीं देखा है।"

"आप ठीक कह रहे हैं," विशू बाबू ने कहा। "यहाँ आसपास एक भी सफेद घोड़ा नहीं है। परंतु वास्तव में एक काला घोड़ा जरूर है। वह बद्रीदास मारवाड़ी का घोड़ा है।"

"बद्रीदास ? वह कौन हैं ?"

"यहाँ एक अन्य चावल मिल भी है जिसके मालिक बद्रीदास गिरधारी लाल हैं। उनके पास अनेक घोड़े हैं जिनमें एक काला घोड़ा भी है।"

ब्योमकेश ने अपनी सिगरेट की राख ऐश ट्रे में झाड़ी। "तो यहाँ आसपास एक काला घोड़ा है," उन्होंने अनिच्छापूर्वक कहा, मानो उनकी उत्सुकता समाप्त हो गई हो। "खैर, अब मुद्दे पर आते हैं। जो सूचना मुझे आपके कर्मचारी से पहले ही मिल चुकी है, उसके बारे में आपसे दुबारा पूछताछ करके मैं अपना समय नहीं नष्ट करनेवाला। आपने सदानंद सूर की मृत्यु के बारे में तो सुना ही होगा। इत्तिफाक से उस समय मैं बाघमारी में ही था। बड़ी भयानक मौत थी वह।"

"मुझे बताया गया था कि उनकी मौत एक बम विस्फोट में हुई थी," विशू बाबू ने कहा। "क्या आपने उसे देखा था ?"

मौत के कारणों का संक्षिप्त उल्लेख करने के बाद ब्योमकेश ने अपनी बात आगे बढ़ाई, "अब वह केवल सदानंद सूर की मौत का ही मामला नहीं रह गया है, बल्कि उसमें बम का मामला भी जुड़ गया है, जिसकी संपूर्ण जाँच की जानी चाहिए। आप एक बुद्धिमान व्यक्ति हैं; आप इस मामले में मेरी काफी सहायता कर सकते हैं।"

"मैं आपकी सहायता किस प्रकार कर सकता हूँ ?"

"आप यहाँ काफी लंबे समय से रहते आए हैं, आपको यहाँ के जर्रे-जर्रे की जानकारी है। आप यहाँ तब भी थे जब अमेरिकी सैनिकों ने यहाँ अपना पड़ाव डाला था। क्या आप मुझे उन लोगों के नाम बता सकते हैं, जो बार-बार उनके शिविरों में जाते रहते थे ?"

विशू बाबू ने कुछ देर तक आँखें बंद करके सोचा। उसके बाद उन्होंने कहा, "मैं यह तो नहीं कह सकता कि कोई अमेरिकी सैनिकों के शिविर में बार-बार जाता था कि नहीं, लेकिन सैनिकों को हर जगह देखा जा सकता था। वे लोग अत्यंत मिलनसार थे, यहाँ तक कि उन्होंने मेरी मिल का भी कई बार दौरा किया था।"

"हम्म ! क्या उन्होंने कभी आपको अपने हथियार बेचने की कोशिश की थी ?"

"उन्होंने ऐसी कोशिश की थी," विशू बाबू ने फीकी मुसकान के साथ बताया। एक सार्जेंट ने मुझे अपनी पिस्तौल बेचने की कोशिश की थी। लेकिन मैंने उसे नहीं खरीदा।"

"संभव है कि आपने न खरीदी हो, लेकिन किसी अन्य ने तो अवश्य खरीदी। प्रश्न यह है कि वह व्यक्ति कौन था? क्या आप कोई अनुमान लगा सकते हैं?"

"कतई नहीं। यदि मुझे कोई अंदाजा होता तो मैं आपको पहले ही सूचित कर देता ब्योमकेश बाबू!"

ब्योमकेश कुछ देर तक खामोश होकर सोचते रहे। "एक बात और। आपके विचार से संतालगोला जैसी छोटी जगह में कोई इतने घातक हथियार कहाँ छिपा सकता था?"

अपनी आँखें बंद करके उन्होंने कुछ देर और सोच-विचार किया, उसके बाद विशू बाबू ने उत्तर दिया, "क्या आप इस बात से सहमत हैं कि हथियार अभी संतालगोला में ही हैं। लेकिन मेरे विचार से ऐसा मामला नहीं है।"

"मान लेते हैं कि वे यहाँ हैं।"

"अच्छी बात है। लेकिन मुझे शस्त्रों के आकार अथवा बंदूकों और बमों के आकार की कोई जानकारी नहीं है। किसी गुप्त स्थान की जानकारी मुझे कैसे हो सकती है और मैं उसे किस तरह पहचान सकता हूँ? यदि पुलिस यहाँ के प्रत्येक मकान, प्रत्येक गोदाम और हरेक चावल मिल की तलाशी ले तो संभव है कि उसे उन्हें खोज पाने में सफलता मिल जाए।"

ब्योमकेश ने अपना सिर हिलाया। "यह कैसे संभव हो सकता है? चलिए, मान लेते हैं कि यदि यह संभव भी हो तो जिस आदमी ने यह काम किया होगा वह इतना मूर्ख तो होगा नहीं कि वह हथियारों को किसी ऐसे स्थान पर छिपाएगा जहाँ से पुलिस उन्हें आसानी से खोज ले। यदि वह व्यक्ति इतना मूर्ख होता तो पुलिस ने उसे बहुत पहले ही गिरफ्तार कर लिया होता।"

"फिर इस विषय में आप क्या सोचते हैं?" विशू बाबू ने उत्सुकतापूर्वक पूछा। "उसने उन्हें कहाँ छिपाया होगा?"

ब्योमकेश ने थोड़ा सोचने के बाद धीरे से जवाब दिया, "उसने हथियारों को किसी ऐसे स्थान पर छिपाया होगा, जहाँ किसी के जाने पर कोई रोक-टोक न हो, फिर भी वहाँ कोई जाता न हो। किसी ऐसी जगह, जहाँ यदि हथियार मिल भी जाएँ तो यह साबित नहीं किया जा सके कि उन्हें वहाँ किसने छिपाया था।"

"अर्थात्...?" विशू बाबू ने आँखें तरेरते हुए पूछा।

"अर्थात् वह जंगल," ब्योमकेश ने अपने पीछे खुली खिड़की की ओर इशारा करते हुए कहा। "पिस्तौलों और हथगोलों को वहाँ जमीन के नीचे अथवा झाड़ियों

में छिपाना कोई कठिन काम नहीं है, लेकिन उन्हें खोज पाना बहुत मुश्किल ही नहीं, असंभव कार्य है। और यदि आप उन्हें खोज भी लें तो यह कैसे सिद्ध करेंगे कि उन्हें वहाँ किसने दबाया या छिपाया था?"

"आप ठीक कह रहे हैं," विशू बाबू ने उत्साहित होकर अपनी प्रतिक्रिया दी। "जंगल की संभावना तो मेरे दिमाग में एक बार भी नहीं उत्पन्न हुई। अवश्य ही हथियार जंगल में कहीं छिपाए गए होंगे।"

"सचमुच, शायद मुझसे भी कोई भूल हुई है," ब्योमकेश ने कहा। "लेकिन यदि मैंने कोई गलती की थी तो उसकी जाँच करने की जरूरत है।"

"नहीं, ब्योमकेश बाबू आप ठीक कह रहे हैं," विशू बाबू ने घोषणा की। "बिना कोई विलंब किए जंगल की तलाश की ही जानी चाहिए।"

"वास्तव में अब हमें यही करना होगा," ब्योमकेश ने सहमति जताई। "लेकिन जंगल कोई छोटा नहीं है, उसकी तलाशी लेने में काफी समय लगेगा और उसमें बहुत अधिक आदमियों की भी जरूरत पड़ेगी। आज तो कोई समय नहीं है, लेकिन कल..."

ब्योमकेश चुप हो गए। उन्होंने इस दौरान हवाओं को भी चेतावनी दे दी थी और अब वह खुद पर नियंत्रण पाने की कोशिश कर रहे थे। विशू बाबू के ऊपर एक छोटी किंतु तेज नजर डालने के बाद उन्होंने कहा, "मैंने आपके ऊपर विश्वास करके आपको अनेक गोपनीय जानकारियाँ दे दी हैं। ये बातें आपको विश्वसनीय मानकर बताई हैं। मुझे आशा है कि आप मेरा विश्वास नहीं तोड़ेंगे।"

"आप इस बात से आश्वस्त रहें कि इनमें से कोई भी जानकारी मेरी जबान से बाहर नहीं आएगी," विशू बाबू ने अनुक्रिया की। "अरे, आप जा रहे हैं क्या?"

"हाँ, अब हमारे लिए यहाँ से जाना ही अच्छा है। मैं अब उस मारवाड़ी से मिलना चाहता हूँ—आपने उसका क्या नाम बताया था? अरे हाँ, बद्रीदास-बद्रीदास की मिल। देखता हूँ कि मुझे वहाँ से कोई जानकारी मिलती है या नहीं। मुझे आज शाम को रामिधी जाना है, जहाँ सदानंद सूर के बहनोई रहते हैं। बहरहाल, क्या सदानंद सूर ने आपको बताया था कि उन्हें पाँच सौ रुपए किसलिए चाहिए थे, जो उन्होंने आपसे उधार लिये थे?"

"वह यहीं आसपास कहीं एक आयुर्वेदिक दवाखाना खोलना चाहते थे," विशू बाबू ने कहा। "लेकिन उनके पास पर्याप्त पूँजी नहीं थी, यही कारण है कि उन्होंने मुझसे उधार लेने का अनुरोध किया था। यद्यपि वह गरीब थे, लेकिन वह बहुत

अच्छे आदमी थे, इसीलिए मैंने उन्हें वह पैसा दे दिया था। मुझे पूरा विश्वास है कि यदि वह जीवित होते तो मेरा पैसा अवश्य लौटा देते, लेकिन…! चिंता न करें, इतनी छोटी रकम के लिए मैं अपनी रातों की नींद नहीं गँवानेवाला हूँ। मुझे तो आश्चर्य केवल इस बात का है कि सदानंद बाबू जैसे सीधे-सच्चे आदमी को किसने मारा और क्यों? क्या उनका कोई गोपनीय जीवन था? क्या वह जैसे दिखाई देते थे, वह उनका असली स्वरूप नहीं था?"

"शायद?" ब्योमकेश ने प्रतिक्रिया दी। "फिर भी ये चीजें अभी स्पष्ट नहीं हैं। हो सकता है कि आज शाम को उनके बहनोई से मिलने के बाद हम उनका असली चेहरा उजागर कर सकें। फिलहाल नमस्कार, लेकिन हम दुबारा मिलेंगे।"

ब्योमकेश उनके दरवाजे तक जाकर वापस आए और विशू बाबू के पास जाकर उन्हें धीरे से बताया, "मैं आपसे कोई बात पूछना भूल गया था। क्या आपको अभी हाल में कोई गुमनाम पत्र मिला था?"

विशू बाबू ने उन्हें चौंकते हुए देखा। "हाँ, मुझे पत्र मिला था, लेकिन आप यह बात कैसे जानते हैं?"

"एक या दो अन्य लोगों को भी वह पत्र मिला था, इसलिए मैंने सोचा कि शायद आपको भी मिला हो। उस गुमनाम पत्र में क्या लिखा गया था? क्या उसमें आपको धमकी दी गई थी?"

"यह रहा वह पत्र," विशू बाबू ने अपनी दराज खोलकर हमें वह पत्र दिखाया जो हमने स्वयं लिखा था।

ब्योमकेश ने उन्हें वापस देने से पहले पत्र को सावधानी से पढ़ा। "हम्म! क्या आप कोई सुराग लगा सके कि यह पत्र किसने लिखा होगा?"

"कोई नहीं," विशु बाबू ने उत्तर दिया। "मेरे जीवन में कोई रहस्य नहीं है, जिससे कोई अपने लाभ के लिए मेरा शोषण कर सके।"

"क्या आपका कोई दुश्मन है?"

"कई दुश्मन हैं। किसी कारोबारी आदमी का हरेक आदमी दुश्मन है।"

"फिर उन्हीं में से किसी ने आपको भ्रमित करने के लिए वह पत्र लिखा होगा। नमस्कार। बहुत धन्यवाद!"

"तो आप मेरी मिल की तलाशी नहीं लेंगे?" विशू बाबू मुसकराए।

"हम अपना समय क्यों नष्ट करें विश्वनाथ बाबू?" ब्योमकेश भी मुसकरा पड़े। "और वह जंगल?"

"आज नहीं, जंगल की खोजबीन के लिए काफी तैयारी करनी पड़ेगी। चलो अजीत, गरमी बढ़ रही है। हमें बद्रीदास मारवाड़ी से थोड़ी चर्चा करके वापस भी लौटना है।"

8

लेकिन बद्रीदास मारवाड़ी के साथ हुआ वार्त्तालाप अत्यंत नीरस रहा।

आमतौर पर मारवाड़ियों के दो चेहरे होते हैं। पहली किस्म के लोग नाटे और बत्तख की तरह उकड़ूँ बैठनेवाले होते हैं; दूसरे वे लोग होते हैं जो सारस की तरह पतले और लंबे होते हैं। बद्रीदास दूसरी श्रेणी में आता था। उसकी मिल का आकार-प्रकार विशू बाबू की मिल जैसा ही था; चावल सुखाने के लिए वैसा ही फर्श, उतना ही बड़ा भंडार, वैसा ही गोरखा चौकीदार, उसी प्रकार का मुख्य द्वार। नक्शे की बात करें तो दुनियाभर की राइस मिलें सगे भाइयों जैसी थीं।

बद्रीदास की आयु लगभग पैंतीस और चालीस वर्ष के बीच थी। वह भी गद्दीदार तकियों पर बैठा हुआ अपना कारोबार चलाता था, जिस समय हम वहाँ पहुँचे वह अखबारों में ब्याज दरों की खबरें पढ़ रहा था। हमारी सूरतें देखने और परिचय जानने के बाद उसकी आँखों में बेचैनी दिखाई पड़ी। हमारी ओर देखने से पहले उसने अपने कमरे के कोने में अपनी निगाहें दाड़ाईं। ब्योमकेश द्वारा किए गए प्रश्नों के उत्तर उसने संक्षिप्त तथा अलाभकर तरीके से दिए थे। समूची पूछताछ को यहाँ दुबारा प्रस्तुत करना आवश्यक नहीं है, मात्र कुछ नमूने ही पर्याप्त हैं—

"क्या आप अमृत को जानते थे?"

"जी नहीं।"

"क्या आप सदानंद सूर को जानते थे?"

"जी नहीं।"

"क्या आपको कोई गुमनाम पत्र मिला था?"

"जी नहीं।"

"क्या आपके पास कोई काला घोड़ा है?"

"जी नहीं।"

कुछ अन्य प्रश्नोत्तर के बाद, ब्योमकेश वहाँ से जाने को उद्यत हुए। बद्रीदास को टटोलती निगाहों से देखने के बाद उन्होंने कहा, "फिलहाल तो मैं यहाँ से जा रहा हूँ, लेकिन मैं जल्द ही आपकी मिल की तलाशी का वारंट लेकर वापस आऊँगा।"

एक निष्ठावान व्यक्ति के रूप में बद्रीदास ने अपनी गवाही में कोई परिवर्तन नहीं किया। "जी नहीं," उसने उत्तर दिया।

हम वहाँ से क्षुब्ध होकर वापस लौटे। अभी हमने गेट के बाहर कदम रखे ही थे कि एक दुबला-पतला व्यक्ति—एक बंगाली हमारा पीछा करने लगा; पान से रँगे अपने दाँत दिखाते हुए उसने कहा, "क्या आप ब्योमकेश बाबू हैं? क्या आप बद्रीदास से कुछ पूछ रहे थे?"

"तुम्हें कैसे पता?" ब्योमकेश ने अपनी भौहें तरेरीं। "वहाँ और कोई भी नहीं था।"

थोड़े और दाँत दिखाते हुए उस आदमी ने कहा, "मैंने वहाँ छिपकर सारी बातें सुनी थीं। बद्रीदास सफेद झूठ बोल रहा था। वह अमृत को जानता था, वह सदानंद सूर को भी जानता था, उसे एक गुमनाम पत्र भी मिला था और यहाँ तक कि उसके पास एक काला घोड़ा भी है। वह एक मक्कार मारवाड़ी है और सच कहें तो आदमी की शक्ल में वह एक शैतान है।"

उस आदमी को ऊपर से नीचे तक देखने के बाद ब्योमकेश ने शांत होकर पूछा, "तुम कौन हो?"

"मेरा नाम राखल दास है, मैं मारवाड़ी के यहाँ काम करता हूँ।"

"क्या तुम्हें अपनी नौकरी चले जाने का डर नहीं है?"

"वह तो मैं पहले ही खो चुका हूँ। बद्रीदास ने मुझे नोटिस दे दिया है। इस महीने के अंत में मैं यहाँ से मुक्त हाँ जाऊँगा।"

"उसने तुम्हें नोटिस क्यों दिया?"

"बद्रीदास की बिरादरी का कोई आदमी आ गया है। मेरी जगह वह उसे नौकरी पर रखेगा। बद्रीदास बंगालियों को काम पर नहीं रखता है।"

हम अपने मार्ग पर चलते रहे। वह आदमी भी हमारे पीछे चलता रहा। "आप इस सच्चाई को मत भूलिए ब्योमकेश बाबू, वह बद्रीदास पैदाइशी दुष्ट आदमी है। यहाँ ऐसा कोई काम नहीं है जिसमें वह माहिर न हो। गबन, धोखा, कालाबाजारी…"

पीछे उसकी ओर देखे बिना ब्योमकेश ने अपने हाथ हवा में लहराए और उसे दूर रहने का संकेत दिया।

विश्रामगृह पहुँचने के बाद ब्योमकेश ने आरामकुरसी पर बैठकर अँगड़ाई ली और छत में लगे पंखे की ओर देखते हुए कहा, शायद वह ईश्वर से कुछ कह रहे थे, "आपने उस बड़े बहुरुपिया को हमारे सामने ला दिया।"

अपनी कमीज उतारते हुए मैं भी उनकी बगल में बेड पर बैठ गया। "अब जबकि आप यहाँ के लगभग सभी संभावित संदिग्धों से मिल चुके हैं, क्या आपने उनके बारे में कोई निष्कर्ष निकाला व्योमकेश?" मैंने प्रश्न किया।

"मुझे सब कुछ समझ आ गया है," उन्होंने उत्तर दिया। "लेकिन इसका तब तक कोई लाभ नहीं है, जब तक कि मैं इन कारगुजारियों में लगे असली संदिग्ध को नहीं पहचान लेता।"

"वह काले घोड़े की क्या कहानी है? बद्रीदास के पास यदि कोई काला घोड़ा है भी तो उससे क्या होगा?"

ब्योमकेश ने आत्मालाप में उत्तर दिया, "कुछ तो गड़बड़ है! बद्रीदास का काला घोड़ा—कुछ गड़बड़ जरूर है।"

"आप सोचते हैं कि हत्यारा काले घोड़े पर सवार होकर सदानंद सूर की हत्या करने गया था? लेकिन क्यों? घोड़े की पीठ पर बैठकर जाने से उसे क्या मदद मिली होगी?"

"उससे उसे मदद मिली होगी? लेकिन उसने उसे मदद करने के साथ-साथ नुकसान भी पहुँचाया है। इसीलिए मैं चकित हूँ—चिंता मत करो।" उन्होंने अपना सिर मेरी ओर घुमाया। "विश्वनाथ मलिक के बारे में तुम क्या सोचते हो?"

"यही कि वह पहले एक जॉकी था, उसे कुत्तों की बजाय घोड़ों से प्यार था; इसके अलावा मैं कोई निष्कर्ष नहीं निकाल सकता। लेकिन क्या उसे इतनी सारी अंदरूनी जानकारी देना सही था? अगर जंगल की तलाशी लेने की खबर बाहर आ गई तो क्या होगा? क्या अब अपराधी पहले से अधिक चौकन्ना नहीं हो जाएगा?"

"हम्म," ब्योमकेश ने निराश होते हुए उत्तर दिया। "लेकिन इसके बावजूद कि मैंने उसे चेतावनी दे दी है, मुझे विश्वास है कि वह किसी को कुछ नहीं बताएगा।"

"परंतु यदि उसकी जबान फिसल गई तो!"

"तब तो कुछ चिंता की बात है। तुम चिंता मत करो। नीलकंठ अधिकारी भी सच्चा आदमी मालूम पड़ता है। वह अपने मालिक का बहुत वफादार है, क्यों ऐसा ही है न?"

"हाँ। लेकिन राखल दास के बारे में आपकी क्या राय है?"

"वह एक कमीना आदमी है। चूँकि बद्रीदास ने उसे नौकरी से निकाल दिया है, इसलिए वह उससे बदला लेने की फिराक में है।"

"परंतु क्या वह झूठ बोल रहा था?"

"नहीं, उसकी कही गई हरेक बात सच थी।"

लंच के बाद हमने कुछ देर विश्राम किया। इस बीच ब्योमकेश लगातार व्याकुल दिखाई दिए। मैं उनकी व्यग्रता का कारण कतई नहीं समझ पाया।

रामिधी जंक्शन जाने के इरादे से साढ़े चार बजे हम विश्रामगृह से बाहर निकल गए। पौने पाँच बजे रामिधी जानेवाली गाड़ी आनेवाली थी और उसे पाँच बजकर दस मिनट पर रामिधी पहुँचना था। प्रणकेष्ट पाल से बात करने में हमें अधिक समय नहीं लगनेवाला था।

हम अपने टिकट खरीदने के बाद प्लेटफॉर्म पर पहुँच गए। गेट पर हमारी टिकट की जाँच करने के बाद मंतोष ने पूछा, "आप लोग वापस कब लौटेंगे?"

"आज रात दस बजे तक," ब्योमकेश ने उत्तर दिया।

प्लेटफॉर्म पर यात्री एकत्र हो गए थे। गाड़ी लगभग पाँच मिनट के अंदर आनेवाली थी। आसपास नजर दौड़ाते हुए हमने देखा कि गोलमटोल इंस्पेक्टर सुखमय कृशकाय स्टेशन मास्टर हरिविलास बाबू से कोई गोपनीय वार्त्ता कर रहा था। हमें देखकर सुखमय बाबू ने हमारी ओर अपना हाथ लहराया और टहलता हुआ हमारे पास आ गया। उसकी आँखें उत्सुकता से नाच रही थीं।

"कहीं जा रहे हैं?"

"रामिधी तक जा रहा हूँ—हमें वहाँ कुछ काम है। और आप?"

"मैं कहीं नहीं जा रहा हूँ। मैं यहाँ किसी का स्वागत करने आया हूँ। वह इसी गाड़ी से आ रहा है। हे...हे।" उसकी भौंहें थिरकने लगीं।

"कौन है वह?" ब्योमकेश ने आश्चर्य से पूछा।

"उसका नाम नफर कुंडू है," सुखमय बाबू ने उत्तर दिया। "जब उसने चावल के बोरे गाड़ी से भेजे थे तो रास्ते में धक्का लगने से एक बोरा फट गया था। उसमें से दो किलो अफीम निकलकर बाहर गिर पड़ी थी। वह इसी गाड़ी पर था। वह गाड़ी से उतरकर स्टेशन मास्टर के कार्यालय की दिशा में कहीं गायब हो गया है।

ब्योमकेश भी प्लेटफॉर्म पर लगी चौकोर टाइलों के ऊपर त्योरी चढ़ाए हुए चल पड़े। "बद्रीदास भी यहीं है," मैंने कहा।

बद्रीदास अपने गोदाम की ओर से सारस की तरह स्टेशन की ओर आ रहा था। उसके बर्ताव से लगा कि उसने हमें देख लिया था। लेकिन वह हमारी ओर मुड़े बिना प्लेटफॉर्म से आहिस्ता-आहिस्ता बाहर निकल गया।

ब्योमकेश की त्योरियाँ और भी घनी हो गईं।

"विशू बाबू भी यहीं हैं," एक मिनट बाद मैंने कहा। "आखिर यहाँ क्या चल रहा है?"

घुड़सवारों की जोधपुरी पोशाक पहने विशू बाबू गेट से अंदर आए। हमें देखने के बाद वह मुसकराते हुए हमारी ओर बढ़े।

"हैलो! कहीं जा रहे हैं क्या?"

"रामिधी तक।"

"अच्छा, सदानंद सूर के बहनोई के पास जा रहे हैं।"

"जी हाँ, हम लोग दस बजे तक वापस आ जाएँगे।"

"और आप?"

"मेरा कोई माल आनेवाला था, इसलिए उसी के बारे में पूछताछ करने मैं यहाँ आया था। मैं देखता हूँ कि वह आया कि नहीं।" अपने दुबले-पतले चेहरे पर मायूस मुसकान के साथ वह पार्सल घर की ओर चला गया।

इस बीच हमें गाड़ी के इंजन की भाप दिखाई पड़ी। कुछ ही पलों में सवारी गाड़ी प्लेटफॉर्म पर आ गई। इससे पहले कि हम गाड़ी पर सवार होते, हमने देखा कि एक अधेड़ आदमी को घेरे हुए कुछ पुलिसकर्मी तीसरी श्रेणी के डिब्बे से नीचे उतर रहे थे। मैंने अनुमान लगाया कि वह अफीम प्रेमी नफर कुंडू था। निश्चय ही वह गुमनाम खत मिलने के बाद कहीं जाकर छिप गया था।

दो या तीन मिनट बाद गाड़ी चल पड़ी। ब्योमकेश के चेहरे पर चिंता की लकीरें पल-पल गहराती जा रही थीं। ऐसा प्रतीत हुआ मानो वह अचानक किसी नई समस्या से परेशान हो गए थे और कुछ तय नहीं कर पा रहे थे। "क्या मामला है?" मैंने पूछा। "आप बहुत दुविधा में दिखाई दे रहे हैं।"

इससे पहले कि वह कोई उत्तर देते गाड़ी के पहियों से अचानक चिंचियाने की आवाज आई और वह खड़ी हो गई। खिड़की से अपनी गरदन निकालते हुए मैंने महसूस किया कि गाड़ी शायद इसलिए रुक गई थी, क्योंकि उसे ग्रीन सिग्नल (रवाना होने का संकेत) नहीं मिला था। कँटीली तारों के बीच से बाघमारी गाँव साफ दिखाई दे रहा था।

"जो होता है अच्छे के लिए होता है," कहते हुए ब्योमकेश उछल पड़े। ऐसा लगा, मानो उनकी सभी समस्याएँ हल हो गई हों। "मैं यहीं उतर रहा हूँ अजीत! अच्छा होगा कि तुम रामिधी अकेले जाओ। प्रणकेष्ट बाबू से सारी जानकारी ले लेना। यह जाँचना मत भूलना कि सदानंद बाबू ने अपना संदूक वहाँ छोड़ा था या नहीं। ठीक है।"

सीटी बजाने के बाद गाड़ी धीरे-धीरे आगे सरकी। ब्योमकेश कूदकर उतर गए। मैंने उन्हें खिड़की से कौतूहलपूर्वक देखा। कँटीले तारों से सिकुड़कर बाहर निकलते हुए उन्होंने अपना हाथ मेरी ओर लहराया और गाँव की ओर चले गए।

9

ब्योमकेश ने अतीत में कभी भी इस तरह मुझे अकेला नहीं छोड़ा था। मुझे अपने सिर पर आसमान गिरता प्रतीत हुआ। मैं प्रणकेष्ट बाबू से किस प्रकार पूछताछ कर पाऊँगा? ब्योमकेश जब किसी से पूछताछ करते थे तो मैं उनकी तकनीक का आनंद लेता था, लेकिन मैंने खुद कभी किसी से पूछताछ नहीं की थी। कौन जानता था कि मेरे सामने क्या कठिनाई आनेवाली थी? ब्योमकेश ने मुझे कितना कठिन काम सौंप दिया था!

यात्री गाड़ी अपने छोटे-छोटे पहियों पर आगे बढ़ रही थी; यद्यपि रास्ते में प्रत्येक दो या तीन मील पर स्टेशन आते जा रहे थे, गाड़ी जल्दी ही रामिधी पहुँचनेवाली थी। इस बीच मैंने अपनी पूछताछ का पूरा खाका अपने मन में खींच लिया। सबसे पहला विचारणीय प्रश्न यह था कि ब्योमकेश प्रणकेष्ट बाबू से क्यों पूछताछ करना चाहते थे? प्रणकेष्ट बाबू सदानंद सूर के बहनोई थे और उनकी पत्नी संभवतः उनकी संपत्ति की एकमात्र वैध उत्तराधिकारिणी थी, क्योंकि सदानंद बाबू के अपने परिवार में कोई नहीं था...क्या सदानंद बाबू ने कलकत्ता जाते समय अपना संदूक अपने बहनोई के यहाँ जमा कर दिया था? क्या उस संदूक में कोई कीमती चीज थी? प्रणकेष्ट बाबू रोजाना अपने काम के सिलसिले में उधर से होकर गुजरते थे, उनके लिए अपनी ट्रॉली से उतरकर बाघमारी जाना कोई कठिन काम नहीं था। क्या ब्योमकेश को यह संदेह था कि सदानंद बाबू की हत्या उनके बहनोई ने की थी?...

रामिधी जंक्शन पहुँचने के बाद मुझे प्रणकेष्ट पाल का पता खोजने में कोई खास परेशानी नहीं हुई। वह स्टेशन परिसर में एक कँटीली तारों से घिरी चारदीवारी के अंदर बने रेलवे के क्वार्टर में रहते थे। उनके घर के सामने एक छोटा-सा उद्यान था; बिना बाजू की बनियान और पतलून पहने एक आदमी खुरपी से उद्यान की निराई-गुड़ाई कर रहा था। जब उसकी दृष्टि मेरे ऊपर पड़ी तो वह हैरान रह गया।

"क्या आप प्रणकेष्ट पाल हैं?" मैंने पूछा।

हमारा प्रश्न सुनकर खुरपी उसके हाथ से फिसलकर नीच गिर पड़ी। उसका मुँह खुला रह गया, और कुछ पल बाद उसने भौचक्का होकर सहमति में अपनी

गरदन हिलाई। "मैं यहाँ पुलिस की ओर से आया हूँ?" मैंने उसे बताया। "आपने शायद सुना होगा कि आपके बहनोई सदानंद सूर की मौत हो गई है।"

वह इतना हतप्रभ हुआ कि जैसे उसकी पतलून सरककर नीचे गिर जाएगी। वह आश्चर्य से उछल पड़ा, वह सुशीला···सुशीला की आवाज लगाता हुआ घर के अंदर चला गया।

मैं भी कम चकित नहीं था। किसी के लिए भी वैसा बर्ताव अप्रत्याशित हो सकता था। मैंने अपने मन में उसकी छवि अपनी पत्नी के भाई के हत्यारे के रूप में निर्मित की थी। पुलिस का नाम सुनते ही वह थोड़ा सहम भी गया था! जब तक···क्या वह किसी दुर्दांत अपराधी द्वारा किया गया दिखावा था क्योंकि अपने बचाव के लिए कोई भी शातिर अपराधी पुलिस की आँखों में धूल झोंक सकता था, क्या प्रणकेष्ट बाबू भी उसी तरह के इनसान थे? और सुशीला कौन थी? क्या वह उसकी पत्नी थी?

पाँच मिनट तक अंदर से कोई आवाज बाहर नहीं सुनाई पड़ी—अभी मैं कुछ सोच ही रहा था कि उसे आवाज दूँ या वापस चला जाऊँ—प्रणकेष्ट बाबू दरवाजे के पास नजर आए। ऐसा प्रतीत हुआ कि उन्होंने अपने ऊपर काबू पा लिया था; उनकी पतलून अभी भी पहले जैसी थी, परंतु अब उन्होंने अपनी बनियान के ऊपर एक बुश-शर्ट पहन ली थी। "कृपया अंदर आ जाइए," एक निर्जीव मुसकान के साथ उसने हमें आमंत्रित किया।

मैं उनके अतिथिकक्ष में प्रवेश कर गया। वह एक छोटा-सा साधारण कमरा था जिसमें बेंत की सस्ती कुरसियाँ और मेज रखी थीं। घर के अंदरूनी भाग में जानेवाले दरवाजे पर एक परदा टँगा था। एक प्रकार से वह पश्चिमी शैली का साफ-सुथरा कमरा था। मैं दरवाजे की ओर अपनी पीठ करके बैठ गया, जबकि प्रणकेष्ट बाबू मेरे सामनेवाली कुरसी पर बैठ गए।

"तो क्या आपको अपने बहनोई की मृत्यु की सूचना मिल गई है?" मैंने अपनी बात शुरू की।

"अरे···हाँ, जी हाँ," अपने खयालों से बाहर आते हुए प्रणकेष्ट बाबू ने हामी भरी।

"आपको उनकी मौत के बारे में कब पता चला?"

"अरे···आज सुबह।"

"आपको किसने सूचना दी?"

"उम्म···हरिविलास बाबू ने संतालगोला से मुझे टेलीफोन किया था।"

"माफ कीजिए, क्या आपकी पत्नी—सदानंद बाबू की बहन—यहाँ हैं?"

उत्तर देने से पहले प्रणकेष्ट बाबू की आँखें मेरी ओर से हटकर दरवाजे पर टिक गईं।

उन्होंने जवाब दिया "जी हाँ, वह यहीं हैं।"

मैंने अपने पीछे अचानक खुले परदे की ओर अपनी गरदन घुमाई। मेरे लिए यह अनुमान लगाना कठिन नहीं था कि प्रणकेष्ट बाबू की पत्नी सुशीला परदे के पीछे खड़ी होकर अपने पति को निर्देश दे रही थी।

"आपकी पत्नी भी मेरे विचार से अत्यंत दुखी होंगी?"

प्रणकेष्ट बाबू ने एक बार फिर परदे की ओर देखते हुए कहा, "जी हाँ, वह बहुत दुखी है।"

"आपकी पत्नी ही सदानंद बाबू की उत्तराधिकारिणी हैं, क्यों ऐसा ही है न?"

"अर⋯नहीं, मुझे इसकी कोई जानकारी नहीं है। मेरे कहने का⋯"

"क्या सदानंद बाबू के साथ आपके संबंध सौहार्दपूर्ण थे?"

"अरे, हाँ, अत्यंत सौहार्दपूर्ण।"

"क्या आप दोनों अकसर एक-दूसरे से मिलते रहते थे?"

"जी हाँ, सचमुच। कहने का⋯"

एक बार फिर उनकी आँखें परदे पर जा टिकीं। "कहने का तात्पर्य है⋯ खासतौर से अकसर नहीं। महीने में एकाध बार⋯"

"आपने उन्हें आखिरी बार कब देखा था?"

"आखिरी बार? उम्म⋯मुझे ठीक से याद नहीं है⋯"

"क्या वह आपसे दस या बारह दिनों पहले आपके घर पर मिले थे?"

"सचमुच नहीं।" प्रणकेष्ट बाबू की आँखें भय से भर गईं।

"क्या उन्होंने कलकत्ता जाने से पहले आपके पास अपना लोहे का संदूक नहीं रखा था?"

प्रणकेष्ट बाबू इस प्रश्न से पूरी तरह काँपने लगे। "अरे नहीं, कोई लोहे का संदूक⋯लेकिन मैं नहीं⋯"

"आप इतना घबरा क्यों रहे हैं?" मैंने टोकते हुए पूछा।

"भयभीत! कतई नहीं⋯"

परदा हटाकर प्रणकेष्ट बाबू की पत्नी ने प्रवेश किया। अपने पति की कुरसी के पीछे खड़ी होकर उन्होंने विनम्रतापूर्वक कहा, "मेरे पति स्वभाव से ही डरपोक

हैं, अजनबियों के सामने तो ये और भी अधिक घबरा जाते हैं। आप मुझे बताइए कि क्या जानना चाहते हैं?"

मैंने उन्हें निकट से देखा। वह मजबूत कद-काठीवाली लगभग पैंतीस वर्ष की महिला थीं। उनके चेहरे पर दृढ़ता एवं आँखों में तीव्रता थी। उनके चेहरे पर अपने भाई की मृत्यु से उत्पन्न शोक का कोई संकेत नहीं था। मुझे यह समझने में कतई देर नहीं लगी कि वह एक विकट स्त्री थी। मैं अपने पैरों पर खड़ा हो गया। "मुझे जो कुछ जानना था, वह सब मैंने जान लिया है, अब मेरे पास आपसे कुछ और अधिक पूछने के लिए नहीं है। नमस्कार।" मेरा सुशीला से पूछताछ करने का कोई इरादा नहीं था।

स्टेशन पर वापस आने के बाद मुझे पता चला कि मेरे वापस जाने के लिए रात नौ बजे से पहले कोई गाड़ी नहीं थी। मुझे वहाँ बीच के ढाई घंटे बिताने थे। मैंने स्टेशन के चायवाले से एक कप चाय खरीदकर पी और अपने स्वभाव के अनुसार कई सिगरेटें फूँक डालीं। इस बीच मेरा पूरा ध्यान प्रणकेष्ट बाबू और उनकी पत्नी पर ही टिका रहा।

संभव है कि प्रणकेष्ट बाबू स्वाभाविक तौर पर डरपोक किस्म के व्यक्ति हों, परंतु मेरी उपस्थिति में उनकी अत्यधिक व्यग्रता उनकी शिथिल नाड़ियों के कारण नहीं थी। उसके पीछे भी अनिवार्यत: कोई अन्य कारण अवश्य रहे होंगे। वे कारण क्या थे? प्रणकेष्ट बाबू ने अपनी पत्नी के निर्देश पर मुझसे अनेक झूठ बोले थे। उदाहरण के तौर पर यही कि क्या सदानंद सूर के संबंध प्रणकेष्ट पाल के साथ मधुर थे या नहीं, क्या वह अपने साले के घर बार-बार जाते थे या नहीं? क्या उन्होंने दस-बारह दिन पहले कलकत्ता जाने से पूर्व अपने बहनोई के घर अपना संदूक रखा था। संदूक में अवश्य ही कोई कीमती चीज रही होगी। वह कीमती चीज क्या रही होगी? क्या वह पैसा था? आभूषण? हथियार? इन सब चीजों के बारे में कोई अनुमान लगाना कठिन था। लेकिन मुझे लगता है कि सुशीला नाम की वह औरत संदूक में रखी चीजों के बारे में अपनी उत्सुकता पर काबू नहीं रख पाई होगी और उसने ताला तोड़ दिया होगा। सुशीला जैसी खूँखार स्त्री के लिए कुछ भी असंभव नहीं था। लेकिन उसके बाद? संभव है कि उन्हें संदूक में जो कुछ मिला, उससे वे सदानंद सूर की हत्या करने पर विवश हो गए हों। यह भी हो सकता है कि संदूक में कोई हथगोला था, जिसका उपयोग उन्होंने किया हो।

लेकिन नहीं, सुशीला चाहे कितनी भी दुर्दम्य स्त्री क्यों न रही हो, क्या वह वास्तव में अपने भाई की हत्या कर सकती थी? और इतने जघन्य अपराध में प्रणकेष्ट पाल का शामिल होना तो पूर्णतया असंभव था···लेकिन स्टेशन मास्टर हरिविलास बाबू को अपने मित्र को इतनी दुखद सूचना पहुँचाने की इतनी जल्दी क्या थी? क्या वह एक मित्र की सदाशयता थी?···

रात को नौ बजे मैं संतालगोला वापस लौट आया। चंद्रमा आकाश में दिखाई देने लगा था और बाजार में खामोशी छा गई थी। मुझे ब्योमकेश के विश्रामगृह में मिलने की उम्मीद थी। लेकिन वह मुझे कहीं भी दिखाई नहीं दिए। आखिर वह थे तो कहाँ थे?

उनका खाना बन चुका था। विश्रामगृह का नौकर बरामदे में बैठा ऊँघ रहा था। मैंने उससे कहा कि वह खाना परोसकर थाली को ढककर रख दे और अपने घर चला जाए। वह चला गया।

लैंप को मद्धिम करके मैंने बिस्तर पर अँगड़ाई ली। कमरे के पीछेवाली खिड़की से चाँद की रोशनी छनकर आ रही थी···ब्योमकेश कहाँ गायब हो गए थे? वह उसी समय अचानक गाड़ी से कूद गए थे। वे इस समय तक बाघमारी में क्या कर रहे होंगे?

मुझे नींद आ गई; मेरे कानों में ब्योमकेश के बुदबुदाने की आवाज पड़ी तो मैं जाग गया, "उठो अजीत, आओ और इसे देखो।"

"क्या··· ?" मैंने झटके से उठकर बैठते हुए पूछा।

"अश्शश्! धीरे बोलो!" मेरी बाँह पकड़कर वह मुझे पीछेवाली खिड़की पर ले गए; बाहर की ओर संकेत करते हुए उन्होंने पूछा, "क्या तुम उन्हें देख सकते हो?"

अभी तक मैंने अपनी आँखें मलकर अपनी नींद नहीं भगाई थी; ब्योमकेश के बर्ताव ने मुझे कोई अप्रत्याशित दृश्य देखने के लिए विवश कर दिया था। लेकिन मैंने जो कुछ देखा उसे केवल घूरता रह गया। एक खुले मैदान में खर-पतवार और झाड़ियों के बीच लगभग पंद्रह या बीस फीट की दूरी पर मुझे अर्धगोलाकार स्थिति में छह भालू जैसी आकृतियाँ चंद्रमा की ओर देखती दिखाई पड़ीं। प्रथमद्रष्टया वे मुझे काले कुत्ते जैसे प्रतीत हुए। "काले कुत्ते," मैंने कहा। परंतु जब उन्होंने समवेत स्वर में चिल्लाना शुरू किया तो मेरा सारा संदेह दूर हो गया। वह सियारों का एक समूह था, जो चंद्रमा के प्रकाश में अपने संगीत की मधुर तान सुना रहा था।

मेरे चेहरे की भंगिमा देखकर ब्योमकेश की हँसी फूट पड़ी। सियार चौंकते हुए वहाँ से भाग गए। "यह सब क्या है?" मैंने पूछा। "आधी रात को मुझे जगाकर सियारों को घूरने के लिए जगाने की क्या तुक है?"

"क्या तुमने कभी चंद्रमा के प्रकाश में सियारों को देखा है?" ब्योमकेश ने पूछा।

"सियारों को चाँद की रोशनी में देखने से क्या होता है?"

"तुम्हें आशीर्वाद मिलता है, अज्ञानता का अंधकार दूर हो जाता है। चलो अब खाना खाते हैं, मुझे भूख लगी है।"

लैंप की रोशनी तेज करके हम अपना डिनर करने बैठ गए। मैंने देखा कि वैसे तो ब्योमकेश किसी भुक्खड़ आदमी की तरह खाना अपने मुँह में डाल रहे थे, फिर भी वह अत्यंत खुश नजर आ रहे थे। "आप इतना प्रसन्न किस बात पर हो रहे हैं?" मैंने पूछा। "इतनी देर तक आप कहाँ थे? क्या आप बाघमारी में थे?"

"बाघमारी में तो मेरा काम रात नौ बजे ही पूरा हो गया था," उन्होंने उत्तर दिया। "उसके बाद…"

"बाघमारी में आपको ऐसा कौन सा जरूरी काम था?"

"मुझे दाशू, पातल और गोपाल से मिलना था।"

"मैं देख रहा हूँ कि आप मुझे बताना नहीं चाहते हैं। अच्छी बात है फिर उसके बाद क्या हुआ?"

"उसके बाद मैं संतालगोला वापस जाकर इंस्पेक्टर सुखमय से मिला। उसमें एक घंटा लग गया। उसके बाद मैं स्टेशन गया। हरिविलास बाबू वहाँ नहीं थे; उन्हें उनके बिस्तर से उठाना पड़ा। मुझे एक लंबी टेलीफोन वार्त्ता करनी थी। इस समय थाने में पाँच से अधिक लोग नहीं हैं, सुबह तक दस लोग और आ जाएँगे। मैं वहाँ सारा प्रबंध करने के बाद ही वापस लौट सका।"

"तो आपको यह जानने में कोई दिलचस्पी नहीं है कि प्रणकेष्ट बाबू ने क्या कहा?" मैंने पूछा।

"सचमुच मैं जानना चाहूँगा। मुझे सारी बात विस्तार से बताओ।"

मैंने उन्हें शुरू से अंत तक प्रत्येक विवरण दिया, ब्योमकेश ने उसे बड़े ध्यानपूर्वक सुना, परंतु कोई रुचि नहीं दिखाई। खाना खाने के बाद अपने हाथ धोते हुए उन्होंने कहा, "प्रत्येक दंपती में यदि एक मूर्ख होता है तो दूसरा मक्कार। यह प्रकृति का नियम है।"

हम लोगों के इत्मीनान से बैठ जाने के बाद मैंने पूछा, "आपकी जेब में वह क्या चीज है?"

ब्योमकेश थोड़ा चकित ही नहीं, बल्कि व्यथित भी दिखाई पड़े। "यह बंदूक··· मेरे कहने का तात्पर्य है एक पिस्तौल है," उन्होंने कहा।

"आपको यह कहाँ मिली?"

"पुलिस स्टेशन में। यह इंस्पेक्टर सुखमय की पिस्तौल है।"

"हम्म! मैं देख रहा हूँ कि आप कोई स्पष्टीकरण नहीं देना चाहते हैं। ठीक है, अब मुझे सोने दीजिए।"

"तुम सो जाओ, मुझे आज सारी रात जागना है। यदि हथगोलेवाला आदमी डर गया तो क्या होगा? इसलिए सतर्क रहना ही ठीक है।"

"फिर मैं भी आपके साथ जागूँगा।"

हमने सारी रात जागते हुए बिताई। सौभाग्यवश कोई बाधा नहीं उत्पन्न हुई। सुबह के प्रारंभिक घंटों में अंततः ब्योमकेश की जुबान खुली और मुझे हमारी अनजान चिड़िया की जानकारी मिली।

10

हम सुबह सात बजे बाहर गए। ब्योमकेश ने अपने ऊपर एक शॉल लपेट ली ताकि पिस्तौल पर किसी की नजर न पड़े।

अभी तक दुकानों अथवा सड़क पर कोई हलचल शुरू नहीं हुई थी। एकाध घोड़ा-ताँगे के साथ इक्का-दुक्का बैलगाड़ियाँ इधर-उधर दिखाई दे रही थीं। हम मारवाड़ी बद्रीदास की मिल में दाखिल हो गए।

वह अपने नितंबों पर उकड़ूँ बैठा हुआ अपने दाँत साफ कर रहा था। उसकी बगल में पानी का एक जग रखा हुआ था। पहले तो उसका ध्यान हमारी ओर नहीं गया, लेकिन जब हम लोग थोड़ा और निकट गए तो किसी पिंजरे में फड़फड़ाती चिड़िया की तरह उसकी आँखें इधर-उधर नाचने लगीं। उसकी देहाती दातून उसके हाथों से छूटकर नीचे जमीन पर गिर पड़ी।

"आपको हमारे साथ चलना होगा सेठजी," ब्योमकेश ने कहा।

"क्या···!" पीछे गिरने से पहले थोड़ा ऊपर उठते हुए बद्रीदास ने पूछा।

"हम आपकी मिल में तलाशी लेने जा रहे हैं," ब्योमकेश ने स्पष्ट किया। "इस क्षेत्र का एक सम्मानित नागरिक होने के नाते हम आपको एक गवाह के रूप में अपने साथ रखना चाहते हैं।"

"अरे नहीं···" पानी के जग से एक तरफ निरंतर कुल्ला करते हुए उसने विरोध किया।

हम वहाँ से दुबारा चले गए। हमें विश्वनाथ मलिक की मिल तक पहुँचने में पाँच मिनट लगे।

हम मिल के गेट के पास मुख्य लेखाकार नीलकंठ अधिकारी से मिले। "इतनी सुबह?" उसने अपनी हथेली माथे पर रखते हुए पूछा।

"आपके मालिक कहाँ हैं?" ब्योमकेश ने प्रश्न किया।

"वह अपने कमरे में चाय पी रहे हैं।"

"चलो उनसे मुलाकात करते हैं।"

"अच्छी बात है।"

विश्वनाथ अपने कमरे में मेज पर बैठे हुए डबलरोटी और मक्खन के साथ आधा उबले हुए अंडे का नाश्ता कर रहे थे। हमें देखते ही उनका जबड़ा ढीला पड़ गया। उनके गले से एक अस्वाभाविक आवाज निक, "ब्योमकेश बाबू!"

"हमारे पास इतनी जल्दी आने के अलावा कोई और विकल्प नहीं था," ब्योमकेश ने उसे सूचित किया। "लेकिन कोई जल्दी नहीं है, आप आराम से अपना भोजन समाप्त कीजिए।"

"आपको कौन चाहिए?" विशू बाबू ने अंडे को एक तरफ धकेलकर हकलाते हुए पूछा। उनके दुबले-पतले चेहरे का रंग धीरे-धीरे उड़ने लगा था।

"मैंने आपसे कल कहा था कि आपकी मिल में तलाशी लेना गैर-जरूरी है," ब्योमकेश ने उत्तर दिया। "परंतु आज मैं कुछ अलग महसूस कर रहा हूँ।"

विशू बाबू के माथे की नसें फूलने लगीं—वह लगभग फटने की कगार पर पहुँच गए थे। लेकिन बड़ी कोशिश के बाद उन्होंने अपने ऊपर काबू पाया और उनके होंठों पर मुसकान लौट आई। "आपने अचानक अपना इरादा क्यों बदल दिया?" उन्होंने पूछा।

"मेरे पास अपने कारण हैं," ब्योमकेश ने अनुक्रिया की। "मैं कल शाम को रामिधी नहीं गया, मैं आपके जंगल में कपास के पेड़ के पास छिपा हुआ था। गाँव के तीन छोकरे भी मेरे साथ थे। हमने कल रात जो कुछ देखा उसने आज मुझे अपना इरादा बदलने के लिए विवश कर दिया, विश्वनाथ बाबू!"

विश्वनाथ बाबू की आँखें अचानक फटी की फटी रह गईं। अपने काँपते हाथों से एक सिगरेट जलाते हुए उन्होंने अपनी जेब से चाबी का एक छल्ला निकाला

और उसे अपनी उँगली में फँसाकर घुमाते हुए पूछा, "और यदि मैं अपनी मिल की तलाशी लेने की अनमुति न दूँ तो आप क्या करेंगे?"

"आपकी इच्छा का अब कोई महत्त्व नहीं है," ब्योमकेश ने कहा। "मेरे पास तलाशी का वारंट है।"

"मुझे अपना वारंट दिखाइए।"

ब्योमकेश ने जैसे ही अपना हाथ जेब में डाला, विशू बाबू ने एक झटके में चाबी से अपनी दराज खोलेने की कोशिश की। ब्योमकेश ने जब अपनी जेब से हाथ निकाला तो उसमें पिस्तौल थी। "खबरदार, दराज मत खोलना," उन्होंने उसे चेतावनी देते हुए कहा।

ब्योमकेश के हाथों में पिस्तौल देखते ही विशू बाबू ने कोने में बैठी किसी जंगली बिल्ली की तरह फौरन अपना सिर घुमा लिया और दराज खोलने की कोशिश छोड़ दी, लेकिन उनके गले से एक धमकी भरी आवाज बाहर आई।

"सीटी बजाओ अजीत," ब्योमकेश ने आदेश दिया।

मैं अपनी जेब में पुलिसिया सीटी लिए तैयार था—मैंने उसे जोर से बजा दिया।

एक मिनट के अंदर ही इंस्पेक्टर सुखमय अपने साथियों के साथ अंदर आ गए। "विश्वनाथ मलिक को गिरफ्तार कर लो और इसके हाथों में हथकड़ियाँ डाल दो इंस्पेक्टर सामंत," ब्योमकेश ने निर्देश दिया। "उसके हाथ में दराज की चाबी है, उसे खोलो। सावधान रहना, दराज के अंदर हथियार हैं।"

विश्वनाथ मलिक को आसानी से गिरफ्तार नहीं किया जा सका—उसने जंगली बिल्ली की तरह खरोंचने की कोशिश की। पाँच या छह लोगों को बड़ी मशक्कत के बाद उसकी कलाइयों में हथकड़ी डालने में सफलता मिली। जब उसकी दराज खोली गई तो उसमें 38 बोर की 26 ऑटोमैटिक, अनगिनत गोलियाँ और चौदह हथगोले मिले। काले बाजार में उसकी कीमत कम से कम बीस हजार रुपए होगी।

पुलिस से घिरे हुए विश्वनाथ मलिक ने नपुंसक घृणा का प्रदर्शन किया। अचानक उसने आक्रामक होते हुए कहा, "अच्छी बात है, मैं चोरी के हथियार बेचता हूँ। लेकिन क्या आपके पास इस बात का कोई सबूत है कि मैंने अमृत और सदानंद सूर की हत्या की है?"

"इस बात का निर्णय न्यायालय करेगा कि कोई सबूत है या नहीं," ब्योमकेश ने शांतिपूर्वक उत्तर दिया। "इन पिस्तौलों में एक पिस्तौल वह भी है जिससे तुमने

अमृत की हत्या की। अमृत के शरीर में उसकी गोली पाई गई थी। शस्त्र परीक्षण में इसे प्रमाणित करना कठिन नहीं होगा।"

विश्वनाथ मलिक की आँखों में आँसू आ गए, उसने अपनी हथकड़ियों से अपना माथा फोड़ लिया और बेहोश हो गया।

11

उस दिन दोपहर को विश्रामगृह में खाना खाने के बाद हम दो अलग-अलग बिस्तरों पर लेट गए। पातल, दाशू और गोपाल बारंबार ब्योमकेश के कौशल के प्रति आभार जताने के बाद अपने घर चले गए। अपराधी को मुख्यालय भिजवाने के बाद इंस्पेक्टर सुखमय सामंत थाने के अन्य पुलिसकर्मियों को अंडे की प्लेट पर यह जताने की कोशिश कर रहे थे कि संदिग्ध हत्यारे को पकड़ने में उनकी भूमिका अत्यंत महत्त्वपूर्ण थी, जिसकी प्रशंसनीय गाथा वह उन्हें सुना रहे थे। संक्षिप्त खामोशी के बाद, कस्बे की दैनिक गतिविधियाँ पूर्ववत् शुरू हो गई थीं—एक का एक और दो का दो की आवाजें बाजार में सुनाई देने लगी थीं। अमृत एवं सदानंद सूर जैसे दो अज्ञात लोगों की असामयिक मृत्यु से कुछ अवरोध अवश्य उत्पन्न हुआ था, परंतु दैनिक जीवन की गतिविधियों का प्रवाह निर्बाध रूप से जारी था। संभवतः ऐसी ही स्थिति हत्यारों को फाँसी पर लटका दिए जाने के बाद भी बनी रहे। एक के लिए एक और दो के लिए दो की आवाजें बाजार में भविष्य में भी सुनाई देती रहेंगी। तुम दोनों की आत्मा को…शांति…

छत की ओर देखते हुए ब्योमकेश ने गहरी साँस ली, "मुझे सदानंद सूर की मृत्यु का कोई अफसोस नहीं है," उन्होंने कहा, "लेकिन बेचारा अमृत इतनी छोटी आयु में नाहक ही मारा गया।"

"आप मुझे सारी कहानी प्रारंभ से बताइए," मैंने आग्रह किया।

"यह कहानी सदानंद सूर से शुरू होती है," ब्योमकेश ने कहा। "यदि वह नहीं होता तो हम अवैध शस्त्र विक्रेता को पकड़ पाने में सफल नहीं होते। इसलिए हम यह कहानी उसी से शुरू करते हैं।

"सदानंद सूर के स्वभाव से मुझे ज्ञात हुआ कि वह अत्यंत कंजूस और घुन्ना आदमी था। वह अपने रहस्यों को उजागर करने में कोई दिलचस्पी नहीं लेता था। उसकी आर्थिक स्थिति अच्छी नहीं थी। उसने अपनी बहन की शादी का खर्च तो उठाया लेकिन अपनी शादी नहीं की। उसके पास एक पैतृक घर, थोड़ी-सी जमीन

और संतालगोला में थोड़ी सी चावल की बिक्री तथा आयुर्वेदिक दवाओं की बिक्री इत्यादि ही उसकी आय के स्रोत थे। चूँकि वह अकेला रहता था, इसलिए मामूली सी आमदनी और कम पैसों से भी उसका काम किसी प्रकार चल जाता था।

"लेकिन वह भौतिक भोग-विलास से मुक्त नहीं था। यह बात सही है कि वह एक कृपण व्यक्ति था और अपने ऊपर अधिक धन खर्च नहीं करता था, परंतु इसका यह अर्थ कदापि नहीं है कि उसकी निजी इच्छाएँ थीं ही नहीं। सदानंद बाबू के पास इच्छाएँ तो थीं, लेकिन नकदी नहीं थी। शायद वह अपनी छोटी सी आमदनी में से कुछ पैसे बचा लेते थे, लेकिन उनका स्वभाव उन्हें अपनी मौज-मस्ती के लिए पैसे खर्च करने की इजाजत नहीं देता था। इस प्रकार समय बीतता गया। उनकी आयु बढ़ने लगी थी और भोग-विलास की शक्ति भी उसी के अनुसार क्षीण होने लगी थी। शायद वह अपनी अतृप्त कामनाओं के साथ ही अपना सारा जीवन बिता देते। लेकिन पैंतालीस वर्ष की आयु में उनके सामने एक अवसर स्वयं उपस्थित हो गया।

"सदानंद बाबू अकसर विश्वनाथ बाबू की मिल में जाते रहते थे। विश्वनाथ बाबू की दराज में पाई गई आयुर्वेदिक दवाओं की शीशियों की आपूर्ति उन्हें निश्चय ही सदानंद बाबू द्वारा की गई थी। उनकी घनिष्ठता इसी मार्ग से प्रगाढ़ हुई थी। इसके बाद सदानंद बाबू को अनजाने ही विश्वनाथ बाबू के जीवन का सघनतम रहस्य ज्ञात हो गया और वह रहस्य था उनके अवैध हथियारों का कारोबार। यह कहना कठिन है कि उन्हें इसकी जानकारी कैसे हाथ लगी, शायद उन्हें इस बात का पता चल गया था कि उन्होंने अपने अवैध हथियार कहाँ छिपाकर रखे थे। कपास का पेड़ सदानंद बाबू के घर से अधिक दूर नहीं था; संभव है कि सदानंद बाबू ने किसी दिन उन्हें वहाँ देख लिया हो।

"सदानंद बाबू उन हथियारों एवं बमों को चुरा सकते थे, परंतु उन्होंने वह रास्ता नहीं अपनाया। सदानंद बाबू को अवैध हथियारों को काला बाजार में बेचने का कोई अनुभव नहीं था। उसकी बजाय उन्होंने भिन्न मार्ग अपनाया। "मुझे पैसा दो वरना मैं तुम्हें नंगा कर दूँगा," उन्होंने विश्वनाथ बाबू से कहा, अर्थात् उन्हें विशू मलिक को ब्लैकमेल करने का एक आसान उपाय मिल गया था।

"विशू मलिक स्वयं भी लाचार था। उसे उन्हें मजबूरन पाँच सौ रुपए देने पड़े। वह पैसा लेकर सदानंद बाबू अपने घर गए। उनकी मौज-मस्ती का समय निकलता जा रहा था, इसलिए वह अधिक विलंब नहीं कर सकते थे। उन्होंने कलकत्ता जाने का फैसला किया।

"लेकिन वह अपने स्वभाव से ही अत्यंत सतर्क रहते थे इसलिए सारा पैसा अपने साथ नहीं ले जाना चाहते थे। बहरहाल, अपने खाली मकान में पैसा रखकर जाना उन्हें खतरनाक महसूस हुआ। इसलिए उन्होंने एक भिन्न रवैया अख्तियार किया।

"मैं जो कुछ तुम्हें बता रहा हूँ उसका अधिकांश मेरी कल्पना पर आधारित है, परंतु यह कल्पना अधिक भयावह नहीं है। सदानंद बाबू अपना सारा पैसा अपने लोहे के संदूक में रखते थे और जो कुछ वह बचा पाते थे उसे उसी में जोड़ते जाते थे। शायद उन्हें कुछ पैतृक आभूषण भी विरासत में मिले थे। इसके बाद वह एक हाथ में संदूक और दूसरे हाथ में कैनवस का बैग लेकर निकल पड़े। उन्होंने अपना संदूक अपने बहन–बहनोई के घर रामिधी में रखने के बाद मौज–मस्ती के लिए कलकत्ता जाने की योजना बनाई थी।

"सदानंद सूर अपनी मंजिल की ओर निकल पड़े, लेकिन इस बीच विशू मलिक ने उन्हें जाते देख लिया था। वह अभी तक अपना अवैध हथियारों का काला कारोबार बड़े आराम से चला रहा था लेकिन अब वह सदानंद के जाल में फँस गया था। सदानंद सूर जब तक जिंदा रहते उसके बचने का कोई उपाय नहीं था, क्योंकि सदानंद उससे फिरौती वसूलना जारी रखते। उसने सदानंद सूर से मुक्ति पाने का निर्णय लिया; वह बुद्धिमान् था और उसके पास घातक हथियार भी थे। उसके लिए सदानंद से पीछा छुडाना कोई कठिन कार्य नहीं था।

"अपनी बहन के घर संदूक जमा कराने के बाद सदानंद संभवतः कलकत्ता में हँसी–खुशी अपना समय बिता रहे थे। इसी बीच विशू मलिक सूर्यास्त के बाद अपने घोड़े पर सवार होकर जंगल में गया और कपास के पेड़ में छिपाए अपने शस्त्रागार से एक हथगोला निकाल लाया, ताकि वह सदानंद सूर के घर में उसे लगा सके। सदानंद सूर ने कलकत्ता से लौटने के बाद जैसे ही अपने घर में दाखिल होने की कोशिश की गोला फट गया।

"लेकिन सदानंद सूर के लौटने से पहले भी एक घटना हुई थी। विशू मलिक को जब भी कोई हथियार बेचने की जरूरत पड़ती, वह घोड़े पर सवार होकर जंगल में जाता था। एक रात लगभग दस बजे अमृत जिस समय अपनी बछिया खोज रहा था, उसने जंगल में एक काला घोड़ा देखा था। उसे भ्रम हो गया कि उसने भूत के रूप में एक काला घोड़ा देखा था। जब उसने अपने दोस्तों के उकसाने पर जंगल में पुनः प्रवेश किया तो उसने न केवल घोड़े को कपास के पेड़ के नीचे खड़ा देखा, बल्कि उसके सवार को भी पहचान लिया।

"विशू मलिक शायद उस रात सदानंद सूर के घर में बम लगाकर वापस जा रहा था। वे दोनों एक-दूसरे को जानते थे; अमृत ने विशू मलिक के यहाँ नौकरी की अर्जी दी थी। विशू मलिक ने महसूस किया कि हथगोला फटने के बाद संभव है कि अमृत अपनी गवाही में बता दे कि उसने उस रात विशू मलिक को सदानंद सूर के घर के पीछे देखा था। अमृत ने शायद उसे सदानंद सूर के घर के पीछेवाली दीवार से उसे उनके घर में कूदते हुए भी देख लिया था। इसलिए उसने सोचा कि अमृत का जिंदा रहना उसके लिए सुरक्षित नहीं है। विशू मलिक के पास एक ऑटोमैटिक पिस्तौल थी; अमृत की हत्या करने के बाद वह अपने काले घोड़े पर सवार होकर गायब हो गया।

"जब मैंने अपराध स्थल की जाँच की तो मुझे सबसे विचित्र चीज वहाँ घोड़े की मौजूदगी लगी। अमृत ने तो अपने हिसाब से एक भूत घोड़ा देखा था, लेकिन मुझे जीवित घोड़े की नाल के निशान मिले थे। हर स्थिति में इस अपराध से एक घोड़ा जुड़ा हुआ था। तब तक हम नहीं जानते थे कि वास्तव में अपराधी कौन था, लेकिन वह जो कोई भी था, वह घोड़े पर सवार होकर जंगल में आया था क्यों?

"घोड़े पर सवार होकर यात्रा जल्दी पूरी हो जाती है, परंतु वह लोगों का ध्यान भी आकर्षित करती है। अपराध करने का इच्छुक कोई भी आदमी कभी नहीं चाहेगा कि लोगों का ध्यान उसके ऊपर आकर्षित हो; तब फिर वह आदमी घोड़े पर सवार होकर जंगल में क्यों गया? इसके पीछे अवश्य कोई कारण होना चाहिए। क्या कारण? क्या वह कारण सदानंद सूर के घर के पीछेवाली ऊँची दीवार को लाँघना था। घोड़े की पीठ पर से अहाते के अंदर कूदना आसान था और अहाते से वापसी को आसान बनाने के लिए उसके कोने में एक अमरूद का पेड़ भी तो था। उसके ऊपर चढ़कर अहाते के बाहर खड़े घोड़े के पास उतरना आसान था। लेकिन क्या केवल वही एकमात्र कारण था या उसके अतिरिक्त कुछ और भी था? उसका उत्तर मुझे कल रात मिला, लेकिन तब तक काफी देर हो चुकी थी।

"सदानंद सूर अपनी योजना के अनुसार घर वापस लौटे। वह अपने साथ संदूक नहीं लाए थे—शायद वह कुछ दिन आराम करने के बाद अपने बहनोई के घर से संदूक लानेवाले थे। लेकिन उनकी यह इच्छा पूरी नहीं हो सकी। अपने घर में प्रवेश का प्रयास करते समय हमारी आँखों के ठीक सामने उनकी अकाल मृत्यु हो गई।

"उनकी मृत्यु के बाद सारा मामला मेरी समझ में आ गया। जिस आदमी को मैं यहाँ पकड़ने आया था उसी ने अमृत और सदानंद सूर दोनों की हत्या की थी। जिन लोगों ने हथियार खरीदे थे वे सब लोग बाहरी थे, परंतु हथियार बेचनेवाला व्यक्ति बाहरी नहीं था; अमृत और सदानंद सूर दोनों उसे जानते थे। अमृत ने उसे जंगल में देख लिया था और सदानंद सूर ने उससे फिरौती वसूलना शुरू कर दिया था। अब केवल दो चीजें अज्ञात रह गई थीं—वह कौन था और वह काले घोड़े पर सवार होकर जंगल में क्यों जाता था?

"अमृत ने कहा था कि भूत घोड़े की नाक से लपटें निकल रही थीं। यह उसकी दिमागी कल्पना भी हो सकती थी। दूसरी ओर वह आंशिक तौर पर सच भी हो सकती थी। इसलिए काले घोड़े की जाँच करना जरूरी हो गया था।

"पूछताछ से पता चला कि संतालगोला में केवल एक ही काला घोड़ा था जो बद्रीदास मारवाड़ी के पास था। तब क्या बद्रीदास ही असली अपराधी था? वह किसी सर्पीली मछली की तरह एक चिकना घड़ा था। वह मिलावटी चावल तो बेच सकता था, उसकी संकीर्णता उसके चेहरे पर झलकती थी, लेकिन हथियार बेचने की हिम्मत उसके अंदर नहीं थी। और दो की तो बात छोड़िए, वह एक भी हत्या करने का साहस नहीं रखता था। इसके अलावा उसके लिए घोड़े की सवारी करना भी पूरी तरह असंभव था।

"मेरे गुमनाम खत का एक नतीजा तो यह निकला था कि कुछ लोगों का नाम संदिग्धों की सूची से काटा जा सकता था। मिसाल के तौर पर जमनादास गंगाराम ने वह पत्र पुलिस को दिखाया था इसलिए वह संदिग्ध अपराधी नहीं हो सकता था। मैंने सबसे पहले नफर कुंडू पर संदेह किया था, परंतु पता चला कि उसके पास कोई घोड़ा ही नहीं था। कोई आदमी हत्या करने के लिए घोड़ा उधार नहीं माँग सकता था। प्रणकेष्ट पाल का नाम मैंने पहले ही सूची से काट दिया था। उसके लिए ट्रॉली पर बाघमारी जाना तो संभव था, परंतु उसके साथ ट्रॉली को धक्का देनेवाले कुली भी होते थे, अत: उनकी जानकारी के बिना उसके लिए हत्या करना संभव नहीं था। मैं केवल यह जानने का इच्छुक था कि सदानंद सूर के संदूक में क्या था। हर सूरत में संदिग्धों की सूची केवल तीन नामों पर जाकर समाप्त हो गई—बद्रीदास मारवाड़ी, विशू मलिक और इंस्पेक्टर सुखमय। मैं इंस्पेक्टर का नाम सूची से अलग नहीं कर सकता था क्योंकि उसके पास भी एक घोड़ा था, यद्यपि वह काला नहीं था; और किसी अन्य के लिए उस प्रकार का कारोबार करना सरल नहीं था। यहाँ 'चिराग तले अँधेरा होने की कहावत' चरितार्थ होती थी।

"लेकिन जैसे ही मुझे पता चला कि विशू मलिक किसी जमाने में जॉकी था, मेरा सारा संदेह उसके ऊपर केंद्रित हो गया। इसके अलावा मुझे इस बात की भी जानकारी मिली कि उसने सदानंद सूर को पाँच सौ रुपए दिए थे। सच्चाई यह थी कि उसने वास्तव में उसे ऋण नहीं बल्कि रिश्वत दी थी। कोई भी कारोबारी सदानंद सूर जैसे भुक्खड़ आदमी को बिना किसी शर्त के पैसा उधार नहीं दे सकता था।

मैंने विशू मलिक के लिए एक जाल बिछाया और उसे अपने विश्वास में लेकर अपने मन और दिल की सारी बात उसे बता दी। मैंने हमेशा यही सोचा था कि हथियारों को जंगल में छिपाना संभव था। मैंने अनुमान लगाया था कि हथियारों को कपास के पेड़ के पास कहीं जमीन में दफनाया गया था। विशू मलिक ने जब सुना कि हम जंगल की तलाशी लेनेवाले हैं तो उसकी चिंता बढ़ गई। यह बात भी सही थी कि हथियारों को बड़ी सावधानी से छिपाया गया था, फिर भी आप यह बात कभी नहीं मान सकते थे कि एक दिन पुलिस उन्हें खोज लेगी। विशू मलिक संभवत: कभी पकड़ा नहीं जा सकता था, परंतु लाखों रुपए के अवैध हथियार अवश्य जब्त किए जा सकते थे। विशू मलिक के ऊपर लालच हावी हो गई थी।

"कल शाम को जब मैं रामिधी जाने के लिए गाड़ी पकड़ रहा था, विशू मलिक वहाँ यह सुनिश्चित करने के लिए आया था कि मैं वास्तव में जा रहा था। दरअसल मेरी रामिधी जाने की कोई योजना थी ही नहीं; मैंने अगले स्टेशन पर उतरकर बाघमारी वापस आने का फैसला किया था। लेकिन किस्मत ने मेरा साथ दिया और गाड़ी गाँव के आगे जाकर खड़ी हो गई थी।

"गाँव में मैंने पातल, दाशू और गोपाल को अपने साथ लिया और उनके साथ जंगल में चला गया। पूरे जंगल की तलाशी लेना संभव नहीं था, लेकिन मैंने सदानंद सूर के घर के पीछेवाली दीवार—जहाँ नाल का निशान मिला था—और कपास के पेड़ की ओर जानेवाले रास्ते को घोड़े के पाँवों के निशान खोजने के लिए छान मारा था। लेकिन मुझे वहाँ कुछ भी नहीं मिला।

"अब क्या करें? सूर्यास्त में अधिक विलंब नहीं था। मैंने एक सिगरेट पीते हुए अपनी अगली योजना बनाई। मैंने लड़कों से कहा कि चलो, संतालगोला चलते हैं।

संतालगोला के किनारे तक पहुँचने के लिए हमने जंगल का रास्ता लिया। वहाँ जंगल लगभग डेढ़ सौ गज चौड़ा था; उसके एक ओर स्टेशन और दूसरी ओर कोऑपरेटिप बैंक था और उन दोनों के बीच विशू मलिक की मिल थी। कँटीली तारों की चारदीवारी में अंदर जाने के लिए एक छोटा-सा गेट लगा था। मैंने पातल

को अपनी योजना समझाई। मैंने उनसे कहा कि वे लोग थोड़ी-थोड़ी दूरी पर पेड़ों के ऊपर चढ़ जाएँ और जंगल से होकर कपास के पेड़ की तरफ घोड़े पर चढ़कर अथवा पैदल जानेवाले लोगों पर नजर रखें। वे लोग उसे पहचानने का प्रयास करें, किंतु किसी भी सूरत में उसे खुद पकड़ने की कोशिश न करें।

"पातल सीधे विशू मलिक की मिल के सामनेवाले पेड़ पर चढ़ गया, दाशू स्टेशन की ओर गया और गोपाल बैंक की ओर। उस रात भी आसमान में चंद्रमा था; कोई भी आदमी उनकी नजर में आए बिना किसी भी सूरत में जंगल में दाखिल नहीं हो सकता था।

"उन लोगों के एक के बाद एक करके पेड़ों पर चढ़ जाने के बाद मैं वापस कपास के पेड़ की तरफ चला गया। उस पेड़ ने मेरे मन में अनेक संदेह उत्पन्न किए थे। अमृत को उसी पेड़ के नीचे मारा गया था। यदि उस रहस्य की कोई चाबी थी तो वह निश्चय ही जंगल में कहीं थी और उसे कपास के पेड़ के पास होना चाहिए।

"जब मैं पेड़ की ओर लौटा तो सूर्यास्त हो चुका था और चाँद निकल आया था। मैं पेड़ से लगभग बीस या पच्चीस गज की दूरी पर एक खुरदरे पेड़ पर चढ़ गया। मैंने वहाँ किसी चीते के शिकारी की तरह प्रतीक्षा करने की योजना बनाई थी। मेरे पास कोई हथियार नहीं था, क्योंकि मैं वहाँ केवल अपने चीते को देखने गया था। मुझे इस बात की कोई जानकारी नहीं थी कि वह आएगा भी या नहीं। लेकिन यदि वह आएगा तो निश्चय ही रात नौ बजे के पहले आ जाएगा।

"कपास के पेड़ ने अपनी बहुत सारी फूल और पत्तियाँ नीचे गिरा दी थीं, इसलिए उसके नीचे कोई छाया नहीं थी। चंद्रमा ज्यों-ज्यों ऊपर चढ़ता जाता था उसका प्रकाश भी त्यों-त्यों बढ़ता जाता था। अचानक किसी नजदीकी पेड़ पर कोयल के बोलने की आवाज सुनाई पड़ी। बड़ी अजीब स्थिति थी। एक तरफ मैं अपने शातिर हत्यारे की एक झलक पाने को बेताब था, और दूसरी तरफ वहाँ कोयल की आवाज सुनाई दे रही थी! यह दुनिया भी कितनी अजीब थी!

"थोड़ा समय और बीत गया। अपनी घड़ी पर निगाह डालते हुए मैंने देखा कि उस समय पौने आठ बजे थे। तत्काल मैंने सूखी पत्तियों पर किसी के चलने की आवाज सुनी। मैंने गरदन घुमाई तो देखा कि एक घोड़ा पेड़ों के पीछे से सधे हुए कदमों से परछाईं की भाँति चला आ रहा था। वह एक काला घोड़ा था और उसकी पीठ पर एक काले कपड़ोंवाला आदमी सवार था। मैं उसका चेहरा तो नहीं

देख पाया, लेकिन वह किसी प्रशिक्षित जॉकी की तरह नजर आ रहा था, जो अपने आसपास चौकन्नी नजरों से इधर-उधर देखता चला आ रहा था।

"घोड़ा सीधे कपास के पेड़ के तने के पास जाकर किसी बुत की तरह स्थिर खड़ा हो गया। उसके बाद मैंने जो कुछ देखा वह कोई सर्कसिया कारनामा था। घुड़सवार ने घोड़े की पीठ पर खड़े होकर पेड़ के तने में बने सूराख में अपना हाथ डाल दिया। जमीन से लगभग दस फीट ऊपर जहाँ से शाखाएँ शुरू होती थीं, उस पेड़ में एक कोंतर (खाली स्थान) बना हुआ था। ऐसा प्रतीत होता था, मानो वह किसी अज्ञात पक्षी का घोंसला हो।

"अब तक तुम समझ गए होगे कि अपराधी घोड़े पर सवार होकर ही जंगल में क्यों जाता था? हथियारों को जमीन में दबाकर नहीं रखा गया था; वे उसी कोंतर में दस फीट ऊपर रखे हुए थे। कपास के पेड़ में कँटीली झाड़ियाँ थीं जिस पर आदमी तो क्या गिलहरियाँ भी नहीं चढ़ सकती थीं। हथियारों को छिपाने के लिए उससे सुरक्षित कोई अन्य स्थान नहीं हो सकता था। किसी सीढ़ी से उसके ऊपर अवश्य चढ़ा जा सकता था, लेकिन जंगल में सीढ़ी कौन लगाने जा रहा था? वैसे भी तो जंगल में सीढी ले जाना निरापद नहीं था, क्योंकि वह किसी की भी नजर में आ सकती थी। इसलिए घोड़ा सर्वाधिक सुरक्षित था, खासतौर से तब जब उसे किसी जॉकी द्वारा प्रशिक्षित किया गया हो।

"बहरहाल, सवार ने अपने बाएँ हाथ में एक बैग थाम रखा था। उस सूराख के अंदर अपना दाहिना हाथ डालकर उसने एक-एक करके सारे हथियारों को अपने बैग में भर लिया। तब तक मैंने घुड़सवार को पहचान लिया था—वह विशू मलिक था। वैसे यदि मैं उसका चेहरा न भी देख पाता तो उसके टेढ़े पैरों और पतले-नाटे कद को देखकर उसे पहचान सकता था। मेरा अनुमान बिल्कुल सही था। लेकिन एक अन्य पहेली अभी शेष थी—मलिक ने काला घोड़ा कहाँ से प्राप्त किया था? यदि उसके पास सचमुच कोई काला घोड़ा होता तो वह मुझसे झूठ बोलकर नहीं निकल सकता था, चाहे वह कितना ही चतुर क्यों न रहा होता। सच्चाई यह है कि जब मैंने उसके पास कोई काला घोड़ा होने का प्रश्न किया था तो वस्तुतः वह उस समय उसका महत्त्व ही नहीं समझ पाया था। यद्यपि उसने तो इस बात की कल्पना भी नहीं की थी कि किसी काले घोड़े का इस केस से कोई लेना-देना था। मैंने काले घोड़े का रहस्य उस रात घर वापस लौटने के बाद उजाकर कर दिया था।

"अब उसके बाद की दास्तान पर आते हैं। इस बीच हथियारों से भरा बैग लेकर वह अपने घोड़े पर सवार हो गया। उसके वहाँ से अदृश्य होने के बाद मैं पेड़ से नीचे उतर आया और पेड़ों के साये में गायब हो गया। घड़ी ने उस समय सवा आठ बजे का समय दिखाया। मैं उस स्थान की ओर चल पड़ा जहाँ पातल, दीशू और गोपाल छिपे हुए थे। मेरी योजना सफल हो गई थी; चूँकि पुलिस अगले दिन जंगल की तलाशी लेनेवाली थी, इसलिए विशू मलिक ने हथियारों को वहाँ से एक रात पहले ही हटा दिया था। अब प्रश्न यह था कि उसने हथियारों को जंगल से लाने के बाद कहाँ छिपाया था ? केवल अपराधी को खोज निकालना ही काफी नहीं था; हमें हथियारों को भी खोज निकालना था। दरअसल, हथियारों के बिना अपराधी को पकड़ना निरर्थक हो सकता था।

"जब मैं जंगल के किनारे पहुँचा, तब तक पातल और अन्य लोग पेड़ों से नीचे नहीं उतरे थे; वे मुझे देखने के बाद नीचे उतरे। तीनों अत्यंत रोमांचित थे; उन्होंने सवार को जंगल में जाते हुए न केवल देख लिया था, बल्कि उसे अच्छी तरह पहचान भी लिया था। विशू मलिक अपनी मिल के पिछले दरवाजे से घोड़े पर सवार होकर निकला था। वह ठीक उसी पेड़ के नीचे से होकर गुजरा था, जिस पर पातल चढ़ा हुआ था। लगभग चालीस मिनट बाद वह हथियारों के साथ वापस लौटा और अपनी मिल के उसी दरवाजे से अंदर चला गया।

"मैंने पूछा—क्या तुम लोग इस बात से पूरी तरह आश्वस्त हो कि वह अपनी ही मिल के दरवाजे में गया था, कही अन्य नहीं ?

"जी नहीं," पातल ने उत्तर दिया, "वही कहीं और नहीं गया था।"

"मैंने राहत की साँस ली। विशू मलिक कम-से-कम तब तक तो हथियारों को अपनी मिल में ही रखेगा जब तक कि पुलिस जंगल की तलाशी पूरी नहीं कर लेती। मैंने उसे सुबह ही बता दिया था कि पुलिस उसकी मिल की तलाशी नहीं लेगी, जिस पर उसने विश्वास कर लिया था। अवश्य ही विशू मलिक ने मुझे कोई सीधा-सच्चा इनसान मान लिया था।

"मैंने उन लड़कों की पीठ थपथपाकर शाबाशी देते हुए कहा—मैंने अमृत की हत्या के मामले को हल कर लिया है, तुम लोगों को ढेर सारा धन्यवाद। लेकिन तुम लोग मुझसे आज रात कोई अन्य प्रश्न मत करना, कल सुबह नौ बजे मेरे पास आना, तुम्हें सारी जानकारी मिल जाएगी। यह बात याद रखना, किसी से एक भी शब्द कहने की जरूरत नहीं है।

"वे लोग वापस अपने गाँव चले गए और मैं पुलिस स्टेशन। इंस्पेक्टर सुखमय से पिस्तौल लेने के बाद मैं रेलवे स्टेशन गया। जब मैं वहाँ सारे प्रबंध करके लौटा तो आधी रात हो चुकी थी और तुम खर्राटे मारकर सो रहे थे।

"तुम्हें जगाए बिना मैं पीछेवाली खिड़की पर गया। मैंने बाहर मैदान में कुछ जानवरों को देखा। पहले मैंने सोचा कि वे काले कुत्ते थे, लेकिन बाद में मैंने महसूस किया कि वे कुत्ते नहीं, बल्कि सियार थे। काले कुत्तों का रहस्य तत्काल उजागर हो गया। सियार काले नहीं, बल्कि भूरे होते हैं। फिर भी वे काले दिखाई दे रहे थे। वह घोड़ा भी काला नहीं, बल्कि गहरे भूरे रंग का था। चंद्रमा के प्रकाश में सभी भूरी रंग की चीजें दूर से काली दिखाई देती हैं। यही कारण था कि अमृत ने काला भूत घोड़ा देखा था और मैंने भी काला घोड़ा ही देखा था। यह था काले घोड़े का रहस्य। इसे काले घोड़े का मजाक कहा जाए तो भी मुझे कोई आपत्ति नहीं है।

"खाने की मेज पर तुमने प्रणकेष्ट पाल और उनकी पत्नी की कहानी सुनाई थी। यह समझना मुश्किल नहीं है कि उनसे गलती कहाँ हुई। प्रणकेष्ट पाल बेशक अपने काम में कुशल था, परंतु घर में उसकी कतई नहीं चलती थी, वहाँ उसकी पत्नी का राज था। वास्तव में सदानंद बाबू ने दरअसल अपना संदूक अपनी बहन के पास रख छोड़ा था। पहले उसका ताला तोड़कर नहीं खोला गया था, लेकिन जब सुशीला को पता चला कि उसके भाई की हत्या हो चुकी है तो वह ताला तोड़ने में जरा सी भी नहीं झिझकी। उसने ताला तोड़ा और उसके अंदर जो कुछ मिला सब अपने पास रख लिया। संभव है कि अंततोगत्वा अपने भाई की संपत्ति का अधिकार विरासत के रूप में उसे ही मिलता, लेकिन आप यह बात कानून के सामने नहीं कह सकते थे। बुद्धिमानी इसी में है कि जो कुछ हाथ लगे उसे अपने पास रख लो। यही बहन सुशीला का मनोविज्ञान था। परंतु प्रणकेष्ट पाल एक ऐसा इनसान है, जिसे गलत–सही की पहचान है, इसीलिए वह तुम्हारे सामने घबरा गया था…

"और उसके बाद? उसके बाद बताने के लिए कुछ भी नहीं है। अब यह वेदव्यास के विश्राम करने का समय है। कौन जानता है कि विशू मलिक जैसे कितने अन्य महान् लोग खामोशी से इस भारत जैसे अद्भुत देश में शीर्षासन कर रहे हैं?"

हलकी मुसकान के साथ ब्योमकेश ने अपनी करवट बदली। "लगभग भोर हो चुकी है," उन्होंने कहा। "जितना संभव हो उतनी देर सो जाओ, क्योंकि हम लोग आज रात को कलकत्ता वापस लौट रहे हैं। हे…हे…।"

□

साही के काँटे

प्रस्तावना

इस कहानी की परिकल्पना दक्षिण कलकत्ता में की गई।

क्षितिज पर भोर की पहली किरण पड़ने से पहले ही गोल पार्क के सामने गली के तिकाने पार्क के किनारे चाय की छोटी सी दुकान में चाय पहले से ही उबल रही थी। गरम मीठी चाय मिट्टी के कुल्हड़ों में परोसी जा रही थी। माँगने पर बिस्कुट भी मिल जाते थे। ग्राहकों में अधिकतर टैक्सी चालक, बस कंडक्टर और उसी किस्म के अन्य लोग थे; दूसरे शब्दों में कहें तो चायवाले के अधिकतर ग्राहक वे लोग थे, जो सुबह बहुत जल्दी काम पर जाते थे।

इन्हीं लोगों में एक बूढ़ा भिखारी फागू राम भी था। फुटपाथ के कोने पर सिमटकर रात गुजारने के बाद वह रोज सुबह अपने पटरी के कोनेवाले ठिकाने पर भीख माँगने के लिए बैठने से पहले रोजाना दुकान से एक चाय और कुछ बिस्कुट खरीदता था। फागू राम काफी बूढ़ा होने के साथ-साथ अपाहिज भी था। दिन के अंत में वह एक रुपए से कुछ अधिक कमाई कर लेता था।

वसंत की उस सुबह हवा में बहुत अधिक धुंध थी। फागू राम चाय की दुकान से अपनी चाय और बिस्कुट खरीदकर अपने सामान्य ठिकाने पर जाकर बैठ गया। हालाँकि चाय की दुकान पर लोगों की भीड़ थी, लेकिन सड़क पर अभी वीरानी ही छाई हुई थी।

फागू राम अपनी आदत के अनुसार दीवार की तरफ अपना मुँह और सड़क की तरफ पीठ करके अपनी चाय लेकर बैठा था। अभी उसने अपनी चाय का एक घूँट और एक कतरा बिस्कुट खाया ही था कि उसे अपने पीछे किसी के खड़े होने का अहसास हुआ। वह उसे देखने के लिए अभी मुड़ा ही था कि अचानक उसे अपने कंधे के नीचे तेज दर्द महसूस हुआ। आधा खाया हुआ बिस्कुट उसकी उँगलियों से छूटकर गिर पड़ा और उसकी आँखों के आगे अँधेरा छा गया।

फागू राम की इस स्वाभाविक मौत पर ज्यादा हो-हल्ला नहीं हुआ। सूरज निकला तो पैदल चलनेवाले राहगीरों ने उसके शव को फुटपाथ पर पसरा हुआ देखा। वे उसके पास ठहरते और अपने रास्ते चले जाते थे। कुछ देर बाद उसके शव को वहाँ से हटा दिया गया। उसकी मौत की खबर एक दैनिक अखबार के कोने में केवल इसलिए छपी थी कि हत्या का हथियार अत्यंत असामान्य था। मृतक की पीठ में एक छह इंच लंबे साही के काँटे से वार किया गया था, जिसने उसके दिल को चीर दिया था।

जिन लोगों ने अखबार में वह खबर पढ़ी थी, उन्होंने उसकी मौत को लेकर कुछ अटकलबाजी जरूर की। भिखारी को आखिर कौन मारना चाहता था? शायद उसे किसी दूसरे भिखारी ने मारा होगा? लेकिन उसकी हत्या के लिए साही के काँटे का प्रयोग क्यों किया गया था? इस पहेली का कोई संतोषजनक उत्तर किसी के पास नहीं था। पुलिस ने भी उसकी मौत पर अपना अधिक समय बरबाद नहीं किया।

इस घटना के लगभग एक महीने बाद, बहरहाल भिखारी की अस्वाभाविक मृत्यु की याद एक बार फिर ताजा हो गई। एक बार फिर हथियार के तौर पर साही के काँटे का इस्तेमाल किया गया था। एक रात रवींद्र सरोवर के बाहर एक बेंच पर एक मजदूर सो रहा था। हत्यारे ने अँधेरे का लाभ उठाते हुए उसके दिल को साही के काँटे से छलनी कर दिया। दिन निकलने के बाद जब उसका शव पाया गया तो वह काफी अकड़ गया था। फिर भी अभी मृतक की पहचान होनी बाकी थी।

इस बार मजदूर की मौत की खबर को प्रमुखता से छापा गया था। उसे मुख पृष्ठ पर स्थान दिया गया था। इसके कारण कुछ हँगामा भी हुआ। किसी चाकू अथवा छुरे की बजाय साही के काँटे का इस्तेमाल किए जाने से क्या संकेत मिलता था? क्या हत्यारा कोई पागल था। आखिरकार मृतक की शिनाख्त हो गई थी। उसका नाम मंगल राम था और वह एक सामान्य मजदूर था। सिर पर कोई छत न होने के कारण उसे जहाँ कहें भी ठिकाना मिलता, वह अपनी रात गुजार लेता था। उसका कोई दुश्मन नहीं था, कम से ऐसा तो कदापि नहीं था, जो उसकी हत्या करना चाहता हो। पुलिस ने कुछ दिनों तक मामले की खोजबीन की, लेकिन जब उन्हें कोई सुराग नहीं मिला तो उसने अपने हाथ खड़े कर दिए।

तीसरी घटना उसके दो सप्ताह बाद हुई। गरमी शुरू हो चुकी थी। दिन बड़े और रातें छोटी होने लगी थीं।

गुणमय दास एक व्यथित आत्मा था। उसकी एक छोटी सी परचून की दुकान थी और अपने पिता से उसे विरासत में एक छोटा मकान मिला था। उसकी पत्नी बड़ी झगड़ालू थी। उसकी आयु चालीस वर्ष थी, लेकिन वह निस्संतान था, जीवन के इस पड़ाव पर वह संतान सुख से वंचित था। उसके जीवन में आनंद का कोई नामोनिशान नहीं था और वह छिपकर शराब पीने लगा था। ऐसी कहावत थी कि जब जिंदगी नीरस हो जाती है तो मदिरा महारानी का आगमन होता है।

रात को आठ बजे गुणमय अपनी दुकान में ताला लगाकर घर जा रहा था। उसे गड़िया जाने की बहुत अधिक जल्दबाजी नहीं थी। इसके विपरीत उसे यह सोचकर डर लग रहा था कि जब वह घर पहुँचेगा तो उसकी पत्नी उससे खूब लड़ेगी। इसलिए उसने जैसे ही मदिरालय का द्वार खुला देखा, वह बेझिझक उसके अंदर चला गया।

एक घंटे बाद वह मदिरालय से निकलकर अपने घर की ओर पुनः चल पड़ा। वह जैसे ही कुछ दूर चला, उसके पैर लड़खड़ाने लगे और उसने महसूस किया कि आज उसने अपनी निश्चित मात्रा से कुछ अधिक शराब पी ली थी। यदि उसकी पत्नी को इसकी जरा भी भनक लगेगी तो वह घर में तूफान खड़ा कर देगी...

कुछ दूर चलने के बाद उसे अपनी दाहिनी ओर रवींद्र सरोवर की चहारदीवारी नजर आई। सड़क पर इक्का-दुक्का लोग काफी दूर-दूर चल रहे थे। सड़क की मद्धिम बत्तियाँ और समीपस्थ झील का अँधेरा जैसे आपस में आँख-मिचौनी खेल रहे थे। इससे उस स्थान का वातावरण काफी डरावना हो गया था।

सड़क पर एक निर्जन स्थान पर पहुँचने के बाद गुणमय रुका और झील के किनारे लगी तारों की रेलिंग के पास खड़ा होकर उसे निहारने लगा। उसके हाथ रेलिंग पर टिके हुए थे और वह अपनी उल्लू जैसी आँखों से झील में उफनती लहरों का दृश्य देख रहा था।

एक आदमी लगभग बीस फुट की दूरी से गुणमय बाबू का पीछा कर रहा था। पीछा करनेवाले ने उसकी लड़खड़ाती अवस्था को देख लिया था। इसलिए जब गुणमय बाबू रेलिंग पर रुके तो उनसे लगभग बीस फीट की दूरी पर वह अजनबी भी खड़ा हो गया। अपने शिकार को कुछ देर अच्छी तरह देख लेने के बाद वह धीरे-धीरे उसके निकट आने लगा।

शिकारी कब गुणमय बाबू के पीछे आ खड़ा हुआ, इसका उन्हें पता भी नहीं चला। उसने अपने आसपास देखा और तय किया कि कहीं उसे कोई देख तो नहीं

रहा था। इसके बाद उसने अपनी जेब से साही के काँटे जैसी कोई चीज निकाली, उसे मजबूती से अपनी उँगलियों में फँसाया और उसे बड़ी शक्ति लगाकर अपने शिकार के कंधे के नीचे मार दिया। गुणमय बाबू कुरता पहने हुए थे, इसलिए काँटा बड़ी आसानी से उनके दिल के पार हो गया।

कुछ सेकंडों के अंदर गुणमय बाबू ने अपने दिल में तेज दर्द महसूस किया। इसके बाद वे अचेत हो गए।

इस बार अखबारों ने खूब तहलका मचाया। उन्होंने शहर के निवासियों की ओर से लिखा कि कोई खूँखार और पागल हत्यारा शहर की गलियों में बेरोकटोक घूमता हुआ साही के काँटे से लोगों की जिंदगी से खिलवाड़ कर रहा था और पुलिस हाथ-पर-हाथ धरे बैठी थी। विशेषतया दक्षिण कलकत्ता के लोगों में इस विषय पर गरमागरम बहस चल रही थी। सूर्यास्त के बाद झील और उसके आसपास का क्षेत्र लगभग वीरान हो जाता था।

इस प्रकार दस दिनों से अधिक समय बीत गया। कहने की आवश्यकता नहीं कि हत्यारा अब तक नहीं पकड़ा गया था, लेकिन चर्चाओं की उत्तेजना कुछ कम होती नजर आई। एक रात लगभग साढ़े नौ बजे इंस्पेक्टर राखल ब्योमकेश से मिलने उनके केतल्ला स्थित निवास पर आए। अजीत भी वहाँ मौजूद था। स्वाभाविक तौर पर उनकी चर्चा का विषय साही के काँटे वाली घटनाएँ थीं।

"लेकिन जब अनेक अन्य हथियार उपलब्ध थे तो वारदात के लिए साही के काँटे का ही प्रयोग क्यों किया जा रहा था?" अजीत ने प्रश्न किया।

राखल बाबू ने अपनी सिगरेट के धुएँ से बादलों का छल्ला बनाते हुए ब्योमकेश की ओर तिरछी नजर से देखा।

ब्योमकेश ने उदास स्वर में कहा, "शायद हत्यारे ने अपनी घर में साही पाल रखी थी। उसे उसके काँटे में मुफ्त में मिल जाते थे, इसलिए उसे चाकू अथवा छुरों पर पैसा खर्च करने की जरूरत नहीं थी।"

"अरे, थोड़ा गंभीर हो जाओ!" अजीत ने उन्हें समझाते हुए कहा। "इसके पीछे अवश्य ही कोई उचित कारण होगा। राखल बाबू, इन तीन हत्याओं के बाद, क्या आप किसी नतीजे पर पहुँचे कि क्या अपराधी कोई सीरियल किलर हत्यारा था या कोई एकाकी व्यक्ति?"

राखल बाबू ने कहा, "लगता है, यह किसी सीरियल किलर का काम है।"

"यह तीन लोगों का काम भी हो सकता था," ब्योमकेश ने कहा। "मान लो कि पहले मौके पर उसने एक भिखारी को साही के काँटे से मारा था। उससे प्रेरित होकर दूसरे आदमी ने उसी प्रकार एक मजदूर की हत्या कर दी। इसके बाद…"

"मैं आपकी बात समझ गया। तीसरे हत्यारे ने पहले दोनों हत्यारों की नकल करते हुए उसी तरीके से एक दुकानदार को मार डाला।"

"संभव है," ब्योमकेश ने सहमति जताई। "लेकिन इसे खोजना बहुत आसान नहीं है। सबसे उल्लेखनीय तथ्य यह है कि मृतकों में पहला भिखारी था, दूसरा एक मजदूर और तीसरा एक दुकानदार।"

"यह उल्लेख मुझे भ्रमित करता है," अजीत ने घोषणा की। "आप दोनों सज्जन अपनी चर्चा जारी रखिए, मैं तो चला सोने।" इतना कहकर अजीत कमरे से बाहर निकल गया। ऐसा महसूस हुआ, मानो अब रहस्यों एवं खोजों में उसकी कोई रुचि न रह गई हो।

राखल बाबू ने ब्योमकेश की ओर देखा और एक सौम्य मुसकान के साथ पूछा, "क्या यह सचमुच किसी पागल का काम है? उसने समाज के तीन अलग-अलग वर्गों से आनेवाले तीन भिन्न लोगों की हत्या क्यों की? इसके अलावा, क्या एक पागल को पकड़ना आसान नहीं है?"

"सभी विक्षिप्त लोग मानसिक रूप से कमजोर नहीं होते," ब्योमकेश ने उसे बताया। "ऐसे अनेक सिरफिरे लोग हैं, जिन्हें पहचान पाना आसान नहीं है।"

"आपकी बात बिल्कुल सही है," राखल बाबू ने सहमति जताई। "ब्योमकेश बाबू, आपका चाहे जो भी सिद्धांत इसे प्रमाणित अथवा अप्रमाणित करता हो, मैं इस तथ्य को अवश्य महसूस करता हूँ कि इन हत्याओं के लिए कोई सीरियल किलर ही जिम्मेदार है। अब आप मुझे यह बताइए कि क्या आप भी ऐसा ही मानते हैं कि हत्यारा कोई मंदबुद्धि है?"

ब्योमकेश की खामोशी उनकी झिझक का संकेत दे रही थी। इसके बाद उत्तर देने के लिए उन्होंने ज्यों ही अपना मुँह खोला, टेलीफोन की घंटी बजने लगी। उन्होंने फोन उठाकर दूसरी ओर से आनेवाली आवाज सुनी और उसके बाद उसे राखल बाबू को पकड़ाते हुए कहा, "आपका फोन है।"

इंस्पेक्टर ने उनके हाथ से रिसीवर लिया और उसके चोगे में कहा, "हैलो।" लेकिन जैसे ही उन्होंने फोन करनेवाले की आवाज सुनी, उनकी भाव-भंगिमा बदल गई। अंततः उन्होंने कहा, "ठीक है, मैं अभी वहाँ पहुँच रहा हूँ।" फोन वापस

रखते हुए इंस्पेक्टर चिंतित दिखाई पड़े। "एक बार फिर साही का काँटा।" उन्होंने ब्योमकेश को बताया। "इस बार शिकार एक सभ्य समाज का व्यक्ति है। सबसे बड़े आश्चर्य की बात तो यह है कि वह अभी अस्पताल में है और जीवित है।"

ब्योमकेश ने अपनी कुरसी से उछलते हुए पूछा, "मृत नहीं?"

"नहीं," राखल बाबू ने उत्तर दिया, "उसमें कुछ रहस्य है, जिसकी जाँच करने की जरूरत है। मैं अब जाना चाहूँगा। क्या आप मेरे साथ चलना चाहेंगे?"

"मैं अवश्य चाहूँगा।" ब्योमकेश ने उत्तर दिया।

कथानक

दक्षिण कलकत्ता की एक छोटी सी गली में एक दुमंजिला मकान था, जिसका रखरखाव सुधार न्यास द्वारा किया जाता था। जिस जमीन पर वह मकान बना हुआ था, वह एक चहारदीवारी से घिरी हुई थी। उसके आसपास बिखरे हुए कुछ गमले अपनी बदहाली की कहानी कह रहे थे।

मकान को देखने पर लगता था कि उसकी अच्छी देखभाल होती थी और वह हलके नीले रंग में रँगा हुआ था। उसका अंदरूनी हिस्सा सुरुचिपूर्ण ढंग से सज्जित था। भूतल पर एक अतिथिकक्ष, एक भोजनकक्ष एवं रसोई तथा घरेलू नौकरों के कमरे थे। पहली मंजिल पर दो शयनकक्ष और एक अनौपचारिक निवासकक्ष था। जिस बुजुर्ग व्यक्ति ने उस घर का निर्माण कराया था, उसकी पाँच वर्ष पूर्व मृत्यु हो चुकी थी। अब उसका पुत्र देवाशीष वहाँ दीपा के साथ रहता था। उनकी मात्र दो माह पूर्व शादी हुई थी।

मार्च माह की एक दोपहरी में दीपा ऊपरी मंजिल वाले निवासकक्ष में कुरसी पर बैठकर आराम करते हुए रेडियो सुन रही थी। वह अकेली थी। एक छोटी सी कॉफी की मेज के इर्द-गिर्द कुछ कुरसियाँ लगी हुई थीं। एक गद्दा बिछा हुआ दीवान कमरे के एक किनारे पर खड़ा हुआ था और उसके ऊपर कुछ मुलायम तकिए रखे हुए थे। कमरे के अंदर वाली वस्तुओं में एक रेडियो था, जिसके ऊपर धूल से बचाने के लिए एक कपड़ा चढ़ा हुआ था और एक कोने में टेलीफोन रखा था।

दीपा के उदास चेहरे पर कोई प्रभावित करनेवाली चीज थी। उसे गोरी त्वचा एवं आकर्षक छवि वाली युवती कहा जा सकता था। उसकी तनी हुई भृकुटियों एवं उसकी ठोड़ी की दृढ़ता उसकी लोहे जैसी कठोरता का संकेत देती थी। उससे महसूस होता था कि युवती मूर्ख नहीं थी और उसे समझाया जा सकता था।

दीवार पर लगी घड़ी ने घंटे की धुन बजाई। "अरे, पाँच बज गए।" दीपा की आँखें तत्काल खुल गईं। उसने घड़ी पर नजर डालने के बाद रेडियो बंद कर दिया। इसके बाद वह अपने पाँवों पर खड़ी होकर दरवाजे की ओर बढ़ गई। दरवाजा सीढ़ियों पर खुलता था। उसने सीढ़ियों के मुहाने पर खड़े होकर आवाज दी, "नकुल!"

नकुल रसोइया और नौकर दोनों था, घर में एकमात्र वही घरेलू सहायक था। वह उस परिवार के साथ वर्षों से रह रहा था। नीचे वाले भोजन कक्ष से निकलकर उसने ऊपर की ओर देखते हुए कहा, "जी भाभीजी, दादा की शाम वाली चाय तैयार है।"

दीपा ने अपनी अस्त-व्यस्त भंगिमा को व्यवस्थित करते हुए सीढ़ियों से नीचे उतरना शुरू कर दिया। जैसे ही वह आखिरी सीढ़ी पर पहुँची, दरवाजे की घंटी बज उठी।

दीपा ने जाकर दरवाजा खोला। औपचारिक पाश्चात्य वेशभूषा में देवाशीष अंदर आ गया। उन्होंने बेरूखी से एक-दूसरे को देखा। निश्चय ही उन दोनों के जीवन में मुसकान सबसे मूल्यवान वस्तु थी।

दीपा ने अनमने ढंग से कहा, "चाय तैयार है।"

देवाशीष ने अपने स्वर में सौम्यता लाते हुए कहा, "अच्छी बात है, मैं कपड़े बदलकर अभी नीचे आता हूँ।"

वह दौड़ते हुए सीढ़ियाँ चढ़ गया और दीपा अपने पाँव घसीटते हुए भोजन कक्ष की अंडाकार मेज के एक किनारे जाकर बैठ गई। उस मेज पर चार लोग बड़े आराम से और छह लोग थोड़ा सिमटकर बैठ सकते थे। दीपा एक किनारे बैठ गई और नकुल को दो प्लेटों में खाना—पूरियाँ, आलू की तरकारी और घर में बनी कुछ मिठाइयाँ परोसते देखती रही। नकुल नाटा और तगड़ा आदमी था। यद्यपि उसके बाल पकने लगे थे, फिर भी स्वस्थ एवं सुदृढ़ था। वह बहुत कम बोलनेवाला आदमी था, लेकिन उसकी आँखें हर समय चौकन्नी रहती थीं। दीपा ने उसकी ओर देखा और सोचने लगी कि वह देवाशीष के साथ मेरे संबंधों के बारे में अब तक सबकुछ जान गया होगा। फिर भी उसे दिखाने के लिए यह नाटक करना जरूरी था। अकेले नकुल के लिए ही क्यों? यह काम उन्हें हरेक के लिए करना था। सचमुच बड़ी विचित्र थी अपने पति के साथ उसकी वैवाहिक जिंदगी।

देवाशीष औपचारिक बंगाली कपड़े-धोती और कुरता-पहनकर नीचे आया। वह सुंदर चेहरेवाला लंबा पतला और गोरा नौजवान था। उसकी आयु सत्ताईस वर्ष

थी। जैसे ही वह मेज के सिरहानेवाली कुरसी पर जाकर बैठा, नकुल ने एक प्लेट में उसे खाना परोस दिया और दीपा से पूछा, "क्या मैं आपके लिए भी खाना लगाऊँ, भाभीजी ?"

प्रत्युत्तर में दीपा ने अपना सिर हिला दिया। "नहीं," उसने नकुल से कहा, "मैं बाद में खा लूँगी।" अभी भी वह देवाशीष के साथ बैठकर एक ही मेज पर खाना खाने की अभ्यस्त नहीं हुई थी। दीपा अपनी पुरानी आदतों को इतनी आसानी से नहीं छोड़ सकती थी, फिर भी उन्होंने एक ही समय में एक मेज पर बैठकर खाना सीख लिया था। जब वे एक साथ खाना नहीं खाते थे तो नकुल को भी बड़ा अजीब लगता था।

कुछ देर तक वहाँ खामोशी छाई रही। देवाशीष ने बड़े मजे से अपना खाना खाया। दीपा उससे कोई बात करना चाहती थी, लेकिन उसे कुछ समझ में नहीं आ रहा था कि क्या बात करे। उसके पीछे खड़े नकुल की सतर्क आँखें दोनों पर टिकी थीं और सारा दृश्य देख रही थीं।

अंततोगत्वा देवाशीष ने बातचीत की पहल की। उसने अपनी कुरसी सीधी की और दीपा की ओर मुसकराते हुए बोला, "आज हमने एक नई क्रीम बनाई है।"

दीपा ने देवाशीष के काम में कभी दिलचस्पी नहीं दिखाई थी, लेकिन इस बार उसने उत्सुकता से पूछा, "सचमुच ? कैसी क्रीम ?"

"मुँह पर लगानेवाली क्रीम।" देवाशीष ने उत्तर दिया।

"अरे ? क्या इसकी खुशबू अच्छी है ?"

"यह मेरे कहने की बात नहीं है। यह निर्णय तो इसका प्रयोग करने के बाद लोग करेंगे।"

"यदि आप घर लाएँगे तो उसे लगाकर मैं आपको अपनी राय बताऊँगी।"

देवाशीष ने मुसकराते हुए अपना सिर हिला दिया। "यह संभव नहीं है। पहले इसे मैं किसी अन्य के चेहरे पर लगवाकर देखूँगा कि इसका कोई विपरीत प्रभाव तो नहीं पड़ता।"

"किसके चेहरे पर ?"

"शायद फौजदार सिंह के चेहरे पर। वह फैक्टरी का चौकीदार है और उसकी खाल गैंडे की खाल से भी मोटी है।"

दीपा के चेहरे पर मुसकान तैर गई। एक सेकंड के लिए वह भूल गई कि वह यह अभिनय नकुल को दिखाने के लिए कर रही थी और देवाशीष की सतर्क आँखों ने फिर भी उसे समझ लिया था।

देवाशीष खाना खाकर खड़ा हो गया। दोनों भोजनकक्ष से निकलकर सीढ़ियों पर खड़े हो गए। अचानक देवाशीष ने उत्सुकतापूर्वक कहा, "दीपा, उत्पल थिएटर में बड़ी अच्छी फिल्म चल रही है। क्या तुम उसे देखना चाहोगी?"

देवाशीष ने इससे पहले दीपा को कभी भी फिल्म दिखाने के लिए बाहर ले जाने का आमंत्रण नहीं दिया था। उसकी बात सुनकर मानो उसके पूरे शरीर में करंट दौड़ गया। लेकिन जल्द ही उसने अपना हृदय कठोर करते अपना चेहरा पलटते हुए कहा, "जी नहीं, शुक्रिया।"

उसकी बात सुनकर देवाशीष का मुँह लटक गया और उसके जबड़े भिंच गए। उसने दीपा की ओर देखा और व्यंग्य करते हुए कहा, "तुम चिंता मत करो, थिएटर के अँधेरे में तुम्हें छूने का मेरा कोई इरादा नहीं है।"

दीपा को एक बार फिर जोरदार झटका लगा, लेकिन उसने अपने मन को दुबारा कठोर बनाते हुए कहा, "मुझे सिनेमा पसंद नहीं है।" उसने सीढ़ियाँ चढ़नी शुरू कर दीं।

देवाशीष ने उसकी ओर देखते हुए हलकी आवाज में कहा, "मैं नृपति दा के घर जा रहा हूँ। मैं साढ़े आठ बजे वापस आ जाऊँगा।"

देवाशीष ने खींचकर दरवाजा खोला और घर के बाहर निकल गया। उसकी फिएट बाहर खड़ी थी। जब वह काम से वापस आया था तो उसे वहीं खड़ी कर दिया था। उसने अनुमान लगाया था कि शायद दीपा फिल्म के प्रलोभन का विरोध नहीं करेगी। इससे पहले कभी उसका मन इस प्रकार से खिन्न नहीं हुआ था, लेकिन जैसा व्यवहार आज दीपा ने उसके साथ किया था, वह उसे सहन नहीं कर पाया। वह उसके ऊपर लगातार इतना अविश्वास कैसे कर सकती थी? वह उसके साथ एक ही छत के नीचे विगत दो महीने से रह रही थी। इस दौरान उसने कभी किसी बहाने से उसे छूने अथवा अपने दांपत्य अधिकारों का दावा नहीं किया था। फिर आज उसने इस तरह मेरी बेइज्जती क्यों की?

देवाशीष ने कार के अंदर बैठकर उसे चालू कर दिया। उसका गैराज घर के पीछे ही था। वह कार को वहाँ खड़ी करके नृपति लाहा के घर की ओर पैदल रवाना हो गया। उनका घर मात्र पाँच मिनट की पैदल दूरी पर था। हर शाम को उनके घर चाय पार्टी और गपशप होती थी। देवाशीष वहाँ अकसर जाता रहता था।

दीपा ऊपर जाकर अपनी आरामकुरसी पर पुनः निढाल हो गई। उसका मन एवं हृदय बड़े जोर से उड़ा जा रहा था और वह बेचैन हो उठी थी। अपनी आदत के अनुसार उसने जाकर रेडियो चालू कर दिया। कोई स्त्री आधुनिक संगीत पर अपने

साथ इनसाफ की गुहार कर रही थी। कुछ मिनट बाद दीपा ने रेडियो बंद कर दिया और अपनी आँखें बंद करके खामोशी से बैठ गई, लेकिन उसके हृदय में लगातार तूफान उठ रहा था। उसने खड़ी होकर फर्श पर निर्बाध रूप से तेज कदमों से चक्कर काटना शुरू कर दिया और अपने आप में बुदबुदाई, 'ऐसे कब तक चलेगा?'

यदि दीपा कोई मूर्ख और सतही मनोरंजनप्रिय स्त्री होती तो उसका जीवन अत्यंत सादा नहीं रहा होता। वह एक पुराने रूढ़िवादी परिवार में जनमी थी। कभी उसके परिवारवालों के पास अकूत दौलत और ताकत थी, परंतु अब उनकी परिस्थितियाँ व्यापक तौर पर दुर्बल हो गई थीं। आज भी, एक बूढ़े शेर की आवाजें अत्यंत डरावनी थीं। यद्यपि उनका धन एवं शक्ति व्यापक तौर पर क्षीण हो गई थी, परंतु उनकी रूढ़िवादिता और पारिवारिक सम्मान में कोई कमी नहीं आई थी और वे परिस्थितियों के सामने झुकने को तैयार नहीं थे। दीपा के पितामह उदय माधव मुखर्जी अभी भी जीवित थे। वे परिवार के मुखिया थे। किसी समय वे एक प्रसिद्ध महाविद्यालय के प्रधानाचार्य थे, लेकिन अचानक हुए लकवे के हमले के कारण वे रिटायर होने के लिए विवश हो गए थे। यद्यपि वे अपने घर की चहारदीवारी में रहने के लिए विवश थे, फिर भी परिवार पर उनका प्रभुत्व अभी बना हुआ था।

उसके पितामह के अतिरिक्त उस रूढ़िवादी परिवार के उच्च शिक्षित लोगों में उसके माता-पिता और उसका बड़ा भाई भी था। दीपा के पिता नील माधव एक कॉलेज में प्रोफेसर थे और उन्होंने बड़ी प्रतिष्ठा अर्जित की थी। उसकी माँ एक साधारण गृहिणी थी और सदैव अपने घरेलू कामकाज में व्यस्त रहती थी। दीपा का भाई विजय माधव उससे पाँच साल बड़ा था। उसने संस्कृत में स्नातकोत्तर उपाधि प्राप्त की थी और अध्यापक की नौकरी पाने की कोशिश कर रहा था। दीपा के भाई और पिता का व्यक्तित्व अत्यंत प्रभावशाली था। घर के सब लोग उदय माधव की प्रत्येक बात मानते थे और अपने पारिवारिक गौरव के समक्ष दुनिया को तुच्छ समझते थे। दीपा उस परिवार की एकमात्र कन्या थी। उसने अपनी सीनियर कैंब्रिज परीक्षा एक बालिका विद्यालय से उत्तीर्ण की थी। इसके बाद उसके शैक्षिक कॅरियर पर पूर्ण विराम लग गया था। उसके बाद उसके लिए उसी बिरादरी के किसी योग्य वर की खोज शुरू हो गई थी। समय के साथ उसे परदे में रहने के लिए कभी विवश नहीं किया गया, लेकिन उसे किसी को अपने साथ लिये बिना घर के बाहर निकलने की अनुमति नहीं थी। यदि उसे कभी बाहर जाने की जरूरत पड़ती तो या तो उसके पिता अथवा उसका भाई उसके अंगरक्षक के रूप में जाते थे।

दीपा घर में रहकर घरेलू कामकाज और रसोई में अपनी माँ का हाथ बँटाती थी। अपने फुरसत के समय में वह उपन्यास पढ़ती और रेडियो सुनती थी। लेकिन उसका हृदय विद्रोही भावनाओं से भरा हुआ था। उसके मन की भाँति उसके विचार भी अपने ही थे। वह घर के सभी नियमों का बिना किसी शिकायत के पालन करती थी, परंतु उसका हृदय हमेशा उदास रहता था। क्या वह स्वतंत्रता का आनंद केवल इसलिए कभी नहीं ले पाएगी कि वह एक बंगाली परिवार में जनमी लड़की थी? दूसरे देशों की स्त्रियाँ निश्चय ही इससे अधिक स्वतंत्रता महसूस करती होंगी!

शायद चल-फिर न पाने के कारण उसके पितामह उदय माधव उनसे मिलने आनेवालों के साथ खूब बातें करते और उनके साथ खानपान का आनंद लेते थे। वे मामूली से मामूली बहाने से अपने बुजुर्ग मित्रों को आमंत्रित कर लेते थे। नील माधव और विजय माधव के मित्रों का भी खूब सत्कार होता था। सभी वृद्धजन दूसरी मंजिल पर इकट्ठा होते थे। वरिष्ठ प्रोफेसर पहली मंजिल पर और भूतल पर नौजवानों की टोली धमाचौकड़ी मचाती थी। प्रत्येक दो महीने में एक बार ऐसी महफिल अवश्य सजती थी।

दीपा को अतिथियों के सामने जाने की अनुमति थी। उसके दादाजी के मित्र उसे अपनी पौत्री मानकर उससे खूब मजाक किया करते थे। उसके पिता के मित्र दीपा को अपनी बेटी और उसके भाई के दोस्त उसे अपनी छोटी बहन मानते थे। वे उसकी ओर उसे कोई लड़की मानकर नहीं देखते थे। उसे अपनी इच्छानुसार उन लोगों के साथ बातचीत करने की आजादी थी। जब वे लोग गाते अथवा कोई खेल खेलते थे तो दीपा अकसर दरवाजे पर खड़ी होकर उन्हें देखा करती थी। वह ऐसी गतिविधियों का भरपूर आनंद लेती थी, परंतु अपनी भावनाओं को प्रकट नहीं करती थी, क्योंकि दीपा बड़ी शरमीली लड़की थी।

दिन बड़े आराम से कट रहे थे, तभी अचानक दीपा के साथ एक अनोखी घटना हुई। जैसाकि उसकी आयु की लड़कियों के लिए स्वाभाविक था, उसे किसी से प्यार हो गया। उसका प्रेमी भी उसकी भावनाओं का सम्मान करते हुए, उससे खूब प्यार करता था। उन दोनों के प्यार के बीच सबसे बड़ी दीवार यह थी कि वे दोनों भिन्न-भिन्न जातियों के थे।

दोपहर को, जब घर शांत हो जाता था, दीपा सीढ़ियों के नीचे ड्राइंग रूम में टेलीफोन के पास बेसब्र होकर बैठ जाती थी और उसकी आँखें किसी सुखद सूचना की प्राप्ति हेतु चमक उठती थीं। जैसे ही फोन की घंटी बजती, वह उत्तर देती। कुछ

शब्दों का उच्चारण अत्यंत सावधानी से किया जाता था, जिसके बाद वह फोन रख देती थी। किसी को कभी कुछ पता नहीं चला।

सूर्यास्त के समय दीपा खिड़की के पास खड़ी हो जाती थी। जैसी ही उसका प्रेमी उसकी ओर आता दिखाई देता, वह उसे देखने लग जाती थी। उन दोनों की मुलाकात इसी तरीके से हुआ करती थी, परंतु भेद खुल जाने के भय से दोनों कभी मिलने का अवसर नहीं मिला था।

इस बीच, दीपा के भावी वर की खोज शुरू थी, लेकिन उसमें कुछ विशेष प्रगति नहीं हो रही थी, क्योंकि यदि दोनों पक्षों के जातीय समीकरण बैठ भी जाते थे तो अन्य दृष्टिकोणों से वर योग्य नहीं होता था। यदि कोई वर इन सभी पात्रताओं को पूरा कर लेता था तो दोनों की कुंडलियाँ नहीं मिलती थीं।

सर्दी की एक दोपहर को दीपा ने अपने प्रेमी से टेलीफोन पर गुप्त वार्त्ता की। उसके बाद वह अपने दिल को मुँह में लिये सीढ़ियों से अपने दादाजी के कमरे में गई। यूँ तो दीपा एक बहादुर लड़की थी, परंतु उसकी जिद के आगे उसका साहस क्षीण हो जाता था। दादाजी के साथ उसके संबंध पहले ही कुछ असाधारण थे। वह उनसे अपने परिवार के अन्य किसी सदस्य से अधिक प्यार करती थी, परंतु वह उनसे डरती भी बहुत थी। उसके मन में उनकी नाराजगी का कारण खुद बनने के विचार मात्र से वह डर जाती थी। वह दबे पाँव सीढ़ियों पर चढ़कर ऊपरी मंजिल पर चली गई।

अपनी वृद्धावस्था में एक दिन उदय माधव मुखर्जी सीढ़ियों से फिसलकर गिर गए थे, जिससे उन्हें गंभीर चोट पहुँची थी और वे कमर के नीचे लकवा मार जाने के कारण वे अपाहिज हो गए थे। यह बात अलग है कि अन्य सभी दृष्टिकोणों से वे पूर्णतया स्वस्थ थे। वे अच्छी कद-काठी और चौड़े जबड़े वाले शक्तिशाली व्यक्ति थे। यद्यपि सत्तर वर्ष की आयु में भी उनकी बुद्धि अत्यंत प्रखर थी। जिस इच्छाशक्ति के बल पर उन्होंने कॉलेज पर शासन किया, वह लोगों की स्मृति में आज भी ताजा है। उनकी यह आदत बन गई थी कि वे जिससे भी बात करते थे, ऊँची आवाज में करते थे और उनकी यह आदत आज भी बरकरार है।

दीपा सीढ़ियाँ चढ़कर दूसरी मंजिल पर अपने दादाजी के कमरे में गई और उन्हें अपनी बेड पर आधा झुके हुए अखबार पढ़ते पाया। वे रोजाना दो अखबार पढ़ा करते थे, अंग्रेजी वाला अखबार सुबह और बंगाली अखबार दोपहर को सोकर उठने के बाद।

उन्होंने अपने कमरे में देखा, अखबार एक तरफ रखकर ऊँची आवाज में बोले, "हे, दीपांकरी! आजकल तू मुझे दिखाई क्यों नहीं देती है? तू कहाँ छिपी रहती है?"

दीपा का नाम शुद्धतः दीपा ही था, परंतु उसके दादा उदय माधव उसे दीपांकरी कहकर बुलाते थे। जब उसके दादाजी ने उसे उसके उपनाम से पुकारा तो दीपा का भय कुछ कम हो गया। वह उनके पलंग पर पैरों के पास बैठ गई और बोली, "आपने मुझे आज ही सुबह तो देखा था दादू। क्या मैं आपके लिए चाय और दवाई लेकर नहीं आई थी?"

"ओहो, ऐसी बात है क्या?" उन्होंने पूछा। "मैंने ध्यान नहीं दिया था। अब तू यहाँ किस काम से आई है?"

अचानक दीपा ने खुद को बोलने में असमर्थ पाया। वह कुछ देर तक वहाँ भय और आशंका के आवेग में बैठी रही। जो बात वह उनसे कहने आई थी, वह उसकी जबान से आसानी से निकल नहीं रही थी।

उदय माधव ने कुछ देर तक उसकी ओर घूरते हुए देखा और उसके बाद अपनी शैली में गुर्राते हुए पूछा, "क्या बात है?"

दीपा ने उनकी ओर मुड़कर देखने से पहले अपनी पूरी शक्ति और साहस के साथ कहा, "दादाजी, मैं किसी आदमी से विवाह करना चाहती हूँ, लेकिन वह दूसरी जाति का है। आपको कोई आपत्ति तो नहीं है?"

उदय माधव उसकी बात सुनकर कुछ देर के लिए सन्न रह गए। इसके बाद वे अपने बिस्तर पर उठ बैठे और चीखते हुए बोले, "क्या कहा तूने? तू किसी से शादी करना चाहती है? इन दिनों आखिर चल क्या रहा है? क्या तू अपना वर खुद चुनने जा रही है? क्या तू सोचती है कि तू किसी ऐरे-गैरे परिवार की लड़की है, जिसकी समाज में कोई इज्जत और परंपरा नहीं है?"

दीपा खामोशी से बैठी हुई अपने पाँवों को देखती रही। उदय माधव ने चीखते हुए अपनी बात जारी रखी। उनके अनवरत चीखने की आवाज सुनकर दीपा की माँ और भाई भागते हुए ऊपर आ गए। कुछ नौकरों ने भी उत्सुकता से उनके कमरे में झाँककर देखा। दीपा अब भी वहाँ बुत बनी बैठी थी।

आधा घंटा बाद उसके दादाजी ने इन शब्दों के साथ अपना उग्र भाषण समाप्त किया, "मुझे दुबारा तेरे मुँह से ऐसी बात सुनाई नहीं देनी चाहिए। तू इस परिवार की लड़की है, मेरी पोती है। तू उसी आदमी से शादी करेगी, जिसे मैं तेरे लिए चुनूँगा। अब मुझे अकेला छोड़ दो।"

दीपा नीचे गई तो विजय भी उसके पीछे-पीछे चला गया। अभी वह अपने कमरे में प्रवेश करनेवाली थी कि विजय ने उसे घूरते हुए कठोर शब्दों में कहा, "यहाँ आकर मुझे बता कि कौन है वह, जिससे तू शादी करना चाहती है?"

दीपा उसकी ओर देखने के लिए मुड़ी, उसकी आँखों से चिनगारी निकल रही थी। उसने मंद स्वर में फुफकारते हुए कहा, "अगर मैं मर भी जाऊँगी तो भी तुम्हें नहीं बताऊँगी!" उसने अपने कमरे में जाकर दरवाजा बंद कर लिया।

उसके बाद दीपा अपने ही घर में कैदी बन गई। इससे पहले उसे गाहे-बगाहे अपनी एकाध सहेलियों से मिलने की अनुमति थी। अब उसकी सहेलियों से भी उसकी मुलाकात पूरी तरह बंद कर दी गई। घर का प्रत्येक आदमी अब उस पर हर समय सतर्क निगाह रखने लगा। उसकी प्रत्येक गतिविधि पर घर के लोगों के कान खड़े हो जाते थे, बहरहाल दोपहर को उसे एक घंटे के लिए आजादी का स्वाद चखने को मिल जाता था। उसकी माँ अपने कमरे में उस दौरान एक तेज झपकी लेती थी, जबकि उसका भाई नौकरी की तलाश में बाहर चला जाता था। उसके पिता नील माधव रोज सुबह दस बजे अपने कॉलेज चले जाते थे और उसके उसके दादाजी अपने ऊपर वाले कमरे तक ही सीमित रहते थे। इस अवधि में दीपा की गतिविधियों पर निगाह रखनेवाला कोई नहीं होता था। उसने भी धोखा देने जैसा कोई काम नहीं किया, जिससे लोगों को उसके ऊपर कोई संदेह हो।

घर के सभी लोगों को इस बात का विश्वास हो गया था कि दादाजी के कठोर प्रवचन से उसके होश ठिकाने आ गए थे और अब वह कोई नया बखेड़ा नहीं खड़ा करेगी। किसी को इस बात की कोई जानकारी नहीं थी कि दोपहरी में टेलीफोन उसकी प्राण ऊर्जा बन जाता था।

तभी एक दिन विजय अपने सामान्य समय से कुछ पहले घर लौटा। जिस आदमी से वह मिलने गया था, वह उसे नहीं मिला था, इसलिए विजय कुछ पहले वापस आ गया था। जब वह घर के पास पहुँचा तो उसने देखा कि दीपा घर से बाहर निकलकर बालीगंज स्टेशन की ओर जा रही थी। क्रोध के कारण विजय की आँखों से चिनगारियाँ निकलने लगीं। वह मन-ही-मन सोचने लगा कि अकेली वह कहा जा रही थी? क्या अपनी सहेली शुभ्रा के घर जा रही थी? लेकिन उसका घर तो उसकी विपरीत दिशा में था। उसकी अन्य कोई सहेली उधर नहीं रहती थी, जिधर दीपा जा रही थी। अपनी बहन को पकड़ने के लिए विजय ने अपने कदमों की गति तेज कर दी।

"कहाँ जा रही है तू?"

दीपा के कदम अचानक रुक गए, मानो उसे कोई तीर लग गया हो। उसका भाई ठीक उसके सामने रास्ता रोके खड़ा था। उसने सख्त आवाज में पूछा, "तू अकेली अपने आप कहाँ जा रही थी?"

दीपा खामोश बनी रही। विजय ने अपनी आवाज थोड़ी ऊँची करते हुए पूछा, "तुझे अकेले घर से बाहर निकलने की इजाजत किसने दी? तू मेरे साथ अभी इसी समय घर चल।"

अब दीपा के होंठों से आवाज निकली, "नहीं, मैं नहीं चलूँगी।"

वहाँ आसपास अधिक लोग नहीं थे। जो थे भी, उन्होंने मुड़कर उन्हें घूरना शुरू कर दिया। जब उसने महसूस किया कि दीपा उसके साथ जाने को तैयार नहीं थी तो विजय ने पूछा, "तू मेरे साथ चल रही है या मैं तेरी चुटिया पकड़कर तुझे घसीटते हुए घर ले चलूँ?"

दीपा अपनी भावनाओं को दबाते हुए रो पड़ी। सरेआम लोगों के बीच उसकी इतनी प्रताड़ना! उसका कोई परिचित यदि यह दृश्य देखता तो क्या कहता। उसने अपने आँसुओं को पोंछा और काँटे में फँसी किसी मछली की तरह वापस घर की ओर चल पड़ी।

विजय ने घर में जाकर अपनी माँ को दो बार आवाज दी और उसके बाद ड्राइंग रूम में चला गया। दीपा वहाँ नहीं रुकी। वह दौड़कर ऊपर अपने कमरे में गई और दरवाजा बंद कर लिया।

ड्राइंग रूम में जाने के बाद विजय की नजर टेलीफोन के नीचे दबे हुए एक कागज के टुकड़े पर पड़ी। उसने उसे उठा लिया। उस पर लिखा था, "मैं अपने इच्छुक व्यक्ति के साथ शादी करने के लिए घर छोड़कर जा रही हूँ। मुझे खोजने की कोशिश मत करना। दीपा।"

विजय की कल्पना की उच्चतम उड़ान में भी ऐसी बात नहीं आई थी। वह पत्र लेकर सीधे अपने दादाजी के पास गया। उसके माता-पिता को भी इसकी जानकारी हो गई थी, लेकिन मामले को नौकरों और अन्य कर्मचारियों से छिपाकर रखना था। उदय माधव खामोशी में स्तब्ध थे और शोर मचाना अथवा फटकार लगाना भूल गए थे। दीपा से कई बार पूछा गया—वह आदमी कौन है, जिसके साथ तू भागना चाहती थी? उसका नाम क्या है? लेकिन दीपा के होंठ नहीं खुले।

घर में होनेवाली गुप्त चर्चाओं के दौरान यह तय पाया गया कि दीपा की शादी अब उच्चतम प्राथमिकता वाला विषय बन गया है। अपनी समकक्ष जाति का कोई

योग्य वर खोजना होगा—चाहे इसके लिए पूरी धरती का ही चक्कर क्यों न काटना पड़े। अब वे और अधिक विलंब सहन नहीं कर सकते।

घर के सभी सदस्यों में सर्वाधिक जल्दी में विजय था। वह एक गुस्सैल किस्म का आदमी था और उसकी बहन के किसी अपरिचित आदमी के साथ भागने के असफल प्रयास के बाद वह बहुत शर्मिंदा महसूस कर रहा था। किसी योग्य वर की तलाश अब सचमुच उसकी पहली प्राथमिकता बन गई।

हम इस इस बात का उल्लेख पहले ही कर चुके हैं कि नृपति लाहा के घर में चाय और वार्त्ता का सत्र चलता था। विजय भी उस समूह का सदस्य था और वहाँ आनेवाले लोगों के साथ उसकी मित्रता भी हो गई थी, खासतौर से वह नृपति लाहा के काफी करीब था।

लाहा की पारिवारिक विरासत काफी समृद्ध थी, परंतु इस समय वे अपने परिवार के एकमात्र जीवित वंशज थे। उनकी आयु लगभग पैंतीस वर्ष थी और उन्होंने अपनी पत्नी को गर्भवती होने से पहले ही खो दिया था। उन्होंने दुबारा शादी नहीं की थी। वे अत्यंत शिक्षित व्यक्ति थे और उनके पास अनेक विश्वविद्यालयों के प्रमाण-पत्र थे। लाहा अपना सारा समय किताबों के साथ बिताते थे। सूर्यास्त के बाद उनके घर पर होनेवाला चाय सत्र उन्हें व्यस्त रखता था।

एक शाम विजय माधव नृपति से मिलने आया। सामाजिक बातचीत का सत्र अभी शुरू नहीं हुआ था। नृपति भूतल स्थित अपने निवास कक्ष में कोई पुस्तक पढ़ रहे थे, जहाँ उनके मित्र रोज शाम को चाय पर इकट्ठा होते थे।

वह किसी सम्मेलन कक्ष की तरह एक विशाल कमरा था। पुराने समय में यह कमरा पुरुष अतिथियों के लिए गोष्ठी कक्ष के रूप में प्रयुक्त होता था। उसके बाद इस कमरे को नए सिरे से सजाया-सँवारा गया और उसमें कुरसियाँ एवं सोफे लगा दिए गए। कमरे के एक कोने में पुराने गद्दों पर चादर और तकिए बिछा दिए गए थे। उस कमरे में एक हार्मोनियम, एक प्यानो और एक रेडियोग्राम भी था और वह ताश की गड्डियों, शतरंज, कैरम बोर्ड तथा कुछ अन्य आंतरिक खेल सामानों से सुसज्जित था।

विजय ने कमरे में प्रवेश करने के बाद देखा कि नृपति अकेले बैठे हुए थे। उसने कहा, "नृपति दा, मुझे आपके साथ एकांत में कोई बात करनी है। यही कारण है कि मैं सामान्य समय से थोड़ा पहले आ गया हूँ।"

नृपति ने किताब बंद करके एक तरफ रख दी और विजय की ओर कुछ पल प्रश्नोचित दृष्टि से देखा। इसके बाद अपनी बगल में सोफे पर थपकी देते हुए उसे बैठने इशारा करते हुए कहा, "आओ, यहाँ बैठो।"

नृपति ने जब देखा कि विजय जो बात करने आया था, उसे कहने में वह उनके पास बैठने के बावजूद झिझक रहा है तो उन्होंने पूछा, "क्या मामला है?"

विजय बोल पड़ा। "नृपतिदा," उसने कहा, "हम लोग दीपा के लिए किसी अच्छे वर की खोज कर रहे हैं, लेकिन अभी तक हमें कोई नहीं मिला है। आपका अनेक लोगों के साथ परिचय है। क्या आप उसके लिए कोई अच्छा वर खोजने में हमारी मदद करेंगे?"

नृपति ने उठकर सिगरेट की डिब्बी से एक सिगरेट निकाली और उसे अपने होंठों के बीच दबाते हुए पूछा, "हम्म, दीपा की आयु अभी कितनी है?"

"सत्रह वर्ष। हमारे परिवार में..."

नृपति ने माचिस जलाते हुए कहा, "मैं तुम्हारे परिवार के रीति-रिवाजों के बारे में जानता हूँ। तुम्हारे यहाँ लड़की के जवान होने से पहले उसकी शादी हो जाती है। अब तुम मुझे यह बताओ कि तुम कैसे वर की खोज कर रहे हो? शिक्षित, समृद्ध और खूबसूरत, सही है?"

"जी हाँ," विजय ने पुष्टि की, "लेकिन आप सबसे महत्त्वपूर्ण बात भूल गए, उसे हमारी ही जाति का होना चाहिए।"

नृपति ने जैसे ही सिगरेट जलाकर धुआँ बाहर छोड़ा, उनके होंठों पर एक हलकी मुसकान फैल गई। "सचमुच!" उन्होंने कहा। "पारिवारिक परंपराओं का पालन होना ही चाहिए। चूँकि आप लोग मुखर्जी हैं, इसलिए कोई चटर्जी, बनर्जी, गांगुली अथवा घोषाल वर ठीक रहेगा, ठीक? क्या किसी उपजाति से भी काम चल जाएगा?"

"जी नहीं, नृपतिदा। आप तो यह बात अच्छी तरह जानते हैं कि हम अभी भी पूरी निष्ठा से अपनी पारिवारिक परंपराओं का पालन करते हैं।"

"मैं अवश्य जानता हूँ। तुम्हारे जैसे कई लोग अभी भी तिलचट्टा प्रजाति से ताल्लुक रखते हैं।"

"आपके ऐसा कहने का क्या अर्थ है?"

"तिलचट्टा ऐसा जीव है, जिसकी उत्पत्ति लाखों वर्ष पूर्व हुई थी। उसके बाद से पशुओं की दुनिया में अनेक विकास हुए, परंतु तिलचट्टा अभी भी अपने मूल

स्वरूप एवं चरित्र में विद्यमान है। इसी के परिणामस्वरूप आजकल उसे अधिक सम्मान नहीं मिलता है।"

"संभव है कि आप इस विषय में भिन्न दृष्टिकोण से सोचते हों, परंतु मैं जातियों की पवित्रता में विश्वास करता हूँ। गीता में भगवान् कृष्ण ने कहा था कि चार वर्ण..."

नृपति का ध्यान भंग हुआ, शायद वह अपने मन में अपने परिचित युवकों की सूची बना रहे थे। उन्होंने धूम्रपान खत्म करने के बाद कहा, "मैं सोचता हूँ, एक नौजवान है, लेकिन मुझे पहले यह पता लगाना होगा कि वह समान जाति का है या नहीं। मैं तुम्हें इसके बारे में कल बताऊँगा।"

विजय चला गया।

नृपति ने अपनी घड़ी देखी, अभी पाँच बजे हैं। वे अपनी सिगरेट की डिब्बी जेब में रखकर बाहर निकल गए। उनकी मंजिल उनके घर के नजदीक केवल पाँच मिनट की पैदल दूरी पर थी।

उन्होंने देवाशीष के घर की मुख्य घंटी बजाई। नकुल ने दरवाजा खोला। "क्या देवाशीष बाबू घर में हैं?" नृपति ने उससे प्रश्न किया।

"जी हाँ," नकुल ने उत्तर दिया, "वे अभी-अभी फैक्टरी से वापस लौटे हैं..."

इस बीच देवाशीष सीढ़ियों से नीचे आ गया। जैसे ही वह मेन गेट के नजदीक पहुँचा, नृपति ने उसकी ओर देखकर मुसकराते हुए कहा, "तुम मुझे नहीं जानते हो, लेकिन मैं तुम्हारे पिता शुभाशीष बाबू से अच्छी तरह परिचित था। मैं नृपति लाहा हूँ।"

देवाशीष ने पलटकर मुसकराते हुए कहा, "संभव है कि मैं आपसे परिचित नहीं हूँ, परंतु मैंने आपके बारे में सुना है। दरअसल मैंने आपका घर देखा है। कृपया अंदर आइए।" अपने निवास कक्ष में नृपति को ले जाते हुए, वह थोड़ा ठिठककर बोला, "नहीं, इसकी बजाय हम भोज कक्ष में चलते हैं। चाय का समय हो गया है।"

"अवश्य, क्यों नहीं?" नृपति ने सहमति जताई।

दोनों लोग भोजकक्ष में जाकर मेज पर बैठ गए। देवाशीष ने कहा, "नकुल, हमारे लिए चाय और नाश्ता तो ले आओ प्लीज।"

"मेरे लिए तो केवल चाय ही पर्याप्त है।" नृपति ने विजय की बात में अपनी बात जोड़ी।

चाय और नाश्ता करते हुए दोनों ने आपस में बातें कीं। देवाशीष के पिता से नृपति लगभग सात वर्ष पूर्व मिले थे। उस समय देवाशीष दिल्ली में पढ़ाई कर रहा था।

एक दिन नृपति के घर के आगे से निकलते हुए शुभाशीष बाबू सड़क पर फिसलकर गिर पड़े थे। नृपति उन्हें उठाकर अपने घर ले गए और उनका प्राथमिक उपचार किया था। उसके बाद शुभाशीष बाबू ने उन्हें सिर में लगानेवाले तेल, साबुन, कोल्ड क्रीम और ऐसी ही कई अन्य वस्तुएँ उपहार में दी थीं। वे अकसर जाकर नृपति के स्वास्थ्य के बारे में पूछते रहते थे। दो वर्ष बाद शुभाशीष बाबू का देहांत हो गया था। नृपति को उनके निधन की सूचना तीन महीने बाद मिली थी। कलकत्ता इतना शांत हृदय शहर था। शुभाशीष बाबू की मृत्यु की सूचना नृपति को देनेवाला कोई नहीं था।

देवाशीष उस समय दिल्ली में अपनी पढ़ाई पूरी कर रहा था। वह दिल्ली विश्वविद्यालय में अपने पिता के एक प्रोफेसर मित्र के साथ रहता था। उसकी माँ की मृत्यु उसके बचपन में ही हो गई थी। देवाशीष अपनी एम.एस-सी. पूरी करके कलकत्ता लौट आया था। एक महीने बाद उसके पिता का स्वर्गवास हो गया।

नृपति ने पूछा, "तुम्हारे साथ तुम्हारे परिवार का अन्य कौन सा सदस्य रहता है?"

"कोई नहीं," देवाशीष ने उत्तर दिया, "मैं अकेले रहता हूँ। या आप यह भी मान सकते हैं कि मैं और नकुल यहाँ रहते हैं। वह इस घर में मेरे जन्म के समय से ही रह रहा है।"

"तुम्हारी अभी शादी नहीं हुई?"

"मेरे दिल्ली से वापस आने के बाद पिताजी की मृत्यु हो गई और उसके बाद मैंने इस विषय में कभी विचार ही नहीं किया।"

"हम्म। संयोगवश, चूँकि तुम्हारा उपनाम भट्ट है, इसलिए तुम अवश्य ही ब्राह्मण हो। क्या तुम्हें अपने विशेष गोत्र की जानकारी है?"

"जिस समय मेरा उपनयन (यज्ञोपवीत) संस्कार हो रहा था, मैंने उसी समय सुना था कि वह शांडिल्य...बनर्जी था।'

'अरे, यह तो बड़ी अच्छी बात है! यदि मैं तुम्हारे विवाह के बारे में किसी से बात करूँ तो तुम्हें कोई आपत्ति तो नहीं होगी?"

देवाशीष उनकी ओर देखकर शर्म से मुसकरा पड़ा और सीधा उत्तर देने से बचा। इस सारे वार्त्तालाप को नकुल एक कोने में खड़ा हुआ सुन रहा था। अब उसने आगे आते हुए कहा, "जी हाँ, महाशय। कृपया आप आगे बढ़ें। इस घर को किसी गृहिणी के स्पर्श की आवश्यकता है। मैं बूढ़ा हो रहा हूँ। मैं इस घर को सँभालने के लिए कब तक बना रहूँगा?"

"ऐसा ही होगा।" नृपति ने अपना कप खाली किया और जाने के लिए खड़े हो गए। आज मैं चलता हूँ। रोज शाम को इलाके के नौजवान मेरे घर पर चाय एवं चर्चा सत्र पर एकत्र होते हैं। कभी तुम भी क्यों नहीं आ जाते?"

"ठीक है, मैं आऊँगा।"

"आज शाम को ही क्यों नहीं आ जाते?"

थोड़ा झिझकते हुए देवाशीष न उत्तर दिया, "आज शाम···अच्छा, ठीक है, क्यों नहीं?"

दोनों एक साथ वहाँ से निकल गए। उस समय लगभग अँधेरा हो चुका था। जब वे नृपति के घर के निकट पहुँचे तो उनके कानों में किसी के प्यानो बजाने का खनखनाता हुआ स्वर पड़ा।

निवासकक्ष में तेज बल्बों की तिकड़ी जल रही थी। एक आदमी कमरे के कोने में अकेला बैठा हुआ प्यानो बजाने में तल्लीन था।

नृपति ने देवाशीष के साथ अंदर जाकर घोषणा की, "देखो, प्रबल। हमारे समूह में एक नया सदस्य शामिल हुआ है—देवाशीष भट्ट।"

प्रबल ने प्यानो से दूर हटकर उदासीनतापूर्ण स्वर में कहा, "हमें परिचय की जरूरत नहीं है।"

"क्या तुम दोनों पहले से ही परिचित हो?" नृपति ने पूछा।

"थोड़ा-बहुत," प्रबल ने उत्तर दिया, "जितना कोई अमीर आदमी मेरे जैसे गरीब से परिचित हो सकता है, उतना ही परिचय हम दोनों के बीच है।" प्रबल ने वापस जाकर बेतरतीब तरीके से प्यानो बजाना शुरू कर दिया। उसके व्यवहार से स्पष्ट हो गया कि वह देवाशीष से मिलकर प्रसन्न नहीं था। प्रबल उससे दो साल बड़ा था। वह औसत कद-काठी वाला स्वस्थ आदमी था। उसका चेहरा कुछ खास नहीं था, परंतु उसके अंदर पाशविक आकर्षण था। उसकी आँखें नाराजगी को धोखा देती थीं। उसकी सामान्य छवि में चाहे जो भी अपूर्णता थी, परंतु उसकी प्रतिष्ठा एक उत्तम गायक के रूप में थी। उसके कुछ ग्रामोफोन रिकॉर्ड बहुत प्रसिद्ध हुए थे और अकसर उसे रेडियो पर कार्यक्रम प्रस्तुत करने के लिए आमंत्रित किया जाता था।

प्रबल और देवाशीष ने एक-दूसरे को वर्षों से नहीं देखा था। एक समय ऐसा भी था, जब दोनों एक साथ स्कूल जाते थे और एक-दूसरे को भलीभाँति जानते थे। उसके बाद स्कूल की पढ़ाई पूरी करके देवाशीष दिल्ली चला गया। उसके बाद से वे दोनों आज पहली बार मिले थे। इस अवधि के दौरान देवाशीष के पिता ने बटरफ्लाई कॉस्मेटिक्स

नामक एक कॉस्मेटिक फैक्टरी शुरू की और खूब धन अर्जित किया। प्रबल के पिता की हृदय गति रुकने के कारण मृत्यु हो गई, जिसके परिणामस्वरूप उसकी आर्थिक स्थिति बिगड़ गई। संगीत में प्रबल का कॅरियर किसी तरह उसके परिवार को चला रहा था।

प्रबल की बातों ने देवाशीष को थोड़ा मायूस किया। नृपति उसे लेकर दूसरे किनारे पर सोफे की ओर ले गए और उसके साथ चर्चा करनी शुरू की। उन्होंने स्पष्ट किया, "लगभग पाँच या छह लोग हमारे शाम के चाय सत्र में आते हैं, परंतु हर कोई रोजाना नहीं आता है। उनमें से कुछ लोग जल्द ही यहाँ आएँगे।"

नृपति ने देवाशीष को सिगरेट पेश की, जिसने सिर हिलाते हुए कहा, "जी नहीं, धन्यवाद, मैं धूम्रपान नहीं करता हूँ।"

नृपति ने अपने लिए एक सिगरेट जलाई और मंद स्वर में कहा, "प्रबल गुप्ता एक संगीतकार है और कुछ चीजों से चिढ़ता है। उसकी बातों का बुरा मत मानो। समय के साथ-साथ सबकुछ ठीक हो जाएगा।"

इस बीच एक अन्य नौजवान आकर दरवाजे पर ठहर गया। वह रेशमी परिधान में अत्यंत आकर्षक लग रहा था और उसके चेहरे पर सौंदर्य की परिष्कृत छाप थी। उसकी आयु लगभग चौबीस वर्ष थी और काफी समझदार दिखाई देता था। नृपति ने उसे आवाज दी, "हे कपिल, वहाँ क्यों खड़े हो, अंदर आओ। मैं तुम्हारा एक-दूसरे से परिचय कराता हूँ—कपिल बोस, देवाशीष भट्ट।"

औपचारिक परिचय के आदान-प्रदान के बाद कपिल ने पूछा, "नृपति दा, क्या मैं आपके टेलीफोन का उपयोग कर सकता हूँ, अभी यहाँ आते समय मुझे रास्ते में कोई जरूरी बात याद आई थी।"

"हाँ, जरूर। आगे बढ़ो।"

कपिल जब दूसरे कमरे में चला गया तो नृपति ने टिप्पणी की, "कपिल एक अच्छा लड़का है। उसके पिता अप्रत्याशित रूप से धनी आदमी हैं, लेकिन वह पैसे के पीछे पागल नहीं रहता। उसके अंदर कोई गंभीर अवगुण नहीं है। वह पढ़ा-लिखा है और अपना अधिकतर समय टेनिस कोर्ट और बिलियर्ड की मेज पर बिताता है और रात को उसे दूरबीन से तारों की गिनती करने का शौक है। परंतु उसके अंदर एक कमी है—वह शादी करने से इनकार करता है।"

अचानक प्रबल ने प्यानो बजाना बंद कर दिया और खड़े होकर नृपति की ओर देखते हुए बोला, "नृपतिदा, आज मैं जाता हूँ।" उसने देवाशीष को अनदेखा कर दिया।

नृपति ने पूछा, "इतनी जल्दी? क्या आज तुम्हारा रेडियो पर आज कोई कार्यक्रम है? मैंने आज सुबह अखबार में पढ़ा था कि आज रात को तुम्हारा आकाशवाणी पर कोई कार्यक्रम है।"

"मेरा कार्यक्रम तो अवश्य है," प्रबल ने उत्तर दिया, "लेकिन मेरे संगीत की रिकॉर्डिंग पहले ही हो चुकी है। आज मुझे स्टूडियो जाने की कोई जरूरत नहीं है। मैं घर जा रहा हूँ।"

"घर?" नृपति ने पूछा। "क्या तुम्हारी पत्नी के साथ सबकुछ ठीक है?"

प्रबल ने अत्यंत व्यथित स्वर में उत्तर दिया, "मैं आपको बताना भूल गया नृपतिदा, मेरी पत्नी की एक महीना पहले मृत्यु हो गई। वह हृदय रोग से पीड़ित थी। उसके डॉक्टरों ने कहा था कि यदि ऐसे रोगियों का ऑपरेशन चौदह वर्ष की आयु से पहले नहीं किया जाता तो वे इक्कीस वर्ष की आयु तक पहुँचते-पहुँचते अपनी बीमारी से दम तोड़ देते हैं। मेरे ससुर ने हमारा विवाह करते समय मुझसे अपनी बेटी की दशा छिपाई थी। अच्छा तो अब मैं चलता हूँ, शुभ रात्रि।"

नृपति और देवाशीष दोनों उसकी बात सुनकर स्तब्ध रह गए। प्रबल की पत्नी की मृत्यु हो गई थी और उसने अपने मित्रों से उसके बारे में एक शब्द भी नहीं कहा। वह सामान्यत: प्रतिदिन आता, विचारमग्न होकर प्यानो बजाता और वापस चला जाता था। नृपति जानते थे कि प्रबल की पत्नी को कोई अंतस्थ बीमारी थी, लेकिन उसकी इस घोषणा ने उन्हें अवाक् कर दिया था।

उसी समय कपिल दूसरे कमरे से निकलकर उनके पास वापस आया। उसने प्रबल की बात नहीं सुनी थी। उसने प्रबल की ओर देखा और टिप्पणी की, "तुम अभी बड़ी अच्छी धुन बजा रहे थे। क्या अब तुम वापस जा रहे हो? तुम हमारे लिए कोई गाना क्यों नहीं गाते?"

प्रबल ने उसकी ओर घृणा से देखते हुए अपने दाँत भींचकर कहा, "मेरे गीत मुफ्त में सुनने के लिए नहीं हैं। उनके लिए कीमत चुकानी पड़ती है।"

इतना रूखा उत्तर सुनकर कपिल हैरान रह गया। तत्पश्चात् उसने खुद को सँभालते हुए मजाक में कहा, "यदि मुझे पैसा खर्च करना होता तो मैं तुम्हारा गाना ही क्यों सुनता? निश्चय ही आसपास अनेक अच्छे गायक हैं?"

कोई दूसरा शब्द बोले, "बिना प्रबल कमरे से बाहर चला गया।" कपिल ने वापस कुरसी पर बैठते हुए सिगरेट जला ली। नृपति ने लजाते हुए कहा, "प्रबल आज आपे से बाहर है।"

कपिल ने टिप्पणी की, "उसका गुस्सा हमेशा ही सातवें आसमान पर रहता है। यह उसकी आदत है।"

"उसकी पत्नी की मृत्यु हो गई थी।"

कपिल चौंक गया। "क्या यह बात सच है?" उसने पूछा। "मुझे इसकी कोई जानकारी नहीं थी। लानत है! आज मैं उसके प्रति बिना वजह ही कुछ अधिक कठोर हो गया था।"

नृपति ने कहा, "अब इस बात को अपने मन से निकाल दो। तुम मुझे यह बताओ कि तुम इतने दिनों तक क्या कर रहे थे? हमने तुम्हें अपने पास कई दिनों से नहीं देखा था।"

कपिल ने कहा, "मैंने छुट्टियाँ मनाने के लिए बैंगलोर जाने की योजना बनाई थी, लेकिन वह सफल नहीं हुई।"

"क्यों?"

"जो व्यक्ति मेरे साथ जानेवाला था, वह नहीं जा सका। अकेले यात्रा करना कोई मजाक नहीं है।"

"मैं सहमत हूँ। लेकिन तुम विवाह क्यों नहीं कर रहे हो? यदि तुम शादी कर लोगे तो तुम्हें यात्रा के लिए एक स्थायी साथी मिल जाएगा।"

कपिल हँसा और अत्यंत नाटकीय अंदाज में अँगड़ाई ली। "एक महान् कवि ने कहा था—'मैं दुनिया को तब तक नहीं त्याग सकता, जब तक कि मुझे मेरी सही लड़की न मिल जाए।' इस मामले में मैं कवि के साथ हूँ।"

"लेकिन मेरे कानों में यह बात पड़ी थी," नृपति ने कहा, "कि तुम्हारे पिताजी ने तुम्हारी लिए सही लड़की खोजने का सर्वोत्तम प्रयास किया था और मुझे यह भी पता चला था कि उन्होंने तुम्हारे लिए कम-से-कम पचास सुंदर लड़कियों को पंक्ति में खड़ा कर दिया था। क्या तुम्हें उनमें से एक भी नहीं पसंद आई?"

कपिल कुछ गंभीर हो गया। "नृपति दा," उसने कहा, "दुनिया में अनेक सुंदर लड़कियाँ हो सकती हैं, किंतु केवल सुंदरता ही पर्याप्त नहीं है। मुझे ऐसी पत्नी चाहिए, जिसका बौद्धिक स्तर मेरे समान हो। क्या आप मेरी बात समझ गए?"

"मैं पूरी तरह समझ गया। तुम बहुत चतुर इनसान हो। तुम अपनी दुलहन का चुनाव स्वयं क्यों नहीं कर लेते? मुझे पूरा यकीन है कि इसमें तुम्हारे पिताजी को कोई ऐतराज नहीं होगा।"

कपिल हँसा, "वही कोशिश तो मैं कर रहा हूँ।"

इसके बाद वार्त्तालाप सामान्य दिशा में मुड़ गया। देवाशीष अभी तक मूक श्रोता बना रहा था। अब वह भी वार्त्तालाप में शामिल हो गया। कपिल ने एक बार सुना था कि देवाशीष ने अपने जीवनयापन के लिए क्या किया था, उसने कहा, "तो वह तुम्हीं हो, क्या प्रसिद्ध बटरफ्लाई कॉस्मेटिक्स उत्पादों के पीछे तुम्हारा ही चेहरा है? मेरा समूचा परिवार तुम्हारे तेल, साबुन और क्रीम का प्रयोग करता है। तो अब तक तुम कहाँ छिपे हुए थे?"

देवाशीष ने उत्तर दिया, "मैं यहीं था, लेकिन मैं अभी हाल में नृपति बाबू से नहीं मिला था।"

वे कुछ देर आपस में बातें करते रहे। नौकर ने आकर उन्हें कॉफी के छोटे-छोटे कप थमा दिए, अंततः घड़ी ने आठ बजा दिए। "मैं नहीं सोचता कि अब हमसे मिलने कोई आएगा।" नृपति ने घोषणा की।

"मेरे भी घर जाने का समय हो गया है।" देवाशीष ने कहा।

"इतनी जल्दी?" कपिल ने विरोध किया। "हम आमतौर पर नौ या साढ़े नौ बजे तक बातें करते हैं।"

"मैं फिर आऊँगा।" देवाशीष ने वादा किया।

"क्या तुम कल आ सकते हो?" नृपति ने पूछा।

"मैं अवश्य आऊँगा।" देवाशीष ने उन्हें आश्वस्त किया।

देवाशीष अगली शाम थोड़ा देर से आया। वह उस रात वहाँ देर तक यानी नौ बजे तक रुकने का इच्छुक था, आमतौर पर उसकी शामें घर में बैठकर ताजा पत्रिकाएँ एवं वैज्ञानिक विषयों पर आलेख पढ़ने में बीतती थीं। नृपति के यहाँ उसे कुछ नए लोगों से मिलने की आशा थी। प्रबल की बेसुरी बातों और प्रतिरोधी व्यवहार के बावजूद उसने नृपति के घर के माहौल को गर्मजोशी से भर दिया था।

नृपतिदा के घर देवाशीष साढ़े छह बजे गया और प्रबल को अकेले ही लगातार प्यानो बजाते पाया। कपिल और एक अन्य नौजवान सोफे पर बड़े आराम से बैठे आपस में पंजा लड़ा रहे थे। नृपति किसी तीसरे युवक से बात कर रहे थे। उन्होंने देवाशीष को देखते ही उसे अंदर आने के लिए कहा। देवाशीष जैसे ही उनके पास पहुँचा, उन्होंने उसे आमंत्रित करते हुए कहा, "आओ, यहाँ आराम से बैठो। वैसे इनसे मिलो, ये मि. विजय माधव मुखर्जी हैं। विजय, यह देवाशीष है। विजय प्रोफेसरों के परिवार से आता है। इसने अभी हाल में ही अपनी संस्कृत की पढ़ाई पूरी की है और अध्यापक की किसी अच्छी नौकरी की खोज में है।" नृपति ने देवाशीष की पृष्ठभूमि के बारे में विजय को पहले ही बता दिया था।

विजय देवाशीष के चेहरे को बड़े ध्यान से देख रहा था। नृपति ने उठते हुए कहा, "तुम दोनों अपनी वार्त्ता जारी रखो। मैं जल्दी वापस आता हूँ।"

विजय ने थोड़ा देवाशीष के निकट होते हुए कहा, "कितनी विचित्र बात है कि हम दोनों एक ही इलाके में रहते हैं, फिर भी हम एक-दूसरे से कभी नहीं मिले।" उसने देवाशीष को पहली नजर में ही पसंद कर लिया था। वह युवक दीपा के लिए एक आदर्श वर हो सकता था।

कलकत्ता जैसे बड़े शहर में यह कोई असामान्य बात नहीं है कि लोग अपने पड़ोस में रहनेवाले आदमी को न पहचानते हों और उससे कभी मिले भी न हों, देवाशीष ने मुसकराते हुए कहा, "बहुत विचित्र है, सचमुच!"

इस बीच, कपिल और अन्य लड़के का पंजा-युद्ध खत्म हो चुका था। नृपति ने उनके पास जाकर कहा, "अच्छा-अच्छा, खड्ग बहादुर! तुम तो अपने गाँव जानेवाले थे न?"

खड्ग बहादुर ने हँसते हुए कहा, "हाँ, मैं जानेवाला तो था, लेकिन योजना विफल हो गई।"

खड्ग बहादुर जन्म से नेपाली था, परंतु उसकी माँ बंगाली थी, इसलिए उसकी भी मातृभाषा बंगाली थी। वह लगभग तेईस वर्ष का दिखाई देता था। वह एक सुंदर, गोरा और छरहरा नौजवान था। उसकी आकृति में मंगोलियायी अंश इतना कम था कि आसानी से नहीं पहचाना जा सकता था। वह शहर के सुप्रसिद्ध फुटबॉल क्लब का जाना-माना फुटबॉल खिलाड़ी था। गेंद उसके पैरों में पहुँचते ही उसे जादूगर बना देती थी। उसका खेल देखने के लिए लाखों लोग इकट्ठा होते थे। फिर भी, उसके खेल कौशल एवं सम्मानित पारिवारिक पृष्ठभूमि के बावजूद उसके बारे में कोई अनुमान लगाना कठिन था।

"लेकिन तुम्हारे जाने का कार्यक्रम रद्द कैसे हो गया?" नृपति ने पूछा।

"मेरी शादी की बातचीत काठमांडू में पक्की हो गई थी," खड्ग बहादुर ने स्पष्ट किया, "लेकिन अचानक हमें तार के जरिए सूचना दी गई कि कोई समस्या उत्पन्न हो गई थी, जिसके कारण शादी टल गई थी।"

नृपति बुदबुदाए, "इसका तात्पर्य यह है कि अब तुम्हें पूरा एक साल इंतजार करना पड़ेगा। फुटबॉल का मौसम शुरू हो गया है और अब तुम जल्दी नेपाल नहीं जा पाओगे, क्यों?"

अपनी आँखों में उदासी और चेहरे पर दु:ख का भाव लिये खड्ग बहादुर ने अपना सिर हिला दिया।

नौकर एक बड़ी सी तश्तरी में एक साथ कॉफी के अनेक कप लेकर आया। हरेक आदमी ने अपने लिए एक कप उठा लिया। इस बीच मुख्य द्वार से एक आवाज आई, "हे लोगो! मैं भी आ गया हूँ। एक कप मेरे लिए भी छोड़ देना, क्यों ठीक है न?"

उस युवक ने कमरे में प्रवेश किया। उसकी आयु लगभग सत्ताईस वर्ष थी। सफाचट दाढ़ी, चमकीली आँखें और अत्यंत गोरा, उसे ऐसा रंग-रूप मिला था, जिसे देखकर सूर्यदेव भी लजा जाएँ।

"अंदर आओ, सुजान।" नृपति ने आमंत्रित किया।

सुजान मित्रा रुपहले परदे का उभरता हुआ सितारा था। उसकी दो फिल्में हिट हो गई थीं और वह फिल्मी दुनिया में अपना मुकाम बनाने लगा था। वह गंभीर एवं हास्य भूमिकाएँ समान रूप से निभाता था। उसकी एक विशेषता यह थी कि वह लगातार आगे बढ़ते हुए शोहरत एवं पैसा दोनों कमा रहा था। उसके अंदर घमंड का नामोनिशान तक नहीं था। उसके निजी जीवन के बारे में लोगों को बहुत कम जानकारी थी। सौंदर्य के प्रति उसके अंदर कोई दुर्बलता नहीं थी। वह दक्षिणी कलकत्ता के अंतिम छोर पर एक छोटे से घर में अकेला रहता था और अकसर खाना बाहर ही खाता था। उसका जीवन अत्यंत सरल था और उसमें जटिलता के कोई लक्षण नहीं थे।

सुजान ने फुर्ती से तश्तरी में से कॉफी का कप उठाते हुए कहा, "मैं ठीक समय पर पहुँच गया। अगर एक मिनट की भी देर हो जाती तो मैं कॉफी से वंचित रह जाता।"

उसने कप से एक घूँट लेने के बाद अपनी अभिनेता वाली तेज निगाहें कमरे में आसपास दौड़ाईं। देवाशीष को देखने के बाद उसने चहकते हुए कहा, "नृपतिदा! मैं देख रहा हूँ कि हमारे बीच एक नया चेहरा आया है।"

नृपति ने कहा, "हाँ आओ, मैं तुम्हारा परिचय कराता हूँ। खड्ग, तुम भी यहीं क्यों नहीं आ जाते हो?"

परिचय हो जाने के बाद, सुजान ने मुसकराते हुए शरारतपूर्ण ढंग से पूछा, "देवाशीष बाबू, अब आप मुझे यह बताइए कि आपको फिल्म देखने में मजा आता है या फुटबॉल का खेल देखने में?"

देवाशीष ने उत्तर दिया, "मुझे दोनों प्रिय हैं। मैंने आप दोनों को कई बार खेल के मैदान के साथ-साथ रुपहले परदे पर भी देखा है।"

उसकी बात सुनकर हरेक हँस पड़ा और उनकी बातचीत कुछ देर तक जारी रही। प्रबल भीड़ से दूर एक कोने में बैठा प्यानो बजाता रहा।

बैठक रात में लगभग नौ बजे खत्म हुई। देवाशीष प्रसन्नचित्त होकर घर लौट आया।

रविवार की सुबह विजय, उसके पिता नील माधव एवं नृपतिदा के देवाशीष के घर आने से पहले कुछ और शामें इसी तरह गुजर गईं। देवाशीष उन्हें सम्मानपूर्वक आने अतिथिकक्ष में ले गया और नकुल से चाय लाने का अनुरोध किया।

नील माधव मुखर्जी एक गंभीर आदमी थे। वे देवाशीष के बारे में विजय से पहले ही काफी कुछ सुन चुके थे और उन्होंने अपनी ओर से भी उसके बारे में पूछताछ की थी। उन्होंने महसूस किया कि देवाशीष दीपा के लिए उत्तम वर रहेगा, यही देखने के लिए वे आज स्वयं चलकर उसके घर आए थे। उन्होंने देवाशीष का सूक्ष्म अध्ययन किया और उसके बाद नृपति की ओर सिर हिलाकर अपनी स्वीकृति का संकेत दिया।

इस बीच चाय आ चुकी थी। जोड़ी बनाने में माहिर नृपति ने संजीदगी से चाय पीते हुए विवाह की चर्चा छेड़ दी।

मात्र आधा घंटा के अंदर शादी पक्की हो गई। देवाशीष के पास उस समय उसकी जन्म-कुंडली नहीं थी, इसलिए ग्रह-नक्षत्रों की बात अभी समीकरण से दूर ही रही। नृपति ने कहा, "देवाशीष, मैं जानता हूँ कि दीपा तुम्हें पसंद आएगी। फिर भी मैं चाहूँगा कि तुम एक बार उससे स्वयं मिल लो। आज शाम को मैं तुम्हें उनके घर ले चलूँगा, क्या तुम्हें कोई दिक्कत तो नहीं होगी?"

देवाशीष ने अपनी स्वीकृति दे दी। कहने की आवश्यकता नहीं कि पिछले कुछ दिनों में देवाशीष और नृपति एक-दूसरे के काफी करीब आ गए थे तथा उन्हें औपचारिक तरीके से संबोधित करने लगे थे।

उस दिन दोपहर बाद नृपतिदा देवाशीष को दीपा के घर ले जाने के लिए आए। उसका परिवार उनसे औपचारिक रूप से अतिथिकक्ष में मिलनेवाला था। थोड़ी-बहुत साफ-सफाई और झाड़-पोंछ के अलावा कोई विशेष प्रबंध नहीं किए गए थे। कॉफी की मेज पर एक गुलदस्ता और फर्श पर कालीन बिछा दिया गया था। गद्दों पर मखमली चादरें बिछा दी गई थीं, जिनके ऊपर मोटे तकिए रखे हुए

थे। विजय पहले उन्हें ड्राइंग रूम में ले गया। इसके बाद नील माधव नीचे आए और देवाशीष को तीसरी मंजिल पर ले गए। उदय माधव ने उसके साथ थोड़ी देर बातचीत की। उनकी भाव-भंगिमा से स्पष्ट हो गया कि उनके भावी पौत्री-दामाद को स्वीकृति मिल चुकी थी।

इसके बाद नील माधव मेहमानों के साथ नीचे आ गए। उसके तत्काल बाद विजय दीपा को लेकर कमरे में आया। वह मेज के पास जाकर खड़ी हो गई। उसने एक सादी साड़ी पहनी हुई थी। उसने कानों में छोटी-छोटी बालियाँ और प्रत्येक कलाई में तीन-तीन चूड़ियाँ पहन रखी थीं। यह स्पष्ट दिखाई दे रहा था कि उसे अतिथियों को खासतौर से दिखाने के लिए अधिक सजाया-सँवारा नहीं गया था। यह भी संभव था कि उसने उस अवसर पर खुद ही सजने-सँवरने के लिए इनकार कर दिया हो। उसके चेहरे पर विद्रोह का भाव साफ दिखाई दे रहा था। दीपा ने उड़ती नजर से देवाशीष को देखा। इसके बाद उसने अपना चेहरा पुनः दूसरी ओर कर लिया। उसकी तिरछी भौंहों के नीचे उसकी आँखें तलवार की धार की तरह तेज दिखाई दे रही थीं।

देवाशीष दीपा पर मोहित हो गया था। वैसे तो स्त्रियों के बारे में उसका अनुभव लगभग शून्य था, परंतु जिस तरह दीपा ने उसे देखा था, वह उसे बहुत पसंद आया था। उसने महसूस किया कि वह उसके लिए अच्छी पत्नी सिद्ध होगी।

कुछ मिनट बाद विजय ने कहा, "दीपा, अब तुम जा सकती हो।"

दीपा वापस चली गई। देवाशीष ने मिठाई खाई और शरमाते हुए शादी की सहमति दे दी।

दो सप्ताह के अंदर सारा प्रबंध करके शादी हो गई। घरवालों की कड़ी निगरानी के बावजूद किसी को पता नहीं चला कि दीपा अपने प्रेमी के साथ इस बीच गुप्त रूप से टेलीफोन पर बात करती रही थी।

जो नौजवान नृपति के चाय सत्र में नियमित मेहमान होते थे, उन्हें शादी की दावत में दुलहन के घर आमंत्रित किया गया था, क्योंकि अब वे विजय के भी मित्र बन गए थे। देवाशीष के घर होनेवाली दावत में उसकी फैक्टरी के कर्मचारियों के अलावा उसके दोस्तों को भी आमंत्रित किया गया था। एक प्रकार से ये लोग विजेता बनकर उभरे।

देवाशीष के घर में उसकी कोई महिला संबंधी नहीं थी, इसलिए दीपा की कुछ सहेलियों और पड़ोसियों ने देवाशीष के घर जाकर उसकी दुलहन की सेज फूलों से सजाई थी। देर रात तक खानपान एवं हँसी-मजाक का दौर चलता रहा। नृपति के

दोस्तों का जत्था इस मनोरंजन का प्रमुख स्रोत था। एक कलाकार होने के अलावा सुजान कुछ जादुई नुस्खे भी जानता था, जिसे उसने बड़ी खूबसूरती से पेश किया। प्रबल उस रात किसी रोष प्रदर्शन से बचा और मेहमानों के लिए स्वेच्छापूर्वक गाना गाया। सभी मेहमान दुलहन के लिए उपहार लेकर आए थे। नृपति ने उसे उपहार में एक सोने की कलाई घड़ी भेंट की। कपिल ने अपना कीमती फाउंटेन पेन दिया। खड्ग बहादुर ने उसे उपहार में एक पारंपरिक नेपाली चाकू-खुखरी समर्पित की। प्रबल ने अपने गीतों के कुछ रिकॉर्ड दिए तथा सुजान मित्रा ने देवी सरस्वती की चाँदी की मूर्ति प्रदान की। देवाशीष के साथियों और कारखाने के कर्मचारियों ने भी उसे अवसर के अनुकूल उचित उपहार दिए।

दावत के साथ नाच-गाना समाप्त हुआ और अतिथियों द्वारा नव दंपती को विदाई देते-देते आधी रात हो गई। वैवाहिक जोड़े के लिए यह एक विशेष रात-सुहागरात थी।

अपने आखिरी मेहमान को विदा करने के बाद देवाशीष ऊपरी मंजिल पर गया। उसके सभी कमरों की बत्तियाँ जल रही थीं। निवास कक्ष में दीपा एक कुरसी पर अकड़कर बैठी हुई थी। देवाशीष जाकर उसके सामने खड़ा हो गया। अपनी दोनों बाँहें फैलाकर उसने दीपा को आमंत्रित करते हुए कहा, "आओ।"

दीपा ने चौंकते हुए उसकी ओर देखा। उसकी आँखें डर से काँप रही थीं। देवाशीष ने उसे नव-विवाहिता दुलहन के स्वाभाविक संकोच के रूप में लिया। वह दीपा की सामनेवाली कुरसी पर बैठ गया और उसके हाथों को अपने हाथों में लेते हुए कहा, "आधी रात हो चुकी है। तुम यहाँ इस तरह कब तक बैठी रहोगी। चलो, अब सोने का समय हो चुका है।"

दीपा ने अपना हाथ छुड़ा लिया। उसका गला डर के मारे सूख गया था, लेकिन फिर भी उसने अपने मन की बात कह दी। उसके झिझकने का समय बीत चुका था। उसने लरजती आवाज में कहा, "मैं···दूसरे कमरे में सोऊँगी।"

मजाक के साथ-साथ देवाशीष ने चकित होते हुए उसके शब्दों की चुभन भी महसूस की। सुहागरात को दुलहन के मुँह से ऐसे शब्द सुनकर उसे कुछ अजीब लगा। लेकिन उसने मुसकराते हुए कहा, "यदि तुम अलग कमरे में सोओगी तो हमारी सुहागरात का क्या होगा?"

दीपा सिहर गई। उसने अपने शरीर की सभी नस-नाड़ियों को मजबूत करते हुए कहा, "नहीं, मैं···मैं आपको कुछ बताना चाहती हूँ। मैं···"

अब तक देवाशीष के चेहरे की सारी खुशी काफूर हो चुकी थी। वह कुछ देर तक दीपा के चेहरे को घूरता रहा और फिर सख्ती से पूछा, "यह क्या है?"

दीपा की साँस अटक गई थी। उसने हाँफते हुए कहा, "प्लीज, प्लीज मुझे माफ कर दीजिए, लेकिन मैं किसी अन्य से प्यार करती हूँ।"

देवाशीष को उसके कथन का सही अर्थ अपने गले के नीचे उतारने में कुछ समय लगा। तत्पश्चात् उसके मन में प्रज्वलित आनंद एवं इच्छाओं की सारी लपटें एक-एक कर शांत होने लगीं। पल भर के लिए उसे लगा, मानो उसके कमरे में जलती सारी बत्तियाँ यकायक बुझ गई थीं। उसने खड़े होकर बेरूखी से पूछा, "फिर तुमने मेरे साथ शादी क्यों की?"

दीपा अपना सिर झुकाए बैठी रही, लेकिन उसके हृदय की सारी व्यथा उसके शब्दों में फूट पड़ी, "इसके लिए मैं ही दोषी हूँ, लेकिन मेरे पास कोई विकल्प नहीं था। मेरे परिवार ने मुझे इस बंधन में जबरन बाँधा है।"

"तुम उसी आदमी के साथ शादी कर सकती थी, जिससे तुम प्यार करती हो।"

"वह दूसरी जाति का है..."

"जाति!" उसके मन में तीखी हँसी उभरी और अचानक ठहर गई। "तो अब क्या किया जा सकता है?"

अचानक दीपा उठकर खड़ी हो गई और गिड़गिड़ाते हुए बोली, "मैं आपसे प्रार्थना करती हूँ कि आप मुझे घर से बाहर मत निकालिए। मैं खुद को आपके घर के किसी एकांत कोने में कैद कर लूँगी और आपको कभी कोई कष्ट नहीं दूँगी! यदि आप चाहें तो बेशक मुझे कभी देखें भी मत..." कहते-कहते उसका गला रुंध गया और वह रोने लगी।

देवाशीष ने अपने बालों में उँगलियाँ फेरीं। "मैं इसके लिए तैयार नहीं था," उसने बुझी हुई आवाज में कहा। "हमें इस मामले पर मिलकर सोचना होगा। जाओ, सो जाओ।" उसने फूलों से सजी सेज को देखा और कहा, "मैं दूसरे कमरे में सो जाऊँगा।"

दीपा एक पल के लिए भी वहाँ नहीं रुकी। उसने फौरन कमरे में जाकर दरवाजा बंद कर लिया। उसके बाल, कलाइयाँ और गला अभी भी फूलों से बने गहनों से सजे हुए थे। वह फूलों से सजी मेज पर गिर पड़ी और सुबकने लगी। उसने इतनी आसानी से बचने की उम्मीद नहीं की थी।

उसी मंजिल पर एक अन्य शयनकक्ष भी था, जिसमें कभी उसके पिता सोया करते थे। नकुल ने उस कमरे की भी अच्छी तरह सफाई करके पलंग की चादरें

बदल दी थीं। इस पावन अवसर पर वह घर का कोई भी कोना गंदा नहीं रखना चाहता था। देवाशीष वर्षों से खाली पड़े कमरे में चला गया। देवाशीष पलंग पर बैठ गया और कुछ देर तक वैसे ही बैठा रहा। उसे बहुत तेज सिरदर्द होने लगा था। उसने बाथरूम में जाकर अपना सिर नल के नीचे रखा और पानी चला दिया। इसके बाद वह अपने गीले बालों के साथ वापस आया और अपने गीले बालों के साथ ही बिस्तर पर लेट गया।

जैसे रात में तेज गति से चलती हुई रेलगाड़ी अचानक पटरी से उतर जाती है और होनेवाली दुर्घटना का कोई संकेत नहीं देती है। देवाशीष का जीवन भी ऐसी ही अचानक आई एक मुसीबत का शिकार हो गया था। हालाँकि कुछ मिनट पूर्व उसे इस बात की भनक तक नहीं लगी कि आगे क्या होनेवाला था, लेकिन वह उस स्थिति को सहने के लिए तैयार नहीं था। उसने सोचा कि उसे बुद्धि से काम लेते हुए इस समस्या का कोई समाधान खोजना होगा।

देवाशीष अपने विचारों में डूब गया। वह एक सीधा-सादा आदमी था। यदि उसके स्थान पर कोई अन्य व्यक्ति होता तो उस रात वह कोई कठोर कदम उठा सकता था।

पूरे मामले का सार यह था कि दीपा किसी अन्य व्यक्ति से प्यार करती थी। देवाशीष को यह जानने में कोई दिलचस्पी नहीं थी कि वह आदमी कौन हो सकता था। चाहे वह कोई भी था, दीपा उससे प्यार करती थी, लेकिन उसे अपना वैवाहिक कर्तव्य पूरा करने की कोई इच्छा नहीं थी। दीपा और उसके प्रेमी की अंतरंगता कितने दिनों की थी? इन सब बातों को लेकर माथापच्ची करने में कोई समझदारी नहीं थी।

विजय माधव सहित उसके परिवार का प्रत्येक सदस्य इस अवैध प्रेम-प्रसंग से परिचित था। दूसरे आदमी के साथ उसके संबंधों की जानकारी होते हुए भी उन सबने मिलकर उसका जबरन विवाह किया था। शायद उन्हें आशा थी कि अब चूँकि उसकी शादी हो चुकी थी, इसलिए वह अंततः अपने प्रेमी को भूल जाएगी। क्या नृपति को इस मामले की जानकारी थी? यह असंभव था। यदि उन्हें कुछ पता होता तो वे देवाशीष के साथ इस तरह छल नहीं करते। वे अत्यंत सज्जन व्यक्ति हैं। लेकिन अपरिहार्य घटना घट चुकी थी। अब क्या किया जा सकता था? क्या उसे तलाक के विषय में विचार करना चाहिए?

घड़ी ने एक और उसके बाद दो बजा दिए। इस बीच देवाशीष ने देखा कि शयनकक्ष की बत्तियाँ अभी भी जल रही थीं। वह उन्हें बंद करने के लिए उठा। दीपा

के कमरे का दरवाजा सख्ती से बंद था। जैसे ही वह उसके सामने से गुजरा, उसने अंदर की आवाजें सुनने के लिए दरवाजे पर अपना कान लगा दिया, लेकिन अंदर से कुछ भी सुनाई नहीं दे रहा था। शायद वह सो गई थी। उसने शयनकक्ष की बत्तियाँ बंद कीं और अपने कमरे में आकर लेट गया।

काफी रात हो चुकी थी, मानो सारा शहर सदमे में डूब गया था। बहुत दूर, एक रेलगाड़ी लगातार सीटी बजाती हुई अँधेरे में विलीन हो गई। उसने अँधेरे में घूरकर देखा, उसके विचार बिजली की भाँति उसके मन में कौंध रहे थे। घड़ी ने तीन बजा दिए। देवाशीष जुगनू की भाँति अर्ध-विक्षिप्त मन से अपार अँधेरे में सोचता हुआ लेटा रहा। इसके अलावा, आज रात को उसके साथ और क्या हो सकता था!

देवाशीष ने दुबारा बाथरूम में जाकर अपना सिर पानी में डुबा दिया। वह अपने कमरे में वापस आया और बिस्तर पर लेटते ही सो गया, लेकिन वह अधिक देर तक नहीं सो सका। जैसे ही उसके शरीर की सुस्ती कुछ कम हुई, आसमान में पौ फटने के संकेत दिखाई दिए और वह दुबारा खड़ा हो गया। वह अपने दाँतों में ब्रश करके नीचे गया। नकुल अभी भी सो रहा था, क्योंकि एक दिन पहने उसने बहुत अधिक काम किया था और थककर चूर हो गया था। देवाशीष ने चुपके से मुख्य द्वार खोला और दबे पाँव घर से बाहर निकल गया। वीरान बगीचे में कोई फूल नहीं था, लेकिन उसके आसपास भोर में ताजगी की सुगंध आ रही थी। उसने मुख्य द्वार और चहारदीवारी के बीच खाली पड़ी जगह में आगे-पीछे कदम-ताल करना शुरू कर दिया।

धीरे-धीरे सूर्योदय हो रहा था, परंतु सड़कें अभी भी वीरान पड़ी थीं। कदम-ताल करते हुए देवाशीष पल भर के लिए बंद दरवाजे के पास जाकर रुका। दरवाजे के ऊपर अपनी कोहनी टिकाकर उसने सड़क पर देखा और पाया कि एक आदमी बड़े तेज कदमों से उसकी घर की ओर चला आ रहा था। जैसे ही वह निकट आया, देवाशीष ने उसे पहचान लिया। वह विजय माधव था।

विगत कुछ दिनों में देवाशीष और विजय माधव अच्छे दोस्त बन गए थे। इसके साथ-साथ अब वे दोनों विवाह के माध्यम से संबंधी भी बन गए थे। परंतु इस क्षण जैसे ही उसने विजय को देखा, उसका खून खौलने लगा। अतः जैसे ही विजय दरवाजे पर पहुँचकर देवाशीष को देखकर मुसकराया, उसने उसकी मुसकान का प्रत्युत्तर मुसकान से नहीं दिया। उसने विजय को गंभीरता से घूरते हुए पूछा, "अब तुम यहाँ क्या लेने आए हो? क्या अभी तक तुम्हारी मर्जी का काम पूरा नहीं हुआ है?"

विजय की हँसी गायब हो गई। उसने हकलाते हुए पूछा, "क्या···दीपा ने कुछ कहा है ?"

"सबकुछ," देवाशीष ने कठोर शब्दों में उत्तर दिया। "कम-से-कम उसने मुझे धोखा देने की कोशिश तो नहीं की।"

विजय उसे देखकर स्तब्ध रह गया। इसके बाद वह द्वार की कुंडी हटाकर अंदर आ गया। उसने देवाशीष का हाथ थामते हुए कहा, "मेरे प्यारे दोस्त, तुम दीपा के पति हो, तुम मेरे भाई जैसे हो। क्या तुम मेरी एक राय मानोगे ?"

"कौन सी राय ?"

"दीपा अभी बच्ची है। वह अभी-अभी अठारह साल की हुई है। उसके दिमाग में अभी पूरी तरह बेतुकी फैंटेसी (स्वप्न कथाएँ) भरी हुई हैं। इसके अतिरिक्त दीपा जैसी अपरिपक्व लड़की से कोई किस स्तर की बुद्धिमत्ता और परिपक्वता की अपेक्षा कर सकता है ? वह जो कुछ कहती है, प्लीज तुम उस पर ध्यान मत दो। पति-पत्नी के रूप में कुछ दिन रहने के बाद वह अपने अतीत से बाहर निकल आएगी। अभी यह उसकी ओर से की गई जवानी की सनक भरी मूर्खता के अतिरिक्त कुछ नहीं है।"

"लेकिन वह जो कुछ कहती है, उसके शब्दों का यह अर्थ तो कदापि नहीं निकलता।"

"किसी औरत के शब्दों का क्या महत्त्व है ? औरतें केवल नए फैशन की ओर आकर्षित और बड़ी-बड़ी बातें बनाने की अभ्यस्त होती हैं। लेकिन उन बातों का कोई विशेष अर्थ नहीं होता है।

"दीपा अभी तक स्कूल में थी और उसने ऐसी बातें अपनी सहपाठिनों से सीखी हैं। वह बड़ी आसानी से बहक गई है और उसके मन में फिल्मों, थिएटर तथा संगीत के प्रति लगाव है, यद्यपि हमने उसे कभी इन चीजों के प्रति प्रोत्साहित नहीं किया है। यह बात मैं पूरे आत्मविश्वास से कह सकता हूँ कि हमारे परिवार में कोई भी लड़की हमेशा पाप से दूर ही रहती है।"

देवाशीष ने शांत स्वर में कहा, "चिंता मत करो, मैं इस मामले में जल्दबाजी में कोई फैसला नहीं करूँगा। मैं अंततः जो कुछ भी करूँगा, वह काफी सोच-विचार के बाद ही करूँगा। क्या परिवार के बाहर का कोई आदमी इसके बारे में कुछ जानता था ?"

"नहीं।" विजय अभी उसमें कुछ और जोड़नेवाला था कि उसने नकुल को दरवाजे पर देखा। नौकर ने आगे बढ़कर कहा, "दादा, चाय तैयार है।"

विजय ने हलकी आवाज में कहा, "मेरे प्यारे दोस्त, आज मैं चलता हूँ। मैं जल्द ही तुमसे मिलने आऊँगा।"

वह फौरन वहाँ से चला गया। देवाशीष घर की ओर मुड़ा और बोला, "नकुल, प्लीज मेरी चाय ऊपर पहुँचा दो।"

नकुल ने मुसकराते हुए कहा, "यह काम तो मैं पहले ही कर चुका हूँ, दादा।"

देवाशीष ऊपर चला गया। चाय की तश्तरी निवास कक्ष के बीच में छोटी मेज पर रखी थी। वह पिछली रात की तरह खामोशी से सोफे पर बैठ गई, लेकिन उसने अपने पहले पहने हुए कपड़ों के स्थान पर नई साड़ी और ब्लाउज पहन लिया था। देवाशीष को देखते ही वह सहमकर खड़ी हो गई।

जैसे सूरज की पहली किरण खिड़कियों से निकलकर कमरे में प्रवेश करती है, वैसे ही देवाशीष ने दीपा को अपनी तेज नजरों में कैद कर लिया और उसके साथ बड़ी नरमी से पेश आया। विजय ने उसके बारे में अधिक बढ़ा-चढ़ाकर नहीं कहा था; दीपा के पतले स्वरूप में कौमार्य की गुणवत्ता थी, जो उसे किसी बच्चे की भाँति निर्दोष सिद्ध करती थी। परंतु उसका चेहरा उसके मन की दृढ़ता को प्रतिबिंबित करता था और उसकी दमकती काया उसकी सुदृढ़ भावनाओं को अभिव्यक्त करने में सक्षम थी।

देवाशीष उसके पास गया, लेकिन उसकी आँखें चाय की तश्तरी पर टिकी थीं। चाय एक बरतन में दी गई थी, जिसके पास दो खाली कप, गरम दूध, चीनी के साथ-साथ एक प्लेट में टोस्ट और मक्खन तथा चार उबले हुए अंडे रखे थे। नकुल ने उन दोनों के लिए जबरदस्त नाश्ता तैयार किया था। देवाशीष जब अकेला रहता था तो उसने उसके लिए कभी ऐसा नाश्ता नहीं बनाया था।

देवाशीष ने दीपा की ओर देखते हुए पूछा, "क्या तुम चाय डालोगी?"

दीपा के घर में पुरानी प्रथाएँ जारी थीं। चाय को कप में डालकर परिवार के हरेक सदस्य को व्यक्तिगत रूप से दिया जाता था। उनके यहाँ एक साथ नाश्ता खाने का रिवाज भी नहीं था। दीपा थोड़ी सकुचाई। देवाशीष ने उसकी ओर देखा और बोला, "ठीक है, मैं डालता हूँ।"

उसने कप में चाय डालकर दीपा को थमाते हुए कहा, "आराम से बैठो। मैं तुमसे बात करना चाहता हूँ। हम ऐसा अपनी चाय पीते-पीते कर सकते हैं।"

दीपा एक कुरसी पर बैठ गई। उसकी भयाकुल भावना के मूल में उसकी स्वाभाविक लज्जा कम थी, बल्कि वह असामान्य परिस्थितियों के कारण उत्पन्न विवाद में पकड़ी गई थी। उसकी जिंदगी में जबरदस्त खलबली मची हुई थी।

देवाशीष ने अपने कप से एक घूँट भरा और उसे नीचे रख दिया। "तुम्हारा भाई विजय माधव तड़के ही यहाँ आया था।" उसने दीपा को बताया।

दीपा ने अपनी चकित दृष्टि से उसकी ओर देखा और तत्काल अपनी नजरें फेर लीं। देवाशीष ने टोस्ट में मक्खन लगाते हुए कहा, "उसकी बातों से मुझे पता चला है कि तुम्हारा रहस्य तुम्हारे परिवार के प्रत्येक सदस्य को ज्ञात है। क्या कोई बाहरी आदमी भी इस विषय में कुछ जानता है?"

दीपा ने अपना सिर हिलाया। "नहीं···" उसने उत्तर दिया। उसके सूखे गले से 'नहीं' के अलावा अन्य एक भी शब्द नहीं निकला।

"खैर, कोई बात नहीं, सबकुछ ठीक हो जाएगा," देवाशीष ने उसे बताया। "कुछ···एक विचित्र समस्या···मेरे जीवन में आई है। मुझे इसे इस प्रकार हल करना होगा कि अधिक विवाद न उत्पन्न हो और संबद्ध लोगों का सम्मान भी बना रहे। तुम मेरी बात समझ रही हो न?"

दीपा ने अपना सिर हिलाया और बोली, "मैं समझ रही हूँ।" लेकिन वह देवाशीष के बात करने के तरीके से परेशान थी। क्या कोई आदमी ऐसी परिस्थितियों में इस तरह बात करता है?

देवाशीष ने टोस्ट का कौर काटते हुए कहा, "तुम्हारी चाय ठंडी हो रही है।"

दीपा ने फौरन अपना कप उठा लिया, लेकिन वह उसके हाथ में ही रुका रहा, उसके होंठों तक नहीं पहुँचा।

देवाशीष ने शांत स्वर में दुबारा कहा, "इस समस्या का एक सरल समाधान है—तलाक।"

दीपा का कप हिल उठा और उसकी चाय बिखरते-बिखरते बची। उसने स्वयं को संयत करते हुए दबी आवाज में कहा, "नहीं।"

देवाशीष की त्योरियाँ चढ़ गईं। "क्यों नहीं?" उसने पूछा। "तुम्हारे परिवार ने तुम्हारी पसंद के आदमी के साथ तुम्हारी शादी न करवाकर तुम्हारे साथ गलत काम किया है और अब उसे सुधारना तो पड़ेगा ही।"

दीपा ने अपनी आँखें फेरते हुए उत्तर दिया, "मेरे दादाजी···वे इस बदनामी को नहीं झेल पाएँगे।"

कुछ देर के लिए दीपा की ओर विचारमग्न होकर देखते हुए देवाशीष खामोश रहा। इसके बाद उसने बेमन से अपनी ठंडी चाय का कप उठाया और एक ही घूँट में पीकर कप वापस नीचे रख दिया।

देवाशीष उदय माधव से मिल चुका था और वह उस वृद्ध पुरुष के शक्तिशाली व्यक्तित्व को पहचान गया था। यदि उन्होंने सुन लिया कि उसकी पौत्री तलाक न्यायालय में गई थी तो संभवतः वे आत्महत्या तो न करें, किंतु उसे मार अवश्य डालेंगे।

"यदि तलाक कोई उचित विकल्प नहीं है तो तुम्हारे लिए केवल यही विकल्प है कि तुम अपने माता-पिता के घर वापस चली जाओ और जैसे शादी से पहले रहती थीं, वैसे ही अब भी उनके साथ रहो।"

"वे लोग मुझे फौरन यहाँ वापस भेज देंगे। इससे तो केवल मेरी बदनामी ही होगी।"

"फिर तीसरा विकल्प यह है कि तुम यहीं रहती रहो। तुम्हारे पास अपनी निजी जगह होगी। मैं उसमें घुसपैठ नहीं करूँगा। लेकिन मेरा भी स्वाभिमान है, मेरा आत्मसम्मान है। तुम्हें सार्वजनिक रूप से एक पत्नी की भूमिका निभानी होगी। क्या तुम इस पर राजी हो?"

दीपा ने सिर हिलाकर संकेत दिया कि वह इसके लिए तैयार है।

देवाशीष ने उसे चेतावनी दी, "यद्यपि मेरा सेवक भी एक बाहरी आदमी है, उसके सामने भी तुम्हें इस बात का ध्यान रखना होगा।"

दीपा ने पुनः सहमति में सिर हिलाया।

देवाशीष गहरी साँस छोड़ते छोड़ते हुए खड़ा हो गया। "ठीक है, फिर यही तय रहा, लेकिन यह नाटक कब तक चलेगा?"

दीपा खामोश थी। उसके पास इस प्रश्न का कोई उत्तर नहीं था। देवाशीष कमरे से बाहर चला गया। महिला प्राणियों के बारे में उसका अनुभव अत्यंत सीमित था, फिर भी उसने महसूस करना शुरू कर दिया था कि औरतें अत्यंत स्वार्थी होती हैं। वे अपने हित के सामने किसी चीज को महत्त्व नहीं देतीं, उनके लिए उनका हित ही सर्वोपरि है।

एक दिन पहले देवाशीष ने अपने काम से कुछ दिनों की छुट्टी लेकर अपनी पत्नी के साथ रहने की योजना बनाई थी, परंतु उसकी सारी योजनाएँ धराशायी हो गईं। वह कुछ देर अनमना होकर टहलता रहा और उसके बाद उसने उस बिस्तर पर बिछी चादरों को सीधा कर दिया, जिस पर वह पिछली रात सोया था, ताकि नकुल को इस बात का संदेह न हो कि वे दोनों अलग-अलग सोए थे। इसके बाद वह रसोई में गया और कहा, "नकुल, मेरा खाना तैयार कर दो; मैं नौ बजे फैक्टरी के लिए निकलूँगा।"

जैसे ही वह स्नान हेतु आगे बढ़ा, देवाशीष के मन में कोई विचार आया। उसने देखा कि दीपा अभी वहीं बैठी हुई थी, जहाँ वह उसे बैठी छोड़कर गया था। वह उसके पास ऊपर गया और बोला, "यदि हमें अपने संबंधों के बारे में नकुल को अँधेरे में रखना है तो मुझे तुम्हारे बाथरूम में नहाना पड़ेगा। यदि वह मेरे उतरे हुए कपड़े दूसरे स्नानघर में देखेगा तो सोचेगा कि कुछ तो गड़बड़ है। तो क्या मैं तुम्हारे बाथरूम का उपयोग कर सकता हूँ ?"

दीपा ने महसूस किया कि देवाशीष शायद उसका उपहास कर रहा था। उसने उसकी ओर देखा, परंतु उसके चेहरे पर ऐसा कोई भाव नहीं था। उसने सिर हिलाकर अपनी सहमति दे दी।

देवाशीष नहाकर नौ बजे अपने काम पर जाने के लिए निकल पड़ा। घर का सारा कामकाज नकुल के ऊपर आ गया था। उसे नई बहू को इस घर के तौर-तरीके समझाने की पहल करनी होगी और उसके भोजन तथा अन्य सुविधाओं का ध्यान रखना पड़ेगा। चूँकि इस घर में वर्षों से कोई स्त्री नहीं थी, इसलिए घर की सारी जिम्मेदारी नकुल के कंधों पर आ पड़ी, जबकि यह दायित्व घर की मालकिन का होता है।

लंच समाप्त होने के बाद नकुल ने दीपा की प्लेटों को मेज से हटाकर उसे साफ कर दिया। उसने दीपा को ऊपर अपने कमरे में जाकर थोड़ी देर सोने की सलाह दी।

लेकिन दीपा को दोपहर को सोने की आदत नहीं थी। उसने पहली मंजिल को जाँचना शुरू किया। पिछली रात देवाशीष इस कमरे में सोया था...नकुल को इसके बारे में पता नहीं चलना चाहिए...उसे रोज सुबह नौकर के ऊपर आने से पहले बिस्तर को ठीक करना होगा। घर की बगल वाली बालकनी खेतों की ओर थी। बगीचा वीरान पड़ा था। ऐसा लगता था, जैसे वर्षों से उस पर किसी ने निगाह नहीं डाली थी। देवाशीष को हरियाली से कोई खास लगाव नहीं था, लेकिन दीपा को था। उसने अपने मायके में अनेक गमलों में लगे पौधों की देखभाल की थी।

वह घर के आसपास एक घंटे से कुछ अधिक देर तक टहलती रही, उसके बाद अपने शयनकक्ष में वापस लौट गई। तत्पश्चात् उसका ध्यान रेडियोग्राम पर गया। दीपा को संगीत से प्यार था। उसके मायके में उसके पास एक ट्रांजिस्टर था। वह रेडियो पर अनेक कार्यक्रम—गाने, फुटबॉल की कमेंट्रियाँ, नाटक सुनते हुए बिस्तर पर लोटपोट हो जाती थी। शादी के बाद वह उसे अपने साथ लाना भूल गई थी। उसकी और भी कई चीजें उसके मायके में ही छूट गई थीं।

दीपा ने सरकाकर रेडियोग्राम का ढक्कन खोला और उसकी बटनों पर उँगलियाँ फेरीं। कमरे में दोपहर वाले कार्यक्रमों की मोहक धुन गूँजने लगी। रेडियोग्राम की बगल में एक गद्दीदार कुरसी पर बैठकर उसने संगीत सुनना शुरू कर दिया।

पिछली रात भी वह बहुत कम सो पाई थी। वह अत्यंत थकाऊ रात थी। अब जैसे ही रेडियो पर कोई सुरीला संगीत बजा, उसकी आँखें बंद हो गईं।

अचानक टेलीफोन की घंटी सुनकर वह चौंक गई। उसने अपनी आँखें खोलीं तो देखा कि कमरे के कोने में छोटा सा टेलीफोन रखा था। दीपा ने रेडियो बंद कर दिया। यह अवश्य की देवाशीष का फोन होगा। एक पल हिचकने बाद उसने रिसीवर उठा लिया।

"हैलो।"

फोन के दूसरे सिरे से आनेवाली आवाज ने पूछा, "दीपा, क्या तुम मेरी आवाज पहचान रही हो?"

उत्तर देने से पूर्व दीपा के दिल की धड़कन बढ़ गई, उसने साँस रोककर उत्तर दिया, "हाँ, मैं पहचान रही हूँ।"

"क्या कमरे में तुम्हारे अलावा और भी कोई है?"

"नहीं, मैं अकेली हूँ।"

"ठीक। क्या तुमने अपने पति को हमारे बारे में बताया था?"

"हाँ।"

"फिर?"

"कुछ नहीं।"

"क्या उसने कल रात तुम्हें परेशान किया?"

"नहीं।"

"क्या तुम अकेली सोई?"

"हाँ।"

"बहुत अच्छा। इसी तरह कुछ दिन और जारी रखो।"

"कितनी देर तक?"

"कुछ समय के लिए। तुम चिंता मत करो; सबकुछ अपने आप ठीक हो जाएगा। क्या तुम्हें अपना वचन याद है?"

"वचन?"

"तुमने ईश्वर के नाम की सौगंध खाई थी कि तुम मेरी पहचान किसी को नहीं बताओगी, याद आया?"

"हाँ, मुझे याद है।"

"तुम्हारा पति मेरा नाम बताने के लिए तुम्हारे ऊपर दबाव डाल सकता है।"

"वह कुछ जानने का इच्छुक नहीं है और यदि वह जानना भी चाहेगा तो मैं उसे नहीं बताऊँगी।"

"अच्छा है। जब तुम्हारा पति घर में नहीं होगा तो मैं तुम्हें दोपहर बाद कभी-कभी फोन किया करूँगा।"

"ठीक है।"

दीपा फोन रखकर वापस अपनी कुरसी पर आ गई। उसे ऐसे लगा, मानो उसकी सारी शक्ति क्षीण हो गई हो।

देवाशीष शाम को पाँच बजे फैक्टरी से घर वापस आया। नकुल ने दरवाजा खोला। दीपा ने ऊपर से ही घंटी की आवाज सुन ली थी और साँस रोककर उसकी प्रतीक्षा कर रही थी।

देवाशीष ने ऊपर आकर देखा कि दीपा रेडियोग्राम के पास खामोश बैठी थी। जैसे ही वह कमरे के अंदर आया, दीपा चौंककर खड़ी हो गई और मुड़कर उसे देखने लगी। देवाशीष हिचकिचाते हुए उसके सामने जाकर खड़ा हो गया। दोनों ने एक-दूसरे से कोई बात नहीं की। लेकिन वे इस तरह एक-दूसरे को देखते हुए कितनी देर खड़े रह सकते थे? आखिरकार देवाशीष ने पूछा, "क्या नकुल ठीक से तुम्हारी देखभाल करता है?"

दीपा ने सहमति जताते हुए उत्तर दिया, "हाँ।"

"क्या तुमने चाय पी ली?" देवाशीष ने उससे पूछा।

"नहीं," अपना सिर हिलाते हुए उसने उत्तर दिया।

एक बार यह बातचीत समाप्त होने के बाद देवाशीष के पास शब्दों का अकाल पड़ गया। इस बीच, दीपा अपनी ओर से कुछ अनायास ही बोलने की कोशिश कर रही थी। लेकिन वह संभवतः क्या कह सकती थी? उसके पास कहने के लिए बचा ही क्या था? अंततः उसके मन में एक विचार आया। उसने देवाशीष की ओर देखते हुए पूछा, "आप अपना लंच कहाँ करते हैं?"

"मेरे कारखाने में लंच के अच्छे प्रबंध हैं," उसने उत्तर दिया। सभी कर्मचारी और कार्यालय स्टाफ के लोग कैंटीन में एक साथ लंच करते हैं। मैं भी वही करता हूँ।"

दीपा ने सामान्यतौर पर कहा, "अरे।"

"ठीक है, तुम जरा मुझे कपड़े बदलने के एक मिनट का समय दो," देवाशीष ने सुझाव दिया, "और उसके बाद हम चाय पिएँगे।"

"अवश्य।" दीपा ने आशंकित स्वर में उत्तर दिया।

जैसे ही वह दीपा के कमरे की ओर बढ़ा, उसने उससे पूछा, "क्या मैं तुम्हारे बाथरूम का इस्तेमाल करना जारी रखूँ?"

वह बाथरूम के दरवाजे पर ठिठककर कमरे में वापस आया और मंद स्वर में बोला, "एक बात और है, जो मैं कहना चाहता हूँ। जब तुम मेरे साथ औपचारिक संबोधन करती हो तो बड़ा विचित्र लगता है, जैसे तुम कोई मेहमान हो। जब हम लोग अकेले हों, तब तो यह ठीक है। लेकिन नकुल या किसी अन्य की मौजूदगी में तुम्हें मेरे साथ अधिक आत्मीयता से बात करनी चाहिए, ताकि लोगों को यह भ्रम बना रहे कि सबकुछ ठीक है।"

दीपा ने चुपचाप अपनी निगाहें फेर लीं।

"ठीक है?"

वास्तविक उदासीनता के साथ दीपा ने धीरे से कहा, "अच्छी बात है।"

देवाशीष स्नान करने चला गया। वह अपने स्थान पर वहीं खड़ी हुई सोचने लगी, 'क्या सार्वजनिक रूप से अनौपचारिक तरीके से बात करना और अकेले में औपचारिक हो जाना इतना सरल है?' शायद स्टेज पर काम करनेवाले कलाकार ऐसी व्यवस्था कर सकते हैं। उसे महसूस हुआ, मानो वह धीरे-धीरे किसी गहरे दलदल में धँसती जा रही हो।

दस मिनट बाद देवाशीष अपने कुरते की बटन बंद करता हुए बाथरूम से बाहर आया। "आओ," उसने उसे आमंत्रित किया और बोला, "चलो, नीचे चलकर चाय पीते हैं।"

देवाशीष के पीछे-पीछे दीपा नीचे चली गई और दोनों भोजन की मेज पर आमने-सामने बैठ गए। नकुल ने दोनों के सामने सब्जी और पूरियों की प्लेट रख दी। देवाशीष ने खाना शुरू कर दिया, लेकिन दीपा चैतन्य होकर उसे देखते हुए बैठी रही।

नकुल ने पूछा, "दादा, क्या मैं एक अंडा तल दूँ?"

देवाशीष ने दीपा की ओर देखा, उसने अपना सिर हिला दिया। उसके मायके में उसे अंडा खाने की मनाही थी। वहाँ अविवाहित स्त्री के लिए अंडे निषिद्ध थे।

देवाशीष ने नकुल से कहा, "इतना ही पर्याप्त है, परेशान मत हो।"

नकुल चाय देने के लिए अंदर आया और बोला, "क्या बात है, भाभीजी? आप क्यों नहीं खा रही हैं?"

दीपा ने अपना सिर झुका लिया और उतावली होकर देवाशीष की ओर देखा। वह उसके संकोच का कारण समझ गया। उसने हँसते हुए कहा, "नकुल, इन्हें शायद पुरुषों के सामने खाने की आदत नहीं है।"

देवाशीष ने अपना भोजन जल्दी से समाप्त किया और मेज छोड़कर चला गया। उसके कमरे से बाहर जाने के बाद, नकुल दीपा के निकट जाकर बोला, "भाभीजी, इस घर में औरत और मर्द हमेशा एक साथ खाना खाते थे। यह रिवाज तभी से चला आ रहा है, जब बड़े मालिक जिंदा थे। चूँकि अब आप इस परिवार की नई बहू और एक सदस्य हैं, आपसे भी उन्हीं परंपराओं का पालन करने की उम्मीद की जाती है। आप चिंतित न हों, धीरे-धीरे आपको आदत पड़ जाएगी। अब आप खाइए। क्या आपके मायके वाले अंडे नहीं खाते?"

"पुरुष बतख के अंडे खाते हैं," दीपा ने सफाई दी, "लेकिन मुरगियों के अंडों पर पाबंदी है।"

नकुल ने गरदन हिलाते हुए चतुराई से कहा, "सभी अंडे समान होते हैं, चाहे वे बतख के हों या फिर मुरगियों के।"

दीपा ने अपना नाश्ता और चाय समाप्त किया, जबकि नकुल वहाँ खड़े होकर देखा कि उसने भोजन नहीं छोड़ा था। जैसे ही वह भोजनालय से बाहर आई, उसने देखा कि देवाशीष सीढ़ियों के जंगले पर अपनी कोहनी टिकाए खड़ा था। उसने जब दीपा को देखा तो पूछा, "क्या तुम बाहर जाना पसंद करोगी? तुम सारा दिन घर में बंद रहती हो। चलो, कहीं घूमकर आते हैं।"

दूसरों के लिए दिखावा करना तो बिल्कुल ठीक था, लेकिन किसी को कहीं एक रेखा तो खींचनी ही होगी। दीपा ने देवाशीष को अच्छी तरह देखा और दृढ़ता से उत्तर दिया, "जी नहीं।"

देवाशीष ने उसकी बात पर कोई आपत्ति नहीं की। उसने उसके निर्णय को स्वाभाविक रूप से स्वीकार कर लिया और कहा, "ठीक है फिर। मैं थोड़ी देर के लिए बाहर जा रहा हूँ। ज्यादा दूर नहीं···बस नृपतिदा के घर तक।"

वह चला गया। अभी वह आधी दूर ही पहुँचा था कि उसने कपिल को बड़ी शीघ्रता से अपनी ओर पैदल आते देखा। कपिल के पास एक छोटी कार थी और

वह आमतौर पर उसी में कहीं आता-जाता था। जब वे एक-दूसरे के सामने पहुँचे तो देवाशीष ने पूछा, "तुम इस तरह पैदल कहाँ जा रहे हो?"

कपिल थोड़ा शरमाया, "मैं तुम्हारे ही घर आ रहा था।"

यद्यपि उसके उत्तर से वह थोड़ा चौंका, लेकिन देवाशीष ने अपना आश्चर्य छिपाते हुए मुसकराया, "मेरे घर? ठीक है फिर, आओ वापस चलते हैं।"

"नहीं, सबकुछ ठीक है। वहाँ जाना जरूरी नहीं है। क्या तुम नृपतिदा के घर जा रहे थे? आओ, फिर वहीं चलते हैं। अंततः मैं भी वहीं जा रहा था। मैं तो तुम्हारे घर कोई चीज खोजने जा रहा था।"

दोनों नृपति के घर की ओर चल पड़े। देवाशीष ने पूछा, "तुम मेरे घर में क्या खोजने जा रहे थे?"

"आज सुबह से मुझे मेरी सिगरेटदानी नहीं मिल रही है।" कपिल ने संकोचपूर्वक उत्तर दिया। "जहाँ तक मुझे याद है, कल रात तक वह मेरे पास ही थी। उसके बाद हमने वह सिगरेट पी थी, जो तुमने अपने घर पिलाई थी और अब मुझे याद नहीं आ रहा कि मेरी सिगरेटदानी मेरे पास थी या नहीं। इसलिए मैंने सोचा कि मैं तुम्हारे घर जाकर उसे खोजने का प्रयास करूँ कि शायद कहीं वह मेरी जेब से तुम्हारे घर पर ही तो नहीं गिर गई थी?"

देवाशीष ने कहा, "यदि वह तुम्हारी जेब से मेरे घर पर गिरी होगी और किसी ने उसे उठाया नहीं होगा तो निश्चय ही नकुल ने उसे उठाकर एक तरफ रख दिया होगा। मैं उससे उसके बारे में पूछूँगा। वह किस चीज की बनी थी—सोने की?"

कपिल ने फौरन कहा, "हाँ, तुम ठीक कह रहे हो, लेकिन तुम चिंता मत करो। मैं हमेशा कोई-न-कोई चीज खोता रहता हूँ। आमतौर पर कई बार वे मिल भी जाती हैं। शायद वह अभी भी मेरे घर में ही है या फिर नृपतिदा के घर में भी हो सकती है।"

नृपति का घर रोशनी से जगमगा रहा था। उस समय कमरे में केवल दो लोग—नृपति और प्रबल थे। जब देवाशीष और कपिल ने प्रवेश किया तो नृपति ने बड़े प्यार से उनका स्वागत करते हुए कहा, "अंदर आ जाओ।"

दोनों लोग जाकर नृपति के पास खड़े हो गए। नृपति ने देवाशीष की ओर देखा तो उनकी आँखें खुशी से चमक उठीं और उन्होंने चुटकी लेते हुए कहा, "मैंने तो सोचा था कि तुम अभी कुछ दिनों तक घर से बाहर ही नहीं निकलोगे। खैर कोई बात नहीं, अब यह बताओ कि तुम्हारी वैवाहिक जिंदगी कैसी चल रही है?"

देवाशीष इस प्रश्न के लिए तैयार नहीं था। उसने गहरी साँस ली और अपने होंठों पर शरमीली मुसकान लाते हुए उत्तर दिया, “बहुत बुरी तरह नहीं।”

प्रबल के गले से एक आशंकित स्वर निकला, “शुरू-शुरू में कुछ ऐसा ही होता है। उसके बाद धीरे-धीरे…”

वह जाकर प्यानो पर बैठ गया और उदास होकर कोई विषादपूर्ण तान छेड़ने लगा।

पल भर के लिए कपिल उसके ऊपर नाराज हुआ और मुँह बिचकाते हुए बोला, “कुछ ऐसी नस्ल के लोग होते हैं, जो हमेशा केवल काले बादल ही देखते हैं, उन्हें उनके बीच की रुपहली रेखा नजर नहीं आती है। नृपतिदा, क्या आप मुझे एक सिगरेट देंगे प्लीज। लगता है, मेरी सिगरेटदानी कहीं खो गई है।”

कपिल ने अभी अपनी सिगरेट जलाई ही थी कि फिल्म अभिनेता सुजान मित्रा ने प्रवेश किया। शायद वह अपने स्टूडियो से वापस लौट रहा था, क्योंकि वह कार्डराय की पैंट और रेशमी लाल कमीज पहने हुए था। देवाशीष को देखने के बाद उसने अपनी आँखें घुमाईं और हँस पड़ा। इसके बाद उसने पूछा, “नृपतिदा, क्या आपने आज सुबह अखबार पढ़ा था?”

हरेक आदमी उसकी ओर उत्सुकता से देखने लगा। प्यानो पर थिरकती प्रबल की उँगलियाँ अचानक रुक गईं। नृपति ने पूछा, “तुम्हारे कहने का तात्पर्य क्या है? वास्तव में, मैं रोज सुबह अखबार पढ़ता हूँ। लेकिन मेरी नजरों में आज कोई खास चीज नहीं आई।”

सुजान ने नाटकीय अंदाज में अपने पाँव फटकारे। “शायद इतनी सनसनी मचानेवाली खबर नहीं है,” उसने सहमति जताई, “लेकिन वह स्थानीय रुचि की अवश्य है। वह मेरे पड़ोस की खबर है। अखबारों के कोने में एक छोटी सी खबर छपी है। कल गोल पार्क के पास एक भिखारी मर गया।” सुजान लोगों की प्रतिक्रिया देखने के लिए पल भर के लिए खामोश हो गया। सब लोगों ने उसकी ओर चकित होकर देखा। उसने अपनी बात जारी रखी, “आप लोग शायद यह सोचकर हैरान हो रहे होंगे कि किसी भिखारी की मौत इतनी समाचार योग्य कैसे हो सकती है, परंतु वह कोई स्वाभाविक मौत नहीं थी। उसे किसी अज्ञात हमलावर ने मारा था। सबसे विचित्र बात यह है कि हत्यारे ने भिखारी के हृदय में साही के काँटे से प्रहार किया था।”

सुजान की बात के बीच में ही प्रबल अपनी जगह से खड़ा हुआ और उन लोगों के पास आ गया। लोग थोड़ी देर तक शांत रहे। अंततोगत्वा नृपति ने कहा, “शायद

मैंने उस पर ध्यान इसलिए नहीं दिया कि वह खबर बहुत छोटी थी। क्या तुम लोगों में से किसी ने वह खबर पढ़ी है?"

किसी ने नहीं पढ़ी थी। देवाशीष और प्रबल तो अखबार पढ़ते ही नहीं थे। उन्हें ताजा समाचारों में कोई रुचि नहीं थी। कपिल केवल खेल पृष्ठ पढ़ता था।

प्रबल ने पूछा, "क्या कोई साही का काँटा किसी मानव शरीर में प्रवेश कर सकता है? क्या वह टूट नहीं जाएगा?"

नृपति एक बुद्धिमान व्यक्ति थे। "नहीं, वह नहीं टूटेगा।" उन्होंने उत्तर दिया। यदि काँटा मुलायम रहा होता तो वह मुड़ जाता, लेकिन टूटता कदापि नहीं। कोई कठोर काँटा किसी लोहे के सरिए की तरह आर-पार जा सकता है।"

"वे कहाँ मिलते हैं?" प्रबल ने प्रश्न किया। "वास्तव में क्या वे बाजार में बिकते हैं?"

"वे हर जगह नहीं बिकते हैं," नृपति ने उत्तर दिया, "मैंने सुना है कि वे न्यू मार्केट की कुछ दुकानों में मिलते हैं। इसके अलावा, वे घुमंतू मुसहरों द्वारा मैदान बाजार में भी बेचे जाते हैं।"

देवाशीष ने पूछा, "लेकिन जब बाजार में चाकू और पिस्तौल उपलब्ध हैं तो कोई साही के काँटे का उपयोग क्यों करेगा?"

कोई भी इसका कोई संतोषजनक उत्तर नहीं दे पाया। कपिल ने एक अन्य प्रश्न किया, "लेकिन कोई किसी भिखारी की हत्या क्यों करेगा? हत्यारे को भिखारी की हत्या करने से क्या लाभ होनेवाला था?"

नृपति ने इस प्रश्न पर कुछ देर तक विचार करने के बाद कहा, "कभी-कभी भिखारी एक जमाखोर भी बन सकता है। यह कोई असामान्य बात नहीं है कि कई बार भिखारी अपने कपड़ों और बिस्तरों में चार सौ से पाँच सौ रुपए तक भी छिपाकर रखते हैं। शायद इस भिखारी ने भी वैसा ही किया होगा और किसी ने उसके पैसे हासिल करने के लिए उसकी हत्या कर दी होगी।"

कपिल ने टिप्पणी की, "मैं सोचता हूँ कि यह किसी पागल आदमी का काम है। साही के काँटे के प्रयोग के बारे में कुछ स्पष्ट नहीं कहा जा सकता है।"

"संभव है," सुजान ने सहमति व्यक्ति की। "कोई भी समझदार आदमी ऐसे विचित्र हथियार का उपयोग क्यों करेगा? प्रबल, तुम्हारा क्या विचार है?"

प्रबल ने अपने उदास रवैये के साथ कहा, "वह चाहे जो भी हो, इतना तो निश्चित है कि वह कोई अच्छा आदमी है। उसने भिखारी की हत्या करके एक प्रकार

से समाज की सेवा की है। जो लोग ऐसा अकर्मण्य जीवन बिताते हैं, उन्हें जीने का कोई अधिकार नहीं है।" वह खड़ा हुआ और अपनी जगह पर वापस जाकर प्यानो बजाने लगा।

इसके फौरन बाद खड्ग बहादुर आया। उसने उस दिन एक मैच खेला था। उसने खेल के बारे में बातचीत शुरू की और चर्चा जारी रही। थोड़ी देर बाद सबको कॉफी दी गई। उन्होंने उसकी चुस्की लेते हुए देवाशीष के घर लौटने तक चर्चा जारी रखी।

शादी के बाद भी देवाशीष की जिंदगी उसी पिंजरे में कैद होकर रह गई थी, जिसमें वह शादी के पहले थी, उसमें केवल इतना परिवर्तन आया था कि उसके परिवार में एक नया सदस्य जुड़ गया था। लेकिन नकुल तथा अन्य लोगों की मौजूदगी में चीजों को उसके कुँआरे समय की अपेक्षा भिन्न दिखाना जारी रहा। देवाशीष को इससे घृणा थी।

लोगों की नजरों से दूर, दीपा के साथ उसका रिश्ता सचमुच बहुत विचित्र था। दोनों अपनी रोजमर्रा की जिंदगी की कशमकश को ठीक करने की भरपूर कोशिश कर रहे थे और अंतरंगता की संभावनाओं को दूर रखे हुए थे। यह कोई आसान काम नहीं था। दीपा के रहस्य का भय अकसर उसकी आँखों के बाहर तैर जाता था; देवाशीष स्वयं बेचैन था। हालाँकि वह जानता था कि दीपा किसी अन्य आदमी से प्यार करती थी, लेकिन वह उसकी ओर कभी आकर्षित होने में असमर्थ रहा। विजय ने कहा था कि वह अभी एक अपरिपक्व लड़की है और जल्द ही दूसरे आदमी के प्रति उसके प्यार का नशा उतर जाएगा, लेकिन ऐसा होता दिखाई नहीं दे रहा था। दीपा चाहे जो कुछ भी थी, वह अपने फैसले पर अडिग थी।

भय और दुविधाओं के बीच उसी तरह दिन बीतते रहे। एक शाम फैक्टरी से वापस आकर देवाशीष ने दीपा से कहा, "मैं तुम्हारी मंशा जानना चाहता हूँ। मेरे कारखाने के कर्मचारी चाहते हैं कि तुम किसी दिन उनके बीच जाओ। वे तुम्हारे लिए एक पार्टी करने के इच्छुक हैं। क्या तुम जाने के लिए राजी हो?"

वह इस प्रस्ताव से अत्यंत घबरा गई। यह कौन सी नई मुसीबत थी? उसने लंबी खामोशी के बाद पूछा, "क्या मुझे जाना होगा?"

"यदि तुम्हारी इच्छा न हो तो मैं तुम्हें इसके लिए विवश नहीं करूँगा," देवाशीष ने उत्तर दिया, "लेकिन उनके प्रस्ताव को ठुकराना अभद्रता होगी।"

"ठीक है फिर।" दीपा ने अपनी तुनुकमिजाजी से सहमति दी।

कुछ दिनों बाद देवाशीष आम दिनों की अपेक्षा थोड़ा जल्दी घर वापस आया। उसने अपने पश्चिमी कपड़े उतारकर पारंपरिक धोती और कुरता पहन लिया तथा दीपा के साथ फैक्टरी के लिए रवाना हो गया।

बटरफ्लाई कॉस्मेटिक्स फैक्टरी एक आयताकार इमारत थी, बिल्कुल बैरकों जैसी। वहाँ एक कतार में बरामदों से घिरे अनेक कमरे बने हुए थे। इमारत के अंदर एक विशाल मैदान था। रसायनशास्त्रियों और शेष स्टाफ को मिलाकर वहाँ लगभग साठ कर्मचारी थे। अन्य कारखानों की तरह वह बहुत बड़ी तो नहीं थी, लेकिन उसके उत्पादों की हर जगह बड़ी भारी माँग थी।

फैक्टरी के ठीक सामनेवाले मैदान में एक छोटा सा मंच बनाया गया था। जैसे ही देवाशीष की कार फैक्टरी के सामने जाकर रुकी, कारखाने के वरिष्ठतम रसायनशास्त्री डॉ. राम प्रसाद दत्ता दीपा के स्वागत हेतु बाहर आए। उनके पीछे अनेक अन्य कर्मचारी भी आए थे, जिन्होंने मुसकराते हुए उसका स्वागत किया।

"आइए," डॉ. दत्ता ने दीपा से कहा, "चलिए, सबसे पहले मैं आपको फैक्टरी दिखाता हूँ।" डॉ. दत्ता उसके पिता की आयु के थे और उनके स्नेहिल अभिनंदन से दीपा को कुछ राहत मिली थी। देवाशीष उनके साथ नहीं गया था। उसे पता था कि उसकी अनुपस्थिति से दीपा को लोगों के साथ घुलने-मिलने में आसानी होगी।

फैक्टरी के बंद होने का समय हो चुका था, लेकिन कुछ कर्मचारी अभी भी कुछ कमरों में काम कर रहे थे। एक कमरे में बड़ी-बड़ी काँच की हाँडियों में बालों में लगानेवाला तेल भरकर एक कतार में रखा हुआ था। दूसरे कमरे में चेहरे पर लगानेवाली क्रीम रखी हुई थी और इसी प्रकार का अन्य सौंदर्य-प्रसाधन विभिन्न कमरों में संगृहीत था, जिसके परिणामस्वरूप समूचे परिसर में भीनी-भीनी सुगंध फैली हुई थी।

डॉ. दत्ता उसे आसपास लेकर गए और वहाँ देखने लायक जो भी चीज थी, वह सब उन्होंने दीपा को दिखाई। इस भ्रमण के दौरान दीपा अनजाने ही अपने आपको भूल गई और अत्यंत प्रसन्न दिखाई देने लगी। उसने अब तक जो कुछ भी देखा था, उसके बारे में अनगिनत प्रश्न कर डाले और यह जानने में रुचि दिखाई कि तमाम क्रीम और लोशन कैसे बनाए जाते थे। उसे ऐसा महसूस हुआ, जैसे वह किसी नई दुनिया में पहुँच गई थी। आधुनिकतम खोजों के प्रति उसकी बढ़ती जिज्ञासा ने उसके आनंद में भारी वृद्धि कर दी थी। उसका प्रश्नाकुल मन अत्यंत व्यस्त हो गया था।

फैक्टरी की सैर कराने के बाद डॉ. दत्ता उसे मंच पर ले गए। उसके ऊपर कुछ कुरसियाँ लगी थीं और अधिकतर कुरसियाँ मंच के सामने मैदान में लगाई गई थीं। फैक्टरी के सभी कर्मचारी वहाँ एकत्र हो चुके थे। डॉ. दत्ता दीपा को स्टेज पर लगी कुरसी के पास ले गए। देवाशीष स्वयं उसके बगल में बैठ गया।

फैक्टरी के कर्मचारियों में अनेक अदृश्य प्रतिभाएँ थीं, जिनका उनके काम से कोई सरोकार नहीं था। श्रोताओं के बीच से एक युवक पश्चिमी कपड़े पहनकर स्टेज पर आया और उसने रवींद्रनाथ टैगोर द्वारा संगीतबद्ध अनेक गीत सुनाए। वह लड़का कुदरती तौर पर एक अच्छा गायक था और दर्शक समूह उसके प्रदर्शन को देखकर अभिभूत हो गया। दीपा के चेहरे पर भी एक शरमीली मुसकान तैर गई। उसने कनखियों से देवाशीष की ओर देखा, जो अपनी नकली मुसकान बिखेर रहा था, जिसे उसने सार्वजनिक प्रदर्शन हेतु सुरक्षित रख छोड़ी थी। इन दिनों दीपा उसका चेहरा देखकर बता सकती थी कि उसकी मुसकान असली थी या नहीं। उसका मन कुछ बोलने को हुआ, लेकिन तभी उसने अपने ऊपर काबू पा लिया।

गीतों की समाप्ति के बाद एक अन्य युवक मंच पर आया और उसने पूरी तन्मयता से एक रोचक कहानी सुनाई। उसकी कहानी सुनकर सभी लोग खूब हँसे। इसके बाद डॉ. दत्ता ने एक संक्षिप्त भाषण दिया। केक और चाय वितरण के साथ पार्टी समाप्त हो गई।

देवाशीष और दीपा जब अपनी कार के पास पहुँचे तो उन्होंने देखा कि कार की पिछली सीट गुलदस्तों और उपहारों से लदी पड़ी थी। देवाशीष ने वहाँ से रवाना होने से पूर्व सबको प्रसन्नतापूर्वक धन्यवाद दिया। तब तक गोधूलि का समय हो चुका था।

"कैसी लगी पार्टी?" देवाशीष ने उससे पूछा, लेकिन उसका सारा ध्यान गाड़ी चलाने पर था।

सड़क पर प्रकाश एवं छाया की आँखमिचौनी के बीच दीपा ने उसके चेहरे की ओर देखते हुए कहा, "सुंदर।"

कार की दोनों तरफ लोगों की भीड़ आ-जा रही थी और देवाशीष तथा दीपा ने महसूस किया, जैसे वे दोनों किसी अन्य ग्रह से आए हुए मुलाकाती थे। पुनः आगे बढ़ने से पहले कई बार उनकी कार लाल बत्तियों पर रुकी। वह रास्ते के उतार-चढ़ावों से गुजरती हुई घर की ओर चली जा रही थी।

"डॉ. दत्ता तुम्हें कैसे लगे?"

दीपा का चेहरा थोड़ा खिल उठा जब उसने कहा, "वे कितने अच्छे आदमी हैं! वे बड़ी अच्छी तरह बात करते हैं। काश! वे वहाँ अधिक समय तक रहते¨मेरा मतलब फैक्टरी में रहते ?"

"वे हमारे साथ तभी से हैं, जब बाबा ने फैक्टरी लगाई थी। मैं उस कारखाने का कानूनी तौर पर मालिक हो सकता हूँ, लेकिन उसके असली करता-धरता तो वही हैं।"

कार गुलाबों की सुगंध से भर गई। दीपा ने गहरी साँस लेते हुए कहा, "अन्य लोग भी अच्छे थे।"

देवाशीष ने अपने मन में कहा, "वहाँ हर कोई अच्छा है, सिवाय फैक्टरी मालिक के।" उसने ऊँची आवाज में कहा, "वे सभी मुझे बहुत चाहते हैं।" संक्षिप्त चुप्पी के बाद उसने बात आगे बढ़ाई, "वार्षिक लाभ में से बारह हजार रुपए मैं अपने लिए रखता हूँ और शेष राशि कर्मचारियों में उनके मासिक वेतन के अनुपात में बोनस के रूप में बाँट देता हूँ।"

"अच्छा!" दीपा ने कहा। उसके मन में थोड़ी उत्सुकता जागी। "फैक्टरी कितना लाभ अर्जित करती है ?" उसने पूछा।

देवाशीष ने उत्तर देने से पहले उसे अच्छी तरह देखा—सभी खर्चे निकालने और इस साल की आयकर रिटर्न दाखिल करने के बाद लगभग डेढ़ लाख की आय हुई। हम आशा करते हैं कि अगले वर्ष होनेवाली आय इस संख्या को पार कर जाएगी।

इससे पहले कि वे दोनों कोई और बात कर पाते, उनकी कार उनके घर के गेट के अंदर दाखिल हो चुकी थी। देवाशीष ने कार को पोर्च पर खड़ी करने के बाद कहा, "इन गुलाबों के बारे में कुछ किया जाना चाहिए।"

नकुल उस समय वहीं खड़ा था। दीपा ने पूछा, "नकुल, क्या घर में कुछ फूलदान हैं ?"

"सचमुच भाभीजी, हमारे पास फूलदान हैं," उसने उत्तर दिया। "वे ऊपरी मंजिल के लिविंग रूम वाले काँच के शीशे वाली अलमारी में हैं। उसकी चाबियाँ आपके पास हैं।"

"ठीक है, मैं अभी वापस आती हूँ। इस बीच तुम इन फूलों कार से बाहर क्यों नहीं निकाल लेते ?"

दीपा ऊपर वाली मंजिल पर चली गई।

ऊपरी मंजिल वाले शोकेस में कुछ चाँदी के फूलदानों के अतिरिक्त अनेक शानदार बरतन रखे थे, लेकिन कई वर्षों से उपयोग न किए जाने के कारण उनकी पॉलिश उतर गई थी। दीपा ने उन्हें मेज पर रख दिया। जब नकुल अपनी बाँहों में गुलाबों के फूल भरे हुए आया तो उसने उससे पूछा कि क्या हमारे पास घर में ब्रासो (पीतल की पॉलिश चमकानेवाला पदार्थ) है?

"वह पीतल वाली पॉलिश?" नकुल ने पूछा। "नहीं भाभीजी, हमारे पास वह थी, लेकिन अभी वह खत्म हो गई है। इस घर में चाँदी के बरतनों को कौन साफ करता है? मैं विकल्प के तौर पर इमली का प्रयोग करता हूँ।"

दीपा ने कहा, "उससे भी काम अच्छी तरह चल जाएगा। चलो, इन फूलों को बाथरूम में एक बाल्टी में रख देते हैं। हमें सबसे पहले फूलदानों को साफ करने की जरूरत है।"

कुछ समय के लिए उसने लंबे तनों वाले गुलाबों को अपने बेडरूम वाले बाथरूम की बाल्टी में रख दिया और गुलदानों को साफ करना शुरू कर दिया। कई दिनों बाद उसके पास करने के लिए कोई काम था, जो उसे उसकी मौजूदा हालत से बाहर निकलने में कुछ समय के लिए मददगार हो सकता था।

देवाशीष खामोशी से एक बार ऊपर आया और उसे व्यस्त पाया। उसने अपनी साड़ी के पल्लू को अपनी कमर में ठूँस लिया, ताकि वह उसके बालों में उलझकर उन्हें गंदा न कर दे। वह बड़ी प्यारी दिखाई दे रही थी। देवाशीष दरवाजे पर खड़ा होकर उसे लगातार देख रहा था, लेकिन दीपा ने उसके ऊपर कोई ध्यान नहीं दिया। थोड़ी देर बाद देवाशीष कुछ सोचता हुआ सीढ़ियों से नीचे आ गया। उसके बाद वह घर से निकलकर नृपति के घर चला गया।

उस शाम, बहरहाल वह वार्त्तालाप के मूड में नहीं था। वहाँ लगभग एक घंटा बिताने के बाद वह अपने घर वापस लौट आया। दीपा ऊपर वाले शयनकक्ष में बैठी रेडियो सुन रही थी। जैसे ही उसने उसे देखा, उसकी आँखें खुशी से चमक उठीं। वह रेडियो बंद करके खड़ी हुई और बोली, "मैंने फूलों को गुलदानों में सजा दिया है और उन्हें सभी कमरों में रख दिया है···क्या आप उसे देखना चाहेंगे?"

इतना सुनते ही मानो उसकी नस-नस में बिजली दौड़ गई। इस बीच उसने सार्वजनिक रूप से उसके औपचारिक संबोधन हेतु कुछ खास अंतरंग शब्दों को सुरक्षित रख लिया था। यह पहला मौका था, जब दीपा ने उसे औपचारिक रूप से

संबोधित किया था, यद्यपि वे दोनों अकेले थे। बहरहाल, वह कुछ समय के लिए सच्चाई को भुला बैठी थी।

"चलो देखते हैं।" देवाशीष ने उसे आनंदित मुसकान के साथ उत्तर दिया।

दीपा ने उसकी मुसकान पर ध्यान दिया। लगता है, वह अर्थों से भरपूर थी। लेकिन वह उसके महत्त्व से अनजान थी। "आइए।" उसने आमंत्रित किया।

वह उसे सबसे पहले अपने बेडरूम में ले गई, बत्तियाँ जलाई और देवाशीष की ओर अपेक्षित दृष्टि से देखा। देवाशीष ने लंबे तनेवाले गुलाबों को चाँदी के एक चमकते गुलदान में उसके ड्रेसिंग टेबल में शीशे के सामने रखा देखा। उसमें लाल, गुलाबी और सफेद गुलाब सजे थे।

फूलों को गुलदानों में सजाना भी एक कला है। उसमें कौशल की आवश्यकता होती है। देवाशीष ने उसकी सजावट की प्रशंसा की उसके बाद कहा, "यह तो बहुत सुंदर है, जैसे कोई फूलों का फव्वारा हो।"

वे कमरे से बाहर निकलकर बरामदे में आ गए, जहाँ उसने रेडियोग्राम के ऊपर रखे फूलों की सजावट देखी। यह बिल्कुल भिन्न थी। उसमें लगे फूल गुलदान से बाहर ऐसे झाँक रहे थे, मानो कोई फुलझड़ी फूट रही थी। देवाशीष ने उनकी ओर संकेत करते हुए कहा, "यह भी बहुत प्यारा है, मैंने इसे पहले नहीं देखा था।"

इस बीच नकुल ने सीढ़ियों से आवाज दी, "भाभीजी, नीचे आ जाइए। खाना लगा दिया गया है।"

सब लोग नीचे चले गए। खाने की मेज फूलों से सजी हुई थी। देवाशीष दीपा की ओर देखकर मुसकराया, उसकी आँखों से प्रशंसा टपक रही थी।

उस रात जब वह अपने कमरे में सोने के लिए गया, उसने अपनी ड्रेसिंग टेबल पर भी एक गुदान रखा पाया। दीपा ने उसके कमरे को भी अनदेखा नहीं किया था। उसके अंदर एक प्यारी सिहरन दौड़ गई।

दीपा अपने कमरे में गई, नाइट बल्ब जलाया और बिस्तर पर लेट गई। लेकिन नींद उसकी आँखों से दूर थी। ऐसा लगा, मानो उसके हृदय में संतोष की एक गरम लौ जल रही थी। लौ के पास मँडराते पतंगों की तरह उसके मन में विचारों की बदली घुमड़ रही थी। ऐसा प्रतीत हुआ, जैसे गुलाबों की खुशबू में भोर उतर आई थी—फैक्टरी की पार्टी, डॉ. दत्ता का साथ, संगीत···फैक्टरी का प्रत्येक व्यक्ति उसे खुश करने का इच्छुक था···वे गुलाब···उन्होंने उसे सभी कमरों में सजाने की खुशी प्रदान की थी···देवाशीष ने उनकी प्रशंसा की थी।

उसके होंठों पर वह अज्ञात मुसकान क्यों फैल गई थी, जैसे उसके पीछे कोई रहस्य छिपा हो?…अरे!

दीपा ने स्वयं को प्रफुल्लित पाया। उसने अचानक देवाशीष को औपचारिक रूप से संबोधित करना शुरू कर दिया। इससे पहले उन दोनों के बीच कभी दिखाने के लिए भी कोई छद्म आत्मीयता भी महसूस नहीं हुई थी। वह भी इसे देखकर खूब हँसा होगा। दीपा बिस्तर से उठकर कमरे की खुली खिड़की के पास जाकर खड़ी हो गई और सड़क की ओर देखने लगी। जिस जगह वह खड़ी थी, वहाँ से सामने की ओर केवल तीन या चार घर ही दिखाई दे रहे थे। वे सब अँधेरे में डूबे थे। सड़क के दोनों ओर स्ट्रीट लाइटें जल रही थीं। वहाँ आसपास एक भी आदमी नहीं था। जब कोई एकाकी पैदल यात्री फुटपाथ पर गुजरता था तो उसे पैरों की आहट सौ फुट की दूरी से भी सुनाई दे जाती थी। ऐसा लग रहा था, जैसे रात नींद के आगोश में सो रही हो।

दीपा के लिए मुखौटा लगाकर दूसरों को धोखा देना उसकी अस्मिता के विरुद्ध था। फिर भी वह परिस्थितियों से विवश होकर देवाशीष के साथ वैसा ही कर रही थी। स्वाभाविक तौर पर इस स्थिति ने षड्यंत्रकारियों को एक-दूसरे के बीच निकटता महसूस करा दी थी। इसके लिए देवाशीष को किसी भी सूरत में दोष नहीं दिया जा सकता था। लेकिन परिस्थितियाँ चाहे उन्हें कितने ही निकट क्यों न ला रही हों, सच्चाई तो यही थी कि दीपा उसे प्यार नहीं करती थी। वह किसी अन्य से प्यार करती थी। किस्मत की दगाबाजी के कारण दीपा का भाग्य देवाशीष के भाग्य से जुड़ गया था। इन परिस्थितियों में भी वे यदि अपना सह-अस्तित्व बनाए रख सकते थे तो इसमें क्या नुकसान था। वह उसे तन्हाई में अनौपचारिक तौर से संबोधित क्यों नहीं कर सकती थी? केवल इसी आधार पर दो लोगों के बीच आत्मीय संबंध स्थापित नहीं हो सकते थे।

दीपा ने थोड़ा अच्छा महसूस किया। वह वापस अपनी पलंग पर गई और सो गई। उसने ध्यान नहीं दिया था कि जिस समय वह खिड़की पर खड़ी थी, एक आदमी लैंप पोस्ट के सामने झुका हुआ लगातार उसकी ओर देख रहा था। यदि उसने उस आदमी को देखा होता तो इतनी जल्दी गहरी नींद में नहीं सो जाती।

अगली सुबह जब वे दोनों अपने शयनकक्ष में अपनी सुबह की चाय पी रहे थे, देवाशीष ने पूछा, "तुम सारा दिन घर में अकेली रहती हो। तुम्हारा समय कैसे कटता है?"

दीपा खामोश थी। जिसे जैसे समय काटना पड़ता है, वह काटता है। यदि समय दीपा के लिए ठहर गया होता तो शायद वह कुछ सोचती भी।

देवाशीष ने कहा, "तुम्हें पढ़ने में भी कोई विशेष रुचि नहीं है, क्यों? घर में अनेक पुस्तकें हैं भी तो वे वैज्ञानिक विषयों की हैं। यदि तुम्हें पसंद हो तो मैं तुम्हारे लिए पुस्तक भंडार से कहानियों की कोई किताब ला दूँ। या हम अपने घर में भी मासिक अथवा साप्ताहिक पत्रिकाएँ मँगा सकते हैं।" लेकिन कोई सारा दिन किताबों में नाक घुसेड़े अपना समय कैसे काट सकता है।

"मैं तुम्हें किताबों की दुकान में ले चलता हूँ, जहाँ तुम अपनी पसंद की पुस्तक खरीद सकती हो।"

"अच्छी बात है।" दीपा ने उदासीनतापूर्ण स्वर में उत्तर दिया।

देवाशीष ने महसूस किया कि उसे किताबों में कोई खास दिलचस्पी नहीं थी। इसके बाद उसने सुझाव दिया, "तुम कभी-कभी अपनी सहेलियों को क्यों नहीं बुला लेती? तुम उनके साथ कुछ देर बातचीत करोगी तो समय तुम्हें भारी नहीं लगेगा।"

"मैं ऐसा ही करूँगी।" दीपा राजी हो गई।

देवाशीष चाय पीने के बाद खिड़की पर जाकर खड़ा हो गया। उसने कुछ देर तक अपने उजड़े बगीचे को देखा और उसके बाद दीपा के पास फिर वापस आ गया। उसने पूछा, "तुम फूलों से प्यार करती हो, क्यों? क्या तुम्हारी बागवानी में भी रुचि है?"

"जी हाँ।" दीपा खड़ी होकर बड़े उत्साह से खिड़की के पास गई, जहाँ अभी कुछ देर पहले उसका पति खड़ा था। उसने उसे बताया कि मैंने अपनी छत पर ढेर सारे गमले इकट्ठा कर रखे थे, जिनमें अनेक प्रकार के फूलों और वनस्पतियों के पौधे लगे थे।

देवाशीष मुसकरा पड़ा। "अच्छा ऐसी बात है! फिर आगे बढ़ो और यहाँ जमीन पर अपना उद्यान तैयार करो। बाबा की मृत्यु के बाद मैं बगीचे पर अधिक ध्यान नहीं दे पाया हूँ। मैं सारा जरूरी इंतजाम आज ही कर दूँगा। हमें एक माली रखना होगा—तुम अकेले सारा काम नहीं कर पाओगी।"

अगले ही दिन माली आ गया। उसके पीछे-पीछे एक ट्रक में भरकर खाद, बागवानी के औजार, मौसमी फूलों के बीज, गुलाबों की झाड़ियाँ और बड़े पौधे तथा सुपारी के पौधे भी नर्सरी से मँगा लिये गए थे। बड़े तामझाम और उत्साह के साथ दीपा के जीवन में बागवानी का अध्याय खुल गया।

अगले कुछ दिन अत्यंत उत्तेजना में बीते। बूढ़े माली पद्मलोचन को सारा काम सौंप दिया गया। दीपा सारे दिन उसके साथ इसी चर्चा में व्यस्त रही कि कौन सा पौधा कहाँ लगाया जाएगा। जब तक वह जागती रहती थी, उसका सारा समय इन्हीं योजनाओं पर सोच-विचार तथा अमल करने में गुजरने लगा।

देवाशीष दूर से सारा दृश्य देखता रहा। उसने न तो उसके काम में कोई हस्तक्षेप किया और न ही उसे कोई सलाह दी कि बगीचे में क्या करना है। उसे उसकी मर्जी के मुताबिक काम करने और बगीचे को सँवारने की छूट दे दी गई, जिससे वह अत्यंत प्रसन्न और व्यस्त रहने लगी।

दिन बीतते गए।

एक दोपहरी में जब रेडियो सुनते हुए दीपा सोच रही थी कि देवदार का पौधा कहाँ रोपा जाए, तभी टेलीफोन की घंटी बजी। उसने फोन उठाने से पहले उसकी ओर चकित होकर देखा और रिसीवर उठाकर बोली, "हैलो।"

दूसरी से आवाज सुनाई पड़ी और उसने कहा, "मैं हूँ। मेरी आवाज तो तुम पहचानती हो न, क्यों?"

दीपा का दिल दो बार धड़का। एक ही पल में उसका सपनों की दुनिया से निकलकर सच्चाई से सामना हो गया। उसने गहरी साँस लेते हुए कहा, "हाँ, मैं पहचानती हूँ।"

"क्या सबकुछ ठीक है?"

"हाँ।"

"कोई समस्या तो नहीं?"

"नहीं।"

"तुम्हारा पति किस प्रकार का व्यक्ति है?"

"वह बुरा तो कतई नहीं है।"

"क्या वह तुम पर किसी प्रकार का कोई दबाव तो नहीं डाल रहा?"

"नहीं।"

"जरा सा भी नहीं?"

"नहीं।"

"हम्म, तुम्हें इसी तरह कुछ समय तक इसे और जारी रखना होगा।"

"कितने समय तक?"

"समय आने पर तुम्हें सब पता चल जाएगा। ठीक है?"

दीपा ने फोन काट दिया और वापस अपनी कुरसी पर जाकर बैठ गई। उसने पीछे की ओर झुककर अपनी आँखें बंद कर लीं। रेडियो बजता रहा। कुछ मिनटों पहले दीपा अपने बगीचे के बारे में सोचने में व्यस्त थी। लेकिन अब लगता था, जैसे वह उससे बहुत दूर चली गई हो।

दोपहर बाद लगभग साढ़े तीन बजे दरवाजे की घंटी बजी। दीपा ने अपनी आँखें खोलीं। क्या देवाशीष आज जल्दी घर वापस आनेवाला है? लेकिन उस दिन शनिवार नहीं था, क्या वह··· ?

दीपा सीढ़ियों के मुहाने पर चली गई। नकुल ने मुख्य द्वार खोला। उसने किसी महिला का स्वर सुना, "मैं दीपा की सहेली हूँ। क्या वह घर में है?"

इससे पहले कि नकुल उसे कोई उत्तर देता, दीपा ने उसे आवाज दी, "शुभ्रा, ऊपर चली आओ।"

शुभ्रा ऊपर आ गई और उसने दीपा को अपनी बाँहों में भर लिया। पिछली बार मैंने तुम्हें तुम्हारी शादी वाली रात देखा था। तब मैं तुम्हें शादी के लिए तैयार करके वापस चली गई थी। मैं इतने दिनों तक तुमसे दूर इसलिए रही कि मैं तुम्हें अपने पति के साथ एकांत के पल देना चाहती थी। आज मेरे मन में विचार आया कि अब तुम नई-नवेली दुलहन नहीं रह गई होगी और अवश्य ही अपनी गृहस्थी के कामों में लग गई होगी, इसलिए मैंने तुमसे मिलने का विचार किया कि चलूँ देखूँ तो सही कि तुम्हारी जिंदगी कैसे चल रही है। मेरी प्यारी सहेली, मुझे आशा है कि मैं तुम्हारे किसी काम में रुकावट नहीं डाल रही हूँ? तुम्हारे पतिदेव इस समय पर अपने काम पर गए होंगे, क्यों?"

"तुम्हारे आने से सचमुच बहुत अच्छा लगा। चलो, दूसरे कमरे में बैठकर बातें करते हैं।"

शुभ्रा दीपा से कुछ साल बड़ी थी। उसकी शादी पिछले साल हुई थी। वह थोड़ी मोटी और खुशमिजाज विवाहित युवती थी, वह बहुत अच्छा गाती थी। चूँकि दोनों का मिजाज बिल्कुल भिन्न था, शायद इसीलिए दीपा के साथ उसकी अच्छी मित्रता थी।

दोनों शयनकक्ष में जाकर खिड़की के पास खड़ी हो गईं। शुभ्रा ने दीपा को बड़ी बारीकी से देखा और मुसकराई, "तू तो अभी वैसी की वैसी ही है, शादी से तुझे कोई फर्क ही नहीं पड़ा, लेकिन तू इतने कम जेवर क्यों पहने हुए हैं? कलाई में सिर्फ दो चूड़ियाँ, छोटी-छोटी कानों की बालियाँ और एक पतली सी जंजीर··· किसी दुलहन को इससे अधिक गहने पहनने चाहिए।"

दीपा ने पहले अपनी भौंहें झुकाईं, फिर अपनी सहेली की ओर देखती हुई बोली, "तूने अभी-अभी तो कहा था कि मैं अब कोई शरमीली और नई-नवेली दुलहन नहीं रह गई हूँ।"

शुभ्रा ने प्रतिवाद किया, "जहाँ तक जेवर पहनने का प्रश्न है, उसके लिए तू अभी भी पूरी लाजवंती नई-नवेली दुलहन है। लेकिन तुझे एक राज की बात बताती हूँ? गहने प्रेमी का दिल चुरा लेते हैं, समझी?"

"यह कैसी बात कर रही है, तू?"

"अरे, क्या तू नहीं जानती? शायद कविवर गोविंद दास ने कहा था कि कई बार गहने पति-पत्नी के प्यार के बीच दुश्मन बन जाते हैं।" दीपा के कानों में शुभ्रा ने वह दोहा सुना दिया, "अरी सहेली, तूने मुझे इस तरह क्यों सजा दिया, कृष्ण मुझे छेड़कर भाग जाता है; ये गहने मेरी सौतन की तरह हर समय मुझसे चिपके रहते हैं।"

उसकी बात सुनते ही दीपा का चेहरा शर्म से लाल हो गया। उसने अपनी आँखें फेरते हुए विरोध जताया, "अरे प्लीज! तू तो बड़ी बेशर्म है, अब बस भी कर!"

शुभ्रा रोमांचित और ठहाका लगाकर हँसते हुए बोली, "अब तू भी बेशर्म बन जाएगी! तेरे शरमाने के दिन अब बीत चुके हैं, मेरी प्यारी। एक बार शादी हो जाने के बाद औरतें सुधारने लायक नहीं रह जाती हैं।"

दीपा के पास इसका कोई उत्तर नहीं था, लेकिन उसे दिखावा करते हुए अपना सत्य शुभ्रा से छिपाना था। दीपा अपनी सहेली की चुभती टिप्पणियों का कोई उचित उत्तर सोचने लगी, तभी नकुल ने द्वार पर खड़े होकर पूछा, "भाभीजी, क्या मैं कुछ चाय-नाश्ता लाऊँ?"

नौकर ने दापा के हाथ में संजीवनी थमा दी थी और उसने उसे लपक लिया। "हाँ नकुल, प्लीज!" उसने उत्तर दिया।

नकुल वहाँ से चला गया।

दीपा ने सुझाव दिया, "चल, बैठते हैं। अब तू मुझे यह बता कि हिमानी और सुप्रिया कैसी हैं? मैंने काफी समय से उन दोनों को नहीं देखा है।"

शुभ्रा ने बैठते हुए उत्तर दिया, "मैं उनके बारे में बाद में बात करूँगी। पहले तू मुझे यह बता कि तेरी कैसी कट रही है। तेरा पति कैसा है?"

दीपा ने अपना सिर झुकाकर हलकी आवाज में कहा, "अच्छा है।"

शुभ्रा ने कहा, "तेरा पति तो बड़ा छबीला नौजवान है। लेकिन सचमुच, मेरे कहने का यह अर्थ कतई नहीं है कि वह कोई चमत्कारी आदमी है। वह स्वभाव से कैसा आदमी है?"

"बढ़िया।" दीपा ने उत्तर दिया।

शुभ्रा ने उत्तेजित होते हुए कहा, "अच्छा और बढ़िया! बस इतना ही? क्या तू अपने दिल की बात कभी किसी से नहीं कहेगी?"

"मैंने कह तो दी अपने दिल की बात। इससे ज्यादा तू किस चीज की उम्मीद कर रही है?"

"क्या तुझे बस इतना ही कहना है? जब मेरी शादी हुई थी तो मैं तेरे पास दौड़कर आई थी और जब तक मैंने तुझे अपनी शादीशुदा जिंदगी की सारी बातें नहीं बताई थीं, मेरे मन को तसल्ली नहीं हुई थी। और यहाँ तू है, तूने तो अपने होंठ पूरी तरह सिल रखे हैं! इसे देखकर मुझे डर लग रहा है!"

दीपा ने उसके हाथों को अपने हाथों में ले लिया और बोली, "मुझसे नाराज मत हो, प्लीज! तू तो जानती ही है कि जब मैं कुछ बोलने की कोशिश करती हूँ तो मेरे शब्द मेरे गले में अटक जाते हैं। तुम सब लोग यह बात समझते क्यों नहीं? खैर, तेरी भी तो शादी हो चुकी है, तू सबकुछ जानती है। मुझे कुछ अलग और नया बताने के लिए नहीं है।"

"सबका अनुभव एक जैसा नहीं होता है।" शुभ्रा ने प्रतिवाद किया। "मैं तो यह जानना चाहती थी कि वह तुझे कैसा लगता है। खैर, तू नहीं बताना चाहती तो मत बता। मैं अंदाजे से ही सबकुछ समझ लूँगी। अब मैं चलती हूँ और तभी वापस आऊँगी, जब तेरी शादी अच्छी तरह पक जाएगी।"

लेकिन दीपा ने उसका हाथ सख्ती से पकड़ लिया। "नहीं," उसने विरोध करते हुए कहा, "तू मुझे इस तरह छोड़कर नहीं जा सकती।"

शुभ्रा का क्रोध कुछ शांत हुआ। "तू सचमुच बड़ी बेशर्म है!" वह जोर से हँसी। "अगर तू इसी तरह अपने पति के सामने भी सीपी बनी रहेगी तो उसे अपनी बेइज्जती महसूस होगी। मर्द ऐसे ही होते हैं।"

नकुल तश्तरी में दो चाय और कुछ बिस्कुट लेकर आया। दीपा ने एक कप चाय शुभ्रा के लिए और एक कप अपने लिए डाली। वे चाय और केक खाती हुई आराम से बातें करने लगीं। उनकी चर्चा अधिकतर कपड़ों, गहनों, नए फैशन और

सौंदर्य–प्रसाधन की आसमान छूती कीमतों के इर्द–गिर्द ही घूमती रही। शुभ्रा जो कुछ कहती, दीपा उसकी हाँ में हाँ मिलाती जाती थी।

आधे घंटे बाद जब उन्होंने अपनी चाय पी ली तो नकुल आया और तश्तरी उठाकर वापस चला गया। दीपा ने कहा, "शुभ्रा, आज तू मेरे लिए कोई गाना गा। तेरा गाना सुने हुए बहुत समय बीत गया है।"

"क्या अभी–अभी तेरे कानों में मैंने नहीं गाया?" शुभ्रा ने उत्तर दिया। "अभी तू क्या सुनना चाहती है—'मेरे यौवन की कोयल वन–वन गाए रे…' ओ मेरी प्यारी सहेली जागो!"

"अरे नहीं, मेरे कहने का मतलब वैसा गीत गाने से नहीं था! कुछ आजकल के दौर का समकालीन गीत।"

"अरे, इससे तो मुझे एक और बात या आ गई। उस दिन मैं रिकॉर्डों की दुकान मैं गई थी। वहाँ मैंने प्रबल गुप्ता के गीतों का नया एलबम देखा था। सचमुच वह बहुत अच्छा है। मैंने उसे अपने लिए खरीद लिया। क्या तूने उसका नया एलबम सुना है?"

दीपा ने अनमना सा उत्तर दिया, "हाँ, मैंने सुना है। वे गाने अकसर रेडियो पर भी बजते रहते हैं। क्या फिल्मी गानों का कोई नया एलबम आया है?"

"मैंने ध्यान नहीं दिया, लेकिन अभी हाल ही में एक नई फिल्म रिलीज हुई है। आजकल वह दीप्ति थिएटर में चल रही है। मेरे विचार से वह काफी अच्छी फिल्म है। सुजान मित्रा उसका हीरो और जानकी राय हीरोइन है।"

दीपा ने अपनी जगह बदल ली, लेकिन कोई टिप्पणी नहीं की।

"दीपा," शुभ्रा ने सुझाव दिया, "इस तरह घर में सारा दिन खाली बैठे रहने का क्या तुक है? चलो चलकर हम दोनों कोई फिल्म देखते हैं। मुझे पूरा विश्वास है कि यदि तू मेरे साथ जाएगी तो तेरा पति कोई आपत्ति नहीं करेगा।" उसने अपनी कलाई घड़ी देखी। "अभी सवा चार बजे हैं," उसने कहा। "तेरा पति अपने काम से कब वापस लौटता है?"

"पाँच बजे।"

"यह तो और भी अच्छा है। जाकर जल्दी से तैयार हो जा। जब तक तू सजकर तैयार होगी, तब तक वह भी वापस आ चुका होगा। हम उसे बता देंगी कि हम बाहर जा रही हैं। उसके बाद हम दोनों जाकर फिल्म देख सकते हैं और यदि वह भी हमारे साथ चलना चाहे तो इससे अच्छा कुछ और हो ही नहीं सकता।"

दीपा अपनी सहेली शुभ्रा के साथ जाना तो चाहती थी और वह यह भी जानती थी कि देवाशीष उसे ऐसा करने से रोकेगा नहीं। फिर भी उसके मन ने उसे वापस खींच लिया। उसने शरमाते हुए कहा, "मैं नहीं सोचती कि मैं आज तेरे साथ चल पाऊँगी।"

शुभ्रा कुछ देर तक उसे मनाती रही, लेकिन दीपा अटल थी। शुभ्रा ने आखिकार कहा, "मैं सब समझती हूँ, तू अपने पति के साथ रहने की आदी हो गई है। तू उसे एक मिनट के लिए भी अकेला नहीं छोड़ सकती। मेरी शादी के बाद मेरी भी यही हालत थी।" उसने नई-नवेली दुलहन के रूप में अपने पति के साथ अपने खुद के लगाव का किस्सा सुनाया। अचानक उसने समय देखा और फौरन खड़ी हो गई। अभी लगभग पाँच बजे हैं! "तेरा पति जल्द ही घर आ जाएगा। अब मैं अपनी राह जाती हूँ। मैं दुबारा फिर आऊँगी।" शुभ्रा हँसते हुए घर से बाहर निकल गई।

उसे विदा करने के बाद दीपा ने सोचा, कितनी विचित्र बात है कि जब तक सबकुछ साफ-साफ न कहा जाए, लोगों का ध्यान सच्चाई की ओर जाता ही नहीं है। वे अपने हरेक अनुमान को सही मानते हैं।

इसी तरीके से दिन बीतते गए।

एक गरम और दुःखद शाम को जब हवा का कहीं नामोनिशान तक नहीं था और हवा में वर्षा का आभास हो रहा था, देवाशीष ने फैक्टरी से वापस आकर देखा कि दीपा पद्मलोचन के साथ बगीचे में कोई पैमाइश कर रही थी। दीपा ने जैसे ही उसे देखा, वह पैमाइश वाले फीते को वहीं छोड़कर उसके पास आई और चहकते हुए बोली, "ईस्टर लिली खिल गई है! चलो और उसे देखो!"

देवाशीष कार से बाहर आया। "क्या सचमुच ऐसा है?" उसने पूछा। "इसे तो मैं खुद देखूँगा।"

"इस रास्ते से आइए।"

दीपा उसे बगीचे के कोने में ले गई और पौधे की ओर इशारा किया। देवाशीष ने देखा कि जमीन पर झाड़ीदार लिली के डंठलों में तीन या चार कलियाँ निकल रही थीं। उसने खुशी से मुसकराते हुए दीपा की ओर देखा। "तुम्हारे बगीचे का पहला फूल।" उसने टिप्पणी की।

हँसने की कगार पर खड़ी दीपा ने अपनी हँसी फौरन रोक ली। उसने कहा था, "तुम्हारा बगीचा," लेकिन क्या यह सचमुच मेरा बगीचा था? इस विचार से उसका मन भारी हो गया और पहली कली खिलने का सारा उत्साह फीका पड़ गया।

सूर्यास्त के बाद देवाशीष नृपति के घर गया और लगभग अपने सभी मित्रों को वहाँ एक साथ पाया। गरमागरम बहस जारी थी। उन्होंने जब देवाशीष को देखा तो लोगों ने उसे जोर से आवाज देकर अपनी ओर बुला लिया, "हे देवाशीष, क्या तुमने कुछ सुना?"

सुजान ने आगे आकर कहा, "फिर एक बार साही का काँटा।"

"इधर आओ," नृपति ने कहा। "इसके बारे में तुम्हें मैं बताऊँगा। तुम अखबार नहीं पढ़ते, इसलिए तुम्हें इसका विवरण ज्ञात नहीं है। क्या तुम्हें याद है कि कैसे किसी ने एक महीना पहले साही के काँटे से एक भिखारी की हत्या की थी?"

"हाँ, मुझे याद है।" देवाशीष ने उत्तर दिया।

"परसों रात झील के पास बेंच पर एक मजदूर सो रहा था। किसी ने उसके हृदय में साही का काँटा भोंक दिया और उसे मार डाला था।"

"क्या कोई नहीं जान पाया कि हत्यारा कौन था?" देवाशीष ने पूछा।

मंद मुसकान के साथ नृपति ने उत्तर दिया, "नहीं। फिलहाल पुलिस उसे खोज रही है।"

कपिल ने टिप्पणी की, "अगर पुलिस जमीन और आसमान एक कर दे तो भी वह कुछ नहीं कर पाएगी। यह बात तो सही है कि किसी ने एक भिखारी और एक मजदूर को मार डाला था। क्या आप लोगों को इस विषय में इसके अलावा कोई अन्य विवरण भी मिला?"

"दोनों हत्याएँ हमारी कॉलोनी में हुई थीं," खड्ग बहादुर ने टिप्पणी की, "अतः कोई भी मान सकता है कि हत्यारा इसी क्षेत्र में रहता है।"

"ऐसा जरूरी नहीं है," नृपति ने उसे टोकते हुए कहा, "हत्यारा तल्ला से भी हो सकता है।"

कॉफी वितरित हो चुकी थी। इस पूरे समय के दौरान प्रबल मायूस होकर अपनी प्यानो पर बैठा था। बहस के दौरान हुए शोरगुल ने उसे प्यानो बजाने से रोक दिया था। अब वह भी वक्ताओं के समीप आया और कॉफी का एक कप उठा लिया।

"हे मियाँ तानसेन," कपिल ने उसे हिलाते हुए पूछा, "इस मामले पर तुम्हारी क्या राय है?"

प्रबल ने कॉफी की चुस्की लेते हुए कहा, "मेरे विचार से यह हत्यारा कोई पागल है और तुम सब भी उसी की तरह ही हो।"

हरेक बोल पड़ा, "अरे, हम लोग पागल क्यों हैं?"

"या तो तुम लोग पागल हो या फिर पाखंडी हो। अरे भई, अगर किसी ने किसी मजदूर को मार डाला है तो तुम लोग उसके बारे में इतनी चीख-पुकार क्यों कर रहे हो? क्या तुम लोग यह कहने की कोशिश कर रहे हो कि तुम्हारे लिए एक तुच्छ मजदूर की मौत बहुत मायने रखती है?"

बहस की तीव्रता धीरे-धीरे तेज होकर बुखार के स्तर तक जा पहुँची थी।

देवाशीष को बहसों और तर्कों में कोई रुचि नहीं थी। उसका पूरा इरादा कॉफी पीकर वहाँ से चले जाने का था। नृपति ने इस पर ध्यान दिया और कहा, "हे, देवाशीष! तुम कहीं नहीं जा रहे हो, समझे?"

"हाँ नृपतिदा," देवाशीष ने उत्तर दिया, "मेरे जाने का समय हो गया है।"

"ठीक है फिर। सावधान रहना। दक्षिणी कलकत्ता की गलियों में पागलों के झुंड आजकल अपने शिकार की खोज में घूम रहे हैं।"

देवाशीष हँसी के ठहाकों के बीच वहाँ से चला गया। अभी वह कुछ ही दूर गया था कि उसने दक्षिण-पश्चिम में गड़गड़ाहट सुनी। ऊपर आसमान की ओर उसे घने काले बादल आते दिखाई दिए। भयानक गरमी तबाही मचानेवाले तूफान में बदल गई। पल भर में बादल जेट विमानों की तरह आसमान पर इधर-उधर मँडराने लगे। तूफानी हवाओं ने सबकुछ उलट-पलट दिया।

तेज हवाओं के बीच घिरे देवाशीष ने वापस नृपति के घर जाने का विचार किया। उनका घर उसके अपने घर की अपेक्षा अधिक नजदीक था, लेकिन तभी उसने अनुमान लगाया कि तूफान के साथ बारिश जरूर आएगी और यह कोई नहीं बता सकता था कि वह कितनी देर तक जारी रहेगी या कब समाप्त होगी। इसलिए अच्छा यही होगा कि वह अपने घर जाए। अभी वह सोच ही रहा था कि बारिश आ गई। देवाशीष ने तूफान की ताकत से लड़ने हेतु अपना सिर नीचे की ओर झुकाया और घर की ओर चल पड़ा। अभी वह अधिक दूर नहीं गया था कि बारिश के साथ ओलों की बौछार होने लगी, जिससे वह पूरी तरह भीग गया।

घर पहुँचते ही देवाशीष भागता हुआ ऊपर गया। दीपा अपने कमरे में थी और बंद खिड़की के पल्लों के बीच से बारिश देख रही थी। देवाशीष ने दरवाजे पर दस्तक दी और धक्का देकर उसे खोल दिया। दीपा ने खिड़की से मुड़कर उसे पूरी तरह भीगा हुआ देखा। उसकी आँखें फटी रह गईं और सहमते हुए गहरी साँस ली।

बाथरूम में जाने से पहले देवाशीष ने कहा, "मैं अंदर तक भीग गया हूँ।"

दस मिनट बाद वह दूसरे कपड़े पहनकर बाहर आया। अभी वह तौलिए से अपने बाल सुखा ही रहा था कि उसने दीपा को उसी जगह खड़े पाया, जहाँ वह उसे बाथरूम में जाने से पहले छोड़कर गया था। "अभी मैंने नृपतिदा का घर छोड़ा ही था कि तेज तूफान आ गया," उसने स्पष्ट किया। "चलो, भोजन का समय हो चुका है।"

देवाशीष अगले दिन सोकर उठा तो उसके सारे बदन में चुभन और दर्द हो रहा था। इसमें कोई संदेह नहीं था कि उसकी वह हालत बारिश के साथ उसकी कुश्ती के कारण हुई थी। उसे भय लगा कि कहीं इससे उसे जुकाम और बुखार न हो जाए। उसने सोचा कि आज वह काम पर नहीं जाएगा, लेकिन यदि वह घर में रहा तो सारा दिन उसे दीपा के साथ बार-बार टकराना पड़ेगा और उसके साथ हलकी आवाज में बात करनी पड़ेगी। उसे यह बात नहीं भूली थी कि रविवारों को जब वह घर में होता है तो दीपा काफी तनाव में रहती है। इस हालत में वह क्या करे? उसने अपनी परेशानी किसी को नहीं बताई और तैयार होकर फैक्टरी के लिए रवाना हो गया।

शाम को वह तेज बुखार के साथ घर लौटा। उसने नकुल से कहा कि मुझे सर्दी लग गई है। आज मैं खाने में जरा सा भी चावल नहीं लूँगा।

"कल भीगने के कारण ऐसा होना अपरिहार्य था।" नकुल ने टिप्पणी की। "क्या मैं डॉक्टर को बुलाऊँ?"

"अरे, नहीं।" देवाशीष ने विरोध करते हुए कहा, "यह कुछ नहीं है, सचमुच। एस्प्रिन की दो गोलियों से ही काम चल जाएगा।"

वह खाना खाने के लिए नीचे नहीं आया। भोजन के समय दीपा नीचे गई और बोली, "नकुल, यदि भोजन तैयार हो तो मैं उसे ऊपर ले जाऊँगी।"

नकुल एक थाली में सूप का बरतन, टोस्ट के कतरे और सलाद लगा रहा था। उसने पूछा, "क्यों भाभीजी? दादा की थाली आप ऊपर क्यों ले जाएँगी? मैं यहाँ किस काम के लिए हूँ? आइए, ऊपर चलते हैं।"

नकुल ने थाली उठाई और ऊपर जाने लगा, दीपा भी उसके पीछे-पीछे चल पड़ी। दीपा का दिल जोर-जोर से धड़क रहा था। सीढ़ियों से ऊपर पहुँचकर जब नकुल दीपा के कमरे की ओर मुड़ा, दीपा ने धीरे से कहा, "वहाँ नहीं नकुल! वे दूसरे कमरे में हैं।"

नकुल ने पीछे मुड़कर दीपा की ओर देखा। इसके बाद वह दूसरे कमरे में चला गया, जहाँ उसने देवाशीष को बिस्तर में बैठकर पोथी पढ़ते देखा। नकुल ने उसके पास जाकर पूछा, "दादा बाबू, आप यहाँ क्यों सो रहे हैं?"

देवाशीष ने अपनी कहानी पहले ही तैयार रखी थी। वह बिस्तर पर उठ बैठा और बोला, "शायद मुझे जुकाम हो गया है। यह खतरनाक है और शायद दीपा को भी हो सकता है, इसलिए मैंने सोचा कि यदि मैं कुछ समय के लिए अगले कमरे में रहूँगा तो अच्छा होगा।"

यह एक स्वीकार्य बहाना था। दीपा ने राहत की साँस ली। नकुल शांत हो गया, लेकिन उसकी आँखें आशंकित बनी रहीं। उसके दिमाग में यह बात बैठने लगी कि चीजें वहाँ वैसी नहीं थीं, जैसी होनी चाहिए थीं। कुछ तो गड़बड़ थी।

तीन घंटे बाद दरवाजे पर हलकी दस्तक के बाद दीपा जाग गई। नींद में अलसाई आँखें लिये वह बिस्तर से उठी, दरवाजा खोला और भय से चीख उठी। देवाशीष चादर लपेटे और अनियंत्रित तौर से काँपते हुए दरवाजे पर खड़ा था। उसने अस्पष्ट स्वर में कहा, "मेरे सीने में दर्द है। बुखार तेज हो गया है। जल्दी से डॉक्टर को फोन करो।" इतना कहने के बाद वह लड़खड़ाता हुआ अपने कमरे में चला गया।

अचानक आया हुआ संकट कई बार मन को शून्य कर देता है, उसके बाद वह सामान्य हो जाता है। दीपा ने पूरी शक्ति के साथ अपने मन को शांत किया और सोचा, 'हमें डॉक्टर की जरूरत है।' लेकिन वह तो देवाशीष के पारिवारिक डॉक्टर को जानती ही नहीं थी। उसे लेने के लिए नकुल को भेजा जा सकता था, लेकिन उसमें काफी देर हो जाती। उसने सोचा कि इसकी बजाय उसे अंकल सेन को बुला लेना चाहिए···

दीपा ने डॉ. सुरीत सेन का नंबर डायल किया। वे ही दीपा के परिवार के लोगों का इलाज करते थे।

फोन पर अलसाई आवाज में सुनाई पड़ा, "हैलो।"

"अंकल सेन, मैं दीपा बोल रही हूँ।"

"दीपा! क्या बात है?"

"मैं···मेरे···," दीपा ने घूँट निगला। "मेरे पति बीमार हो गए हैं। इमरजेंसी है। मैं इनके फैमिली डॉक्टर को नहीं जानती हूँ, इसीलिए मैं आपको फोन कर रही हूँ। प्लीज जल्दी आइए, अंकल···!"

"मैं जल्द ही वहाँ पहुँच जाऊँगा। तुम्हारे पति के लक्षण क्या हैं?"

"वे बारिश में भीग गए थे, जिससे उन्हें सर्दी लग गई और उसके बाद···"

"ठीक है। मैं पहुँच रहा हूँ।"

"क्या आपको मेरा घर मिल जाएगा?"

"अवश्य! क्या तुम्हारा घर वही नहीं था, जहाँ उस दिन तुम्हारी शादी की दावत हुई थी?"

लगभग बीस मिनट बाद डॉ. सेन अपनी कार से उसके घर पहुँच गए। उन्होंने ऊपर जाकर देवाशीष की जाँच शुरू की। दीपा उन्हें देहरी पर खड़ी होकर देखती रही।

कुछ शुरुआती पूछताछ के बाद डॉक्टर ने मरीज की नाड़ी की जाँच की, उसके बाद उसका तापमान लिया और अपने आले (स्टेथोस्कोप) से उसकी छाती की आवाजें सुनीं। ऐसा करते समय उनकी आँखें फैल गईं और उन्होंने संबोधित करते हुए कहा, "हे भगवान्!"

देवाशीष ने फीकी आवाज में कहा, "हाँ, डॉक्टर, मेरी हर चीज उलटी है।"

दीपा दोनों को उत्सुकतापूर्वक देखती रही, लेकिन देवाशीष ने आगे कोई बात नहीं की। डॉक्टर ने सहमति जताई और अपनी जाँच जारी रखी। अंत में उन्होंने घोषणा की, "सीना बुरी तरह जकड़ा हुआ है। मैं तुम्हें एक इंजेक्शन दे रहा हूँ, इससे काम चल जाएगा। मैं कल सुबह फिर आऊँगा। जरूरत पड़ी तो हम उसके बाद इलाज का एक कोर्स चलाएँगे।" उन्होंने अपने मरीज को सुई लगाई, प्यार से उसके सिर पर थपकी दी और कहा, "चिंता करने की कोई जरूरत नहीं है। तुम कुछ दिनों में पूरी तरह अच्छे हो जाओगे। अब जाकर सो जाओ, बेटा। कल सुबह नौ बजे मैं फिर आऊँगा। एक बात और, अपने पारिवारिक चिकित्सक को भी स्थिति की सूचना दे देना।"

दीपा डॉक्टर के पीछे-पीछे कमरे के बाहर आई। डॉक्टर जब सीढ़ियों के मुहाने पर पहुँच गए तो उन्होंने कहा, "आज मैंने कुछ विचित्र देखा है..."

"वह क्या है?"

डॉक्टर को जो कुछ पता चला था, वह उसने उसे बता दिया।

दस दिनों के अंदर देवाशीष अपनी बीमारी से लड़कर ठीक हो गया। यद्यपि उस अवधि में वह बीमार था, फिर भी वे दस दिन उसके लिए बड़े खुशगवार थे। दीपा बीच-बीच में आती और उसके सिरहाने बैठकर उसके साथ बातें करती। भोजन के समय वह नीचे जाकर उसके लिए खाना ले आती। वह अपनी जिम्मेदारी को नकुल के ऊपर न छोड़ने के लिए अड़ी हुई थी। रात में वह चोरी-चोरी देवाशीष पर नजर रखती; नींद और जागरण के बीच देवाशीष ने उसे महसूस करने में कोई कसर नहीं छोड़ी।

एक दिन जब देवाशीष पूरी तरह ठीक होकर अपने बिस्तर पर तकिए के सहारे किताब पढ़ रहा था तो दीपा उसके लिए गरम कहवे का कप लेकर अंदर आई। उसके हाथों से कप लेते हुए, वह उसे देखकर मुसकराया। वह पलंग के पैताने बैठकर बोली, "दादा ने फोन किया था। वे आज शाम को किसी समय हमारे घर आएँगे।"

देवाशीष ने कोई उत्तर नहीं दिया। वह अपने कप से छोटे-छोटे घूँट लेता रहा और दीपा की ओर देखता रहा। कहने की जरूरत नहीं कि उसकी बीमारी के दौरान उसका हालचाल पूछने के लिए दीपा के परिवार से प्रतिदिन कोई-न-कोई आता ही रहा था। शुरुआती दिनों में उसकी सास आकर दो दिन तक रुकी थी, लेकिन दीपा को वह सचमुच अच्छा नहीं लगा था।

देवाशीष अपने कहवे का घूँट भरता रहा और निरंतर दीपा की ओर देखता रहा। दीपा को उसके इस व्यवहार से परेशानी होने लगी। कोई अच्छी बात करने के लिए उसने कहा, "मैं सोचती हूँ कि बगीचे में कुछ और जमाल घोटों के पौधों की जरूरत है।"

बहरहाल देवाशीष ने उसकी इस बात पर ध्यान नहीं दिया। उसने उत्कंठापूर्ण स्वर में स्वीकारोक्ति की, "दीपा, बेशक तुम मुझसे प्यार नहीं करती हो, लेकिन मुझे तुमसे प्यार हो गया है।"

उसके शब्द बिजली के करंट की तरह निकले। दीपा का चेहरा लाल हो गया, लेकिन एक सेकंड के अंदर ही उसके चेहरे के सारे रंग उड़ गए। उसने वहाँ से जाने का बहाना करते हुए कहा, "माली आ गया होगा। मैं उसे देखकर आती हूँ।"

देवाशीष ने पीछे से आवाज दी, "दीपा, यहाँ आओ प्लीज!" उसने अनुरोध किया।

वह वापस मुड़ी, उसकी छाती में उसका दिल उछलने लगा था। जब उसने खाली कप उसे पकड़ाते हुए बड़े स्नेहिल स्वर में कहा कि मैं अपने कुछ दोस्तों को चाय पर आमंत्रित करना चाहता हूँ"केवल चार या पाँच, अधिक नहीं, तो उसके चेहरे की सारी उत्कंठा गायब हो चुकी थी।

दीपा ने राहत की साँस लेते हुए पूछा, "आप उन्हें कब बुलाना चाहेंगे?"

"कोई जल्दी नहीं है। आज रविवार है"अगले रविवार के बारे में तुम्हारा क्या विचार है?"

"उत्तम।"

"लेकिन मैं चाहता हूँ कि मेरे दोस्तों को जो नाश्ता दिया जाए, वह बाजार से न मँगाया जाए। इसकी बजाय तुम और नकुल मिलकर घर में ही सबकुछ खुद तैयार करो।"

"ठीक है, हम ऐसा ही करेंगे।"

दिन बीतते गए। देवाशीष काम पर जाने लगा। शनिवार की शाम को वह नृपति के घर गया। लंबे मध्यांतर के बाद उसे देखकर वहाँ हरेक खुश दिखाई पड़ा। यहाँ तक कि प्रबल ने भी उस दिन प्यानो पर हलकी सुरीली धुन बजाई।

"तुम्हारा वजन कुछ कम हो गया है।" नृपति ने कहा।

खड्ग बहादुर ने कहा, "मेरे प्यारे देवू, सीक कबाब खाकर तुम अपने आपको मजबूत बनाओ और बहुत जल्द ही तुम्हारा वजन भी बढ़ जाएगा।"

"अरे, बस भी करो खड्ग!" कपिल ने कहा। "तुम रोजाना डेढ़ किलो सीक कबाब खाते हो, फिर तुम्हारा वजन क्यों नहीं बढ़ता?"

"इसलिए कि मैं फुटबॉल खेलता हूँ, खड्ग बहादुर ने प्रतिवाद किया। हम लोग अपना भार नहीं बढ़ा सकते। क्या तुमने आज तक कोई मोटा फुटबॉल खिलाड़ी देखा है?"

"लेकिन पहलवान और कुश्ती करनेवाले लोग अकसर मोटे होते हैं," सुजान ने उसे टोकते हुए कहा। "मैंने सुना है कि सबसे भारी खुराक पिस्ते और अनार के जूस की होती है।"

इसी बीच विजय माधव आ गया। उसने देवाशीष को देखा तो वह उसके पास चला गया। "क्या यह बात सही है कि बीमारी के बाद तुम यहाँ पहली बार आए हो?" उसने पूछा।

"हाँ, ऐसा ही है।" देवाशीष ने उत्तर दिया।

"क्या अब तुम पूरी तरह स्वस्थ हो?"

"हाँ।"

देवाशीष की ओर से अधिक प्रोत्साहन न मिलने के कारण विजय का चेहरा उतर गया और वह सोफे पर जाकर बैठ गया। देवाशीष वहाँ अन्य लोगों की ओर मुड़ा और बोला, "मैं आप सभी लोगों को चाय पर आमंत्रित करने आया हूँ। कल रविवार है। शाम को साढ़े पाँच बजे के बाद आप लोग किसी भी समय मेरे घर आ सकते हैं। क्या आप लोगों के लिए यह समय सुविधाजनक है?"

सब लोग खुश होकर उसकी बात से राजी हो गए, लेकिन खड्ग बहादुर ने कहा, "कल मेरा मैच है; मैं जितनी जल्दी हो सकेगा, आने की कोशिश करूँगा। क्या तुम चाय के साथ सीक कबाब भी खिलाओगे?"

"तू कभी नहीं सुधरेगा!" कपिल ने घोषणा की। "अरे, क्या कोई चाय के साथ कबाब खाता है? उसकी अच्छी साथी तो बोतल है।"

देवाशीष प्रबल की ओर मुड़ा। "आपको भी आना है, आएँगे न?" उसने पूछा।

प्रबल ने उत्तर दिया, "मैं अवश्य आऊँगा। मैं किसी अमीर आदमी के घर की दावत कभी नहीं छोड़ता हूँ। लेकिन यह तो बताओ कि यह पार्टी किस उपलक्ष्य में है? क्या तुम बीमारी से स्वस्थ होने की खुशी मना रहे हो?"

"मैं तुम्हें अपनी पत्नी के हाथों से बने नाश्ते की दावत देना चाहता हूँ।" देवाशीष ने सादगी से उत्तर दिया। "विजय, तुम भी आना।"

"अवश्य।"

अगले दिन शाम को सभी मेहमान बारी-बारी से देवाशीष के घर पहुँच गए। यहाँ तक कि खड्ग बहादुर भी समय से पहुँच गया। उसने बताया कि उसका मैच रद्द हो गया था। "हमें वॉक-ओवर मिला है।"

वे भूतल पर बैठकर आपस में चर्चा करने लगे। जब सब लोग पहुँच गए तो देवाशीष रसोई में गया और देखा कि दीपा प्लेट में नाश्ता लगा रही थी। नकुल दो बड़े बरतनों में चाय बना रहा था। देवाशीष ने उससे कहा, "सभी लोग आ गए हैं। अगले दस मिनट में चाय और नाश्ता परोस दिया जाना चाहिए।"

"हम लोग अवश्य ऐसा ही करेंगे।" दीपा ने जवाब दिया। उसे इस बात का कोई अनुमान नहीं था कि उसके अतिथियों में कौन लोग थे। वह जानने की इच्छुक भी नहीं थी। उसे एक मोटा-मोटा अंदाजा था कि सभी अतिथि उसकी फैक्टरी के साथी हो सकते हैं।

अतिथिकक्ष में उन लोगों की परिचर्चा ताजा-तरीन समाचार साही के काँटे से की जानेवाली हत्याओं पर पहुँच गई थी। इस बार उसका शिकार गुणमय दास नामक एक दुकानदार था। उसकी हत्या का स्थान एक बार फिर दक्षिणी कलकत्ता था।

वहाँ होनेवाली चर्चा में कोई विशेषता नहीं थी। लगभग वही कहानियाँ दोहराई जा रही थीं—हत्यारा या तो कोई पागल था अथवा किसी शत्रु देश का कोई जासूस एजेंट इस काम को अंजाम दे रहा था।

"क्या तुमने एक चीज देखी?" सुजान ने पूछा। पहला शिकार एक भिखारी था। उसके बाद एक मजदूर की हत्या हुई थी और अब एक दुकानदार मारा गया है। हत्यारा अपने तरीके से सामाजिक सीढ़ी पर चढ़ रहा था। क्या तुम लोग यह भविष्यवाणी कर सकते हो कि उस हत्यारे का अगला शिकार कौन होनेवाला है?"

प्रबल के गले से उपहासपूर्ण आवाज निकली।

"शायद इस बार कोई मशहूर फुटबॉल खिलाड़ी उसका निशाना होगा।" कपिल बोला।

"या कोई मशहूर अभिनेता।" खड्ग बहादुर ने जोड़ा।

"मरनेवाला कोई प्रसिद्ध व्यक्ति ही क्यों होना चाहिए?" प्रबल ने प्रतिप्रश्न किया, "वह नृपतिदा या कपिल या...कोई अमीर आदमी भी तो हो सकता है।"

इसी बीच दीपा तश्तरी में प्लेटें सजाए अंदर आई। प्रबल की बात बीच में अधूरी ही रह गई, क्योंकि प्रत्येक व्यक्ति मुसकराते हुए उस महिला के सम्मान में खड़ा हो गया था। उपस्थित लोगों पर उसकी दृष्टि पड़ी तो दीपा का चेहरा फक्क हो गया। खुद को सँभालते हुए, वह बड़ी कठिनाई से आगे बढ़ी और तश्तरी को कॉफी की मेज पर रख दिया।

"नमस्कार श्रीमती भट्ट।" कपिल ने प्रसन्न होकर विनोदपूर्ण स्वर में उसका अभिवादन किया।

ऐसा लगा, मानो उसने उसकी बात सुनी ही न हो। वह तश्तरी रखकर यथाशीघ्र वापस चली गई। उसके पीछे-पीछे नकुल चाय की केतली और कप की तश्तरी लेकर आया। इसके बाद दीपा उसके पीछे जाकर घर के अंदर वापस चली गई।

देवाशीष को यह सब देखकर बड़ा अजीब लगा। उसे आशा थी कि दीपा चाय को कप में डालकर स्वयं सबको देगी। अतिथियों में वही लोग थे, जिनसे वह शादी के पहले मिल चुकी थी। देवाशीष को आशा थी कि वह परिचारिका की भूमिका निभाएगी और सब लोगों से बात करते हुए देखेगी कि कोई आदमी उसके बनाए हुए नाश्ते से वंचित न रह जाए, लेकिन दीपा ने ऐसा कुछ नहीं किया। देवाशीष ने स्वयं चाय उँड़ेली। उसने तश्तरी में रखी हुई प्लेटों को अतिथियों के सामने रखा। नकुल की सहायता से दीपा ने उस शाम अनेक प्रकार के नाश्ते तैयार किए थे—झींगा कटलेट, कचौड़ियाँ, दाल के पकौड़े, मीठे आलूवाले गुलाबजामुन और मोटे दूध की खीर इत्यादि। मेहमानों ने नाश्ता खाते हुए, अपनी चर्चा फिर शुरू कर दी। दीपा के रूखे व्यवहार की ओर शायद किसी का ध्यान ही नहीं गया था।

जिस समय परिचर्चा अपने चर्म पर थी, देवाशीष कमरे से बाहर निकल गया। उसने दीपा को खाने की मेज पर अपना माथा पकड़े हुए बैठे देखा। जैसे ही देवाशीष उसके समीप पहुँचा, दीपा ने उसे विवश आँखों से देखा और बोली, "मुझे बहुत तेज सिरदर्द है।"

देवाशीष का गुस्सा पल भर में ही शांत हो गया। उसने अत्यंत सौम्य स्वर में सहृदयतापूर्वक कहा, "अरे, अवश्य ही यह रसोई की गरमी थी, जिसके कारण तुम्हारे साथ ऐसा हुआ। यहाँ मत बैठी रहो। ऊपर अपने कमरे में जाओ और माथे पर कोई बाम इत्यादि लगा लो। एक घंटे में तुम ठीक हो जाओगी।"

दीपा ने खड़े होते हुए क्षीण स्वर में कहा, "मैं ऐसा ही करूँगी।"

देवाशीष ड्राइंग रूम में वापस गया और बोला, "दीपा को बहुत तेज सिरदर्द है। मैंने उसे बाम लगाने और थोड़ी देर आराम करने के लिए कह दिया है। वह सारा दिन रसोई में पकवान बना रही थी।"

सब लोगों ने एक साथ हमदर्दी जताई। विजय बोला, "क्यों न मैं एक बार ऊपर जाकर उसे देख आऊँ?"

देवाशीष ने कहा, "ऐसा ही करो। सीधे सीढ़ियों से ऊपर चले जाओ।"

विजय ऊपर चला गया। उसने आसपास देखा और दीपा का कमरा खोजकर उसके बेडरूम में जाने लगा, तभी अचानक दहलीज पर ठिठक गया। दीपा अपनी आँखें बंद किए बिस्तर पर लेटी थी। उसने उसे अपने पास आते सुना, उसे देखने के लिए अपना सिर उठाया और तकिए पर वापस गिर गई।

विजय आकर उसके बिस्तर के पास खड़ा हो गया, उसे देखकर अपना दाँत किटकिटाते हुए बोला, "मुझे मूर्ख बनाने की कोशिश मत कर! मैं तेरे सिरदर्द का कारण जानता हूँ।"

दीपा ने कोई उत्तर नहीं दिया। वह खामोशी से अपनी आँखें बंद किए केवल लेटी रही।

विजय ने उसकी ओर अपनी उँगली दिखाते हुए बोला, "आज यहाँ मौजूद लोगों में वह आदमी भी है न, जिससे तू प्यार करती है…"

दीपा के होंठों से एक भी शब्द नहीं निकला।

"मैं उसका नाम जानना चाहता हूँ।"

दीपा ने उससे बात करने से इनकार कर दिया। ऐसा प्रतीत हुआ, मानो वह गूँगी-बहरी हो गई हो।

"तो तू मेरे प्रश्न का उत्तर नहीं देगी, क्यों?"

दीपा झुँझलाते हुए उठी, विजय की ओर देखा और जवाब दिया, "नहीं, मैं नहीं दूँगी!" वह उसकी ओर पीठ करके दुबारा लेट गई।

"ठीक है फिर!" विजय ने गुर्राते हुए कहा, "मैं खुद इसकी तह तक जाऊँगा। जिस दिन मैं जान जाऊँगा कि वह कौन है, मैं उसे सड़क पर घसीटते हुए लाऊँगा और उसे उसकी जिंदगी से आजाद कर दूँगा।"

विजय नीचे चला गया। हालाँकि इस विषय में भाई-बहन के बीच पहले भी काफी तकरार हो चुकी थी कि अब वह केवल मजाक बनकर रह गई थी।

इस तरह काफी दिन बीत गए।

हरेक आदमी के व्यक्तित्व के दो चेहरे होते हैं। एक चेहरा वह होता है, जिसे वह दिन के लिए सुरक्षित रखता है और उसका दूसरा रूप रात को दिखाई पड़ता है। एक प्रकार से वे बिल्ली की आँखों की तरह होते हैं, जो समय के अनुसार अपना रंग बदल लेती है। इस कहानी के सभी पात्रों में पाँच ऐसे थे, जो पैशचिक जीवन व्यतीत कर रहे थे, जिसकी जाँच किए जाने की जरूरत थी। ऐसे ही कुछ सघन पर्यवेक्षण से उनके बारे में अप्रत्याशित और चौंकानेवाले तथ्य सामने आ सकते थे।

आगे आनेवाली कहानी एक विशेष रात पर आधारित है—

रात के साढ़े दस बज चुके थे। नृपति खाना खाकर बिस्तर पर अपनी किताब लेकर लेट चुके थे। बड़े से पलंग का इस्तेमाल वे अपने विवाह के समय से ही करते आ रहे थे। अब वे उस पर अकेले सोते थे। आमतौर पर वे बिस्तर पर जाने के बाद किताब पढ़ते थे और जब नींद आने लगती तो बत्तियाँ बंद करके सो जाते थे।

लेकिन आज रात को वे जैसे ही लेटकर पढ़ने लगे, उन्हें बड़ी बेचैनी महसूस हुई। अगले आधा घंटे तक उन्होंने तन्हाई में बैठकर पढ़ने की कोशिश की। आखिरकार वे बिस्तर से बाहर आ गए। उन्होंने बत्ती बंद की और कुरसी लेकर खिड़की के पास बैठ गए। चंद्रमा निकल आया था और उसका प्रकाश आसमान में फैल गया था। उन्होंने एक सिगरेट जलाई।

क्या यह पूर्णिमा की रात थी? लगभग एक पखवाड़ा पहले जब नृपति बाहर गए थे तो उस समय सड़क पर अँधेरा था और चंद्रमा अपनी घटती अवस्था में था। क्या चंद्रमा के इन दोनों पक्षों और मानव मन के उतार-चढ़ावों के बीच कोई संबंध था? आजकल तो डॉक्टर भी यह निष्कर्ष देने लगे हैं कि चंद्रमा के कुछ खास

चरणों में जोड़ों का दर्द बढ़ जाता है। नृपति के होंठों पर हलकी मुसकान तैर गई। जोड़ों का दर्द सचमुच!

"महोदय!"

नृपति का नौकर दीनानाथ आकर उनके पास खड़ा हो गया था। नृपति मुड़कर उसे देखने लगे।

"आप अभी तक सो नहीं पाए हैं। क्या मैं आपके लिए एक कप कहवा बना दूँ?" दीनू ने प्रस्ताव किया।

नृपति ने थोड़ी देर सोचने के बाद कहा, "नहीं, उसकी कोई जरूरत नहीं है। मैं बाहर जा रहा हूँ। सामनेवाला दरवाजा भोर में खोल देना।"

"जी, ठीक है।"

दीनू अपने मालिक के प्रति बहुत वफादार था। वह जानता था कि नृपति कभी-कभी रात को कहीं जाते थे, लेकिन यह बात उसने अपने तक ही सीमित रखी थी। उन्होंने अपनी अलमारी से खाकी रंग की पश्चिमी पोशाक निकालकर पहन ली। पैरों में उन्होंने रबड़ सोल वाले जूते पहन लिये। उन्होंने अपनी स्टील की अलमारी से आयताकार बटुआ निकाला और उसे अपने जैकेट की अंदर वाली जेब में रख लिया। उन्होंने शीशे के सामने खड़े होकर अपने ऊपर एक निगाह डाली और बत्तियाँ बुझा दीं। उनके घर के पिछवाड़े एक लोहे की घुमावदार सीढ़ी थी। उसके रास्ते वे खामोशी से नीचे उतर गए।

"नृपति कहाँ गए थे, वे एक विधुर थे। क्या उनकी कोई गुप्त प्रेमिका थी?"

एक अन्य रात की कहानी इस प्रकार है—

यदि आप गोल पार्क की ओर जानेवाली तंग गलियों से गुजरेंगे तो आप एक दुमंजिले मकान पर पहुँच जाएँगे। प्रबल गुप्ता वहाँ भूतल के तीन कमरों में रहता था। वह एक पुराने मकान का पुराना किराएदार था। उसका किराया बहुत कम था।

मकान पर्याप्त सुंदर था, परंतु प्रबल स्वभाव से अत्यंत अव्यवस्थित था। उसकी पत्नी की मृत्यु के बाद से उसके मकान की देखभाल करनेवाला कोई नहीं था। ड्राइंग रूम के फर्श पर एक चटाई बिछी हुई थी। कमरे की एक दीवार के साथ एक जोड़ी तबला, एक हार्मोनियम और एक तालमापी यंत्र रखा था। उस घर में प्रबल को एक संगीतकार के रूप में प्रतिबिंबित करनेवाली कोई अन्य वस्तु नहीं थी।

रात को साढ़े आठ बजे प्रबल दरवाजा बंद करके अपनी हार्मोनियम के साथ नीचे बैठ गया। उस दिन वह नृपति के घर नहीं गया था। वह अपने नए लिखे गीत

की धुन तैयार कर रहा था। अगले सप्ताह उसका दमदम में उसे रिकॉर्ड करने का कार्यक्रम था। वह अपना संगीत स्वयं तैयार करता था। आज वह अपने गीत की धुन को गाने की गति के अनुसार संपादित करना चाहता था, ताकि गीत पूरे तीन मिनट और बीस सेकंड के अंदर रिकॉर्ड हो जाए।

उसने तालमापी को घुमा दिया। वह किसी घड़ी के पेंडुलम की तरह आगे-पीछे होने लगा। प्रबल ने अपनी जेब से स्टॉपवाच निकालकर हार्मोनियम पर रख दी। उसने स्टॉपवाच चालू करके आराम से गाना प्रारंभ कर दिया। उसकी उँगलियाँ हार्मोनियम की चाबियों पर धीरे-धीरे थिरकने लगीं।

जैसे ही गीत पूरा हुआ, उसने स्टॉपवाच की जाँच की—उसमें तीन मिनट और इकतीस सेकंड दिखाई दिए। उसने मेट्रोनोम को पुनः घुमाया और उसकी गति थोड़ी बढ़ा दी। इसके बाद उसने स्टॉपवाच फिर से चालू कर दी।

इस प्रकार लगभग आधा घंटा बीत गया। एकाकी गायक अपने गीत स्वयं गाता था।

दरवाजे पर दस्तक हुई। प्रबल ने उठकर उसका उत्तर दिया और दरवाजा खोल दिया। दरवाजे पर एक वेटर चावल और कढ़ी की प्लेट लिये खड़ा था। प्रबल के घर में रसोई की सुविधा नहीं थी। वह समीपस्थ भोजनालय से दिन में दो बार खाना मँगाता था।

चटाई के एक कोने पर खाना रखकर वेटर वापस चला गया। प्रबल ने दरवाजा बंद करके खाना खाया। इसी तरीके से वह जीने की कोशिश कर रहा था। शायद उसकी आँखें उसका सुखद भविष्य देख रही थीं, इसलिए वे उसके वर्तमान से बेखबर थीं।

खाना खाने के बाद प्रबल ने दरवाजा बंद किया और कोनेवाली पान की दुकान पर जाकर एक पान खरीदा और उसे अपने मुँह में दबा लिया। इसके बाद उसने गोल्ड फ्लैक की एक सिगरेट जलाई। प्रबल अधिक धूम्रपान से बचने के लिए अपनी जेब में कभी सिगरेट नहीं रखता था। प्रत्येक रात को वह एक सिगरेट खरीदकर पीता था। पेशेवर गायकों को अपनी आवाज के प्रति अत्यंत सावधान रहना पड़ता है। अधिक धूम्रपान से उसके स्वर की गुणवत्ता पर विपरीत प्रभाव पड़ सकता था।

सुदूर कोनेवाली दुकान पर एक ट्रांजिस्टर रेडियो बज रहा था। प्रबल ने उसे ध्यानपूर्वक सुना और महसूस किया कि उसका ही कोई रिकॉर्ड बजाया जा रहा था।

उसने कुछ देर तक अपने आपको गाते सुना और सिगरेट का कश लगाते हुए, वहाँ से चला गया।

सदर्न एवेन्यू रात को उस समय लगभग लोगों से वीरान रहता था। प्रबल टहलता हुआ झील-रवींद्र सरोवर के किनारे लगी बाड़ को देखता हुआ दक्षिण की ओर गया। उसके मन में एक गीत उभरा और इन शब्दों के साथ उसके मुँह से बाहर आया—'मेरे दिल की तरंगों में मेरा प्यार झूमे, मेरा प्यार···।' तभी अचानक एक मधुमक्खी ने उसके सीने में अपना जहर फैला दिया—'किसी गरीब आदमी के इस दुनिया में जीने का क्या मतलब है?'

झील के आखिरी किनारे पर उसे रेलिंग में एक छोटा सा गेट दिखाई पड़ा। प्रबल ने झटके से गेट को खोला और झील के तट पर पहुँच गया।

वह कुछ देर तक टहलता हुआ मंद रोशनी की धूप-छाँव में तब तक टहलता रहा, जब तक कि वह एक पेड़ के नीचे बनी खाली बेंच पर नहीं पहुँच गया। उसने बेंच पर बैठकर अँगड़ाई ली। उसके गले से अनियंत्रित हँसी के समान एक गरगराती आवाज निकल पड़ी।

उस रात प्रबल जब घर वापस आया तो आधी रात बीत चुकी थी। शहर की आँखें नींद में थककर चूर थीं।

और एक अन्य कहानी—

खड्ग बहादुर उस दिन नृपति के घर नहीं गया था, क्योंकि उस रात उसके अपने घर में एक बैठक थी, लेकिन वहाँ एक भिन्न प्रकार का सत्र आयोजित था। अतिथि भी कुछ अलग किस्म के थे। वह अवसर उसके सामाजिक जीवन का नियमित कार्यक्रम था, जो महीने में दो या तीन बार आयोजित होता था।

खड्ग बहादुर एक छोटे से फ्लैट में रहता था। वह छोटा बकशक था, परंतु उसकी जरूरत भर के लिए पर्याप्त था। उसका सेवक एवं साथी रतन सिंह उसके साथ रहता था। रतन उसका नौकर होने के साथ-साथ उसका रसोइया भी था। वह सीक कबाब बहुत अच्छे बनाता था।

यह निवास कक्ष मालिक की रईसी और उसके स्तर के अनुरूप बड़े सुंदर ढंग से सजाया गया था। कमरे के बीचोबीच एक ताश खेलने की मेज थी, जिसके चारों ओर गद्दीदार कुरसियाँ लगी थीं। सौ वाट के दो बल्ब सिर के ऊपर जल रहे थे। खड्ग बहादुर मेज पर अकेला बैठा हुआ ताश फेंट रहा था। एक सीलबंद गड्डी मेज पर रखी हुई थी। खड्ग बहादुर ताशों को धीरे-धीरे फेंट रहा था, लेकिन

उसके चेहरे का भाव अतंत कठोर था। वह हँसी-मजाक से कोसों दूर एक अलग ही किस्म का इनसान था। नृपति के दोस्त इस बात को जानते थे। यहाँ वह अपने घर का मालिक और किसी मध्य युगीन जमींदार की तरह था।

रात पौने आठ बजे उसने आवाज दी, "रतन सिंह!"

रतन सिंह उस समय रसोई में था। वह बाहर आकर अपने मालिक के सामने खड़ा हो गया। वह नेपाली छवि वाला एक नाटा और तगड़ा युवक था। उसने भावशून्य होकर देखा और पूछा, "जी सर?"

खड्ग बहादुर ने घोषणा की, "हमारे मेहमान यहाँ आठ बजे तक आ जाएँगे। कबाब कितनी देर में तैयार हो जाएगा?"

रतन सिंह ने कहा, "सर, आधे बन चुके हैं और शेष तैयार हो रहे हैं।'

"तीन मेहमानों के आने की उम्मीद है," खड्ग बहादुर ने उसे बताया। "जब वे यहाँ पहुँच जाएँ तो कबाब का पहला दौर उन्हें परोस देना। दूसरा दौर एक घंटे बाद देना। अब तुम जा सकते हो!"

रतन के चेहरे से कुछ पता नहीं चला। फिर भी कोई यह महसूस कर सकता था कि वह अपने मालिक के मेहमानों के आने से खुश नहीं था। वह रसोई में वापस चला गया और अपना ध्यान कबाबों पर लगा दिया। किसी को अपने मालिक के कृत्यों को अचूक मानकर स्वीकार करना चाहिए, लेकिन जुए में पैसे उड़ाना कोई प्रशंसनीय कार्य नहीं हो सकता था। हर महीने उसके घर एक हजार रुपए आते थे और अंत में एक पैसा भी नहीं बचता था।

खड्ग बहादुर ने ताश फेंटते हुए सोचा, 'अगर मैं आज हार गया तो खून बह जाएगा।'

पिछली कुछ बार से वह जब भी खेला, हर बार हार गया था। तीनों मेहमान लगभग आठ बजे पहुँच गए। वे तीनों जवान थे और उनके कपड़ों को देखकर पता चलता था कि वे अच्छे और रईस परिवारों से थे। उनमें से एक सिंधी, एक पंजाबी और तीसरा एक पारसी था।

औपचारिक अभिवादन के आदान-प्रदान के बाद तीनों मेज पर बैठ गए। रतन चार प्लेटों में रखकर दो किलो सीक कबाब ले आया। कबाबों के साथ खाने के अन्य सामान और सरसों की चटनी थी।

उनकी बातचीत अत्यंत सीमित थी। उन लोगों ने प्लेटें अपने आगे खींचकर खाना शुरू कर दिया। रतन के बनाए हुए कबाब स्वादिष्ट थे। जल्द ही सारी प्लेटें

साफ हो गईं। सबने रुमाल से अपने होंठ पोंछे और सिगरेट जला ली। यद्यपि पारसी युवक धूम्रपान नहीं करता था। आधुनिक समय में धर्म केवल कहने के लिए बचा था।

साढ़े आठ बजे ताशों की नई गड्डी खोली गई और खेल शुरू हो गया। सबसे छोटा दाँव पाँच रुपए और बड़ा दाँव अधिकतम बीस रुपए का था।

सभी चारों खिलाड़ी माहिर थे, लेकिन फ्लैश के खेल में कौशल की अपेक्षा भाग्य की भूमिका महत्त्वपूर्ण होती है। हाथ की सफाई अथवा धोखेबाजी से एक या दो बार ही गेम जीता जा सकता था। जीत और हार का निर्णय हाथ के पत्तों की शक्ति पर निर्भर था।

रात साढ़े दस बजे कबाब का दूसरा दौर चला। इस बार परोसे गए कबाब की मात्रा कम थी और उसके साथ कॉफी भी परोसी गई थी। पंद्रह मिनट के अंदर लोगों ने कबाब को साफ कर दिया। ताश की नई गड्डी खोली गई और खेल फिर शुरू हो गया।

इस सत्र की समाप्ति आधी रात के लगभग आधा घंटा बाद हुई। जीत और हार का हिसाब लगाने के बाद पता चला कि तीनों अतिथि जीते थे। खड्ग बहादुर, बहरहाल लगभग सात सौ रुपए हार गया था।

तीनों मेहमानों ने उसकी हार पर दुःख जताया और वहाँ से मुसकराते हुए चले गए। खड्ग बहादुर कुछ देर तक मेज पर अपना रात की तरह काला चेहरा लिये अकेला बैठा रहा। इसके बाद वह अचानक उठकर अपने बेडरूम में गया। उसने अपने कपड़े बदले और सिर पर अहीरों वाली टोपी लगा ली। उसने रतन से कहा कि मैं बाहर जा रहा हूँ। जब तक मैं वापस न लौटूँ, तब तक दरवाजे पर मेरी प्रतीक्षा करो।

"जी हाँ सर।" रतन ने जवाब दिया।

खड्ग बहादुर वहाँ से चला गया। रतन का मंगोलियायी चेहरा भावशून्य था, लेकिन उसकी आँखों में व्याकुलता दिखाई दे रही थी। मालिक आज रात को भी हार गए। ताश में हारने के बाद वे कहाँ जाते थे? वह भोर के समय घर लौटता था। कई बार वह रात आठ बजे से पहले ही निकल जाता था और बहुत देर से घर वापस आता था। वह कहाँ जाता होगा? क्या वह सड़कों पर भटकता होगा? या फिर⋯

एक अन्य पैशचिक कहानी—

कपिल के घर में लोग डिनर कर चुके थे। मालिक अपने कमरे में चले गए थे और कपिल का छोटा भाई तथा बहन अपने बिस्तर पर जा चुके थे। कपिल के

साथ ड्राइंग रूम में उसका बड़ा भाई और उसकी पत्नी एवं उसकी बड़ी बहन और बहनोई थे। उसकी माँ गुजर चुकी थी और घर की सारी जिम्मेदारी उसकी बड़ी भाभी सँभालती थी। कपिल की बड़ी बहन और उसके पति दार्जिलिंग में रहते थे, जहाँ उनके चाय के बागान थे। वे शहर में कुछ दिन गुजारने के लिए आज सुबह ही कलकत्ता आए थे।

कपिल का घर एक तीन मंजिला भवन था। भूतल किसी बैंक की शाखा को किराए पर चढ़ा दिया गया था। कपिल और उसका परिवार ऊपरी दो मंजिलों में रहता था। उसके ऊपर एक खुली छत थी।

ड्राइंग रूम में जो लोग बैठे थे, उनमें कपिल का बड़ा भाई गौतम देव परिवार में सबसे बड़ा था। वह पारिवारिक कारोबार चलाता था और संजीदा किस्म का इनसान था तथा जानबूझकर घरेलू मामलों से खुद को दूर रखता था। उसकी पत्नी रमोला, बहरहाल उसके बिल्कुल विपरीत थी। उसकी आयु अभी तीस वर्ष से अधिक नहीं थी, लेकिन वह घरेलू कामकाज में प्रवीण थी और सारा प्रबंध बड़ी कुशलता से करती थी। वह थोड़े गरम मिजाज की थी, इसलिए कोई उसे गलत तरीके से छेड़ने की कोशिश नहीं करता था।

कपिल की बहन अशोका भी तीस साल की होनेवाली थी। उसका एकमात्र पुत्र सात वर्ष का था और बोर्डिंग स्कूल में पढ़ता था। एक अमीर आदमी की बेटी और अमीर आदमी पत्नी होने के कारण वह खूब सज-सँवरकर रहती थी। वह अन्य जीवधारियों को बड़े तिरस्कारपूर्ण ढंग से देखती थी और अधिकतर लोगों से दूरी बनाकर रखती थी, लेकिन उसके पति शैलेन बाबू एक मिलनसार व्यक्ति थे और लोगों के साथ उठना-बैठना उन्हें अच्छा लगता था। उन्हें तर्क करने में बड़ा आनंद आता था और मौका मिलने पर वह बिनमाँगी सलाह देने में भी नहीं झिझकते थे।

वे एक बड़े प्रश्नचिह्न के आकार की काली पाइप का कश खींच रहे थे। गौतम देव ने अपने लिए एक सिगरेट जला ली थी। तंबाकू की तेज सुगंध कपिल के नथुनों को वेध रही थी, लेकिन वह अपने बड़ों के विपरीत धूम्रपान से बचता था। इसकी बजाय वह वहाँ से उठकर दूर चला जाता था। उस घर का एक अलिखित नियम था कि खाना खाने के बाद प्रत्येक आदमी कम-से-कम पंद्रह मनट तक एक साथ बैठता था। एक समय था, जब कपिल के पिताजी भी इस नियम से बँधे हुए थे। लेकिन अब वे बूढ़े हो चुके थे, इसलिए खाना खाने के बाद तुरंत अपने बिस्तर पर चले जाते थे। बहरहाल परिवार के अन्य सदस्यों ने इस नियम का पालन करना जारी रखा था।

दामाद शैलेन बाबू ने अपने पाइप से निकलते धुएँ से परेशान करते हुए गंभीर स्वर में पूछा, "कपिल, क्या तुम अपने नाम को सार्थक बनाते हुए संन्यासी बनने की योजना बना रहे हो?"

कपिल ने समानवत गंभीर स्वर में उत्तर दिया, "फिलहाल तो मेरी ऐसी कोई योजना नहीं है।"

शैलेन बाबू ने पूछा, "फिर तुम शादी क्यों नहीं कर रहे हो? यदि किसी को दुनियादारी निभानी है तो उसे शादी तो करनी ही पड़ेगी। शादी के लिए तुम्हारी आयु पर्याप्त हो चुकी है, यह बात अलग है कि अभी तुम्हारे अंदर वांछित बुद्धिमत्ता का विकास नहीं हुआ है।"

कपिल ने आँखें तरेरते हुए प्रतिवाद किया, "क्या किसी को विवाह योग्य होने के लिए विशेष रूप से तेज होना आवश्यक है?"

रमोला हँस पड़ी। जिस प्रकार की मजाकिया नोक-झोंक कपिल और शैलेन बाबू के बीच चल रही थी, उससे घर का प्रत्येक सदस्य परिचित था। रमोला ने व्यंग्य करते हुए कहा, "यदि किसी को शादी करने के लिए समझदार होना जरूरी है तो बंगाल का हरेक आदमी कुँआरा ही रह जाएगा। दरअसल, यहाँ मामला बिल्कुल उलटा है। कपिल अत्यधिक बुद्धिमान है, इसीलिए वह अभी तक कुँआरा है।"

"सचमुच!" शैलेन बाबू ने कपिल की ओर आश्चर्यपूर्वक देखा। "क्या यह सचमुच इतना प्रतिभावान है? तुम तो जानती ही हो कि जब तक तुम साफ-साफ मुझे नहीं बताओगी, मैं इसे हीं मानूँगा।"

रमोला ने आग्रह किया, "ऐसा करने के लिए आप खुद ही इसे क्यों नहीं कहते? हमने इसे राजी करने के लिए कोई कोर-कसर नहीं छोड़ी है, लेकिन यह अब भी शादी के लिए इनकार करता है! क्यों, मैं भी चकित हूँ?"

शैलेन बाबू ने उसके स्वर में स्वर मिलाया, "क्या सचमुच ऐसा ही है?"

कपिल ने अपनी जेब टटोली और उसकी उँगलियाँ उसके सिगरेटदानी से टकराईं। उसने चुपके से उसे बाहर निकाला और दुबारा वापस रख दिया।

गौतमदेव खड़ा हो गया, "मैं अब चलता हूँ। कल सुबह मुझे जल्दी निकलना है…" अपना वाक्य बीच में छोड़कर वे चले गए। उन्हें किसी की आवभगत से नफरत थी।

कपिल ने अपने बहनोई की टाँग खिंचाई करने के उद्‌देश्य से उनसे पूछा, "क्या आप इस बात से सहमत हैं कि शादी एक गंभीर मामला है?"

शैलेन बाबू ने उत्तर देने से पूर्व अपनी पत्नी को कनखियों से देखा, "अवश्य! सचमुच यह एक गंभीर मामला है।"

यद्यपि अशोका मजाक की बारीकियों से अनभिज्ञ थी, परंतु वह उसके प्रति संवेदनशील अवश्य थी। उसने अपने पति से रुष्ट होते हुए कहा, "मैं तो जा रही हूँ सोने, मेरे पास इस फिजूल की बहस को सुनने का धैर्य नहीं है।"

कमरे से उसके बाहर जाने के बाद, कपिल ने अपनी सिगरेटदानी जेब से बाहर निकाली और रमोला से पूछा, "भाभी, क्या मैं सिगरेट पी सकता हूँ?"

रमोला ने प्रतिवाद किया, "अरे, छोड़ो भी इसे! तुम तो ऐसे पूछ रहे हो, जैसे आज तक तुमने मेरे सामने कभी सिगरेट पी ही न हो!"

"मैंने आपके सामने अवश्य पी है," कपिल ने जवाब दागा, "लेकिन आपकी इजाजत से पी है।"

"ठीक है, तुम पियो।" रमोला ने कहा। "अब यहाँ से थोड़ा आगे चले जाओ।"

कपिल ने सिगरेट जला ली। साले-बहनोई दोनों ने अपनी बहस दुबारा शुरू कर दी। रमोला होंठों पर मुसकान छिपाए, उनकी बातें सुनती बैठी रही।

"चूँकि शादी एक गंभीर मामला है," कपिल ने कहा, "लेकिन किसी को शादी करने से पहले इसके बारे में सभी कोणों से खूब सोच-विचार करना चाहिए।"

शैलेन बाबू ने कहा, "अवश्य। लेकिन वे कौन से कोण हैं, जिनके बारे में तुम विचार करना चाहते हो?"

"मुझे अपनी जिस भावी पत्नी की तलाश है, उसके गुणों पर विचार करने की आवश्यकता है।"

"और वे गुण कौन से हैं? रंग-रूप, प्रतिभा, पांडित्य, बुद्धिमत्ता⋯?"

"यदि यह सभी गुण हों तो स्वागत है, परंतु यह अपरिहार्य नहीं हैं। सचमुच महत्त्वपूर्ण आवश्यकता यह है कि दोनों की सोच समान हो।"

"हम्म⋯समान सोच⋯लेकिन जब तक तुम किसी औरत से विवाह नहीं करोगे, तब तक उसके बारे में कैसे जान पाओगे कि उसकी सोच कैसी है?"

"यही तो समस्या है, लेकिन आजकल औरतें जितनी उन्मुक्त हो रही हैं, उसे देखते हुए किसी लड़की के हृदय और आत्मा को परखने में अधिक समय नहीं लगता।"

रमोला ने चुटकी लेते हुए कहा, "तो तुम्हें अनेक लड़कियों के हृदय और आत्मा में झाँकने की अंतर्दृष्टि प्राप्त हो चुकी है, क्यों?"

"वह तो मेरे पास है," कपिल ने प्रतिवाद किया। "परंतु वह मेरी स्वीकृति की गारंटी नहीं है।"

"उचित ही है।" रमोला ने चुटकी ली।

शैलेन बाबू ने पूछा, "तो जब तक तुम अपनी प्राण-प्यारी से टकरा नहीं जाओगे, तुम्हारी तलाश जारी रहेगी, है ना?"

बिना कोई टिप्पणी किए कपिल मुसकरा पड़ा।

शैलेन बाबू ने संदेहास्पद स्वर में पूछा, "असली कहानी बताइए, श्रीमान? कहीं तुम हमें मूर्ख तो नहीं बना रहे हो, क्यों?"

"आपके कहने का क्या मतलब है?"

"मेरे कहने का मतलब है—तुम किसी शादीशुदा औरत या किसी विधवा के साथ तो नहीं जुड़े हुए हो, क्यों?"

कपिल पहले चौंका, फिर जोर से हँस पड़ा। "भाभी," उसने घोषणा की, "शैलेन बाबू लगता है, पागल हो गए हैं। वह अभी-अभी पहाड़ से उतरकर जमीन पर आए हैं, इसलिए ऐसा होना अपरिहार्य है। थोड़ी सी बर्फ ले आओ, ताकि ये अपना दिमाग ठंडा कर सकें। मैं अब सोने जा रहा हूँ।"

उनकी बातचीत का अंत हँसी-मजाक के साथ हुआ। कपिल ने अपने कमरे में जाकर दरवाजा बंद कर लिया।

उसका कमरा चौकोर की बजाय लंबा था और उसमें काफी जगह थी। एक किनारे पर एक पलंग था। एक मेज थी, जिसके ऊपर शीशा लगा हुआ था और कुछ कुरसियाँ दीवार के दूसरे किनारे पर रखी थीं। मेज पर रखे शीशे के नीचे खगोलविज्ञान का एक मानचित्र लगा हुआ था, जिसमें नीली पार्श्वभूमि पर सफेद सितारों का तारामंडल छपा हुआ था। कपिल ने अपने रात्रिकालीन कपड़े—बिना बाजू की कमीज और ढीला-ढाला पाजामा—पहन लिया। इसके बाद उसने मेज पर बैठकर एक किताब निकाल ली।

वह खगोलविज्ञान पर फ्रेड हॉयल द्वारा अंग्रेजी में लिखित पुस्तक थी। किताब पढ़ते हुए, वह बार-बार घड़ी देख रहा था। उसे खगोलविज्ञान के बारे में लिखी गई पुस्तकें पढ़ने में अत्यंत रुचि थी, क्योंकि उनमें ब्रह्मांड का रहस्य छिपा हुआ था। लेकिन आज रात उसका पूरा ध्यान पुस्तक पर नहीं था। ऐसा प्रतीत हो रहा था, मानो वह समय काटने के लिए पढ़ाई कर रहा था।

उसकी घड़ी में रात के साढ़े ग्यारह बजे। कपिल किताब बंद करके खड़ा हुआ और दीवार में बनी अलमारी से अपनी बड़ी सी दूरबीन बाहर निकाली। हालाँकि दूरबीन ज्यादा बड़ी नहीं थी, फिर भी उसे तिपाई पर खड़ा किया जा सकता था। कपिल ने दूरबीन उठाई, कमरे की बत्तियाँ बुझाईं और चुपचाप बाहर निकल गया।

उसके कमरे से कुछ दूरी पर सीढ़ियाँ बनी थीं, जिनसे छत पर जाया जा सकता था। कपिल अभी दबे पाँव सीढ़ियों की ओर कुछ ही कदम चला था कि उसके सामनेवाला दरवाजा खुला और रमोला अलसाई हुई कमरे से बाहर आई। कपिल को उसका पता नहीं चला।

रमोला ने पूछा, "क्या बात है, कपिल! तुम रात को इतनी देर से दूरबीन लेकर कहाँ जा रहे हो?"

"श॰॰श॰॰श भाभी, तुम तो बाबा को जगा दोगी।" कपिल ने उन्हें चेतावनी दी।

रमोला ने अपनी आवाज नीची की और बोली, "मैं तो यह देखने आई थी कपिल कि यहाँ क्या हो रहा था?"

"क्या मूर्खता है!" कपिल बुदबुदाया। "तुम अच्छी तरह जानती हो कि मैं अकसर छत पर जाकर तारों को देखता हूँ।"

"मैं यह बात जानती हूँ," रमोला ने प्रतिवाद किया, "लेकिन वह तो तुम आमतौर पर रात को काफी देर से करते थे। इस मनहूस समय में तुम कौन सा तारा देखने की योजना बना रहे हो?"

"आज रात को पौने बारह बजे मंगल सीधा हमारे सिर पर होगा। अभी वह धरती के काफी निकट से गुजर रहा है। मैं उसे अच्छी तरह देखने जा रहा हूँ।"

रमोला ने गंभीर मुद्रा में कहा, "हम्म, मंगल सचमुच! तुम अच्छी तरह जानते हो कि किन तारों और ग्रहों ने तुम्हें जकड़ रखा है, लेकिन मेरी इस बात पर ध्यान रखना कि इतनी गरमी में हमारे सभी पड़ोसी अपनी खिड़कियाँ खोलकर सो रहे हैं। तुम तारे देखते-देखते उनके घरों में मत झाँकने लग जाना।"

उत्तर देने से पूर्व कपिल ने अपनी हँसी रोकी और बोला, "भाभी, तुम सचमुच बहुत शंकालु हो! लेकिन पहले यह बताओ कि तुम इतनी देर तक क्यों जाग रही हो?"

रमोला ने उत्तर दिया, "तुम्हारे भैया अपनी कानूनी किताबें पढ़ने में व्यस्त हैं और उन्होंने मुझे अचानक एक कप कॉफी बनाने के लिए कहा है, इसीलिए मैं उसे लेने जा रही हूँ। क्या तुम्हें भी थोड़ी सी चाहिए?"

"मेरे पास उसके लिए अभी समय नहीं है।" कपिल दबे पाँव ऊपर चला गया। शायद वह सचमुच मंगल की एक झलक देखने जा रहा था।

किसी विशेष रात की पूर्वांतिम कहानी—

जो लोग फिल्मों अथवा समाचार जगत् में काम करते हैं, उनकी दोस्ती भी उसी क्षेत्र के लागों के साथ होती है। वे अपने समुदाय में एक विशेष समूह बना लेते हैं और बाहरी लोगों से उनका कोई लेना-देना नहीं होता है, लेकिन सुजान मित्रा उनके बीच किसी चोटिल अँगूठे की तरह था। जब तक वह स्टूडियो की चहारदीवारी के अंदर रहता था, वह अपने सभी सहकर्मियों के साथ बड़ा अच्छा व्यवहार करता था, चाहे वे किसी पद अथवा लिंग के क्यों न हों। विवाह योग्य अभिनेत्रियों में अनेक ऐसी थीं, जो इस सुंदर नवोदित अभिनेता के प्रति आकर्षित थीं, लेकिन सुजान उन सभी की उपेक्षा कर देता था। उसके अंदर किसी सर्पीली मछली की तरह चतुराई से हाथ न आने का गुण था। अपनी इस कला में वह प्रवीण था।

फिल्मी बिरादरी के बाहर उसका सामाजिक जीवन मुख्यतः नृपति के घर एकत्र होनेवाले उसके दोस्तों पर केंद्रित था। उनके साथ वह अपने घर में होने जैसा महसूस करता था। न तो कोई यह जानता था कि वह मूलतः कहाँ का रहनेवाला है और न यह कि उसका कोई सगा-संबंधी भी है। लेकिन उसके मित्रों के चयन की रुचि को देखते हुए यह स्पष्ट था कि उसका गोत्र चाहे कोई भी हो, सुजान हमेशा शिक्षित, सुसंस्कारित तथा उच्च मध्यमवर्गीय लोगों के साथ ही अपना मेलजोल बढ़ाता था।

एक विशेष दिन जब स्टूडियो में वह शूटिंग कर रहा था, उसका काम सूर्यास्त के बाद तक जारी रहा। उसे घर वापस जाने और अपना मेकअप उतारने में एक अन्य घंटा लग गया। जब तक वह अपनी छोटी कार में बाहर निकला, तब तक शहर में रात हो चुकी थी।

डेढ़ मील की यात्रा करने के बाद वह एक रेस्तराँ में चला गया। चूँकि वह घर में खाना बनाने की परेशानी से बचता था, इसलिए वह अकसर बाहर ही खाना खाया करता था, परंतु वह हर रात एक ही रेस्तराँ में नहीं खाता था। उस रात जो विशेष भोजन वह करना चाहता था, वह किसी खास रेस्तराँ में ही मिलता था। कई बार वह उचित खाना खाने से पहले किसी हलवाई की दुकान में जाने की बजाय रेस्तराँ में ही दही और मिठाइयाँ खाता था। जिन दिनों उसकी शूटिंग होती थी, उन दिनों में वह भी स्टूडियो की कैंटीन में ही खाना खाता था।

जब वह अपनी कार खड़ी करके रेस्तराँ के अंदर दाखिल हुआ, उसने अपने चेहरे पर सुंदर मूँछें लगा रखी थीं। वे नकली थीं। सुजान आमतौर पर सार्वजनिक स्थानों पर उसके प्रशंसकों एवं शुभचिंतकों द्वारा पहचाने जाने के डर से इस तरह की नौटंकी करता था—यह रूप परिवर्तन वह अपनी फिल्मों की प्रसिद्धि के कारण करता था।

उसने अपना भोजन समाप्त किया, वापस अपनी कार में बैठा और घर की ओर रवाना हो गया। वह ऐसे मकान में रहता था, जो एक पतली गली के नुक्कड़ पर था। घर छोटा अवश्य था, लेकिन उसके अंदर एक गैराज भी जुड़ा हुआ था।

सुजान ने अपनी कार खड़ी की, मुख्य द्वार खोला और अंदर जाकर बत्तियाँ जला दीं। उनमें कुछ बत्तियाँ अधिक वॉट के बल्बों वाली थीं। आयताकार कमरा काफी बड़ा था। उसके अंदर एक पलंग, एक मेज और कुछ कुरसियाँ लगी हुई थीं और यहाँ तक कि चाय बनाने के लिए एक स्टोव और कुछ जरूरी अन्य साजो-सामान भी था। ऐसा लगता था कि सुजान ने अपनी जरूरत की हर चीज वहाँ रख छोड़ी थी, ताकि आवश्यकतानुसार उनका उपयोग कर सके।

उसने कुरसी पर पसरते हुए अँगड़ाई ली और सिगरेट जला ली। आराम से धूम्रपान करते हुए उसने देखा कि एक तेज बल्ब उसके सिर पर जल रहा था। उसने अपनी नकली मूँछें उतारीं तो उसका चेहरा तेज उस्तरे की धार की तरह चमकने लगा।

सिगरेट पीने के बाद सुजान ने अपनी घड़ी देखी। उस समय रात के सवा नौ बजे थे। वह खड़ा होकर ड्रेसिंग टेबल पर गया। जैसे ही वह साढ़े छह फुट लंबे शीशे के सामने खड़ा हुआ, शीशे में उसकी संपूर्ण छवि दिखाई पड़ी। उसने उसे अच्छी तरह निहारा और हँसा तथा नाक सिकोड़ते हुए अपनी अलमारी की ओर चला गया।

उसने उसके अंदर से दो वस्तुएँ—एक व्हिस्की की बोतल और एक बड़े आकार का लाल रंग का लिफाफा निकाला। उसने गिलास में शराब डाली और लिफाफा तथा गिलास लेकर अपनी कुरसी की ओर चला गया। उसने गिलास से एक छोटा घूँट भरने के बाद गिलास को कुरसी के हत्थे पर रख दिया और आगफा लिफाफे के अंदर से एक फोटो निकाली।

वह किसी युवती की पोस्टकार्ड साइज की आदमकद तसवीर थी। वह फोटोग्राफर की ओर देखकर मुसकरा रही थी। वह किसी अभिनेत्री की तरह नहीं दिखाई दे रही थी, उसकी वेशभूषा और चेहरे की भाव-भंगिमा पूरी तरह बनावट से दूर थी, लेकिन फोटो से उसके वैवाहिक स्तर का पता नहीं चलता था।

सुजान ने तसवीर को निहारते हुए मद्यपान जारी रखा। उसकी आँखें प्यार से छलक आईं। उसने एक सेकंड के लिए भी तसवीर से अपनी नजर नहीं हटाई। इस तरह एक घंटा बीत गया। उसका गिलास खाली हो चुका था, लेकिन उसकी चित्र-दर्शन की अभिलाषा अभी पूर्ण नहीं हुई थी। उसने फोटो को एकटक देखते हुए दुबारा सिगरेट सुलगा ली। उसके हिलते होंठों को देखकर लग रहा था, मानो वह तसवीर वाली लड़की के साथ कोई गुप्त वार्त्ता कर रहा हो। इसके बाद वह फोटो को अपने गालों से लगाकर काफी देर तक खामोश बैठा रहा।

लगभग पौने ग्यारह बजे उसने तसवीर को लिफाफे में वापस रखा और अलमारी में उसके सामान्य स्थान पर रख दिया। वह कुछ देर तक स्तब्ध होकर शीशे के सामने खड़ा रहा और उसके बाद अपने कमरे की बत्तियाँ बुझाकर घर से पुनः बाहर निकल गया। वह कुछ देर तक दिग्भ्रमित सा दक्षिणी कलकता की सूनी सड़कों पर अपनी कार में भटकता रहा और अंततः झील के पास जाकर ठहर गया। कार से बाहर निकलने से पहले उसने अपनी नकली मूँछें दुबारा लगा लीं। अपनी कार में ताला लगाकर वह झील से दूर चला गया। मुख्य सड़क पार करने के बाद वह एक पतली गली में दाखिल हो गया।

गली के दोनों ओर की बत्तियाँ बंद थीं। सुजान एक लैंप पोस्ट के पास जाकर रुक गया। उसके सामनेवाले घर की पहली मंजिल की खिड़की से एक मद्धिम रोशनी निकल रही थी। लैंप पोस्ट के नीचे अपने स्थान पर खड़े होकर सुजान काफी देर तक उसे निहारता रहा। हालाँकि लैंप पोस्ट की रोशनी उसके चेहरे पर पड़ रही थी, लेकिन छाया में खड़े होने के कारण उसे पहचान पाना असंभव था।

वह उस स्थान पर काफी देर तक खड़ा रहा, लेकिन खिड़की पर कोई नहीं दिखाई पड़ा। जिस इनसान को देखने हेतु सुजान लालायित था, वह या तो सो रही थी या किसी अन्य पुरुष की बाँहों में जाग रही थी।

औरतें···! सुजान ने गहरी साँस ली और वापस अपनी कार की ओर आगे बढ़ गया।

अंतिम कहानी—

देवाशीष और दीपा अपना डिनर लगभग समाप्त कर चुके थे। नकुल के लाभ हेतु वह अपने पति के साथ अपने बगीचे के बारे में बातें कर रही थी। जब उसने पद्मलोचन माली का एक वृत्तांत सुनाया तो देवाशीष हँस पड़ा। दीपा ने उसे बताया था कि माली वुगेनविल्लाया के पौधे को 'बैगन बिल्ली' कहता था। उसके बदले

में देवाशीष ने अपनी फैक्टरी के बारे में एक कहानी सुनाई। परस्पर आत्मीयता का स्वांग पूरी तरह बनाए रखा जा रहा था। खाना खाने के बाद दोनों एक साथ ऊपर गए और वहाँ जाकर अपने-अपने कमरों में चले गए। लोगों की घूरती निगाहों से अपनी वास्तविक सच्चाई छिपाने में अब वे अभ्यस्त हो चुके थे, परंतु उन निगाहों के पीछे की चीजें पूरी तरह सामान्य नहीं थीं।

दीपा ने अपने कमरे में जाकर बत्ती जलाई और कुछ देर तक खिड़की के पास जाकर खड़ी रही। हवा रुकी हुई थी और गरमी की रात अत्यंत गरम थी। दीपा ने पंखा चलाकर अपना ब्लाउज उतारा और बिस्तर पर चली गई। वहाँ इस बात का कोई संकेत नहीं था कि नींद कब आएगी, लेकिन उस समय बिस्तर पर जाने के अलावा कोई अन्य काम नहीं था। जैसे ही वह अपने बिस्तर पर लेटी, देवाशीष द्वारा कहे गए शब्द उसके कानों में गूँजने लगे—'दीपा, बेशक तुम मुझसे प्यार नहीं करतीं, लेकिन मुझे तुमसे प्यार हो गया है।'

देवाशीष ने अपने पलंग की बगलवाला टेबल लैंप जला लिया था, क्योंकि उसे लेटे-लेटे कोई वैज्ञानिक पत्रिका पढ़नी थी। उसने अपनी कमीज उतार दी थी और सिर के ऊपर छत में लगा पंखा तेज गति से चल रहा था। वह अपनी पत्रिका पर ध्यान केंद्रित नहीं कर पाया। उसके विचार गरम हवा की भाँति उसके मन को व्यथित कर रहे थे। यहाँ तक कि अपने सिर पर ठंडा पानी डालने के बाद भी उसे कोई राहत नहीं मिली। आधा घंटा बाद उसने पत्रिका एक तरफ रख दी और बत्तियाँ बुझा दीं, मानो कमरे में गरमी का कारण बल्ब की तेज रोशनी थी।

देवाशीष अँधेरे में अपनी आँखें बंद किए लेटा रहा। ऊपर पंखा चलने के बावजूद उसका बिस्तर गरम तवे की भाँति जल रहा था। वह करवटें बदलता रहा, लेकिन तकिए पर उसका सिर गरमी के कारण भारी हो रहा था। इसके साथ-साथ उसका मस्तिष्क भी अंदरूनी तौर पर उबल रहा था। अंततः रात की गहराइयों में उसका गुस्सा किसी ज्वालामुखी की तरह फट पड़ा। देवाशीष उठकर पलंग पर बैठ गया और मन-ही-मन में खुद को कोसने लगा, 'हे भगवान्, उसे क्षमा करना, वह मेरी पत्नी है!'

उसने अपने ऊपर काबू पाया और अँधेरे में कुछ देर तक बैठा रहा। इसके बाद वह कमरे से बाहर आ गया। जैसे ही उसने ड्राइंग रूम की बत्ती जलाई, स्विच की किलकने की आवाज के साथ पूरा कमरा रोशनी से भर गया। देवाशीष खुद भी अचानक तेज रोशनी देखकर चौंक गया था। थोड़ी खामोशी के बाद वह दीपा के कमरे के बाहर जाकर खड़ा हो गया।

वह नहीं समझ पाया कि कमरा यूँ ही बंद था या उसमें अंदर से कुंडी लगी हुई थी। शायद एक हलके से धक्के से वह खुल सकता था। दीपा अवश्य ही सो रही होगी। देवाशीष कुछ देर तक उसके कमरे के बाहर खड़ा रहा, फिर उसके दरवाजे पर दस्तक देने के लिए अपना हाथ उठाया। संभवत: उसके सोते समय वह उसके कमरे में दाखिल नहीं हो सकता था, लेकिन वह दस्तक देने का साहस नहीं कर पाया। उसने अपने हाथ वापस खींच लिये। 'कायर!' खुद को कोसता हुआ वह अपने कमरे में वापस चला गया।

दीपा उस पूरे समय के दौरान जागती हुई लेटी थी, लेकिन बाहर जो कुछ हो रहा था, वह उससे अनजान बनी रही।

देवाशीष और दीपा की शादी को दो महीने बीत चुके थे। इस बीच लंबी सैर के बाद हम एक बार पुन: उसके अतीत की ओर वहाँ लौट रहे हैं, जहाँ से यह कहानी शुरू हुई थी—उस दिन दीपा ने देवाशीष के साथ फिल्म देखने के लिए जाने के प्रस्ताव को ठुकरा दिया था।

नृपति के घर जाते हुए देवाशीष रास्ते में ठहर गया। उसका मन अत्यंत खिन्न था, इसलिए उसने नृपति के घर जाकर थोड़ा अपना मन बहलाने के बारे में विचार किया। परंतु जैसे ही उसके मन में प्रबल के प्यानो बजाने का विचार आया, उसका मन एक बार फिर खट्टा हो गया। उसे कोई गंभीर अध्ययन किए हुए काफी लंबा समय बीत चुका था, लेकिन उसके काम की प्रकृति को देखते हुए उसके लिए सौंदर्य-प्रसाधन रसायन अनुसंधान के क्षेत्र में होनेवाली महत्त्वपूर्ण गतिविधियों की जानकारी एवं ताजा-तरीन सूचनाएँ प्राप्त करना आवश्यक था। वैसे उसने कुछ विदेशी वैज्ञानिक पत्रिकाओं का चंदा जमा किया हुआ था, लेकिन पिछले दो महीनों से उसके पास उन्हें पढ़ने का समय नहीं था। वे बिना खोले हुए ही अपने पैकेट में लिपटी पड़ी थीं। देवाशीष वापस घर जाने के लिए मुड़ गया। वह बातचीत और हँसी-मजाक में अपना समय नष्ट नहीं कर सकता था। वह अपने पुराने दिनों की तरह आज की शाम पढ़ाई में गुजारना चाहता था।

दीपा अपनी आँखें बंद किए कुरसी पर बैठी थी। रेडियो बज रहा था। देवाशीष के लौटने पर उसने रेडियो बंद कर दिया और खड़ी हो गई। उसकी आँखें प्रश्नाकुल व्यग्रता से ओतप्रोत थीं।

देवाशीष ने अपने स्वर को कोमल बनाने की कोशिश करते हुए कहा, "मैंने वापस आने का फैसला कर लिया। मुझे कुछ पढ़े हुए काफी समय हो गया था, मैंने सोचा कि आज शाम मैं उसे दुबारा शुरू करूँगा।"

टेलीफोन के पास रखे स्टूल के नीचे पत्रिकाओं का ढेर लगा था। वह उन्हें उठाकर अपने कमरे में चला गया। वहाँ उसने पत्रिकाओं को उनकी तिथि के अनुसार व्यवस्थित किया और कुछ तकिए लगाकर उन्हें पढ़ने लगा।

दीपा ने अपने कमरे की खिड़की से गरमी का सूर्यास्त देखा। धुंधलका होने लगा था। पद्मलोचन बगीचे में पौधों को पानी दे रहा था। उस पूरे दिन दीपा बगीचे में नहीं गई थी। शाम को उसके मन में उथल-पुथल मची थी, क्योंकि उसने देवाशीष के साथ फिल्म देखने से इनकार कर दिया था, जिससे देवाशीष अत्यंत व्यथित होकर चहलकदमी कर रहा था। समय बीतने के साथ उसका जीवन जटिल होता जा रहा था और उसने महसूस किया कि वह इस अनचाहे रिश्ते की गाँठ को खोल पाने में कभी सफल नहीं होगी। एक नई समस्या उसके मन को व्यथित कर रही थी, जिसका कोई समाधान उसके पास नहीं था।

बाहर अँधेरा हो चुका था। पद्मलोचन अपना काम खत्म करके घर चला गया था। दीपा खिड़की से हटकर देवाशीष के कमरे में चली गई। बत्तियाँ जल रही थीं और देवाशीष तकिए के ऊपर सिर रखकर लेटा हुआ अपनी पढ़ाई में व्यस्त था। दीपा उसके कमरे में जाने से पहले पल भर के लिए दहलीज पर रुकी, लेकिन देवाशीष ने उसकी ओर ध्यान नहीं दिया। वह सीधे उसकी पलंग की ओर बढ़ गई। देवाशीष ने अपनी नजरें उठाकर उसे अचरज से देखा।

"क्या आप थोड़ी सी चाय पिएँगे?" उसने उससे पूछा।

देवाशीष उसे देखकर मुसकराया। दीपा ने आज शाम को उसके साथ जैसा व्यवहार किया था, शायद वह उसे सुधारने की कोशिश कर रही थी। "हाँ, यदि तुम पीना चाहती हो तो मैं भी थोड़ी सी ले लूँगा।"

हिरनी की तरह कमरे से बाहर निकलने से पहले उसने कहा, "मैं अभी वापस आती हूँ।" देवाशीष कुछ पल उसे देखता रहा, उसके बाद अपनी पढ़ाई करने लगा।

दीपा रसोई में गई तो उसने वहाँ नकुल को खाना बनाते देखा। "नकुल," उसने उससे कहा, "थोड़ा एक कदम बगल हो जाओ, प्लीज। मैं थोड़ी सी चाय बनाना चाहूँगी।"

"चाय?" नकुल ने उत्तर दिया, "क्या दादा को भी चाय चाहिए, लेकिन आप क्यों तकलीफ कर रही हैं, भाभीजी? मैं आपके लिए चाय बनाकर ऊपर ले आऊँगा।"

"नहीं, मैं खुद चाय बनाऊँगी नकुल। अब जरा मेरे लिए थोड़ी जगह बनाओ।"

नकुल ने उसकी बात का प्रसन्न होकर उत्तर देते हुए कहा, "ठीक है, भाभीजी। आप ही बना लीजिए।"

इन दिनों नकुल के मन में जो गलतफहमियाँ पैदा हुई थीं, वे कुछ कम होती नजर आईं। पिछले दो महीनों से उसे विश्वास हो गया था कि किन्हीं अज्ञात कारणों से उन दोनों के संबंध ठीक नहीं थे, लेकिन अब कुछ अच्छा होने जा रहा था। आखिरकार दीपक और पतंगा एक-दूसरे दूसरे से दूर कब तक रह सकते थे।

दीपा ने चाय बनाई। एक तश्तरी में केतली व कप सजाए और उसे लेकर ऊपर चली गई। वह ड्राइंग रूम में चाय रखकर देवाशीष को देखने उसके कमरे में गई। उसने कहा, "चाय तैयार है।"

देवाशीष उछलकर बिस्तर से बाहर आया और ड्राइंग रूम में उसके साथ चला गया। दीपा ने कप में चाय डालकर उसे थमाया। जैसे ही वह अपना कप उठाने लगी उसकी थोड़ी सी चाय प्लेट में बिखर गई।

उस शाम देवाशीष जब अचानक अपना इरादा बदलकर घर वापस आ गया था, उस समय दीपा की धड़कनें तेज हो गई थीं। उसका दिल उसके सीने में तूफान मचा रहा था, उसका सिर चकरा रहा था और उसके आँसू बार-बार उसका गला अवरुद्ध कर रहे थे। वह कोई रुदाली किस्म की लड़की नहीं थी और उसने कई महीनों तक व्यथित रहकर अपने कई इम्तिहान पास किए थे। आज उसे क्या हो गया था?

देवाशीष ने चाय का एक घूँट भरने के बाद कहा, "अरे वाह, चाय तो बहुत अच्छी है। किसने बनाया इसे? नकुल ने?"

"मैंने बनाई।" दीपा की आवाज काँपी और उसके होंठ शहद की तरह सौम्य हो गए। वह बैठ गई।

देवाशीष ने उसके आगे तो कुछ नहीं कहा, लेकिन वह उसकी प्रशंसा में मुसकराया अवश्य। दीपा ने चाय के दो घूँट भरे, जैसे वह अपना साहस बटोरने की कोशिश कर रही हो। उसने सधे हुए शब्दों में कहा, "क्या आप मुझे कल सिनेमा दिखाने ले चलेंगे?"

देवाशीष ने उसकी ओर आश्चर्य से देखा। पल भर रुककर उसने कहा, "यदि तुम्हारी इच्छा न हो तो कोई बात नहीं, लेकिन केवल मुझे खुश करने के लिए इसकी जरूरत नहीं है···"

"नहीं, सचमुच, मैं जाना चाहूँगी।"

देवाशीष अपना कप खाली करके खड़ा हो गया, "ठीक है फिर, मैं तुम्हें कल सिनेमा ले चलूँगा।"

अभी उसने अपने कमरे की ओर एक पग बढ़ाया ही था कि फोन की घंटी बज उठी।

दीपा का दिल डर के मारे काँपने लगा—कौन हो सकता है?

देवाशीष ने फोन उठाया। "हैलो।" उसने चोगे में कहा।

दीपा कुछ नहीं समझ सकी कि दूसरी ओर से कौन बोल रहा था या कि वह क्या कह रहा था। लेकिन इस ओर से देवाशीष की आवाज ध्यानपूर्वक सुनी, "अरे···कौन सी खबर?···नहीं, मैं आज शाम अपने घर में ही हूँ···नहीं, मैं ठीक हूँ···क्या इसी समय···मैं समझ गया। ठीक है, मैं जल्द ही वहाँ पहुँच जाऊँगा···वह बिल्कुल ठीक है। इसमें परेशानी वाली कोई बात नहीं···ठीक है फिर।"

फोन रखने के बाद देवाशीष ने अपनी घड़ी देखी। उस समय आठ बजे थे। "मैं थोड़ी देर के लिए बाहर जा रहा हूँ। मैं कार से नहीं जाऊँगा। मैं आधे घंटे में वापस आ जाऊँगा।"

वह बाहर चला गया। दीपा कोई पूछताछ करने से बची। उसे कभी पता नहीं चला कि उसे किसने फोन किया था। वहाँ अकेली बैठकर वह केवल यही अनुमान लगाती रही कि फोन करनेवाला कौन हो सकता था।

आधा घंटा बीत गया, लेकिन देवाशीष नहीं लौटा। थोड़ी देर बाद नकुल ने ऊपर आकर पूछा, "भाभीजी, दादा बाबू कहाँ गए हैं? वे कब लौटेंगे?"

"मैं नहीं जानती, नकुल।" दीपा ने उत्तर दिया। "उन्होंने कुछ नहीं बताया कि वे कहाँ जा रहे थे, लेकिन यह जरूर कहा था कि आधे घंटे में वापस आ जाएँगे।"

"अभी थोड़ी ही देर की तो बात थी।" नकुल नीचे जाने से पहले व्याकुल होते हुए बुदबुदाया। "भोजन का समय हो चुका है। वे इतनी देर तक कभी बाहर नहीं रहते।"

व्यग्रता एक संक्रामक बीमारी है। दीपा भी अपने पति की लंबी अनुपस्थिति से भारी तनाव में आ गई। उसके दिमाग में कुछ व्यावहारिक और कुछ बेतुकी सभी तरह की संभावनाएँ उछल-कूद मचाने लगीं।

ठीक नौ बजकर पाँच मिनट पर टेलीफोन की घंटी बजी। दीपा हैरान होकर खड़ी हो गई। अत्यंत घबराई अवस्था में उसने टेलीफोन उठा लिया। 'हैलो,' उसने धीरे से कहा।

दूसरी ओर से आवाज आई, "मैं बोल रहा हूँ। तुमने मेरी आवाज पहचानी कि नहीं?"

दीपा का स्वर और भी क्षीण हो गया, "हाँ।"

"क्या तुम्हारा पति घर में है?"

"नहीं।"

"क्या सबकुछ ठीक है?"

"हाँ।"

"तुम्हारा पति तुम्हें परेशान तो नहीं कर रहा ना?"

"नहीं।"

"यानी तुम वही पुरानी दीपा हो।"

"हाँ।"

"क्या तुमने किसी को मेरा नाम बताया?"

"नहीं।"

"तुमने अपने भगवान् की सौगंध खाई है कि तुम मेरा नाम नहीं बताओगी। इस बात को मत भूलना।"

"नहीं, मैं नहीं भूलूँगी।"

"ठीक है। अपना खयाल रखना। मैं बाद में फिर फोन करूँगा।"

दीपा अपनी ओर से अन्य कोई शब्द नहीं बोली। उसने फोन रख दिया और पुनः शांत होकर बैठ गई। उसे ऐसा महसूस हुआ, जैसे किसी ने उसकी सारी शक्ति निचोड़ ली हो। अपने दोनों हाथों में अपना चेहरा छिपाकर वह कुरसी पर वापस बैठ गई।

रात साढ़े नौ बजे नकुल ने आकर कहा, "भाभीजी, दादा बाबू अभी तक घर नहीं आए हैं। मुझे कुछ अच्छा नहीं लग रहा है…"

फोन की घंटी तीसरी बार बजी। दीपा का खून सूख गया। इसके बाद वह खुद उत्तर देने से बची। दूसरी ओर से कोई महिला बोल रही थी। "हैलो, क्या यह देवाशीष भट्ट का घर है?"

दीपा ने अत्यंत क्षीण स्वर में उत्तर दिया, "जी हाँ।"

"क्या मैं उनकी पत्नी से बात कर रही हूँ?"

"जी हाँ।"

"मैडम मैं अस्पताल से बोल रही हूँ। मुझे भय है कि आपको अभी यहाँ आना होगा।"

"क्यों, क्या हो गया है?"

"अरे...आपके पति का एक्सीडेंट हो गया है और उन्हें यहाँ लाया गया है। आप जितनी जल्दी हो सके, यहाँ आ जाइए।"

उसके होंठों पर जैसे ही दुबारा वह प्रश्न आया, उसका दिल बैठ गया, "क्या वह...जीवित है?"

"जी हाँ, थोड़ी देर पहले ही उन्हें होश आया है।"

"मैं अभी वहाँ पहुँचती हूँ। कौन सा अस्पताल है यह?"

"रासबिहारी अस्पताल–आपातकालीन विभाग।"

दीपा रिसीवर रखकर पीछे मुड़ी। उसने नकुल को अपने पीछे खड़ा पाया। उसने उसकी ओर भयाकुल होकर देखा, "भाभीजी?"

नकुल के मुरझाए चेहरे को देखकर दीपा ने खुद को सावधान किया और वह भूल गई कि उसका अपना दिल कैसे बैठा जा रहा था। दीपा ने महसूस किया कि अब वह दो महीने पहलेवाली लड़की नहीं रही। अब सबकुछ उलट-पलट गया है। उसका सिर एक बार फिर चकराया। इसके बाद अपने मन पर काबू पाते हुए उसने स्पष्ट किया, "तुम्हारे दादा बाबू दुर्घटना का शिकार हो गए हैं। उन्हें अस्पताल ले जाया गया है।"

नकुल धड़ाम से फर्श पर गिर गया, क्योंकि उसके पैर उसे सँभाल पाने में अत्यंत दुर्बल थे।

दीपा ने सख्ती से कहा, "नहीं नकुल, यह इस तरह दिल छोटा करने का समय नहीं है। उठो, हमें अभी इसी समय अस्पताल चलना होगा।"

दीपा ने उसे सहारा देकर खड़ा किया।

उपसंहार

जब तक राखल बाबू ब्योमकेश के साथ अस्पताल पहुँचे, तब तक रात के दस बज चुके थे। उस समय तक प्रतीक्षालय खाली हो गया था। एक कोने में एक जवान औरत बेंच पर मूर्ति बनी बैठी थी। एक बूढ़ा नौकर उसके पैरों के पास सिकुड़ा हुआ उदास बैठा था। युवा स्त्री की आँखें काल्पनिक भय की कहानी कह रही थीं।

एक नर्स ब्योमकेश को वहाँ देखकर उनके पास आ गई। राखल बाबू ने कहा, "हम लोग पुलिस विभाग से हैं।"

"कृपया मेरे साथ चलिए।" नर्स उन दोनों को एक कमरे के अंदर ले जाकर बोली, "आप लोग यहाँ बैठकर प्रतीक्षा कीजिए। डॉ. गुप्ता को आपके आने की उम्मीद थी।" इतना कहकर वह चली गई।

थोड़ी देर बाद डॉ. गुप्ता ने कमरे में प्रवेश किया। वे मध्यम आयु के औसत कद-काठी वाले आदमी थे और अक्षय ऊर्जा से ओतप्रोत थे। वे विगत बीस वर्षों से अपनी आँखों के सामने अपने मरीजों की जिंदगी और मौत का खेल देखते आ रहे थे। दरअसल वह सब देख-देखकर उनका हृदय अत्यंत मजबूत हो चुका था। राखल बाबू ने जब उन्हें अपना और ब्योमकेश का परिचय दिया तो प्रसन्न होकर हँस पड़े और बोले, "अच्छा, अच्छा! ऐसा दिखाई पड़ता है कि आज का दिन चमत्कारों के लिए नियत है, वरना मुझे ब्योमकेश बाबू से इस प्रकार मिलने का अवसर कहाँ मिलता। आप लोग कृपया स्थान ग्रहण कीजिए।"

तीनों अपनी-अपनी जगह बैठ गए। राखल बाबू ने कहा, "अब आप मुझे बताइए कि मामला क्या है?"

"मैं आपको इसके बारे में अब कैसे बताऊँ, यह तो सचमुच एक चमत्कार एवं विचित्र घटना है! अपनी बीस वर्षों की प्रैक्टिस में मैंने इस प्रकार का कोई अन्य मामला नहीं देखा। यह बात सही है कि ऐसे अनेक मामलों के बारे में मैंने चिकित्सा पाठ्य-पुस्तकों में पढ़ा था, लेकिन उसका प्रत्यक्ष अनुभव मुझे पहली बार हुआ है! मेरे अनुमान के अनुसार, कुछ अरब लोगों में ऐसे मामले गिने-चुने ही होंगे।"

ब्योमकेश मुसकराए, "अच्छी बात है, हम लोग हमेशा चमत्कारों से ही निपटते हैं, लेकिन ऐसा लगता है कि आप मुझे भी चकित करना चाहते हैं। आप हमें शुरू से पूरी बात बताइए, डॉक्टर।"

डॉ. गुप्ता ने अपनी बात शुरू की, "आज रात लगभग साढ़े आठ बजे तीन लोग एक टैक्सी में आए। उनके साथ एक अन्य नौजवान था। वह बेहोश था। तीनों रवींद्र सरोवर पर सैर करने गए थे और वहाँ इस अजनबी को एक पेड़ के नीचे बेंच पर बेहोशी की हालत में देखा। उन्होंने उसे अच्छी तरह देखने के लिए माचिस जलाई तो पाया कि साही का एक काँटा उसकी छाती की बाईं ओर घुसा हुआ था, लेकिन आदमी की मौत नहीं हुई थी। उन तीनों में से एक ने पीड़ित को पहचान लिया। वह उसका मालिक देवाशीष भट्ट था। वह उसी के कारखाने में काम करता था, इसलिए वे लोग उसे अस्पताल ले आए।

"मैंने मरीज को मेज पर लिटाकर उसकी जाँच की। अब तक साही के काँटे से होनेवाली हत्याओं से लोग परिचित हो चुके थे। मैंने पहले अनुमान लगाया था कि शायद काँटा इस मरीज के हृदय में नहीं घुस पाया था, लेकिन जब मैंने उसके दिल की धड़कन सुनने की कोशिश की तो आश्चर्यों का भी आश्चर्य मेरे सामने आया। मुझे उसके दिल की धड़कन नहीं मिल सकी। उसके बाद और बारीकी से जाँच करने पर मैंने पाया कि उसका दिल उसकी छाती के दाहिनी ओर था! प्रकृति की किसी विचित्र क्रिया के कारण यह आदमी इस तरह पैदा हुआ था।

"यद्यपि साही का काँटा उसके हृदय को अछूता छोड़ गया था, लेकिन वह उसके बाएँ फेफड़े को अपनी परिधि में ले आया था। बहरहाल वह भी कम गंभीर मामला नहीं है। जब तक काँटा उसके घाव में मौजूद रहेगा, कोई रक्तस्राव नहीं होगा। लेकिन काँटे को जैसे ही फेफड़े से बाहर निकाला जाएगा, उसके बाद होनेवाला रक्तस्राव उसके लिए घातक हो सकता है।

"खैर, मैंने उसकी पीठ से काँटे को सावधानीपूर्वक निकाल दिया है। वह छह इंच लंबा था, जिसमें से चार इंच सीधा उसके फेफड़े के अंदर चला गया था। इस अपराधी को देखिए।"

डॉक्टर ने अपनी जेब से काँटा निकालकर ब्योमकेश को पकड़ा दिया। आप लोगों में से अधिकतर ने संभवतः यह काँटा अवश्य देखा होगा, इसलिए इसका विस्तृत विवरण देना अनावश्यक होगा। वह काँटा नुकीला था और किसी सर्जन के चाकू की तरह तेज था। ब्योमकेश ने उस हथियार को घूमा-फिराकर देखा और डॉक्टर को वापस लौटा दिया। कृपया अपनी बात जारी रखें, डॉक्टर साहब।" उन्होंने उनसे अनुरोध किया।

"मैंने काँटा निकाल दिया।" डॉक्टर ने अपनी बात आगे बढ़ाई। "यह युवक सौभाग्यशाली था कि उसके फेफड़े में कोई रक्तस्राव नहीं हुआ। अभी थोड़ी देर पहले ही उसे होश आया। उसने हमें अपना पता और फोन नंबर बताया तथा अपनी पत्नी को सूचित करने का अनुरोध किया। इसके बाद हमने उसे नींद का इंजेक्शन लगा दिया। उसकी पत्नी यहाँ पहुँची तो वह सो रहा था।"

ब्योमकेश ने कहा, "वहाँ बाहर एक महिला बैठी हुई है, क्या वह··· ?"

"सही है," डॉ. गुप्ता ने पुष्टि की, "वह उसकी पत्नी है। वह उसके पास बैठना चाहती है, लेकिन इस समय उसकी इजाजत नहीं दी जा सकती है। मैंने उसे घर वापस चले जाने की सलाह दी, लेकिन उसने जाने से इनकार कर दिया।"

"क्या उसे अपने पति को देखने की अनुमति दी गई थी?"

"हाँ, एक बार। हमने उसे आश्वस्त कर दिया था कि चिंता करने की कोई बात नहीं है, अब उसे घर चले जाना चाहिए और कल सुबह वापस आना चाहिए, लेकिन वह यहाँ ठहरने पर अड़ी हुई है।"

ब्योमकेश खड़े हुए, "मैं देखता हूँ कि यदि मैं उसे जाने के लिए राजी कर सकूँ।"

"अवश्य," डॉ. ने उत्तर दिया, "प्लीज, आप भी कोशिश करके देख लीजिए। लेकिन एक चीज आप याद रखें—उसे यह नहीं बताया गया है कि उसका पति एक सोची-समझी हत्या का लक्ष्य था। हमने उसे केवल इतना बताया है, उसके पति को दुर्घटना में सीने में चोट लग गई है। प्लीज हमारी कहानी के मुताबिक ही काम करें। उसे धक्का लगा है और यदि उसे सच्चाई बताएँगे तो उसकी हालत और बिगड़ सकती है।"

"ठीक है, डॉक्टर।"

राखल बाबू ने कहा, "साही का काँटा मैं अपने पास रख लेता हूँ।"

दीपा बेंच पर हमेशा की तरह छड़ी की भाँति निर्जीव बैठी हुई थी। ब्योमकेश और राखल बाबू जब उसके पास गए तो वह उठकर खड़ी हो गई। "मैं पुलिस से हूँ," राखल बाबू ने उसे बताया। "और ये ब्योमकेश बक्शी हैं।"

ब्योमकेश का नाम सुनकर दीपा के दिमाग में कोई घंटी नहीं बजी। उसकी भयभीत आँखें एक चेहरे से दूसरे चेहरे तक घूम गईं।

ब्योमकेश बड़े सौम्य स्वर में बोले, "प्लीज आप डरिए मत। यह बात सही है कि आपके पति गंभीर रूप से घायल हुए थे, लेकिन अब वे खतरे से बाहर हैं।"

दीपा ने खुद को रोकने के उद्‍देश्य से अपना होंठ काट लिया। उसने भर्राई आवाज में कहा, "वे लोग मुझे अपने पति के पास बैठने क्यों नहीं दे रहे हैं?"

ब्योमकेश ने उत्तर दिया, "देखो, तुम्हारे पति को नशे की दवा दी गई है। अभी उनके पास जाने का क्या लाभ होगा? इसकी बजाय…"

"नहीं," दीपा ने जोर देकर कहा, "यदि वे लोग मुझे उनके साथ नहीं रहने देंगे तो मैं सारी रात यहीं बैठी रहूँगी।"

"लेकिन इस समय तो मरीज के पास डॉक्टर और नर्स के अलावा किसी को जाने इजाजत नहीं है।" ब्योमकेश ने विरोध किया।

"मैं किसी के लिए बाधा नहीं बनूँगी," दीपा ने अनुरोध किया, "मैं केवल कमरे के कोने में चुपचाप बैठी रहूँगी।"

ब्योमकेश ने उसे समझाने का भरपूर प्रयास किया, परंतु वे बुरी तरह विफल रहे। इसके बाद मायूस होकर अपना सिर खुजलाते हुए बोले, "ठीक है, मैं डॉक्टर से बात करके देखता हूँ कि वह क्या कहता है। क्या देवाशीष बाबू का यहाँ कोई अन्य रिश्तेदार भी है?"

"नहीं, कोई भी नहीं।"

"तुम्हारे रिश्तेदार तो अवश्य होंगे। वे कहाँ रहते हैं? क्या उन्हें सूचित कर दिया गया है?"

दीपा ने कहा, "वे लोग पास में ही रहते हैं, लेकिन मैं उन्हें बताना भूल गई।"

"प्लीज, मुझे उनका पता दो," ब्योमकेश ने उससे अनुरोध किया। "मैं उन्हें सूचित कर दूँगा।"

दीपा ने उन्हें पता और टेलीफोन नंबर लिखकर दे दिया। ब्योमकेश डॉक्टर के पास जाकर बोले, "डॉक्टर, कृपया आप इस महिला को आज रात को उसके पति के पास रहने की अनुमति दे दीजिए। वह समझदार युवती नजर आती है और उसका तर्क भी अनुचित नहीं है, लेकिन आप तो जानते ही हैं कि उसे जीवन में गहरा धक्का लगा है।" डॉक्टर ने उनके इस सुझाव पर भारी आपत्ति करते हुए कहा, "औरतें बड़े कमजोर दिल की होती हैं...यदि वह भावावेश में अपने पति से लिपटने या कुछ और करने की कोशिश करेगी तो क्या होगा?" लेकिन फिर भी वे आखिरकार उसे वहाँ रहने देने के लिए राजी हो गए। ब्योमकेश दीपा का हाथ पकड़कर अपने साथ उस कमरे में ले गए, जहाँ देवाशीष सो रहा था। दीपा दबे पाँव कमरे में जाकर उसकी बेड के पास खड़ी हो गई। वह व्याकुल होकर उसका चेहरा देखने के लिए थोड़ा झुक गई। जब वह शांत होकर उसकी बेड के पास बैठ गई तो भी दीपा की नजरें पल भर के लिए भी उसके ऊपर से नहीं हटीं। उसके साथ एक नर्स को भी कमरे में नियुक्त कर दिया गया था। उसने अपने होंठों पर उँगली रखकर दीपा को खामोश रहने का संकेत दिया।

रात को ग्यारह बजे जब वे दोनों अस्पताल से निकले तो राखल बाबू ने ब्योमकेश से कहा, "हमें लड़की के परिवारवालों को अवश्य बुलाना चाहिए।"

"इसकी कोई जरूरत नहीं है, हमें वहाँ व्यक्तिगत तौर पर जाना होगा," ब्योमकेश ने इंस्पेक्टर को बताया। "आज रात तुम्हें कोई आराम नहीं मिलनेवाला है, राखल बाबू।"

"ठीक है, मुझे इसकी खास जरूरत भी नहीं है।" राखल बाबू ने उत्तर दिया।

दीपा के मायकेवालों के पास पहुँचने में पुलिस वैन को पाँच मिनट से भी कम समय लगा। गली सुनसान थी और मुख्य द्वार बंद था। राखल बाबू ने दरवाजे पर बेताब दस्तक दी।

थोड़ी देर बाद विजय ने अपनी अलसाई आँखों के साथ आकर झटके से दरवाजा खोला और पूछा, "आप लोग कौन हैं, इतनी रात को क्या लेने आए हैं?"

राखल बाबू ने उसे आश्वस्त करते हुए कहा, "प्लीज दरवाजा खोलिए, डरने की कोई बात नहीं है। हम लोग पुलिसवाले हैं।"

इस बीच नील माधव भी आ गए। विजय ने दरवाजा खोला। राखल बाबू ब्योमकेश के पीछे-पीछे अंदर गए और उस आदमी से पूछा, "देवाशीष भट्ट के साथ आपका क्या संबंध है?"

"वह मेरा दामाद है," नील माधव ने उत्तर दिया। "क्यों, क्या बात है?"

"एक दुर्घटना हो गई है?" राखल बाबू ने स्पष्टीकरण दिया। "आपका दामाद दुर्घटना में घायल हो गया है। अपने सीने में घाव के साथ अभी वह अस्पताल में है। आपकी बेटी को सूचना दे दी गई थी और अभी वह भी अस्पताल में ही है।"

"क्या!" नील माधव ने अचरज से पूछा, "कौन से अस्पताल में है?"

"रास बिहारी अस्पताल। आप लोगों को चिंता करने की कोई जरूरत नहीं है। घाव गहरा है, लेकिन वह खतरे से बाहर है।"

"ठीक है, हम लोग अभी अस्पताल के लिए निकलते हैं। विजय तुम इन सज्जनों का खयाल रखो। तुम्हारी माँ और मैं अभी वहाँ जा रहे हैं।"

वे जल्दी से घर के अंदर चले गए। ब्योमकेश ने विजय से पूछा, "तो देवाशीष बाबू तुम्हारे बहनोई हैं?"

"आप ठीक कह रहे हैं। कृपया मुझे क्षमा करें, मैं भी अस्पताल जा रहा हूँ।"

"लेकिन हमें आपसे कुछ बात करनी है।"

थोड़ी देर में नील माधव अपनी पत्नी के साथ बाहर आए। उनकी पत्नी ने अपना पल्लू सिर पर रख लिया। वहाँ उन दिनों यही रिवाज था कि औरतें जब किसी अपरिचित के सामने जाती थीं तो अपना सिर ढक लेती थीं।

"कृपया पुलिस की कार में बैठकर आप लोग अस्पताल चले जाइए।" राखल बाबू ने सुझाव दिया, "वह हमें लेने के लिए वापस आ जाएगी, तब तक हम यहीं पर उसकी प्रतीक्षा करेंगे।"

उन्हें अस्पताल भेजने के बाद, तीनों लोग ड्राइंग रूम में वापस आ गए। ब्योमकेश ने विजय से पूछा, "आपकी बहन की शादी हुए कितना समय हुआ है?"

"दो महीने से कुछ अधिक।" विजय ने जवाब दिया।

"आपके बहनोई क्या काम करते हैं?"

विजय ने उन्हें बटरफ्लाई कॉस्मेटिक फैक्टरी के बारे में बताया।

"क्या उसका कोई रिश्तेदार नहीं है?"

"जहाँ तक मैं जानता हूँ, उसका कोई संबंधी नहीं है।"

"मित्र?"

"उसके दोस्तों के बारे में तो मैं ज्यादा नहीं जानता, लेकिन वह उन लोगों के काफी करीब है, जो रोज शाम को नृपतिदा के घर पर गपशप करने के लिए एकत्र होते हैं।" विजय ने उन्हें नृपतिदा के घर रोज शाम को होनेवाली चाय-चर्चा के बारे में बताया और उसके बाद पूछा, "लेकिन आपको ऐसे प्रश्न करने की क्या आवश्यकता है?"

ब्योमकेश और राखल बाबू ने आपस में नजरें मिलाईं। उसके बाद ब्योमकेश ने कहा, "कृपया आप अभी इस बात को अपने तक ही सीमित रखिएगा, लेकिन किसी ने देवाशीष बाबू की हत्या करने की कोशिश की थी।"

"मैं जानता था!" विजय ने अपनी आँखों में रोष लाते हुए भावावेश में कहा।

"मैं आपसे क्षमा चाहता हूँ?" ब्योमकेश ने उसे घूरते हुए कहा।

"मैं जानता था कि यह होगा।"

"आप जानते थे! हम लोग कुछ समझे नहीं, प्लीज खुलकर बताइए।"

विजय ने वह बात तनाव में आकर अचानक कह दी थी, लेकिन अब वह सँभल गया। उसने उस विषय को आगे बढ़ाने में अनिच्छा जताई और विषयांतर करने का प्रयास किया। ब्योमकेश का रुख थोड़ा सख्त हो गया। "इधर देखो," उन्होंने अपनी बात शुरू की, "देवाशीष बाबू के दुश्मन ने उन्हें मार डालने की कोशिश की थी। यह तो उनका सौभाग्य था कि वे हत्यारे के हमले से जीवित बच गए। यदि तुम संभावित हत्यारे को बचाने की कोशिश करोगे तो वह दुबारा उनके ऊपर हमला करने की कोशिश करेगा। क्या तुम अपनी बहन को विधवा होते देखना चाहते हो?"

विजय ने कहा, "मुझे जितनी जानकारी है, वह मैं आपको बताता हूँ, लेकिन इस बात की मुझे कोई जानकारी नहीं है कि अपराधी कौन है?"

विजय ने दीपा की असफल प्रेम-कहानी का सारा वृत्तांत उन्हें सुना दिया। ब्योमकेश कुछ देर तक खामोश बैठे रहे। इसके बाद उन्होंने कहा, "मेरे विचार से अभी भी तुम्हारी बहन अपनी नादान प्रेमासक्ति की शिकार है। ठीक, फिलहाल तो हम चलते हैं। कल शाम को हम लोग नृपति लाहा के घर पहुँचेंगे। तुम उस समय हमें वहीं मिलना।"

इस बीच उन्हें लेने के लिए पुलिसकार वापस आ चुकी थी। ब्योमकेश ने कार में बैठते हुए राखल बाबू से कहा, "आज रात को बस इतना ही काफी है। कल हम पुनः अस्पताल चलेंगे।"

वहाँ अस्पताल में देवाशीष जाग चुका था। उस समय प्रातः दो बजकर तीस मिनट हुए थे। उसने आँखें खोलीं तो एक चिंतित चेहरे को अपने ऊपर झुका देखा, उसकी आँखें उसे अपलक देख रही थीं। वह चेहरा अत्यंत सौम्य एवं कोमल था। देवाशीष ने धीरे से पूछा, "दीपा···तुम यहाँ कब आईं?"

दीपा की जवाब देने की हिम्मत नहीं हुई। वह उसके चेहरे को देखती हुई खामोश बनी रही।

"दीपा।"

"हम्म।"

"मुझे भूख लगी है।"

दीपा ने फौरन उसे देखा। वह मुड़ी तो उसे नर्स कमरे में आती दिखाई पड़ी। नर्स पिछले कुछ घंटों में मरीज को देखने कई बार आई थी। उसने दीपा से पूछा, "क्या बात है, यह जाग रहा है क्या?"

"हाँ।" दीपा ने उसे बताया, "ये कह रहे हैं कि इन्हें भूख लगी है।'"

नर्स मुसकराते हुए बोली, "अच्छी बात है। मैंने इसके लिए ओवल्टीन का गिलास तैयार किया है। मैं उसे एक मिनट में लेकर लाती हूँ, लेकिन पहले मुझे इसकी नाड़ी जाँचनी है।" उसने उसकी नाड़ी देखी और बोली, "अति उत्तम। मैं अभी वापस आती हूँ।"

दीपा नर्स के पीछे-पीछे दरवाजे तक गई। दहलीज पर नकुल बैठा हुआ था। अब वह खड़ा हो गया। "भाभीजी, क्या दादा बाबू भूखे हैं?"

"हाँ, उन्हें भूख लगी है।" दीपा ने जवाब दिया।

"धन्यवाद प्रभु! अब सबकुछ ठीक हो जाएगा। भाभीजी, आपने भी कई घंटों से कुछ नहीं खाया है। क्या आपको भूख नहीं लगी है?"

दीपा कुछ पल मौन रही। इसके बाद उसने कहा, "भूख तो मुझे भी लगी है। घर जाओ नकुल, अपना खाना खाओ और उसके बाद मेरे खाने के लिए भी कुछ ले आना।"

"ठीक है।"

नकुल वहाँ से चला गया। नर्स थोड़ी ओवलटीन लाई और उसे देवाशीष को खिला दिया। ओवल्टीन खाने के बाद उसने राहत की साँस ली, अपने एक हाथ में दीपा का हाथ पकड़ा और फिर सो गया।

बहुत सवेरे दीपा के माता-पिता और विजय उससे मिलने दुबारा आ गए। देवाशीष सो रहा था। "हम लोग कुछ समय के लिए यहाँ रहेंगे।" दीपा की माँ ने उसे समझाते हुए कहा, "तू भी घर क्यों नहीं चली जाती? स्नान करके कुछ खा लेना और उसके बाद यहाँ वापस आ जाना।"

दीपा ने दृढ़तापूर्वक अपना सिर हिलाया। "नहीं, उसकी कोई जरूरत नहीं है," उसने कहा, "नकुल मेरे लिए खाना लाया था।"

सुबह लगभग दस बजे राखल बाबू ब्योमकेश के साथ पधारे। डॉ. गुप्ता ने व्यापक मुसकान के साथ बताया, "अच्छी खबर है। नौजवान मौत के मुँह में जाते-जाते बच गया। आज सुबह वह कुछ ठीक दिखाई पड़ा था, लेकिन उसे अभी एक या दो दिन यहाँ हमारी निगरानी में रहना होगा।"

"बहुत अच्छा," राखल बाबू ने कहा, "क्या आपके विचार से हम उससे मिल सकते हैं?"

"आप मिल सकते हैं, लेकिन याद रखिएगा, मैं आपको केवल दस मिनट की अनुमति दूँगा।"

"फिलहाल इतना समय ही काफी होगा।" ब्योमकेश ने उत्तर दिया।

देवाशीष अपनी बाईं ओर करवट लिए लेटा हुआ था और दीपा झुकी हुई हलकी आवाज में उससे कुछ बात कर रही थी। जब उसने ब्योमकेश और राखल बाबू को देखा तो सचेत होकर सीधी खड़ी हो गई।

ब्योमकेश उसे देखकर मुसकराते हुए बोले, "तुम पिछली रात से ही यहाँ हो। अब तुम्हारे पास घर जाने के लिए एक घंटे का समय है, तब तक हम देवाशीष बाबू के साथ रहेंगे।"

देवाशीष ने क्षीण स्वर में कहा, "यही तो मैं भी इससे कह रहा था।"

दीपा थोड़ा सकुचाते हुए बोली, "मैं आधे घंटे में वापस आ जाऊँगी।" इतना कहकर वह कमरे से बाहर चली गई।

ब्योमकेश और राखल बाबू दो कुरसियाँ खींचकर देवाशीष की ओर मुँह करके बैठ गए। राखल बाबू ने अपना और ब्योमकेश का परिचय देने के बाद कहा, "हम आपसे कुछ प्रश्न करना चाहेंगे।"

"अवश्य।" देवाशीष ने उत्तर दिया।

पूछताछ शुरू हो गई।

"कल तुम झील पर सैर करने गए थे?"

"सैर करने के लिए तो नहीं, लेकिन हाँ, मैं वहाँ गया अवश्य था।"

"क्या हम जान सकते हैं कि तुम वहाँ क्यों गए थे?"

"एक मित्र ने मुझे फोन करके मुझे वहाँ मिलने के लिए बुलाया था।"

"यह कौन सा मित्र था?"

"खड्ग बहादुर।"

"खड्ग बहादुर! क्या वह नेपाली है?"

"हाँ, वह एक मशहूर फुटबॉल खिलाड़ी है।"

"अरे, वह! अन्य सारे स्थान छोड़कर उसने तुम्हें झील पर ही मिलने के लिए क्यों बुलाया था?"

"कारण व्यक्तिगत है। मैं उसके बारे में नहीं⋯"

"इन परिस्थितियों में यह संभव नहीं है, अपनी बात जारी रखो।"

"वह मुझसे कुछ ऋण लेना चाहता था, इसलिए उसने मुझसे सहायता लेने के लिए फोन किया था।"

"वह तुमसे मिलने तुम्हारे घर क्यों नहीं आया?"

"इसके बारे में मैं कुछ नहीं जानता। शायद वह घर आने में इसलिए संकोच कर रहा होगा कि कहीं उसकी दुर्दशा के बारे में लोगों को पता न चल जाए।"

"हम्म, उसने कितना धन माँगा था?"

"एक हजार रुपए।"

"क्या तुम अपने साथ पैसे लेकर गए थे?"

"अरे नहीं, खड्ग ने फोन पर पैसे के बारे में बात नहीं की थी। उसने केवल इतना कहा था कि मामला बहुत महत्त्वपूर्ण था।"

"और?"

"मैं वहाँ गया तो उसे मेन गेट पर इंतजार करते पाया। हम दोनों एक बेंच पर बैठ गए। खड्ग ने मुझे बताया कि उसे कितने पैसे चाहिए थे। मैं उसे देने के लिए

राजी हो गया। थोड़ी देर बात करने के बाद वह वहाँ से चला गया, क्योंकि उसे किसी और आदमी से मिलना था। मैं वहाँ अकेला बैठा रहा। अचानक मैंने अपनी पीठ में तेज दर्द महसूस किया। उसके बाद मुझे कुछ याद नहीं है।"

"क्या तुमने वहाँ किसी को अपने पीछे खड़ा देखा था ?"

"नहीं।"

राखल बाबू ने ब्योमकेश की ओर देखा। ब्योमकेश ने पूछा, "क्या तुम्हारी पत्नी को यह जानकारी थी कि तुम्हारा दिल, तुम्हारे सीने के दाहिनी ओर था ?"

देवाशीष ने आँखें बंद करके कुछ पल सोचा। इसके बाद उसने कहा, "नहीं, शायद वह नहीं जानती थी।"

"क्या तुम्हारे दोस्तों को इसकी जानकारी थी ?"

"ऐसा संभव नहीं है। मेरे अधिक दोस्त नहीं हैं। जिन लोगों को मैं जानता हूँ, उनमें अधिकतर मेरे साथी हैं। कुछ दिनों से मैं नृपतिदा के यहाँ जाने लगा था। उनके यहाँ आनेवाले कुछ लोगों से मेरी दोस्ती हो गई थी।"

"क्या उन लोगों में से कोई इस विषय में जानता था ?"

"नहीं।"

"अर्थात् अन्य कोई नहीं जानता था ?"

"इसके बारे में मेरे बाबा जानते थे और मेरे डॉक्टरों को भी इसकी जानकारी थी।"

"क्या ऐसा कोई व्यक्ति है, जिसे तुम्हारी मृत्यु से लाभ हानेवाला था ?"

"कोई नहीं।"

"ठीक है, आज के लिए बस इतना ही काफी है। अब हम तुमको अधिक तकलीफ नहीं देंगे। जल्दी ठीक हो जाओ। अगर जरूरत होगी तो हम तुम्हारे पास दुबारा आ जाएँगे।"

सूर्यास्त के बाद नृपति के यहाँ नियमित तौर पर आनेवाले लोग पहले की ही तरह एकत्र होने लगे। विजय भी वहाँ था। सबके चेहरे पर तनाव था। उस शाम प्रबल प्यानो पर नजर नहीं आया। वह सोफे पर बैठा हुआ था और उसका गाल उसकी हथेली पर टिका हुआ था। जब से उन लोगों ने विजय से देवाशीष के बारे में सुना था, सभी लोगों का मूड बहुत उदास था। अखबारों में छपनेवाली साही के काँटे से होनेवाली हत्याओं की कहानी अचानक उनके दरवाजे तक पहुँच चुकी थी।

प्रबल ने पूछने के लिए अपना सिर उठाया, "ब्योमकेश बक्शी कौन है ?"

कपिल ने अजीब सा मुँह बनाया। विजय ने उत्तर देने के लिए अपना मुँह खोला ही था कि तभी दरवाजे के बाहर कुछ लोगों के कदमों की आवाज सुनाई पड़ी। अगले पल राखल बाबू ने ब्योमकेश के साथ कमरे में प्रवेश किया।

सब लोग खड़े हो गए। दोनों का स्वागत करने के लिए नृपति आगे बढ़े। "आप लोग कृपया अंदर आ जाएँ," उन्होंने कहा, "हमें आपके आने की आशा थी। मै। नृपति लाहा हूँ। और यह···" नृपति ने कपिल, प्रबल, सुजान एवं खड्ग बहादुर का परिचय कराया। जब सब लोग बैठ गए तो उन्होंने सिगरेट जलाई और कहा, "हम लोगों ने उसके बारे में विजय से सुना।"

ब्योमकेश ने विजय की ओर उलाहनापूर्ण दृष्टि से देखा। विजय ने लजाते हुए स्वीकार किया, "हाँ, मैं बहुत भयभीत था ब्योमकेश बाबू। वे उत्तर के बारे में मेरा इनकार नहीं सुनना चाहते थे। मैंने उन सबको साही के काँटे के बारे में बता दिया।"

खड्ग बहादुर ने कहा, "ब्योमकेश बाबू, कृपया आप हमें साही के काँटे की समूची कहानी बताइए कि वह क्या है। क्या आप सोचते हैं कि यह किसी पागल का काम था?"

ब्योमकेश ने उत्तर दिया, "वह कोई पागल हो सकता था या कोई पागल होने का बहाना कर रहा था।"

सुजान ने पूछा, "आपके कहने का क्या आशय है?"

"यदि आप किसी की हत्या करके पागल होने का बहाना बनाएँ तो आपके मृत्युदंड पाने से बचने की संभावना बढ़ जाती है। ज्यादा-से-ज्यादा आपको पागलखाने में बंद किया जा सकता है, लेकिन आपको मौत की सजा नहीं दी जा सकती है। चूँकि आप लोग देवाशीष बाबू के मित्र हैं, इसलिए आप लोगों को उनकी जिंदगी के बारे में अधिक जानकारी होगी?"

"हम लोग उसे अधिक समय से नहीं जानते हैं," नृपति ने उन्हें बताया। "हममें से अकेला प्रबल ही उसे बहुत पहले से जानता था।" उन्होंने प्रबल की ओर देखा।

ब्योमकेश ने प्रबल की ओर देखा तो उसने अपना गला साफ करते हुए बताया, "मैं बचपन में देवाशीष के साथ स्कूल में पढ़ता था। मैं उसे जानता था, लेकिन हम दोनों दोस्त नहीं थे।"

"दोस्त नहीं थे!"

"नहीं, लेकिन हम दुश्मन भी नहीं थे। उसके बाद वह स्नातक की पढ़ाई करके दिल्ली चला गया। यहाँ मिलने से पहले मैंने उसे कई वर्षों से नहीं देखा था। दुबारा उसके साथ मेरी मुलाकात दो महीने पहले हुई थी।"

"अरे," ब्योमकेश बुदबुदाए, अपनी सिगरेट के कुछ कश लगाकर वे खड्ग बहादुर की ओर मुड़े। "कल तुमने रात को लगभग आठ बजे देवाशीष को फोन किया था?" खड्ग को इस प्रश्न का अनुमान पहले से ही था। उसने नपी-तुले स्वर में कहा, "यह बात सही है।"

"तुमने फोन कहाँ से किया था?"

"यहीं से। नृपतिदा के यहाँ टेलीफोन है। जरूरत पड़ने पर हम सब लोग उसका इस्तेमाल करते हैं। पिछली रात देवाशीष को छोड़कर हम सभी लोग यहाँ थे। मैंने कुछ देर उसकी प्रतीक्षा की, लेकिन जब वह नहीं आया तो मैंने उसे फोन कर दिया।"

"उसके बाद तुम दोनों झील पर मिले। अब तुम मुझे यह बताओ कि जब तुम देवाशीष को वहाँ छोड़कर गए, क्या तुमने किसी को वहाँ आसपास घूमते देखा था?"

"यदि वहाँ कोई होता भी तो मैं उसे नहीं देख पाता, क्योंकि मैं उस पर ध्यान नहीं दे रहा था। हम दोनों एक पेड़ के नीचे बेंच पर बैठे थे। वहाँ अँधेरा था और आसपास ज्यादा लोग नहीं थे।"

ब्योमकेश ने नृपति से कहा, "मैं आपसे भी सहयोग लेना चाहता हूँ। हम आप सभी से अलग-अलग पूछताछ करना चाहते हैं। राखल बाबू और मैं दूसरे कमरे में बैठेंगे और आप लोगों को एक-एक कर बुलाएँगे। क्या आप हमें इस काम के लिए एक अलग कमरा उपलब्ध करा देंगे?"

"इस कमरे की दाहिनी ओर एक कमरा है। आप मेरे पीछे आइए।"

नृपति ने दरवाजे में लगा परदा एक ओर सरकाया और ब्योमकेश तथा राखल बाबू के साथ हम उसमें दाखिल हो गए। वह कमरा छोटा था। उसके बीच में एक मेज रखी थी, जिसके आसपास कुछ कुरसियाँ रखी थीं। मेज के ऊपर टेलीफोन रखा था।

"मैं भी तो ठीक ऐसा ही चाहता था," ब्योमकेश ने घोषणा की। "राखल, आप मेज के सिरहाने पर बैठ जाइए। नृपति बाबू आप अन्य लोगों से कहिए कि वे अपनी बारी आने का इंतजार करें। हम पहले आपसे शुरू करेंगे, बाद में अन्य लोगों को बुलाएँगे।"

पूछताछ शुरू हुई। एक-एक कर प्रश्नोत्तर आते-जाते रहे। नौकर कॉफी लेकर अंदर आया। बारी-बारी सबसे पूछताछ की गई। सबसे अंत में आनेवाला व्यक्ति विजय था। ब्योमकेश ने पूछा, "विजय बाबू, आपकी बहन की उसके कुँआरे दिनों की कुछ किताबें और डायरियाँ अभी आपके घर में अवश्य होंगी, ठीक? अच्छी बात है। हम लोग कल आपके घर आएँगे और उनकी बारीकी से जाँच करेंगे, शायद हमें उनमें कोई सुराग मिल जाए।"

"ठीक है।" विजय ने उत्तर दिया।

चर्चा जल्दी समाप्त हो गई। उस समय रात के लगभग दस बजे थे।

अगली सुबह आठ बजे विजय आने घर में राखल बाबू और ब्योमकेश के आने की प्रतीक्षा कर रहा था। जब वे लोग आए तो वह उन्हें ऊपर एक कमरे में ले जाकर बोला, "यही कमरा कभी दीपा का शयनकक्ष हुआ करता था। उसकी सारी चीजें अभी यहीं रखी हैं; वह अपने साथ अधिक चीजें नहीं ले गई थी।"

कमरा काफी बड़ा था। खिड़की के पास पलंग रखा था। कमरे के एक कोने में एक कुरसी, मेज और किताबों की रैक रखी थी। दीवार पर एक कील पर एक सारंगी टँगी थी। मेज के बीच में एक जापानी ट्रांजिस्टर रेडियो रखा था। ब्योमकेश की भेदक दृष्टि ने कमरे को एक नजर में देख लिया। उन्होंने कहा, "मेरे विचार से दीपा देवी को संगीत बहुत प्रिय था।"

"जी हाँ।" विजय ने पुष्टि की। "वह सारंगी भी बजाती थी। उसे बजाना उसने स्वयं सीखा था।"

"उसने कहाँ तक पढ़ाई की थी?"

"उसने विद्यालयी शिक्षा पूरी की थी, लेकिन हमने उसे कॉलेज में पढ़ने के लिए नहीं भेजा।"

"क्या तुम्हारे पिताजी घर में ही हैं?"

"जी नहीं, मेरे माता-पिता अस्पताल में हैं।"

"देवाशीष बाबू ठीक हैं…मैंने उन्हें फोन किया था। मेरे विचार से वे लोग उन्हें एक या दो दिनों में अस्पताल से छुट्टी दे देंगे।"

"हाँ। क्या आप लोग थोड़ी चाय पीना चाहेंगे?"

ब्योमकेश ने राखल बाबू की ओर देखा और कहा, "वास्तव में हमें चाय पीने में कोई दिक्कत नहीं है, पी लेंगे थोड़ी-थोड़ी चाय। वैसे हम दोनों ने एक-एक कप चाय पहले ही पी ली है, लेकिन और मिल जाए तो खुशी होगी।"

"ठीक है, जब तक आप लोग यहाँ आसपास तलाशेंगे, तब तक मैं चाय लेकर आ जाऊँगा। मैंने किताबों की अलमारी का ताला खोल दिया है। वहाँ बेड के नीचे दो संदूक भी हैं, वे दोनों खुले हुए हैं।"

कमरे से विजय के चले जाने के बाद ब्योमकेश ने राखल बाबू से कहा, "इस कमरे में जाँच करने लायक कुछ खास नहीं है। मैं किताबों की अलमारी देखता हूँ, तब तक आप संदूक में रखी चीजों को खँगालिए।"

राखल बाबू ने पलंग के नीचे से संदूकों को बाहर खींच लिया। ब्योमकेश ने किताबों की अलमारी खोलकर उन्हें उलटना-पलटना शुरू कर दिया। वे बड़े करीने से व्यवस्थित रखी गई थीं। अलमारी में सबसे ऊपर कविता और संगीत संबंधी पुस्तकें रखी थीं। उनमें अन्य के अतिरिक्त रवींद्रनाथ टैगोर, डी.एल. रॉय और कवि नजरुल द्वारा लिखित किताबें थीं। दूसरे खाने में टैगोर और बंकिम चंद्र चटर्जी द्वारा लिखित उपन्यासों के खंड रखे हुए थे। सबसे नीचे वाले खाने में दीपा के स्कूल की पाठ्य-पुस्तकें सफाई से रखी हुई थीं। उन्हें देखने से स्पष्ट हो गया कि वह उनकी बहुत देखभाल करती थी।

ब्योमकेश ने प्रत्येक पुस्तक को सावधानी से खँगाला, लेकिन उनमें उन्हें एक भी सुराग नहीं नजर आया। आधुनिक लेखकों की कोई भी किताब पुस्तकों की अलमारी में नहीं नजर आई, यहाँ तक कि उसमें शरत चंद्र चटर्जी की भी कोई किताब नहीं थी। उन्हें देखकर लगा कि वे किताबें केवल परिवार की रूढ़िवादिता को धोखा देने के लिए वहाँ रखी गई थीं और उनसे दीपा की साहित्यिक रुचि का कोई आभास नहीं होता था।

"ब्योमकेश एक सेकंड के लिए जरा इधर तो आओ।"

ब्योमकेश राखल बाबू के पास चले गए। वे एक खुले संदूक में झाँक रहे थे। उनके सामने संदूक में स्त्रियों के कपड़े तह लगाकर रखे हुए थे। उनके हाथ में एक पोस्टकार्ड के आकार की डायरी थी। वह बड़ी खूबसूरती से सजाई गई थी। उन्होंने उसे ब्योमकेश को थमाते हुए कहा, "यह सभी कपड़ों के नीचे थी। इस पर एक निगाह डालो।"

वह एक हस्ताक्षर पुस्तिका (ऑटोग्राफ बुक) थी। उसके अधिकतर पृष्ठ रिक्त थे। शुरुआती कुछ पन्नों में उदय माधव और परिवार के अन्य सदस्यों के हस्ताक्षरों के साथ कुछ अनजान महिलाओं के नाम लिखे हुए थे। उसके बाद एक ऐसा पृष्ठ आया, जिस पर एक कविता की कुछ पंक्तियों के नीचे एक हस्ताक्षर था।

उसमें लिखा था—'तुम्हारी आँखों की विद्युतीय विकिरण मेरे बादल रूपी हृदय में कंपन जगा देती है।' उसके आगे के सारे पृष्ठ रिक्त थे।

इसमें कोई संदेह नहीं था कि वह डायरी दीपा की ही थी। मुखपृष्ठ पर उसका नाम अंकित था। जिस व्यक्ति ने रवींद्रनाथ की पंक्तियों को थोड़ा तोड़-मरोड़कर लिखा था, वह कोई गुमनाम आदमी नहीं था, वह नृपति के घर नियमित आनेवालों में से एक था।

ब्योमकेश बुदबुदाते हुए बोले, "हम्म, तो हमारा संदेह निराधार नहीं था।"

बाहर किसी के कदमों की आहट सुनाई पड़ी। ब्योमकेश ने फुर्ती से डायरी अपनी जेब में रख ली और राखल बाबू की ओर संकेत किया कि इसे अभी गुप्त ही रखा जाए।

विजय दो कप चाय लेकर अंदर आया और उसे मेज पर रखते हुए कहा, "आइए, अपनी-अपनी चाय उठा लीजिए। क्या आपको कोई महत्त्वपूर्ण चीज हाथ लगी?"

राखल बाबू ने अपने गले से एक अस्पष्ट ध्वनि की, जिसका आशय था—कुछ भी नहीं। ब्योमकेश ने चाय की चुस्की लेते हुए कहा, "सत्य का मार्ग अत्यंत कठिन होता है। कोई नहीं जानता कि वह कहाँ, किस रूप में छिपा हुआ हो। खैर, कोई बात नहीं, दिल छोटा मत करो। तीन या चार दिनों में अपराधी को खोज लिया जाएगा।'

दोनों अपनी चाय पीकर वहाँ से चले गए। साथ-साथ चलते हुए राखल बाबू ने कहा, "अब केवल अपराधी को गिरफ्तार करना बाकी है। वास्तव में हम अधिक ठोस सबूत के बिना उसे नहीं पकड़ सकते हैं।"

"नहीं, हमें उसके लिए एक जाल बिछाना पड़ेगा। ब्योमकेश उनकी बात से सहमत हो गए। लेकिन वैसा करने से पहले हमें यह सुनिश्चित करने की जरूरत है कि क्या इस समूची शृंखला में दीपा की भी कोई भूमिका है।"

अस्पताल में डॉ. गुप्ता ने ब्योमकेश और राखल बाबू के लिए दीपा के साथ अलग से बात करने का प्रबंध करा दिया था।

"हम तुमसे कुछ प्रश्न करना चाहते हैं," ब्योमकेश ने कहा। "लेकिन अभी हमसे यह मत पूछना कि हम ऐसा क्यों करना चाहते हैं। अंत में तुम स्वयं जान जाओगी।"

दीपा ने बिना किसी भूमिका के पूछा, "आप मुझसे क्या जानना चाहते हैं?" उसका भय दूर हो चुका था और अब वह एक परिपक्व गृहिणी की भाँति व्यवहार कर रही थी।

पूछताछ शुरू हुई। राखल बाबू ने अपनी सधी हुई दृष्टि दीपा के ऊपर जमा दी।

ब्योमकेश ने कहा, "क्या तुम उन लोगों को जानती हो, जो नृपति लाहा के घर बार-बार चाय सत्र में जाते रहते हैं?"

दीपा ने सावधान होते हुए कहा, "जी हाँ, मैं जानती हूँ। वे सब मेरे भाई के मित्र हैं।"

"क्या वे इसी तरह तुम्हारे मायके में भी आते थे?"

"यदि कोई उपलक्ष्य होता था तो वे अवश्य आते थे।"

"उनके नाम नृपति लाहा, सुजान मित्रा, कपिल बासु, प्रबल गुप्ता और खड्ग बहादुर हैं। क्या तुम इनमें से किसी को जानती हो?"

"नहीं, इनका नाम अभी मैंने आपसे सुना है।"

"अब यह बताओ, क्या तुम जानती हो कि नृपति लाहा एक विधुर हैं?"

"शायद मैंने इस बारे में कुछ सुना था…।"

"क्या तुम जानती हो कि इनमें से किसी की कभी शादी हुई थी?"

"उनमें सभी कुँआरे हैं।"

"क्या प्रबल गुप्ता विवाहित है?"

"मैं पक्के तौर पर नहीं कह सकती…मैं ऐसा नहीं सोचती।"

"वह शादीशुदा था और उसकी पत्नी का अभी हाल में ही देहांत हुआ था।"

"अरे…मैं यह बात नहीं जानती थी।"

"खैर, यह बताओ, कपिल बासु के बारे में तुम क्या सोचती हो?"

"वह अच्छा आदमी है।"

"क्या तुमने उससे जुड़े किसी घोटाले के बारे में कभी सुना है?"

"नहीं।"

"और सुजान मित्रा? वह एक फिल्म अभिनेता है…क्या तुमने उसके बारे में कभी कोई अफवाह नहीं सुनी?"

"नहीं, मैंने नहीं सुनी।"

"क्या तुम्हें फिल्में देखना पसंद है?"

"मैं देखती हूँ।"

"सुजान मित्रा को तुम कितना पसंद करती हो?"

"वह बहुत, बहुत ही अच्छा कलाकार है।"

"कैसा आदमी है, वह?"

"वह मेरे भाई का दोस्त है—निश्चय ही वह अच्छा आदमी होगा। दादा कभी गलत लोगों की संगत में नहीं पड़ते।"

"सत्य है। क्या कभी तुमने कभी कोई फुटबॉल मैच देखा है?"

"स्कूली लड़की के रूप में मैंने कई बार फुटबॉल का मैच देखा है।"

"क्या तुमने खड्ग बहादुर को खेलते हुए देखा था?"

"नहीं, मैंने रेडियो पर होनेवाली कमेंट्रियों में उसका नाम सुना था।"

"अब अंतिम प्रश्न—क्या तुम जानती हो कि तुम्हारे पति का दिल उसके सीने के दाहिनी ओर है?"

"हाँ, मैं जानती हूँ।"

ब्योमकेश ने उससे आँखें तरेरते हुए पूछा, "तुम जानती हो?"

"यह बात सही है। कुछ दिनों पहले मेरे पति को बुखार हो गया था। उन्होंने मुझे डॉक्टर को फोन करने के लिए कहा। मैं उनके फैमिली डॉक्टर का नाम नहीं जानती थी, इसलिए मैंने अपने फैमिली डॉक्टर को फोन कर दिया था। अंकल सेन उसे देखने आए थे। जाने से पहले वह मुझे एकांत में ले गए और बताया कि मेरे पति का दिल उनके सीने के दाहिनी ओर था। मेरे विचार से ऐसा बहुत कम होता है।"

ब्योमकेश ने राहत की लंबी साँस ली और खड़े हो गए। "हमारे मन से एक बहुत भारी बोझ उतर गया," उन्होंने घोषणा की। "अब हमें कुछ और जानने की जरूरत नहीं है। अब तुम अपने पति के पास जा सकती हो। चलो राखल।"

अस्पताल के बाहर ब्योमकेश ने राखल बाबू से पूछा, "आपने क्या समझा और क्या नतीजा निकाला?"

राखल बाबू ने कहा, "मैं दावे से कह सकता हूँ कि युवती बिल्कुल निर्दोष है। उसका हरेक उत्तर उचित था। अब हमारा अगला कदम क्या है?"

"आप अपने थाने जाइए और मैं अपने घर जाता हूँ। वैसे, क्या आप मेरे लिए एक बुलेट प्रूफ जैकेट का प्रबंध कर सकते हैं?"

"मेरे पास एक उपाय है। आज रात को जैकेट के साथ तुम मेरे घर आओ, मैं उसके बारे में सब बताऊँगा।"

उस रात ब्योमकेश नृपति के घर अकेले गए। वहाँ सभी लोग मौजूद थे, उन्हें देखते ही सब लोग उन्हें घेर कर खड़े हो गए। नृपति ने अपनी सिगरेट की खुली हुई डिब्बी ब्योमकेश के आगे बढ़ाई और अपनी सिगरेट निकालते हुए कहा, "मैंने अस्पताल में पता किया था। उन्होंने मुझे बताया है कि देवाशीष को तीन या चार

दिनों में छुट्टी मिल जाएगी। उसके बच जाने की खुशी मनाने के लिए मैं एक पार्टी दूँगा। मैं उम्मीद करता हूँ कि आप लोग भी उसमें आएँगे।"

"अवश्य।" ब्योमकेश ने उत्तर दिया।

कपिल ने ब्योमकेश के काफी निकट बैठकर किसी नन्हें बच्चे की तरह पूछा, "ब्योमकेश बाबू, आप मेहरबानी करके हमें यह बताइए कि सत्य की तलाश में आपने अब तक कितनी दूरी तय कर ली है?"

ब्योमकेश ने हँसते हुए उत्तर दिया, "अरे, मंजिल अभी काफी दूर है। मैं तो साही के काँटे से होनेवाली हत्याओं के पीछ छिपे उस उस्ताद को पहचानने की कोशिश कर रहा हूँ, लेकिन मैंने एक सिद्धांत का निर्माण कर लिया है।"

"कैसा सिद्धांत?" सुजान ने पूछा।

ब्योमकेश ने सिगरेट के कुछ लंबे कश लगाए और बोलना प्रारंभ किया, "मामला कुछ इस प्रकार है—एक अज्ञात हत्यारा साही के काँटे से पहले एक बूढ़े भिखारी की हत्या करता है, उसके बाद वह एक मजदूर और फिर एक दुकानदार की जान ले लेता है। अंत में वह देवाशीष की जिंदगी पर प्रहार करने की कोशिश करता है। इन चारों घटनाओं में उसका हथियार एक साही का काँटा था, इसलिए हत्यारा यह संदेश देना चाहता है कि सभी तीनों हत्याएँ और एक हत्या का असफल प्रयास उसी ने किया था अर्थात् यह केवल एक ही आदमी का काम था।

"अब यदि हत्यारा कोई मंदबुद्धि आदमी है तो हमारे लिए इसमें करने को कुछ खास नहीं है। मतिमंद लोग कई प्रकार के होते हैं। उन सबको खोजकर उन्हें इस हत्या से संबद्ध करना सरल नहीं है।

"लेकिन यदि अपराधी मानसिक रूप से स्वस्थ हुआ? यह भी तो संभव है कि हत्यारे ने साही के काँटे से हत्या करने की योजना स्वयं बनाई हो और वह पागल का मुखौटा लगाकर पुलिस को गुमराह करने की कोशिश कर रहा हो? अब थोड़ी देर के लिए यह मान लो कि देवाशीष का कोई गुप्त शत्रु है, जो उसकी हत्या करके उससे छुटकारा पाना चाह रहा हो। यदि वह सीधे-सीधे केवल उसी पर हमला करता तो उसके पकड़े जाने के अवसर अधिक थे, इसलिए वह एक भिखारी की हत्या से शुरुआत करता है, उसके बाद वह एक मजदूर और दुकानदार की हत्या करके प्रवीणता प्राप्त करता है और अंततः देवाशीष बाबू पर प्रहार करता है। स्वाभाविक रूप से इससे यही सिद्ध होता है कि देवाशीष बाबू वास्तव में हत्यारे का मुख्य लक्ष्य नहीं थे और इससे यह भी जाहिर होता है कि हत्यारा एक मानसिक रूप से विक्षिप्त

व्यक्ति है, जो घूम-घूमकर लोगों की अकस्मात् हत्याएँ करता फिर रहा है। ऐसी स्थिति में कोई भी यह अनुमान नहीं लगा सकेगा कि इन सभी हत्याओं के पीछे एक ही आदमी की भूमिका है और अंततः देवाशीष की हत्या पर कोई संदेह नहीं करेगा कि उसकी हत्या पूर्वनियोजित थी। यही मेरा सिद्धांत है।"

कमरे में खामोशी छा गई। तत्पश्चात् नृपति ने पूछा, "लेकिन यदि कोई और हत्या होती है और उसमें भी हत्या का औजार एक साही का काँटा हुआ तो? तब यह सिद्ध करना असंभव हो जाएगा कि हत्यारा सबसे पहले देवाशीष बाबू को मारना चाहता था!"

"उस स्थिति में, हमें उसे पकड़ने के लिए एक अन्य तरीका आजमाना होगा।" ब्योमकेश ने कहा।

"क्या हत्यारा कभी पकड़ा भी जाएगा या नहीं?" कपिल ने पूछा।

"हम उसे पकड़ने के लिए कोई कोर-कसर नहीं छोड़ेंगे।"

इसी बीच कॉफी परोस दी गई। प्रबल ने अनिच्छा से प्यानो पर बैठकर अपनी उँगलियाँ फेरना शुरू कर दिया। ब्योमकेश ने अपनी कॉफी समाप्त की, थोड़ी देर बातें करते रहे और उसके बाद अपने घर चले गए।

ब्योमकेश के घर लौटने के ठीक बाद रात पौने नौ बजे राखल बाबू एक पैकेट लिये हुए उनके पास पहुँचे। "क्या तुम्हें मिल गई यह?" ब्योमकेश ने पूछा।

राखल बाबू ने पैकेट को खोला। उसके अंदर मोटे जरीदार कपड़े की बख्तर जैसी जैकेट थी, लेकिन वह सोने या चाँदी के धागों से बुनी हुई नहीं थी। वह सुंदर स्टील के धागों से बुनी हुई थी। सामान्य कपड़ों के नीचे पहनने पर वह किसी तरह भी दिखाई नहीं देती थी। लेकिन चाकू या छुरे की तो बात ही छोड़ दीजिए, स्टील की गोली भी उसे पार नहीं कर सकती थी।

ब्योमकेश ने उसे अच्छी तरह देखने के बाद एक तरफ रख दिया। उन्होंने कहा, "यह मेरे ऊपर पूरी तरह फिट बैठेगी। अब मेरे पास तुम्हारे लिए एक और प्रश्न है—क्या तुमने हमारे इस साहीवान का पीछा करने के लिए सादे कपड़ों में किसी सिपाही की व्यवस्था कर ली है?"

राखल बाबू ने कहा, "सारा प्रबंध कर लिया गया है। आज शाम सात बजे से उसकी निगरानी की जा रही है। हमारे सिपाही पल भर के लिए भी उसे अपनी आँखों से ओझल नहीं होने देंगे, यहाँ तक कि वे दिन में भी उस पर नजर बनाए रखेंगे।"

"अच्छा है, अब हम अपनी योजना को कार्यान्वित करेंगे। मैंने चारा डाल दिया है…"

दोनों लोगों ने हलकी आवाज में अपनी योजना के बारे में चर्चा की। रात साढ़े नौ बजे, जब राखल बाबू वहाँ से जाने लगे, टेलीफोन की घंटी बजी।

ब्योमकेश ने उसका उत्तर दिया।

एक परिचित स्वर ने पूछा, "ब्योमकेश बाबू, क्या आप घर में अकेले हैं?"

ब्योमकेश की आँखों ने राखल बाबू को संदेश दिया। उन्होंने चोगे में कहा, "हाँ, मैं अकेला हूँ। आप हैं…?"

"क्या आप मेरी आवाज नहीं पहचानते?"

"जी नहीं। आप हैं…? जब आप मेरी आवाज ही नहीं पहचानते तो नाम जानकर क्या करेंगे। आज शाम आप जिस घर में गए थे, मैं वहाँ मौजूद था। मैं आपको कोई गोपनीय सूचना देना चाहता था, लेकिन अनेक लोगों के सामने मैं नहीं दे सका।"

"गोपनीय सूचना! साही के काँटे के बारे में?"

"जी हाँ। यदि आप आज रात मुझे रवींद्र सरोवर के मेन गेट पर मिल सकें तो मैं आपको सारी बात बता दूँगा।"

"हाँ-हाँ, जरूर! मैं कितने बजे वहाँ पहुँच जाऊँ?"

"जितनी जल्दी संभव हो। मैं वहाँ आपकी प्रतीक्षा करूँगा, लेकिन कृपया अकेले आइएगा। मेरा किसी अन्य के सामने इस सूचना को प्रकट करने का कोई इरादा नहीं है।"

"ठीक है, मैं पाँच मिनट में यहाँ से निकल रहा हूँ।"

ब्योमकेश जब फोन रखकर राखल बाबू की ओर मुड़े तो उनकी आँखें चमक रही थीं। जैसे ही उन्होंने अपनी कमीज के बटन खोले, उन्होंने कहा कि मछली ने चारा डालते ही उसे खा लिया है। मैं इतनी जल्दी ऐसा होने की उम्मीद नहीं कर रहा था। राखल…

ब्योमकेश ने अपनी कमीज उतारी तो राखल बाबू ने उन्हें बुलेटप्रूफ जैकेट पहनाने में उनकी मदद की और बोले, "मेरे बारे में चिंता मत कीजिए, मैं अपनी चौकी पर तैनात रहूँगा। जासूस भी साही के काँटे के साथ मौजूद है। हम तीनों लोग उसे मिलकर पकड़ने में सफल हो जाएँगे।"

"ठीक है।" ब्योमकेश ने जैकेट के ऊपर अपनी कमीज पहनी और राखल बाबू को एक सकारात्मक संकेत देते हुए, वहाँ से रवाना हो गए। राखल बाबू ने अपनी कलाई घड़ी देखी—दस बजने में बीस मिनट शेष थे। वे भी वहाँ से निकल गए। उन्हें छिपते हुए सही समय और सही स्थान पर पहुँचना था।

रवींद्र सरोवर के मेन गेट के आसपास वाला क्षेत्र सुनसान था। साउथ एवेन्यु की ओर से शायद ही कोई बस या कार आती दिखाई दे रही थी।

ब्योमकेश ने तेजी से सड़क पार की और मेन गेट के पास पहुँच गए। उन्होंने आसपास देखा, लेकिन झील के कम रोशनी वाले क्षेत्र में कोई भी दिखाई नहीं दे रहा था।

ब्योमकेश झील के किनारे पर पहुँचने के लिए अंदर जाने से पहले थोड़ी देर तक गेट पर चक्कर काटते रहे। अभी वे कुछ ही कदम बढ़े थे कि उन्हें पेड़ के नीचे से एक परछाईं ने अपनी ओर आने का इशारा किया। जब वे उसके पास पहुँच गए तो उस आदमी ने कहा, "आओ, चलकर उस बेंच पर बैठते हैं।"

बेंच झील के किनारे एक पेड़ के नीचे थी। ब्योमकेश उसके दाहिने किनारे पर जाकर बैठ गए। दूर सड़क पर जलती बत्तियों की हलकी झिलमिलाहट में उनके चेहरे अच्छी तरह पहचाने नहीं जा रहे थे। ब्योमकेश ने कहा, "अब बताओ कि तुम क्या जानते हो?"

"अवश्य बताऊँगा," उस आदमी ने उन्हें आश्वस्त किया। "दरअसल जिस आदमी के बारे में मैं आपसे बात करना चाहता हूँ, वह मेरे दिल के काफी निकट है। यही कारण है कि मुझे उसका नाम लेने में थोड़ी असुविधा महसूस हो रही है। क्या आपके पास कोई सिगरेट है?"

ब्योमकेश ने अपनी सिगरेट की डिब्बी निकाली और उस आदमी की ओर बढ़ा दी। उसने एक सिगरेट निकालकर डिब्बी ब्योमकेश को वापस लौटा दी। इसके बाद उसने माचिस निकालने के बहाने अपनी जेब टटोलनी शुरू की। इसी बीच उसने अचानक कहा, "उधर देखो कौन आ रहा है?" उसने ब्योमकेश के बैठने के स्थान के पीछे की ओर इशारा करते हुए कहा।

ब्योमकेश उसे देखने के लिए मुड़े और प्रतीक्षा की। वे अपनी पीठ पर बाएँ कंधे के नीचे पड़नेवाले दबाव के लिए पहले से ही तैयार थे। उन्हें अपने कंधे के पास कुछ चुभने का अहसास हुआ। उनका साथी उनकी पीठ में एक साही का काँटा घुसेड़ने की कोशिश कर रहा था। एक सेकंड के लिए वहाँ बैठा आदमी चौंक गया। उसके बाद उसने वहाँ से भागने की कोशिश की, लेकिन ब्योमकेश का लौह मुक्का उसके जबड़े पर पड़ा और वह औंधे मुँह जमीन पर गिर पड़ा।

इसी बीच अलादीन के जिन की तरह दो आदमी उनके पास आ गए। उन्होंने साष्टांग प्रणाम की मुद्रा में जमीन पर गिरे आदमी को बाँहों से पकड़कर उसके पैरों

पर खड़ा कर दिया। राखल बाबू ने उसके हाथों से साही का काँटा छीन लिया और कहा, "प्रबल गुप्ता, तुमने तीन निर्दोष लोगों की हत्या की है और दो अन्य को मारने की असफल कोशिश की है। हम तुम्हें पकड़कर थाने ले जा रहे हैं।"

एक पखवाड़े बाद, सुबह आसमान पर बादल छाए हुए थे और ब्योमकेश के घर पर चाय का अनौपचारिक सत्र चल रहा था। वहाँ अजीत और सत्यवती भी मौजूद थे। पिछली रात से ही मूसलाधार वर्षा हो रही थी। गरमी का प्रकोप कुछ कम हो गया था। वर्षा प्यार की फुहारों में बदल गई थी।

"तो," अजीत ने कहा, "आपने एक उम्दा गायक को जेल भेज दिया! वह आदमी सचमुच एक होनहार गायक है। क्या सचमुच उसी ने उन सब लोगों की हत्या की थी?"

सत्यवती ने कहा, "वह आदमी अवश्य ही पागल था।"

"प्रबल गुप्ता पागल नहीं है," ब्योमकेश ने उन्हें बताया। "लेकिन वह पूरी तरह सामान्य भी नहीं है। वह एक समृद्ध परिवार से आता था और किस्मत के थपेड़ों ने उसे बिना किसी पूर्व सूचना के गरीबी को हालत में धकेल दिया था। उसकी व्यथा ने उसका मन खट्टा कर दिया था। सात महापापों में से दो—लोभ एवं ईर्ष्या—उसके मूल स्वभाव से मेल खाते थे। अत्यंत दयनीय आर्थिक स्थिति के कारण इन दोनों पापों ने उसे अपने काबू में कर लिया था।"

सत्यवती ने आग्रह किया, "हमें सारी बात शुरू से बताइए। आपने यह अनुमान कैसे लगाया कि प्रबल गुप्ता ही असली अपराधी था?"

ब्योमकेश ने अपने कप में दूसरी चाय डाली और सिगरेट जला ली। उन्होंने बड़े आराम से धुआँ बाहर छोड़ते हुए पुनः अपनी बात शुरू की, "इस कहानी का शीर्षक है—'साही का काँटा।'"

"यदि हत्यारा पागल होता तो हमारे हाथ एक प्रकार से बँध जाते और केवल तर्क के आधार पर हम उस तक नहीं पहुँच पाते, लेकिन यदि वह पागल नहीं होता तो यह प्रश्न पैदा होता कि उसने हत्या के लिए किसी चाकू या छुरे का प्रयोग करने की बजाय साही के काँटे का चयन क्यों किया? इसके पीछे कोई मकसद होना भी जरूरी था। वह मकसद क्या हो सकता था?"

"हर बार हत्यारा अपने शिकार के शरीर में साही का काँटा छोड़ देता था, स्पष्टतया इसके पीछे उसकी यही जताने की इच्छा थी कि सारी हत्याएँ एक ही आदमी ने की थीं। इससे यह संदेश दिया गया—जिस आदमी ने भिखारी की हत्या

की थी, उसी ने एक मजदूर और एक दुकानदार की भी हत्या की थी। लेकिन क्यों?"

"मेरे पास इसका केवल एक ही उत्तर था। दरअसल भिखारी से लेकर दुकानदार तक कोई भी हत्यारे का वास्तविक लक्ष्य नहीं था। उसका लक्ष्य कोई और होना चाहिए था। उसने तीन तात्कालिक हत्याएँ पुलिस को दिग्भ्रमित करने की नीयत से की थीं, ताकि वे उसका मकसद न खोज सकें।

"इसके बाद वैसा ही प्रयास देवाशीष पर किया गया। सौभाग्य से वह मरते-मरते बचा, लेकिन हत्यारे की पहचान अब भी अज्ञात बनी रही।

"मेरी सच्चाई की तलाश इसी बिंदु से प्रारंभ हुई। संदेह की छाया से परे जाकर अभी भी यह सिद्ध नहीं हुआ था कि देवाशीष ही हत्यारे का असली लक्ष्य था। लेकिन इससे कोई भी अनुमान लगा सकता था कि अब और लोगों को अपनी जान नहीं गँवानी पड़ेगी। भिखारी से लेकर उद्योगपति तक लोगों के लिए यह अपेक्षा करना सामान्य था कि हत्याओं का सिलसिला वहीं जाकर समाप्त हो जाएगा। खैर, परिस्थितियाँ निश्चय ही जाँच की माँग करती थीं।

"जाँच से पता चला कि देवाशीष विशेष रूप से किसी के नजदीक नहीं था, सिवाय उनके, जो लोग नृपति के यहाँ चाय सत्र में शामिल होते थे। उसकी फैक्टरी के सभी कर्मचारी उसे बहुत चाहते थे और उसके कर्मचारियों ने कभी एक दिन की भी हड़ताल नहीं की थी। फिर एक अन्य तथ्य सामने आया—अपनी शादी के पहले दीपा किसी से प्यार करती थी और उसने उसके साथ भागने की भी कोशिश की थी, लेकिन उसकी वह कोशिश विफल हो गई थी। उसके फौरन बाद दीपा की देवाशीष के साथ शादी कर दी गई।

"अपने गुप्त प्रेमी का नाम केवल दीपा ही जानती थी। वह कौन हो सकता था? दीपा का परिवार अपनी रूढ़िवादी परंपराओं का सख्ती से पालन करता था और उसे अनजान लोगों से मेल-जोल बढ़ाने की अनुमति नहीं थी। लेकिन जब उसके भाई के यार-दोस्त कभी उसके घर आते तो उनसे मिलने की इजाजत दीपा को थी, इसलिए उसका प्रेमी स्वाभाविक रूप से उसके भाई के दोस्तों में से कोई एक हो सकता था—या तो नृपति अथवा कोई नौजवान, जो उनके घर अकसर आता-जाता था।

"इस अनुमान ने एक संभावित मकसद का भी सुराग प्रस्तुत किया। यदि दीपा का गुप्त प्रेमी सचमुच कोई मक्कार और आत्माविहीन आदमी था तो उसे केवल

देवाशीष की जान के पीछे जाना चाहिए था। कहने की आवश्यकता नहीं कि जो आदमी साही के काँटे से तीन नृशंस हत्याएँ कर सकता था, उसका कोई आधार और संज्ञा-शून्य होना अनिवार्य था। जो लोग नृपति के घर आते थे, वे देवाशीष को दो महीने से अधिक समय से नहीं जानते थे, लेकिन उनमें से एक उसे अपने बचपन से ही जानता था। वह आदमी प्रबल गुप्ता था। वे दोनों एक-दूसरे से परिचित थे, लेकिन उनमें घनिष्ठता नहीं थी। यदि प्रबल गुप्ता दीपा का गुप्त प्यार…"

"मैंने अन्य संभावनाओं को भी अच्छी तरह तौला था। उदाहरण के तौर पर नृपति की एक रखैल थी, जिससे वह कभी-कभार रात को छिपकर मिला करते थे। सुजान मित्रा प्यार के मामले में बदकिस्मत था। जिस औरत से वह प्यार करता था, उसने किसी आदमी से एक साल पहले शादी कर ली थी। खड्ग बहादुर और कपिल का स्त्रियों से कोई लगाव नहीं था। खड्ग बहादुर केवल फुटबॉल खिलाड़ी ही नहीं, बल्कि एक जुआरी भी था। कपिल एक आदर्श युवक था और उसका मन हमेशा धरती की बजाय आकाश की खोज करता रहता था।

"लेकिन एक लंबी कहानी को छोटी करते हुए, जब हमने दीपा के माता-पिता के घर की तलाशी ली तो हमें वहाँ एक हस्ताक्षर पुस्तिका मिली। उसमें नृपति के घर जानेवाले केवल एक आदमी के हस्ताक्षर थे। वह आदमी प्रबल गुप्ता था। उसने लिखा था, 'तुम्हारी आँखों की विद्युतीय विकिरण मेरे बादल रूपी हृदय में कंपन जगा देती है।' उन शब्दों ने स्वयं अपनी कहानी कह दी थी। हमें यह भी पता चला कि दीपा को संगीत बहुत प्रिय था और वह प्रबल के वैवाहिक स्तर से अनभिज्ञ थी। इन विवरणों से यह पूर्णतया स्पष्ट हो गया कि उसने दीपा नामक मछली को फँसाने के लिए संगीत को चारे के रूप में इस्तेमाल किया था।

"एक अन्य विवरण ने भी चीख-चीखकर हमारा ध्यान अपनी ओर आकर्षित किया—दीपा की शादी की अगली सुबह एक भिखारी मरा हुआ पाया गया था। इसकी चर्चा करेंगे तो यह कहानी बहुत देर से समाप्त होगी।

"अब हम घटनाओं को प्रबल के दृष्टिकोण से देखते हैं। जो लोग गरीब पैदा होते हैं, उन्हें अपनी गरीबी पर कोई शर्मिंदगी महसूस नहीं होती है। बहरहाल, जो लोग अमीरी में पैदा होते हैं, वे अचानक अपनी अमीरी छिन जाने से अत्यंत व्यथित हो जाते हैं। प्रबल ऐसी ही प्रजाति के लोगों से ताल्लुक रखता था। अपने पिता की मृत्यु के बाद उस पर मुसीबतों का पहाड़ टूट पड़ा था। उसकी इस दुरावस्था ने उसे उन लोगों के प्रति ईर्ष्यालु बना दिया था, जो उससे अच्छी आर्थिक स्थिति में थे। वह

गायक के रूप में अच्छा जीवन बिताने में सक्षम था, लेकिन उससे उसकी विक्षिप्त आत्मा को बहुत कम संतोष प्राप्त होता। उसका जीवन उसके विवाह के बाद और भी अधिक दयनीय हो गया, क्योंकि उसकी शादी ऐसी औरत से हुई थी, जो एक असाध्य रोग से पीड़ित थी।

"कुछ महीनों पहले उसकी पत्नी की मृत्यु हो गई थी। उसने दीपा को फँसाने की योजना यद्यपि अपनी पत्नी की मौत से पहले ही बना ली थी। उसने सोचा था कि यदि एक खाते-पीते परिवार में उसकी शादी हो जाएगी तो उसकी समस्या हल हो जाएगी। बहरहाल, दीपा का व्यक्तित्व चाहे कितना भी गंभीर था, वह प्रबल की ओर उसके संगीत के कारण ही आकर्षित हुई थी। उनके पास व्यक्तिगत रूप से मुलाकात के अवसर बहुत कम थे, लेकिन टेलीफोन पर दोनों की बातचीत होती रहती थी।

"प्रबल ने सदैव दीपा के साथ भागकर शादी करने की योजना बनाई थी। अपने दादाजी की प्रतिष्ठा और उनकी सहमति प्राप्त करने की दीपा की कोशिश तो केवल एक छलावा था। प्रबल जानता था कि बुड्ढा कभी इसके लिए राजी नहीं होगा, लेकिन यदि वे दोनों एक बार भागकर शादी कर लेते तो चिंता की कोई खास बात नहीं रह जाती। उस स्थिति में दीपा का परिवार उसे अपनाने से इनकार नहीं कर सकता था।

"दीपा ने घर से भागने की कोशिश तो की थी, लेकिन वह रँगे हाथ पकड़ी गई और वापस घर ले जाई गई। इसके बाद जल्दबाजी में देवाशीष के साथ उसकी शादी का निर्णय लिया गया।

"जरा विचार कीजिए कि प्रबल के मन में क्या चल रहा होगा! यदि दीपा किसी अन्य आदमी के साथ शादी करती तो उसे इतना दुःख नहीं होता, लेकिन क्या इतने सारे लोगों में उसे केवल देवाशीष ही शादी करने के लिए मिला था! क्रोध और ईर्ष्या ने उसके सीने में सुलगती आग को और भी अधिक भड़का दिया।

"जब शादी का सारा प्रबंध तय हो गया तो प्रबल ने निर्णय किया कि वह देवाशीष की हत्या करके उसकी विधवा से शादी कर लेगा। उस स्थिति में दीपा स्वतंत्र होती और अपने परिवार के प्रति भी उत्तरदायी नहीं होती। यदि वह दीपा के साथ देवाशीष की मौत के बाद शादी करता तो देवाशीष की सारी दौलत और जायदाद स्वयमेव उसके पास आ जाते। राज्य और राजकुमारी दोनों एक झटके में उसके पास आ जाते, क्योंकि प्रबल जानता था कि देवाशीष का कोई जीवित संबंधी नहीं था।

"सीधे–सीधे देवाशीष की हत्या से काम नहीं बननेवाला था। यदि वह दीपा से उसके पति की मृत्यु के बाद शादी करता तो स्वाभाविक रूप से सारा संदेह उसी के ऊपर जाता। उसे प्रमुख संदिग्ध मान लिया जाता। निर्दयी एवं धोखेबाज प्रबल ने ऐसा योजना बनाई थी कि किसी को उसके बारे में भनक भी नहीं लगती। साही के काँटे के साथ उसका अभिनय शुरू हो गया। तीन निर्दोष लोगों को नाहक ही अपनी जान गँवानी पड़ी।

"प्रबल ने देवाशीष की हत्या करने के अवसर की प्रतीक्षा की। मेरे विचार से वह हमेशा अपनी जेब में साही का काँटा रखकर चलता था—कोई नहीं जानता था कि उसे कब मौका मिल जाए। एक दिन उसे वह मौका मिल गया।

"नृपति के घर में एक टेलीफोन था। जिस कमरे में टेलीफोन था, उसके दरवाजे के पास बैठा हुआ प्रबल प्यानो बजा रहा था। उसने खड्ग बहादुर को देवाशीष से बात करते सुन लिया था कि वह उससे रवींद्र सरोवर के पास मिलेगा। प्रबल को जिस अवसर की तलाश थी, वह उसे मिल गया था। उसने साही का काँटा अपने पास रख लिया। वह निर्धारित स्थान पर जाकर एक पेड़ के पीछे छिप गया।

"प्रबल नहीं जानता था कि प्रकृति की किसी विडंबना के कारण देवाशीष का दिल उसके सीने के दाहिनी ओर था। दीपा को इसकी जानकारी थी, लेकिन वह यह नहीं जानती थी कि प्रबल देवाशीष की हत्या और उसके साथ शादी करने की योजना बना रहा था। आखिरकार, एक औरत के पास दिमाग ही कितना होता है... बंकिम चंद्र चटर्जी के कथनानुसार, 'मैं उसे पूरी तरह कभी नहीं समझ पाया, हमेशा उसे आधा ही समझा।'

"तो यह है संपूर्ण कहानी। क्या आप लोग इसके अतिरिक्त भी कुछ जानना चाहते हैं?"

अजीत ने पूछा, "उसने आपकी हत्या करने की कोशिश क्यों की?"

ब्योमकेश ने उत्तर दिया, "मैं उस शाम नृपति के घर गया था और वहाँ टिप्पणी की थी कि यदि अब कोई अन्य हत्या नहीं होगी तो कोई भी यह अनुमान आसानी से लगा सकता था कि हत्यारे का असली निशाना देवाशीष ही था। अत: प्रबल ने मुझे गलत सिद्ध करने का निर्णय लिया और मेरी हत्या करके वह अपनी संभव संलिप्तता से लोगों का ध्यान दूसरी ओर मोड़ना चाहता था। दूसरे शब्दों में उसने एक तीर से दो शिकार करने की योजना बनाई थी। उसे इस बात का कोई अंदाजा नहीं था कि मैंने उसे ही पकड़ने के लिए जाल बिछाया था।"

सत्यवती ने गहरी साँस लेते हुए कहा, "हे भगवान्! कितना निर्दयी आदमी है वह! यद्यपि इसके लिए दीपा को कोई दोष नहीं दिया जा सकता है। यदि किसी साधारण लड़की को किसी चिड़िया की तरह पिंजरे में कैद करके रखा जाएगा तो वह अपने बचाव की कोशिश करने के लिए विवश होगी।"

दरवाजे पर दस्तक हुई। ब्योमकेश उसका उत्तर देने के लिए खड़े हुए। "देवाशीष बाबू!" उन्होंने संबोधित किया। "कृपया अंदर आइए।"

देवाशीष अत्यंत प्रसन्नचित्त होकर कमरे के अंदर आए। सत्यवती वहाँ से जाने के लिए खड़ी हुई, लेकिन जब उसने उसका नाम सुना तो उत्सुकता से उसकी ओर देखने लगी। देवाशीष हमेशा की तरह स्वस्थ दिखाई दे रहा था और कोई भी नहीं बता सकता था कि वह अभी-अभी मौत के साथ नजदीकी मुठभेड़ करके ठीक हुआ था। उसने दोनों हाथ जोड़कर अभिवादन करते हुए घोषणा की, "आज शाम को मैं अपने घर पर एक छोटा सा प्रीतिभोज आयोजित कर रहा हूँ। मैं चाहूँगा कि आप सभी लोग मेरे घर पधारें।"

"अरे, यह तो बड़ी अच्छी बात है," ब्योमकेश ने अनुक्रिया की। "आप पहले अच्छी तरह स्वस्थ हो जाएँ। वैसे, आज ऐसा कौन सा शुभ दिन है, जिसका आप उत्सव मना रहे हैं?"

देवाशीष ने अत्यंत विनम्र स्वर में उत्तर दिया, "ब्योमकेश दा, जहाँ तक मेरा संबंध है, आज की रात मेरी असली शादी की रात है। मैं चाहता था कि दीपा भी मेरे साथ यहाँ आए, लेकिन वह थोड़ी शर्मिंदगी महसूस कर रही थी, इसलिए उसने मेरा प्रस्ताव ठुकरा दिया। भाभीजी, आप अवश्य ही इसे आज शाम मेरे घर आने का एक कारण मानिएगा, वरना दीपा अपनी ऊहापोह से बाहर नहीं निकल पाएगी।"

(बंगाली में 'शोजारूर काँटा' के नाम से 1967 में प्रकाशित)

□□□